크랜포드
Cranford

크랜포드

Cranford

엘리자베스 개스켈 지음 | **심은경** 옮김

한국어판 ⓒ 현대문화센타, 2013, printed in Seoul, Korea

차례

제1장

우리 동네

우선, 크랜포드는 아마존[1]이 지배하는 지역이다. 어느 정도 이상의 집세를 받는 집 소유주는 모두 다 여성이다. 결혼한 부부가 이 동네에 터전을 잡기 위해 오더라도, 남자들은 어쨌든 마을에서 살지 않는다. 크랜포드의 저녁 파티에서 유일한 남자인 것을 알고 놀란 겁쟁이든지, 군대의 연대장이든지, 배의 선장이든지, 혹은 철도에서 불과 30여 킬로미터 떨어진 곳에 있는 인근의 거대 상업 도시인 드럼블에서 벌인 사업 때문에 일주일 내내 그곳에서 지내야 하는 사람이었다.

한마디로, 어쨌든 남자들은 크랜포드에 거주하지 않는다. 설사 거기에 산다고 해도, 그들이 할 수 있는 일이 뭐가 있겠는가? 아, 의사가 한 명 있기는 하다. 그는 약 50킬로미터 정도를 회진 구역으로 돌고, 잠은 크랜포드에서 잔다. 하지만 남자들이 모두 의사가 될 수는 없는 일 아닌가. 잘 선별한 꽃으로 꾸민 정원을 풀 한포기 없이 깨끗하게 손질하

---

1) 그리스 전설에 나오는 이야기로, 남자 없이 용맹한 여성 무사들로 구성된 민족.

는 일도, 이 꽃들을 탐내듯 울타리 너머로 기웃거리는 꼬마 녀석들을 을러 쫓아버리는 일도, 열린 대문을 통해 정원 안으로 들어온 거위를 다시 밖으로 훑어내는 일도, 쓸데없는 토론이나 이유를 댈 필요 없이 문학과 정치의 모든 문제를 깔끔하게 정리하는 일도, 교구 내의 모든 사람들에 대한 확실하고도 정확한 정보를 알아내는 일도, 하녀들을 감탄스러울 정도로 깔끔하게 유지하는 일도, 가난한 사람에게 (다소 거만한 태도로) 자선을 베푸는 일도, 이웃이 곤경에 처했을 때에 서로 진심으로 따뜻하게 돌보아 주는 일도, 크랜포드의 여성만으로 충분했다.

언젠가 한 여성이 내게 말했듯이 '남자란 집안에서는 귀찮은 존재다!' 크랜포드에 사는 여성들은 서로의 일상사 활동에 대해서는 다 알고 있었지만, 상대방이 어떤 생각을 하는지에 대해서는 심각할 정도로 무관심했다. 괴짜일 정도까지는 아니라도 각자의 개성이 상당히 강해서 상대가 하는 말에 곧바로 보복하는 말로 되치는 경우가 다반사였다. 하지만 화해 분위기는 이럭저럭 다시 회복되고는 했다. 크랜포드의 여성들도 아주 이따금씩 싸우고 머리를 뒤로 제치며 가시 돋친 말을 내뱉기도 했지만, 그냥 일상사가 너무 단조로워지지 않을 정도에 그쳤다. 그들의 옷차림도 유행과는 거리가 멀었다.

그들은 흔히 이렇게들 말했다.

"이 동네에서 서로 다 아는 처지에 옷차림이 뭐가 중요해?"

또한 크랜포드가 아닌 지역으로 갔을 때 하는 말도 마찬가지로 설득력이 있었다.

"우리를 아는 사람이 아무도 없는데 옷차림이 뭐가 중요해?"

일반적으로 옷감은 좋고 무지였으며, 옷도 결벽증에 가까운 타일러양[2]만큼이나 깔끔하게 입고 다녔다. 하지만 나는 영국에서 한때 유행

---

2) 시인인 로버트 사우디(1774~1843)의 숙모. 어찌나 깔끔한지 시인이 어릴 때 옷이 더러워질 만한 놀이는 전혀 하지 못하게 했다.

했던 지고 소매3), 꽉 조이고 짧은 페티코트를 마지막까지 볼 수 있는 곳이 크랜포드라는 것, 그것도 사람들이 아주 당당한 표정으로 입고 다닌다는 것을 장담할 수 있다.

거대한 가족용 빨간 실크 우산을 본 일도 증언할 수 있다. 많은 형제 자매 중에 홀로 살아남은 키 작고 가냘픈 노처녀가 비 오는 날이면 교회 올 때 그 우산을 들고 다니곤 했다. 요즈음 런던에도 빨간 실크 우산을 들고 다니는 사람이 있는지? 크랜포드에서는 처음 보는 것에 대한 전통이 있었고, 어린 사내아이들이 그 주위를 빙 둘러싸고 '막대기가 페티코트를 입었다.'고 놀려댔다. 힘센 아버지가 어린 자식들 머리 위로 씌워 다녀야 했을 새빨간 실크 우산을, 많은 아이들 중에 유일하게 살아남은 그 가엾고 키 작은 숙녀는 제대로 들지도 못했다.

잠깐 들르거나 방문하는 데도 규칙과 규정이 있었다. 그 규칙은 마치 일 년에 한 번 맨 섬4)의 관습법이 틴왈드 산에서 선언될 때처럼 마을에 체류하려는 젊은이들에게 엄숙하게 통지되곤 했다.

"오늘 밤의 여행 후에 몸은 어떤지 여쭤보라고 동네 분들이 전갈을 보냈어."

"여행은 신사분의 마차로 약 25킬로미터 정도였어요."

"내일 하루 푹 쉬고, 모레는 동네 분들이 방문할 거야. 그러니 정오 이후에는 시간을 비워 둬. 방문 시간대는 정오부터 오후 3시까지야."

방문을 끝낸 후에는 다음과 같은 일이 처리되어야 했다.

"오늘이 여기 온 지 삼 일째구나. 어머니께서 미리 귀띔을 해 줬을 거라고 생각되지만, 우리가 방문한 후 삼 일내에 답방을 해야 한단다. 그리고 답방 때에도 방문 시간을 15분을 넘기면 안 돼."

"하지만 제가 시계를 계속 보고 있어야 하나요? 15분이 지난 걸 어

---

3) (손목이 가늘고 팔에서 어깨 쪽으로 넓어지는) 소매.
4) 아일랜드와 잉글랜드 사이에 있음.

떻게 알아요?"

"시간을 늘 염두에 두렴. 대화중에도 항상 시간에 신경을 쓰려무나."

사람들은 방문을 할 때나, 방문객을 맞을 때나 모두 이 규칙에 신경을 쓰고 있었기 때문에 재미있을 만한 대화는 아예 주고받지 않았다. 우리는 짧은 문장으로 별 내용 없는 이야기만 나누면서 시간을 정확히 지켰다.

크랜포드 주민 중에는 생활을 꾸려나가기 힘들 정도로 가난한 사람들이 꽤 있었던 것으로 기억한다. 그러나 그들은 스파르타처럼 살았고 미소로 쓰린 속내를 감췄다. 우리는 아무도 돈에 대해서 이야기하지 않았다. 돈 이야기는 상업과 장사치 냄새가 났고, 주민 중에는 가난한 사람들도 있었지만 대부분 귀족적이었기 때문이다. 크랜포드 주민들에게는 고유의 정서가 있어서, 그들 중에 누군가가 가난을 숨기려고 하면 모두들 능청스럽게 못 본 척해 주었다.

예를 들면, 포레스터 부인이 자기의 인형의 집 같은 조그만 처소에서 파티를 열었을 때, 키 작은 하녀가 소파에 앉아 있는 손님들의 발밑에서 차 쟁반을 꺼내려고 수선을 피우는데도 사람들은 모두 이런 생소한 일을 마치 세상에서 가장 자연스러운 일처럼 넘기며, 안주인이 하녀와 집사를 거느리고 거대한 저택에 하인들의 모임방이나, 두 번째 음식 테이블까지 구비한 사람이라도 되는 듯이 가정사의 양식과 격식에 대해 계속 대화를 주고받았다.

지금 공식적으로 자리에 앉아 있는 하녀의 애인이 은근슬쩍 도와주지 않고는 자선학교[5]의 키 작은 아가씨가 자기의 불그레하고 짧은 팔의 힘만으로는 이 층까지 쟁반을 옮길 수 없다는 것도, 어떤 케이크를 이 층으로 날라 올지도 전혀 모른다는 듯이 행동했다. 아침 내내, 차

---

5) 가난한 사람들의 자제들을 위하여 특히 교회에서 운영한 학교.

마실 때 먹는 빵과 스펀지케이크를 만드느라 바빴다는 사실을 그 아가씨가 알고 우리가 알고, 우리가 안다는 것을 그 아가씨도 알고, 우리가 안다는 것을 그 아가씨가 안다는 것을 우리도 알고 있어도, 그랬다.

모두들 이렇게 가난했지만 그 사실을 모른 체하고 모두 귀족인 듯 행동하는 데 따른 여파가 한두 가지 있었다. 하지만 그건 전혀 나쁜 일이 아니며 다른 사회에 도입되어도 발전에 도움이 될 일이었다. 예를 들면, 크랜포드 주민은 모두 일찍 잠자리에 들었다. 그래서 밤 9시 정도면 그들은 등불을 든 하인의 안내를 받으며 진창에서 신는 나무 덧신을 딸각거리며 집으로 향했다. 그리고 밤 10시 30분 정도면 마을 사람 전체가 막 잠자리에 들었거나, 잠을 자고 있었다. 뿐만 아니라, 밤 파티에 먹을 것과 음료로 비싼 것을 내 놓는 일은 아주 '천박한'(크랜포드에서는 감당하기 힘든 단어다) 행동으로 간주되었다. 고(故) 그렌마이어 백작의 제수인 오너러블 제미슨 부인이 내 놓는 음식도 버터 바른 웨이퍼와 스펀지케이크가 전부였다. 그녀는 늘 이렇게 '격조 높은 절약'을 실천에 옮기고 있었다.

'격조 높은 절약!' 크랜포드의 어법에 얼마나 잘 들어맞는 말인지! 그곳에서는, 절약은 언제나 '격조 높은' 일이었고 돈 낭비는 언제나 '천박하고 허세 부리는' 행위였다. 그건 일종의 신포도[6]식 오만이었지만, 우리는 그런 식으로 마음의 평화와 만족을 누렸다. 그럴진대, 어느 날 육군 대위 출신인 브라운이라는 사람이 크랜포드에 정착하기 위해 와서, 자신이 가난하다는 사실을 아무런 거리낌 없이 말했을 때 우리가 느낀 절망감이란! 방문과 창문을 미리 꼭꼭 걸어 잠그고 친한 친구에게 낮게 속삭이는 소리로 이야기하는 게 아니라 대로 한복판에서 우렁찬 군대식 목소리로, 집을 얻을 수 없는 이유가 가난 때문이라고

---

6) 여우가 포도를 따려 했지만 끝내 손이 미치지 않자 이 포도는 신 것이라 못 먹는 거라며 오기를 부려 떠났다는 이솝 우화에서 나옴.

말하다니!

크랜포드의 숙녀들은 신사 한 분과 남자 한 명이 자기 영지를 침입해 들어온 사실만으로도 끙끙 앓고 있었다. 그는 반액 퇴직 급료를 받고 있는 퇴역한 대위였고 인근의 철도 건설 현장에 일자리를 얻어 근무하고 있었다. 이곳 작은 마을 사람들은 철도 건설을 격렬히 반대하고 있었다. 그런데 남자이며 끔찍한 철도일과 관련이 있을 뿐 아니라 가난하다는 사실을 아무런 거리낌 없이 말할 만큼 뻔뻔스러운 사람이라니. 그런 사람을 친구로 대해줄 수는 없다. 가난은 죽음만큼이나, 현실이며 흔한 말이었다. 그러나 그 말을 길거리에서 큰 소리로 입에 담는 사람은 아무도 없었다. 그 말은 점잖은 사람의 귀에 절대로 들리게 해서는 안 되는 단어였다. 왕래를 튼 사람 정도의 사회적 지위에 있는 사람들끼리는 가난 때문에 하고 싶은 일을 못한다는 사실을 아예 무시하고 살기로 암암리에 약속되어 있었다. 우리가 걸어서 파티를 다녀온다면, 그건 의자 가마[7]가 비싸서가 아니라 밤이 정말 아름답고 밤공기가 상쾌하기 때문이었다.

우리가 여름용 실크 대신에 날염 옷을 입는 까닭은 물에 빨아 입는 옷을 좋아하기 때문이었다. 기타 등등의 이유로 우리는 전부 고만고만한 수입으로 먹고 사는 사람들이라는 척박한 현실을 모른 체하고 살았다. 그랬기 때문에 당연히, 우리는 가난이 수치가 아니라는 듯이 큰 소리로 떠드는 사람을 어떻게 받아들여야 할지 몰랐다. 하지만 어찌된 일인지 캡틴 브라운은 마을 사람들의 존경을 받았고, 따돌리자는 모두의 합의에도 불구하고 사람들이 그와 왕래했다. 그가 마을에 정착한 지 일 년쯤 지나 내가 크랜포드를 방문했을 때, 그의 말이 지도자의 말처럼 인용되는 것을 듣고 깜짝 놀랐다. 불과 일 년 전만 해도 캡틴과

---

7) 17세기~19세기 초까지 좁은 길에서 사람들이 앞뒤에서 손으로 운반하던 교통수단.

그의 딸들을 만나는 것에 대해 펄펄 뛰던 나의 지인들도 마찬가지였다. 이제 그는, 그동안 마을의 방문 금지 시간이었던 정오 이전에도 다른 사람들의 집에 드나들 수 있었다. 물론 난로에 불이 붙지 않고 굴뚝에서 연기만 뭉실뭉실 피어오르는 이유를 알아보기 위해서거나 등등의 이유이긴 했다. 여전히, 캡틴 브라운은 거침없이 이 층으로 올라가서는 너무 큰 목소리로 이야기했고 마치 그 집에 사는 사람처럼 스스럼없이 농담을 주고받았다.

그는 처음에 마을 사람들이 자기를 무시하는 행동이나 행사에 그를 초대하지 않는다거나 하는 일을 전혀 눈치채지 못했다. 크랜포드 숙녀들이 그에게 차갑게 굴어도 자신은 언제나 다정하게 대했다. 비꼬듯 칭찬하는 말도 진심으로 받아들였다. 가난을 수치로 여기지 않는 사람에 대해 사람들이 뒷걸음치면 그는 남자다운 솔직함으로 거침없이 다가갔다. 그리고 마침내 그는 남자다운 훌륭한 태도와, 난관에 처한 가정사의 어려움을 해결해주는 능력으로 크랜포드 숙녀들 사이에서 권위자로 인정받게 되었다.

그는 과거에 자신이 무시당할 때 그랬던 것처럼, 인기가 있을 때도 이를 전혀 눈치채지 못한 채 묵묵히 자기 일만 해 나갔다. 그래서 어느 날, 자신이 농담삼아 한 충고가 아주 진지하게 받아들여진 것을 보고 깜짝 놀랐을 것이 틀림없다.

설명하자면 이런 이야기다. 어느 노부인이 올더니종 젖소를 딸처럼 애지중지 키우고 있었다. 15분의 짧은 방문 시간에도 우유가 얼마나 맛있는지, 소가 얼마나 영리한지에 대한 이야기는 빠진 적이 없었다. 마을 전체에서 베티 바커 양[8]의 소를 모르는 사람은 없었고, 또 모두들 소에게 다정하게 대했다. 그랬기 때문에 주인이 잠시 한 눈을 판 사

---

8) 여기서 '양'이란 호칭은 젊은 여성을 뜻하는 것이 아니라, 결혼을 한 번도 하지 않은 여성을 뜻한다.

이에 이 가엾은 소가 석회수조[9]에 빠졌을 때 모두들 정말 마음 아파하고 유감으로 생각했다. 소는 엄청나게 큰소리로 울부짖어서 금방 사람들이 알고 구해 주었다. 하지만 그 사이에 벌써 불쌍한 소의 털은 다 빠져, 소는 알몸으로 부들부들 떨며 비참한 몰골로 석회수조에서 나왔다. 사람들은 모두 소를 가엾게 여겼지만, 그 우스꽝스러운 모양새에 터져 나오는 웃음을 어쩌지 못하는 이들도 있었다. 베티 바커 양은 슬픔과 절망 속에 목 놓아 울었다. 처음엔 바커 양이 누군가에게 들은 조언에 따라 휘발유로 소의 몸을 씻어 줄 것이라는 말들이 있었다. 하지만 이 조언이 설령 정말 있었다 하더라도, 캡틴 브라운의 결정적인 한마디에 바로 뒤집어졌다.

"부인, 꼭 소를 살리고 싶다면 면플란넬로 조끼와 바지를 만들어 입히세요. 하지만 제 충고는 그냥 바로 소를 죽이라는 겁니다."

베티 바커 양은 눈물을 훔치고 캡틴 브라운에게 마음속 깊이 우러나온 말로 감사를 드렸다. 그녀는 곧 일에 착수했고, 얼마 되지 않아 마을 사람들은 올더니 젖소가 짙은 회색 면플란넬을 입고 얌전하게 목장으로 걸어가는 모습을 보게 되었다. 나도 내 눈으로 직접 여러 번 목격했다. 런던에서 회색 면플란넬을 입은 소를 본 적이 있는지?

캡틴 브라운은 마을 외곽에 작은 집을 구해 두 딸과 살고 있었다. 그는 내가 클랜포드에서 이사 나간 이후 처음으로 다시 마을을 방문했을 때 이미 예순이 넘은 나이였을 것이다. 하지만 그는 말랐지만 강건했고, 군대 훈련으로 다져진 탄탄한 몸매를 지니고 있었다. 또한 군대식으로 머리를 곧추세우고 도약하듯 걷는 발걸음 때문에 나이보다 훨씬 젊어 보였다. 그의 큰딸이 그와 나이가 얼추 비슷해 보일 정도여서, 그가 보이는 것보다는 나이가 훨씬 많다는 사실이 은연중에 드러나기도

---

9) 짐승 가죽을 담가서 털을 뽑는 웅덩이.

했다. 큰딸 브라운 양은 나이가 마흔 살 정도 되었을 것이다. 병색이 완연한 초췌한 얼굴에는 젊음의 활기가 진즉에 다 사라진 듯 보였다. 아마 젊었을 때도 그렇게 예쁜 얼굴은 아니고 험상궂은 인상이었을 것이다. 동생인 제시 브라운은 언니보다 열 살 어렸지만 얼굴은 스무 배쯤 더 예뻤다. 제시는 동그란 얼굴에 보조개가 있었다. 한번은 젠킨스 부인이 캡틴 브라운에 대한 반감으로(그 이유는 내가 곧 말해 주겠다) 다음과 같이 말한 적이 있었다.

"난 이제 제시 양이 보조개와 어린애 같이 보이려는 태도를 버려야 할 때라고 생각해."

그녀 얼굴이 어린아이 같은 데가 있다는 건 사실이었다. 그건 그녀가 죽을 때까지, 설령 백 살까지 산다고 해도 그럴 거라고 생각한다. 그녀의 눈은 크고 푸른색이고 상대방의 눈을 놀란 듯이 똑바로 쳐다보았다. 코는 비뚤어졌고 들창코였지만, 입술은 붉고 이슬을 머금은 듯 촉촉했다. 머리도 잔물결 모양으로 컬을 만들고 다녀 어린아이 같은 특징을 더욱 두드러지게 했다. 얼굴이 예뻤는지는 모르겠지만, 나는 그 얼굴이 좋았고 마을 사람들도 모두 그랬다. 그리고 보조개로 치자면 그건 그녀로서도 어쩔 수 없었을 것이다. 그녀도 자기 아버지와 마찬가지로 걸음걸이와 태도에서 쾌활함이 묻어났다. 그리고 여성 관찰자라면 두 자매의 옷차림에 미묘한 차이가 있다는 것을 알아차렸을 것이다. 제시 양이 브라운 양보다는 일 년에 약 2파운드 정도 비싸 보이는 옷을 입었고, 2파운드라면 캡틴 브라운의 연간 소득을 감안하면 대단한 금액이었다.

그것이 크랜포드 교회에서 캡틴 브라운 가족이 함께 있는 모습을 처음 보았을 때 내가 느낀 인상이었다. 캡틴 브라운은 굴뚝에서 연기가 심하게 날 때 이미 본 적이 있었고, 당시 그는 굴뚝 통기관 방향만 살짝 틀어 바로 고쳐 주었다. 아침 예배 시간에 그는 쌍안경을 눈에 대고 머리를 꼿꼿이 세우고 큰 소리로 우렁차고 신나게 찬송가를 불렀다. 그는 새된 목소리의 교회 집사보다 더 큰 소리로 대답해서, 교회 집사는 캡틴 브라운의 저음의 우렁찬 목소리에 분개해서 점점 더 큰 소리로 발발 떨며 대답했다.

활기 넘치는 캡틴 브라운은 예배가 끝나고 교회 밖으로 나오자마자 두 딸을 아주 정성스레 돌봐 주었다. 그는 지인들에게 목례를 하고 미소를 지으면서도 큰딸이 우산을 펴는 것을 거들어 주고 기도서를 들어 주었으며 딸이 비로 젖은 길을 걷기 위해 떨리는 불안한 손으로 겉옷을 감아올릴 때까지 참을성 있게 기다려 주었으며, 이 일이 모두 끝나고 나서야 사람들과 악수를 나누었다.

파티에서 크랜포드 숙녀들이 캡틴 브라운과 어떻게 어울렸는지 궁금했다. 이전에 카드놀이 겸 파티를 할 때면, 우리는 남성이 없어 시중들어줄 필요도, 공통 대화거리를 찾을 필요도 없다는 사실에 좋아라들 했다. 우리는 저녁 시간의 아늑함을 즐기며, 고상한 것을 좋아하고 남자를 싫어하는 취향에 젖어 남자란 '천박한' 존재라고 믿게 되기까지 했다. 그랬기 때문에, 내 친구이자 안주인인 젠킨스 부인이 나의 크랜포드 방문을 기념해 파티를 열면서 캡틴 브라운과 두 딸을 초대했다는 사실을 알았을 때 저녁 시간이 어떤 분위기일지 무척 궁금해졌다. 초록색 베이즈[10]를 씌운 카드놀이용 테이블은 평소와 마찬가지로 날이 밝을 때 이미 정렬이 되어 있었다. 11월의 3주째 접어들 때였으므로 4시 정도면 벌써 어둑어둑했다. 각 테이블엔 양초와 깨끗한 카드가 놓였다. 난로불이 지펴지고, 깔끔하게 차려입은 하녀가 마지막 지시를 받고 있었다.

우리는 모두 나들이옷을 입고 손에는 촛불 점화기를 들고 첫 번째

---

10) 당구대 따위에 까는 녹색 천.

손님이 노크를 하면 바로 초가 있는 곳으로 달려가 불을 켤 준비를 하고 있었다. 크랜포드에서 파티는 진지한 행사였고 숙녀들은 모두 나들이옷을 입고 으쓱이며 앉아있었다.

세 사람이 도착하자마자 우리는 함께 앉았고, 나는 끼어 앉는 불운한 네 번째 손님으로 "프레프런스[11]" 카드놀이를 했다. 다음에 도착한 네 사람이 또 다른 테이블에 바로 앉았다. 이윽고 내가 아침에 지나가면서 광에 차려진 것을 얼핏 본 차 쟁반이 각 테이블의 중앙에 놓였다. 그릇은 얇고 우아한 도자기였고, 은 식기는 구식이었지만 잘 닦여 반짝이고 있었다. 그러나 음식에 대해선 별로 설명할 것이 없었다.

캡틴은 쟁반이 테이블에 놓이고 나서야 두 딸과 함께 도착했다. 나는 캡틴이 거기 모인 모든 숙녀들 사이에서 인기 있는 사람이란 것을 눈치 챌 수 있었다. 그가 다가오면 숙녀들의 주름진 이마가 활짝 펴졌고 날카로운 목소리가 잦아들었다. 언니 브라운 양은 아파 보였고, 기분이 가라앉아 있어 거의 침울하게 보일 정도였다. 동생 제시 양은 언제나처럼 미소를 짓고 있었고 아버지만큼이나 인기가 있어 보였다. 캡틴 브라운은 곧바로, 그리고 조용히 방에서 남자의 역할을 맡았다. 모든 사람들에게 부족함이 없도록 관심을 기울이고, 빈 잔을 채워주고 버터 얹은 빵이 떨어진 여성에겐 가져다주면서 예쁜 하녀의 일손을 덜어 주었다. 그러면서도 이런 모든 일을 아주 수월하고 품위 있게, 마치 강한 사람이 약한 사람을 돌봐 주는 것이 당연한 일인 것처럼 처리했으므로 그는 파티 내내 진정한 남자로 보였다.

그는 판돈 3페니의 게임을 3파운드짜리 게임이나 되듯 신중하게 임했다. 손님 모두에게 신경을 쓰면서도 아픈 딸에 대한 관심을 소홀히 하지 않았다. 큰딸이 그냥 짜증이 나 있다고 보는 사람들도 꽤 있었지

---

11) 원래 세 사람이 함께 하는 카드놀이인데 크랜포드에서는 보통 네 사람이 했던 것 같다.

만, 내 눈에는 확실히 아파보였다. 카드놀이를 할 줄 몰랐던 제시 양은 자기가 오기 전까지는 약간 부루퉁해 있던, 카드놀이를 하지 않는 다른 사람들과 대화를 나누었다. 그녀는 애초엔 스피넷[12]이었던 것 같은 삐걱거리는 오래된 피아노 소리에 맞춰 노래도 불렀다. 약간 가락이 틀리게 '헤자딘의 병사[13]'를 노래했지만, 우리 중에 노래에 조예가 있는 사람은 없었다. 다만 젠킨스 양만은 우리와는 달리 스푼으로 박자를 맞추었다.

박자가 틀리기는 했지만 젠킨스 양의 이런 행동은 그녀의 인정 많은 성품을 그대로 보여 주는 것이었다. 왜냐하면 방심한 찰나에 제시 양이 (영국 셰틀랜드 군도를 원산지로 하여 생산되는 양모와 관련된 이야기 도중에) 자기 외삼촌이 에든버러에서 가게를 운영하고 있다고 말해 버렸기 때문에, 젠킨스 양이 조금 전까지만 해도 상당히 언짢아하던 참이었기 때문이었다. 젠킨스 양은 이 이야기가 들리지 않도록 심하게 기침을 했다. 왜냐하면 오너러블 제미슨 여사가 제시 양과 가장 가까운 곳에 있는 테이블에 앉아 있었는데, 그녀가 소매상인의 조카와 한방에 앉아 있다는 사실을 알기라도 하면 뭐라고 말하거나, 생각할 것인가! 그러나 제시 양은 폴 양에게 다시 한 번 그 말을 하면서 덧붙였다(다음 날 우리는 그녀가 눈치가 없어도 이만저만 없는 것이 아니라고 입을 모았다).

"에든버러에서 가게를 운영하는 삼촌이 가장 좋은 품질의 셰틀랜드 양모를 구비하고 있는데, 필요하면 그분께 부탁해서 사 주겠다."

젠킨스 양이 제시에게 노래를 불러 달라고 한 이유는 귀를 씻고 떫은 입맛을 가시게 하려고 그랬던 것이다. 그러니 다시 말하지만, 젠킨스 양이 노래 소리에 박자를 맞춘 것은 아주 인정스러운 행동이었다.

---

12) 15세기 말에 생겨서 18세기 말까지 애용된 건반 붙은 발현 악기.
13) 월터 스콧 경(1771~1832)이 쓴 발라드. 연인과 도망가는 구슬픈 여인에 관한 노래.

8시 45분 정각에 비스킷과 와인을 얹은 쟁반이 다시 들어왔을 때, 사람들은 한창 이야기꽃을 피우고 있었다. 카드 판을 비교하기도 하고 속임수에 관한 이야기도 했는데, 잠시 후 캡틴 브라운이 문학에 관한 약간의 지식을 과시했다.

"여기서 《피크윅 클럽의 유문록(遺文錄)》[14] 중에서 어떤 번호라도 보신 분이 계세요? (당시에 그 책은 몇 편에 걸쳐 번호로 나뉘어 출간되고 있었다) 정말 최고입니다."

젠킨스 양은, 크랜포드에서 목사를 하시다 돌아가신 분의 따님이었고, 설교 원고와 하느님에 관한 책들을 상당수 보관하고 있었기 때문에 자신을 문학적이라고 생각했으며 그래서 책에 관한 어떤 이야기도 자신에 대한 도전이라고 생각했다. 그녀가 대답했다.

"그럼요. 봤죠. 사실, 읽었다고 해야겠네요."

"어땠어요? 정말 소문대로 멋지죠?"

캡틴 브라운이 소리쳤다.

채근을 받자, 젠킨스 양은 대답을 하지 않을 수가 없었다.

"아무리 그래봤자 사무엘 존슨[15]의 작품과는 비교가 안 되죠. 아마 작가가 젊은가 봐요. 계속 열심히 노력하라고 해요. 그 사람이 존슨 박사를 롤 모델로 삼아 열심히 노력하면 나중에 어떻게 될지 누가 알겠어요."

이건 캡틴 브라운이 점잖게 받아들이기엔 너무 심한 말이었다. 그래서 젠킨스 양이 미처 말을 끝내기도 전에 브라운 씨의 입술이 들썩거리는 게 보였다.

"부인, 두 사람은 작품 스타일이 아주 다르지 않습니까?"

---

14) 찰스 디킨스(1812~1870)의 소설. 1836년 4월부터 1837년 11월 사이에 부분 부분 나누어 출간되었다가 1837년에 완결편이 나옴.
15) (1709~1784) 영국 시인 겸 평론가. 후에 문학상 수상 업적으로 박사학위가 추중되어 '존슨 박사'라 불렸다.

그가 입을 열었다.

"나도 잘 알고 있어요. 그것까지 감안해서 한 말이에요, 캡틴 브라운."

그녀가 말을 되받았다.

"이번 달에 발표된 것 중에서 한 장면만 읽어 보도록 해 주세요. 나도 오늘 아침에야 그걸 입수해서 아마 여기 계신 분들은 아직 읽어 보지 못했을 거예요."

그가 간청했다.

"정 그러고 싶으시다면."

그녀는 체념하듯 자리에 앉았다. 그는 샘 웰러가 배스에게 말한 '삶은 양고기 다리 살'에 관한 부분을 읽었다. 우리 중의 몇 사람은 요절복통했다. 젠킨스 양의 집에 손님으로 머무르고 있던 나는 감히 그럴 수가 없었다. 젠킨스 양은 위엄 있는 태도로 참을성 있게 앉아 있었다. 낭독이 끝나자 그녀는 나를 보며 약간 엄숙하게 말했다.

"애야, 서재에 가서 《라셀라스》[16]를 가지고 오렴."

내가 책을 가져다주자 그녀는 캡틴 브라운을 향해 몸을 돌렸다.

"이젠 내가 한 장면을 읽어 보도록 하죠. 그리고 나면 여기 계신 손님들이 당신이 가장 좋아하는 작가 보즈[17]와, 존슨 박사를 비교해서 판단하실 거예요."

그녀는 라셀라스와 이믈락 간의 대화 부분을 당당하고 카랑카랑한 목소리로 읽었다. 읽기를 끝내고 그녀가 말했다.

"이제 내가 왜 작가로 존슨 박사를 더 좋아하는지 입증이 되었을 거예요."

캡틴 브라운은 입술을 오므리며 손으로 테이블을 톡톡 치면서도 말

---

16) Dr. Johnson의 교훈적 소설(1759)의 주인공. Abyssinia의 왕자임.
17) 찰스 디킨스의 필명.

은 끝내 하지 않았다. 그녀는 이제 그에게 결정타를 날려야겠다고 생각했다.

"난 소설에 번호를 매겨 출간하는 건 천박하며 문학을 모독하는 행위라고 생각해요."

"그러면 부인, 《램블러》[18]는 어떻게 발표되었는데요?"

캡틴 브라운이 낮은 목소리로 물었다. 젠킨스 양으로서는 알 리가 없었을 것이다.

"존슨 박사의 문체는 젊은 작가 지망생들의 표본이에요. 내가 편지를 쓰기 시작할 때 아버지께서 존슨 박사를 추천해 주셨어요. 나는 그의 문체를 바탕으로 내 스타일을 만들어 갔죠. 당신에게도 적극 추천합니다."

"그의 문체가 젠체하는 서간체로 바뀐다면 정말 유감이겠는데요."

캡틴 브라운이 말했다.

캡틴 브라운으로서는 전혀 의도하지 않았지만 젠킨스 양은 이 말을 개인적인 모욕으로 받아들였다. 서간체 글쓰기는 그녀와 친구들이 그녀의 특기로 여기고 있었다. 나는 석판에 쓰고 또 교정한 편지를 많이 보았으며, 젠킨스 양은 '우편 마감 시간 30분 전까지 자기 친구들에게 이런저런 것을 확인'하도록 했다. 그리고 아까 말했듯이 이런 편지 쓰기에서 존슨 박사는 그녀의 롤 모델이었다. 캡틴 브라운의 마지막 말에, 젠킨스 양은 품위 있게 자리에서 일어나면서 한 음절씩 또박또박 특별히 더 힘을 주며 대답했다.

"나는 보즈 씨보다 존슨 박사가 더 좋습니다."

캡틴 브라운이 낮은 소리로 "이런 우라질 ×의, 존슨 박사!"라고 으르렁거렸다는 말이 있었지만 진위여부는 모르겠다. 설령 그랬더라도,

---

18) 존슨 박사가 주 2회 편집·기고한 글.

그는 이내 후회하고 젠킨스 양의 안락의자로 가서 좀 더 재미있는 대화에 그녀를 끌어들이려고 노력했다. 하지만 젠킨스 양은 꿈쩍도 하지 않았고, 다음 날 아까 말했던 제시 양의 보조개에 대한 이야기가 나왔던 것이다.

제2장
캡틴 브라운

크랜포드에서 한 달만 살아도 그곳 주민들의 일상사를 꿰게 된다. 그래서 나는 방문 기간이 끝나기 훨씬 전에 브라운 부녀 세 사람에 관해 상당히 많은 것을 파악할 수 있었다. 그들이 가난하다는 사실은 파악하고 말고 할 것도 없었다. 첫날부터 길거리에서 대놓고 말해버렸기 때문이었다. 그들이 검소하게 살아야 할 이유도 뻔했기 때문에 따로 알아볼 필요도 없었다.

그러므로 시간이 지나면서 점차 알게 된 것은 캡틴이 무한히 착한 성품의 소유자라는 사실이었고, 그는 여러 가지 방식으로 무의식중에 이를 증명했다.

그에 관한 사소한 일화가 생길 때면 한동안 사람들 입에 회자되었다. 우리는 독서를 많이 하는 편이 아니었고, 하인들하고도 스스럼없이 어울렸으므로 공통 화제가 늘 부족했다. 그래서 길이 미끄러웠던 어느 일요일에 캡틴 브라운이 가난한 노파의 저녁 바구니를 들어 준 이야기는 두고두고 사람들의 입방아에 오르내렸다.

그는 교회를 다녀오다가 빵집[19]에서 집으로 돌아가던 노파가 미끄러운 길에서 휘청거리는 모습을 보았다. 그는 정중한 태도로 노파의 바구니를 받아 들고 그녀 옆에서 길을 인도해, 구운 양고기와 감자를 안전하게 집까지 가져다주었다. 하지만 그건 별난 행동이었다. 그래서 모두들 그가 월요일 아침에 마을을 돌아다니며 사정을 설명하고 크랜포드 마을의 예의에 벗어난 행동에 대해 용서를 구할 것이라고 예상했다. 하지만 그런 일은 없었다. 그러자 다시 사람들은, 그가 너무 창피해서 두문불출하고 있다고 결론 내렸다. 좀 가엾다고 생각한 우리는 다시 이야기를 하기 시작했다.

"결국 일요일 아침 일은 그가 아주 착한 성품을 지니고 있다는 걸 반영하는 거잖아요."

그래서 우리는 그에게 사람들과 다시 어울릴 기회를 주어야 한다고 생각했다. 하지만 오! 보라! 그는 수치심이라고는 털끝만큼도 보이지 않는 태도로, 언제나처럼 머리를 뒤로 젖히고 저음의 목소리로 우렁차게 말했고, 가발도 언제나처럼 말쑥하게 컬이 져 있었다. 이번에 우리는 그가 일요일의 일에 대해 다 잊어버린 게 틀림없다고 결론을 내릴 수밖에 없었다.

폴 양과 제시 브라운 양은 셰틀랜드 산 양모와 새로운 뜨개질법을 매개로 꽤 가까운 사이가 되었다. 그래서 나는 폴 양의 집에 놀러가기 시작하면서, 전에 젠킨스 양의 집에 있을 때보다 훨씬 더 자주 브라운 씨 가족을 만날 수 있었다. 젠킨스 양은 캡틴 브라운이 존슨 박사를 가볍고 재미있는 소설을 쓰는 작가라고 헐뜯었다며 아직도 응어리가 남아 있었다. 나는 제시의 언니 브라운 양이 만성적인 불치병을 앓고 있다는 사실을 알게 되었다. 전에는 순전히 짜증이 나서 그런 걸로 생각

---

19) 당시에 집에 오븐이 없었기 때문에 가난한 사람들은 빵집에서 빵을 굽고 남은 열에 음식을 구워가는 일이 흔했다.

했는데 사실은 아파서 가끔씩 얼굴을 일그러뜨렸던 것이다. 물론 병으로 인한 신경성 흥분이 참을 한계를 넘으면 그녀가 정말 짜증을 부릴 때도 있었다. 그럴 때면 제시 양은 언제나 심하게 자책을 하며 보통 때보다 더욱 참을성 있게 언니를 돌보았다. 브라운 양은 자신의 성급하고 짜증 잘 내는 성격에 대해 자책할 뿐 아니라, 동생과 아버지가 자신의 병에 필요한 약간의 호사를 누리게 해 주려고 경제적으로 쪼들린다며 괴로워하곤 했다. 그녀는 아버지와 동생을 위해 기꺼이 희생하여 그들의 짐을 덜어주고 싶어 했지만 그러지 못했기 때문에, 원래 너그러운 성격에 신랄함이 배어 있었다. 아버지와 제시는 묵묵히 그런 그녀를 참아내며 다정하게 그녀를 돌봐 주었다.

나는 제시 양이 집에서 하는 행동을 보고, 음치인 노래 솜씨와 유치하게 입는 옷차림을 모두 용서해 주었다. 캡틴 브라운이 습관적으로 걸치는 짙은 브루투스[20] 식의 가발과 솜을 채운 코트(아! 슬프게도 너무나 자주 실밥이 떨어져 있던)는 멋 부리던 젊은 군인 시절에 입던 것이었다. 그는 별의별 재주가 다 있었는데 모두 병영 생활 중에 익힌 것들이었다. 그는 자기 마음에 흡족할 정도로 군화를 반짝반짝 광 낼 수 있는 사람은 자기 밖에 없었노라고 고백하기도 했다. 그는 딸이 아파서 파티 분위기가 무거워지는 것을 의식하고, 기꺼이 어린 하녀의 일을 도와주곤 했다.

그는 아까 내가 말했던 젠킨스 양과의 기억에 남을만한 말싸움을 한 후에 자신이 직접 나무로 만든 석탄 삽을 선물해 그녀와 화해를 시도해 보기도 했다. 그녀가 철재로 만든 석탄 삽이 사용할 때 소리가 너무 귀에 거슬린다고 하는 말을 들은 적이 있었기 때문이었다. 그녀는 형식적으로 냉담하게 고맙다고 말하면서 선물을 받았고, 그가 떠나자 나

---

20) 로마의 영웅. 그의 동상에 있는 헤어스타일은 프랑스 혁명기와 그 이후까지 유행이었다.

에게 그걸 헛간에 치워 놓으라고 말했다. 마치 존슨 박사보다 찰스 디킨스를 더 좋아하는 사람이 준 선물은 철재 석탄 삽 소리가 귀에 거슬리는 것만큼이나 눈에 거슬리는 것 같았다.

그 정도가 내가 크랜포드를 떠나 드럼블로 갔을 때까지의 상황이었다. 하지만 나는 동네 사람 몇 명과 서신 교환을 하고 있어서 정겨운 작은 마을에서 일어나는 일을 모두 다 꿰고 있었다. 우선 폴 양이 있었다. 그녀는 한때 뜨개질에 그랬던 것처럼 이젠 코바늘 뜨개질에 빠져 있었다. 그래서 그녀의 편지는 "프린트 가게[21]에서 하얀 털실을 사오는 것을 잊지 말아요."라는 옛 노래의 가사 내용과 비슷했다. 새로운 소식 말미에 항상 코바늘 뜨개질에 관한 새로운 부탁이 들어 있었기 때문이었다. 마틸다 젠킨스 양도 있었다. 언니가 주위에 없을 때는 매티 양으로 불러도 개의치 않던 그녀는 따뜻하고 친절하지만, 다소 두서없는 내용의 편지를 썼다. 이따금씩 그녀는 자신의 의견을 개진하기도 했는데, 그러다가 갑자기 말을 중단하고 언니의 생각은 다르다는 걸 자신이 알고 있다면서 자기가 한 말이라고 고자질하지 말라고 부탁하거나, 추신에 자신이 위에 한 말을 언니와 의논해 봤는데 다음과 같이 확신한다며 뭐라 뭐라 덧붙이기도 했다(그리곤 자신이 했던 말을 모두 취소한다는 말이 뒤를 이었다).

그리고 젠킨스 양도 있었다. 동생에게 자신을 데보라로 부르게 했는데 그녀의 아버지로부터 유대인 이름은 그렇게 발음되어야 한다는 말씀을 들었다고 했다. 나는 마음속으로 그녀가 성서에 나오는 데보라라는 이름의 이스라엘의 여성 예언자를 자기 성격의 롤 모델로 삼았다고 생각했다. 아닌 게 아니라 그녀는 여러 면에서 준엄한 여전사와 비슷했다. 물론 현대의 풍습과 옷차림만 제외하고는 말이다.

---

21) 런던의 하이드 파크 남쪽에 있는 웰링턴 기념비 근처에 있는 잡화 장신구 가게.

젠킨스 양은 크러뱃[22]을 매고 기수 모자 같이 생긴 작은 보닛을 썼으며, 전체 모습에선 자립적인 여성의 이미지를 풍겼다. 하지만 그녀는 남녀가 평등하다는 현대적 개념은 경멸했을 것이다. 남녀가 평등하다고, 천만에! 그녀는 여자가 우월하다는 것을 알고 있었다. 그러나 다시 그녀의 편지 이야기로 돌아가 보면, 편지 내용도 그녀만큼이나 위엄과 품위가 철철 넘쳤다. 내가 편지들을 죽 훑어본 후(젠킨스 양, 내가 그녀를 얼마나 공경하는지!) 그중 하나를 인용해 보겠다. 편지 내용은 특히 우리의 친구 캡틴 브라운에 관한 것이었다.

오너러블 제미슨 여사가 방금 다녀가셨단다. 이야기 도중에 한 가지 소식을 전했는데 어제 자기 남편의 옛 친구인 말레블러 경이 크랜포드를 들르는 김에 여사 댁을 방문했다는구나. 그렇게 지체 높으신 분이 무슨 볼일로 우리 같은 작은 마을을 찾았는지 넌 짐작도 못 할 거야. 바로 캡틴 브라운을 만나러 왔다는구나. 말레블러 경은 그와 전쟁터에서 알고 지냈는데, 남아프리카의 이름이 잘못 지어진 희망봉 근해에서 각하가 어떤 큰 위험에 처했을 때 캡틴 브라운이 생명을 구해준 일이 있었다는구나. 우리의 친구 오너러블 제미슨 여사가 순수한 호기심이 부족하다는 건 너도 알지? 그러니 그녀가 문제의 위험이 어떤 것이었는지 몰랐다고 해도 그리 놀랍진 않을 거야. 캡틴 브라운이 좁은 집에서 어떻게 그런 귀한 분을 영접했는지 꽤나 걱정스러웠다는 점을 고백하마. 나중에 알고 보니 말레블러 경께서 밤에는 엔젤 호텔에서 숙면을 취하셨다는구나. 하지만 크랜포드를 빛내주신 존경하는 그분이 방문하신 이틀 동안 식사는 브라운 씨 댁에서 하셨단다. 친절한 정육점 주인의 부인인 존슨 여사가 제시 양이 양다리를 사갔다고 내게 알려 주더구

---

22) 남자 넥타이가 나오기 전 17세기에 유행했던 실크나 레이스 등 고급 천을 목에 감고 앞에서 매었던 것.

나. 하지만 그것 말고는 그런 귀한 분을 접대하기에 알맞은 다른 준비가 있었다는 말은 듣지 못했어. 아마 "이성의 향연과 영혼의 교류[23]"로 접대했나 보지. 캡틴 브라운이 "영국의 더럽혀지지 않은 맑은 샘[24]"을 즐길 기회가 없었다는 사실을 익히 알고 있는 우리로서는 그가 우아하고 세련된 영국 귀족과 대화를 나누며 취향이 좀 나아질 기회를 얻은 것에 대해 축하하고 있어. 하지만 세속적인 감정으로부터 완전히 자유로운 사람이 어디 있겠니

폴 양과 매티 양은 봉투 하나에 편지를 같이 넣어 보냈다. 크랜포드에서 온 편지 중에 말레블러 경의 방문 소식이 들어 있지 않은 건 없었다. 모두들 그 사건을 최대한 과대포장해서 말했다. 매티 양은 크랜포드를 빛내준 그 사건을 설명하는 데 언니가 훨씬 뛰어난데 언니와 같은 시기에 편지를 보내는 것에 대해 겸손하게 사과했다. 하지만 틀린 철자가 약간 있긴 했지만, 매티 양의 편지가 말레블러 경의 방문으로 벌어진 소동을 가장 잘 전달해 주고 있었다. 왜냐하면 엔젤 호텔에 근무하는 사람들, 브라운 씨 세 부녀, 제미슨 여사, 그리고 더러운 굴렁쇠를 굴리며 지나가다가 각하의 다리에 부딪히는 바람에 욕을 먹은 소년을 제외하고는 각하와 직접 대화를 나눠본 사람이 있다는 이야기를 들어보지 못했기 때문이었다.
　내가 다시 크랜포드를 찾았을 때는 여름이었다. 내가 떠나 온 후, 그곳엔 새로 태어난 아기도, 고인이 된 사람도, 결혼한 사람도 없었다. 모두들 같은 집에서 살고, 잘 손질한 유행에 뒤떨어진 옷을 그대로 입고 다녔다. 가장 큰 사건은 젠킨스 양이 응접실에 새 카펫을 사 놓은 일이었다. 아! 매티 양과 내가 햇살을 따라 다니느라 얼마나 힘들었는지! 오

---

23) 알렉산더 포프가 쓴 《호러스를 본받아(Imitations of Horace)》에 나오는 내용.
24) 에드먼드 스펜서의 장편 서사시 《페어리 퀸(선녀 여왕)》에 나오는 내용.

후엔 차양이 없는 창문을 통해 직사광선이 카펫 위로 바로 내리쬤기 때문이었다. 우리는 햇볕이 내리쬐는 곳에 신문지를 깔아 놓고, 소파에 앉아 책을 읽거나 각자 하던 일을 했다. 그러다가, 오, 보라! 약 15분 정도가 지나면 햇볕이 카펫의 딴 곳으로 옮겨가고 그러면 우리는 무릎으로 기어가 신문지를 그곳으로 옮겨 놓곤 했다. 젠킨스 양이 파티를 열던 그날 아침에도 우리는 아침 내내 바쁘게 신문지를 자르고 붙여 초대 손님들이 의자까지 가는 길에 깔아 놓았다. 사람들이 발로 밟아 깨끗한 카펫이 더러워질 것을 염려한 그녀가 시켰기 때문이었다. 런던에도 초대 손님이 걸어가는 모든 길에 신문지 길을 만들어 놓는지?

캡틴 브라운과 젠킨스 양은 그리 다정한 사이는 아니었다. 내가 처음에 봤던 문학에 관한 논쟁은 '원초적인' 것이었고 그것에 대해서는 둘 다 조금만 건드려도 움찔했다. 그게 둘 사이에 보인 유일한 의견 차이였지만, 그것만으로도 충분했다. 젠킨스 양은 캡틴 브라운에게 존슨 박사에 관한 이야기를 삼가는 법이 없었고, 캡틴은 대꾸는 하지 않지만 손가락으로 테이블을 두드렸다. 그러면 젠킨스 양은 그런 행동이 존슨 박사에 대한 모욕이라며 분개했다. 캡틴 브라운은 자신이 찰스 디킨스의 작품을 더 좋아 한다는 것을 행동으로 보여 주는 편을 택했다. 그는 길을 가면서도 책을 읽느라 너무 몰두한 나머지 젠킨스 양과 부딪칠 뻔하기도 했다. 그는 정중히 그리고 진심으로 사과했고, 둘 다 깜짝 놀라는데 그쳤지만 젠킨스 양은 그가 좀 더 품격 있는 책을 읽고 있었다면 자기를 쳐서 넘어뜨려도 괜찮았겠노라며 고백하기도 했다. 가엾고 용감한 캡틴! 그는 더욱 늙고 더욱 지쳐 보였으며, 옷도 아주 많이 해져 있었다. 그러나 그는 언제나처럼 밝고 활기차 보였다. 단, 딸의 건강에 대한 질문을 받을 때만 예외였다.

"딸아이는 많이 아파요. 앞으로도 그럴 거고요. 우린 그 애의 고통을 덜어 줄 수 있도록 최선을 다할 뿐이죠. 하느님 뜻대로 하소서!"

그는 마지막 말을 할 때 모자를 벗어 들었다. 사실, 매티 양으로부터도 그들이 할 수 있는 모든 일을 다 했다는 말을 들을 수 있었다. 이웃 마을의 실력 있는 의사에게 왕진을 청하기도 했고, 의사가 시키는 일이면 비용을 따지지 않고 모두 했다. 환자를 편안하게 해 주기 위해 캡틴 브라운과 제시 양은 많은 일을 희생하며 지낸 게 틀림없다고 매티 양이 전했다. 하지만 그들은 그런 말을 전혀 입 밖에 내지 않았다. 그리고 제시 양이란!

"정말이지, 그 애는 천사야."

가엾은 매티 양이 격해진 감정으로 말했다.

"언니 짜증을 다 받아 주고, 밤새, 그것도 반 이상은 야단치는 소리를 들으며 간호한 후에도 밝은 표정을 짓고 있는 것을 보면 정말 예뻐. 그러면서도 아침이면 밤새 여왕의 침대에서 잠을 자고 일어난 듯이 깔끔하게 차려입고 아버지를 맞을 준비를 해 둔단다. 애! 내가 봤던 걸 너도 본다면 그 애가 머리를 너무 꼼꼼히 잘게 컬을 만들고 분홍색 나비넥타이를 매고 다녀도 우습게 볼 순 없을 거다."

나는 크게 뉘우치고 다음번에 그녀를 만났을 때는 두 배의 존경심으로 반겼다. 그녀는 창백하고 여위어 보였다. 언니 이야기를 할 때는 아주 심약해진 듯 입술을 가늘게 떨었다. 하지만 곧 밝게 웃으며 예쁜 눈에 어린 눈물을 삼키며 말했다.

"하지만 크랜포드 마을 사람들이 얼마나 친절한데요! 별다른 음식을 해 먹는 것이 아닐 텐데도 제일 좋은 음식을 작은 바구니에 담아 뚜껑을 덮어서 언니 주라고 가져다 줘요. 가난한 사람들도 가장 먼저 딴 채소를 언니 먹으라고 문 앞에 가져다 놓아요. 그분들은 마치 그런 일이 창피하기라도 한 듯이 짧고 퉁명스럽게 말해요. 하지만 난 그분들의 사려 깊은 마음을 충분히 느낄 수 있어요."

그녀의 눈에 다시 눈물이 그렁그렁해지더니 뺨 위로 주르르 흘러 내렸다. 하지만 곧 자신이 주책이라며 여느 때와 다름없이 쾌활한 제시 양으로 돌아가곤 했다.

"하지만 말레블러 경은 자기 생명을 구해 준 사람에게 왜 아무 것도 해 주지 않은 거죠?"

내가 물었다.

"캡틴 브라운은 꼭 그래야 할 이유가 없으면 자신이 가난하다는 걸 절대로 말하지 않아. 그는 왕자처럼 행복하고 쾌활한 표정으로 말레블러 경과 함께 길을 걷곤 했어. 부녀는 저녁 식사에 차린 게 없다고 용서를 구해 그의 주의를 환기시키지도 않았고 그날따라 유달리 제시 양의 음식 솜씨도 돋보였기 때문에 모든 상황을 좋게 보신 것 같았어. 내가 감히 말하건대 말레블러 경은 자기를 위해 뒤에서 어떤 노력이 들어갔는지 전혀 눈치를 채지 못했을 거야. 그는 겨울이면 자신이 잡은 사냥감을 종종 보내기도 했지만 지금은 외국에 나가 있어."

나는 크랜포드에서 하찮은 물건과 작은 노력으로 만들어진 유용한 물품을 종종 본 적이 있었다. 땅에 떨어지기 전에 수집해 정원이 없는 사람들에게 보내는 장미 꽃잎 포푸리, 도시에 사는 사람들에게 옷장에 뿌려 두라고 보내거나 환자들이 있는 방에서 은은히 타도록 보내는 작은 라벤더 꽃다발 등. 우습게 보일 수도 있는 물품과 의미 없어 보이는 행동도 크랜포드에서는 늘 세심하게 준비되었다. 젠킨스 양은 사과 하나를 가운데 놓고 주위에 클로버 꽃잎을 가득 담아 브라운 양에게 보내기도 했다. 그녀 방에서 따뜻하게 데워져서 아름다운 향기를 실내에 풍기도록 하기 위함이었다. 젠킨스 양은 클로버를 한 잎씩 따면서 존슨의 소설에 나오는 문장을 읊곤 했다. 사실, 그녀는 브라운 씨 가족을 생각하면 늘 존슨을 이야기했고, 당시에는 브라운 씨 가족이 그녀의 뇌리에서 떠나는 일이 거의 없었으므로 나는 엄청나게 많은 존슨의 글귀를 듣곤 했다.

어느 날, 캡틴 브라운이 집에 방문했다. 젠킨스 양이 베풀어준 소소한 친절에 감사를 표하기 위해서였는데, 사실 그전까지는 그녀가 브라운 씨 집에 뭔가를 보냈다는 사실도 나는 전혀 모르고 있었다. 그는 갑자기 할아버지가 된 것 같았다. 저음의 목소리는 떨렸고 눈은 침침해 보였으며 얼굴에 난 주름도 깊어 보였다. 딸의 건강 상태에 대해서 말을 할 때는 힘이 없었고(물론 힘이 있을 수도 없겠지만), 신에게 맡긴다는 식의 체념 어린 표정이 역력했으며, 그리 많은 말을 하지도 않았다. 하지만 이야기 도중에 두 번이나 다음처럼 말했다.

"제시가 우리에게 어떻게 했는지는 하느님만 아시죠!"

그리고 두 번째 그 말을 하고난 다음에 그는 서둘러 자리에서 일어나면서 아무 말 없이 모두와 악수를 나눈 뒤 집을 나갔다.

그날 오후 우리는 사람들이 길에 모여 웅성거리고, 무슨 이야기를 들으며 경악한 표정을 짓는 것을 우연히 보았다. 젠킨스 양은 무슨 일인지 궁금해 체면을 무릅쓰고 제니를 시켜 알아보게 했다.

제니는 얼굴이 새하얗게 질린 채 돌아왔다.

"오, 마님! 오, 젠킨스 마님! 캡틴 브라운이 저 망할 놈의 못된 기차에 깔려 죽었대요!"

이렇게 말하면서 그녀는 울음을 터트렸다. 그녀도 그의 친절한 도움을 받은 많은 사람들 중의 한 명이었다.

"어쩌다? 어디서, 도대체 어디서? 오 하느님! 제니, 울지만 말고 무슨 일인지 빨리 말해 봐."

매티 양은 바로 거리로 뛰어나가 그 이야기를 하고 있는 사람을 붙잡아 왔다.

"들어와요. 우리 언니에게, 목사 딸인 젠킨스 양에게 빨리 와요. 오, 이봐요! 그 이야기가 사실이 아니라고 말해 줘요."

그녀는 울면서, 깜짝 놀란 짐수레꾼의 머리를 재빨리 정돈해 주며 응접실로 데리고 들어 왔다. 그는 깨끗한 카펫에 젖은 신발을 신은 채서 있었지만 아무도 그 사실을 깨닫지 못했다.

"아주머니, 사실입니다. 제가 이 두 눈으로 똑똑히 봤습죠."

그는 그 장면을 회상하며 몸서리를 쳤다.

"캡틴은 하행 기차를 기다리며 새로 나온 소설책에 푹 빠져 있었어요. 여자 아이가 엄마에게 가려고 언니 품에서 미끄러져 내려와 철로를 가로질러 아장아장 걸어가기 시작했죠. 기차 소리에 깜짝 놀라 고개를 든 캡틴은 아이를 발견하고 철로로 달려가 그 애를 안아들었죠. 하지만 발이 미끄러졌고 곧 바로 기차가 그의 몸을 덮쳤어요. 아, 하느님, 하느님! 모두가 사실 그대로예요. 사람들이 캡틴의 딸들에게 소식을 전해주러 갔습죠. 그래도 그분이 아기를 엄마에게 던졌고, 아기는 땅바닥에 어깨를 부딪치긴 했지만 목숨을 구했어요. 불쌍한 캡틴은 하늘나라에서라도 그걸로 마음의 위로가 되지 않을까요, 부인? 오, 하느님, 그에게 축복을 내려 주소서!"

거친 짐수레꾼은 사내다운 얼굴을 일그러뜨렸고, 고개를 돌려 흐르는 눈물을 감추었다. 나는 젠킨스 양을 돌아다보았다. 그녀는 해쓱한 얼굴로 마치 기절이라도 하려는 표정으로, 내게 창문을 열라는 손짓을 했다.

"마틸다, 모자 좀 가져다 줘. 아이들에게 가 봐야겠어. 오, 하느님, 내가 캡틴에게 무례한 말을 했다면 용서하소서!"

젠킨스 양은 짐수레꾼에게 와인 한 잔을 가져다주라고 시킨 후에 나갈 채비를 했다. 그녀가 나가자, 나와 마틸다 양은 난로 앞에 웅크리고 앉아 겁에 질린 채 낮은 목소리로 이야기했다. 그러면서 우리는 내내 조용히 흐느끼며 울었다.

젠킨스 양은 침울하게 집으로 돌아왔고, 우리는 꼬치꼬치 물어볼 엄두가 나지 않았다. 젠킨스 양은 제시가 기절을 하는 바람에 폴 양과 자기가 정신을 돌아오게 하는 데 애를 먹었다는 이야기와, 제시가 정신이 들자마자 누구 한 명이 언니 옆에 가 있어 달라고 부탁했다는 이야기를 했다.

"언니가 며칠 못 갈 거라고 의사 선생님께서 말씀하셨어요. 그러니 언니에게 이런 충격을 겪게 할 순 없어요."

제시 양은 뭐라고 형언할 수 없는 감정으로 부들부들 떨며 말했다.

"그렇지만, 애야, 넌 어떻게 견뎌 내려고? 네가 못 견디면 결국 언니가 네 눈물을 볼 텐데."

"하느님께서 제가 무너지지 않도록 도와주시겠죠. 사람들이 아버지 소식을 전하러 왔을 때 마침 언니는 자고 있었어요. 언니는 아버지의 죽음뿐만 아니라 제가 어떻게 살지에 대한 걱정으로 무척 마음 아파할 거예요. 정말 심성이 착한 언니거든요."

그녀는 진심을 담은 부드러운 눈빛으로 두 사람을 간절하게 올려다봤으므로, 폴 양은 가슴이 찢어지는 것 같았다고 나중에 젠킨스 양에게 말했다. 젠킨스 양과 마찬가지로 폴 양도, 언니가 동생에게 어떻게 대했는지 잘 알고 있었기 때문이었다.

하지만 일은 제시 양의 바람대로 수습되었다. 브라운 양에게는 아버지가 철도 일로 잠깐 출장을 갔다고 했다. 그들은 이럭저럭 일을 정리해 나갔지만, 젠킨스 양도 어떻게 했는지는 정확히 말하지 못했다. 폴 양이 제시 양과 함께 있기로 했다. 제미슨 부인도 무슨 일인지 알아보려고 사람을 보냈다. 이게 그날 밤 우리가 들은 이야기의 전부였다. 정말 슬픈 밤이었다.

다음 날, 젠킨스 양이 받아 본 카운티 신문에 사고의 전모가 실려 있었다. 젠킨스 양은 눈이 잘 안 보인다며 나에게 읽어 달라고 했다. 내가 "그 용감한 신사는 《피크윅》 중 방금 도착한 한 편을 읽느라 푹 빠져 있었다."는 대목을 읽자, 젠킨스 양은 머리를 길고도 엄숙하게 내

저으며 한숨을 쉬고 말했다.

"저런, 정신 나간 양반 같으니라고!"

시신은 기차 정류장에서 교구 교회로 옮겨져 거기에 매장될 예정이었다. 제시 양은 묘지까지 시신 뒤를 따라 가기로 마음을 굳혔고, 어떤 말로도 그 마음을 바꿀 수가 없었다. 그녀의 결심은 완강했고 폴 양의 간청에도 젠킨스 양의 권유에도, 꿈쩍도 하지 않았다. 마침내 어느 시점에 젠킨스 양은 설득을 포기했다. 그리고는 잠시 동안 침묵의 시간이 흘렀다. 나는 제시 양에 대한 비난의 전조인가 해서 겁에 질려 있었는데, 젠킨스 양이 그러면 자신도 제시 양과 함께 뒤를 따라 가겠노라고 말했다.

"혼자 관 뒤를 따라가는 건 안 돼. 내가 그걸 허락하는 건 예의에도 맞지 않고 인간으로서 할 도리도 아니야."

제시 양은 이런 결정이 별반 내키지 않는 듯했다. 하지만 그녀의 고집은, 설사 있었다 하더라도, 아버지의 묘지까지 따라가겠다는 의사를 관철시키느라고 이미 다 소진된 상태였다. 나는 확신할 수 있었다. 불쌍한 제시 양은 자기의 전부였던 사랑하는 아버지의 무덤에서 혼자 마음껏 울며, 30분만이라도 동정 어린 시선에서 벗어난 상태로 넋을 놓은 채 있고 싶었던 것이다. 그러나 일은 그렇게 돌아가지 않았다. 그날 오후, 젠킨스 양은 검은색 크레이프 약 1미터를 사오게 해서 내가 이전에 말한 검은 보닛을 열심히 만들었다. 마침내 모자가 완성되자 그녀는 모자를 쓰고 괜찮으냐는 듯 우리를 바라보았다. 그녀가 하찮게 여기던, 칭찬 받기를 원했던 것이다. 당시 나는 깊은 슬픔에 빠져 있었다. 하지만 비탄 속에서도 머릿속에 떠오르는 찰나적 생각으로, 보닛을 보자마자 헬멧이 떠올랐다. 그리고 반은 헬멧 같고 반은 기수 모자 같은 어정쩡한 보닛을 쓰고 젠킨스 양은 캡틴 브라운의 장례식에 참석했다. 그리고는 제시 양을 부드럽고도 너그럽게, 굳건히 보살펴 주고,

그들이 묘지를 떠나기 전 제시 양이 마음껏 울 수 있도록 배려해 주었을 것이라고 믿는다.

그동안 폴 양과 매티 양, 나는 브라운 양을 보살펴 주었으며, 끊임없이 입 밖으로 흘러나오는 불평을 다 받아 주는 일이 예삿일이 아니라는 것을 깨달았다. 우리가 그렇게 넌더리가 나고 힘이 쭉 빠질진대, 제시 양은 어땠을까! 그러나 제시 양은 마치 새로운 힘이라도 얻은 듯이 거의 평온하기까지 한 표정으로 집으로 돌아왔다. 그녀는 상복을 벗고 핏기 없는 얼굴에 부드러운 표정을 띠며 방으로 들어와 우리에게 감사를 표하며 일일이 손을 잡고 다정하게 악수했다. 그녀는 자신의 참을성에 대해 안심하라는 듯 미소까지 띠어 보였다. 부드럽고도 쓸쓸한, 보일 듯 말 듯한 미소였다. 그러나 그 모습이 펑펑 우는 것보다 더 슬퍼서 우리는 모두 눈물을 왈칵 쏟았다.

폴이 밤새 제시와 같이 있고, 매티 양과 내가 다음 날 아침에 그들과 교대해 주어 제시가 몇 시간이라도 잠을 잘 수 있게 하기로 했다. 하지만 아침이 되자 젠킨스 양이 헬멧 모자를 쓰고 아침 식탁에 나타나 자신이 가서 간호 일을 도울 테니 매티에게 집에 있으라고 명령했다. 그녀는 흥분한 것이 틀림없었다. 아침 식사를 서서하면서 집안 곳곳을 가리키며 야단을 치는 걸 보면 말이다.

간호라……. 어떤 열성적이고 결단력 있는 여성도 이제 브라운 양을 간호할 수 없었다. 방에 들어갔을 때, 어떤 압도적인 분위기에 우리는 모두, 엄숙하면서도 위엄에 눌린 무력감을 느꼈다. 브라운 양은 죽어 가고 있었다. 우리는 그녀의 목소리를 알아들을 수도 없었는데, 이유는 평소 우리에게 익숙하던 불평 투가 전혀 아니었기 때문이었다. 제시 양은 나중에 엄마가 임종하시면서 가족 전부를 보살펴야 하는 힘든 엄마 자리를 언니에게 물려주었을 당시, 언니의 목소리와 얼굴이 그랬다고 말해 주었다. 이제 가족 중에 남은 사람은 제시 양 밖에 없었다.

브라운 양은 우리의 존재는 의식하지 못했지만 여동생이 곁에 있다는 사실은 느끼고 있는 것 같았다. 우리는 커튼에서 약간 떨어진 곳에 서 있었다. 제시 양은 무릎을 꿇고 언니 얼굴에 자기 얼굴을 바싹 대고, 부드럽게 속삭이는 언니의 마지막 목소리를 들었다.

"아, 제시! 제시! 그동안 내가 얼마나 이기적이었는지! 네가 나를 위해 그렇게 많은 희생을 하도록 내버려 둔 것에 대해 신께서 용서하시길! 너를 정말 사랑했어. 하지만 그러면서도 내 생각만 했구나. 하느님 용서하소서!"

"쉿 언니, 쉿!"

제시가 흐느끼면서 말했다.

"그리고 아빠! 사랑하는 아빠! 하느님께서 내게 참을 힘을 주신다면 이젠 불평하지 않을 텐데. 하지만, 오, 제시! 마지막으로 아빠를 뵙고 용서를 빌 수 있기를 얼마나 바라고 또 소망했는지, 아빠께 전해줘. 내가 아빠를 얼마나 사랑했는지 이제 아빠는 영영 모르시겠네. 아! 내가 죽기 전에 아빠에게 말을 전할 수만 있다면……. 아빤 너무 슬픈 인생을 살아 오셨는데, 난 아빠를 기쁘게 해드린 일이 별로 없어."

제시 양의 얼굴에 갑자기 밝은 빛이 돌았다.

"언니, 아빠가 언니 말을 다 들으셨다면 위안이 되겠어? 이런 말을 하면 위로가 되겠어? 아빠의 걱정과 슬픔이……."

제시의 목소리는 떨렸지만 이내 다시 가만히 가라앉히더니 조용히 말했다.

"언니! 아빠는 피곤한 사람이 휴식을 얻는 곳[25]으로 먼저 가셨어. 이제 언니가 아빠를 얼마나 사랑했는지 아빤 다 아셔."

고통은 아닌 이상한 표정이 브라운 양의 얼굴에 어렸다. 그녀는 잠

---

25) 욥기 3장.

시 아무 말이 없이 가만히 있더니 소리가 아니라 입 모양으로 다음과
같이 말했다.

"아빠, 엄마, 해리, 아치!"

그러더니 꺼져가는 영혼 위로 덮이는 흐릿한 그림자를 뚫고 갑자기
생각난 듯이 말했다.

"하지만 이제 넌 혼자 남겠구나, 제시!"

제시 양은 언니가 침묵하던 동안 계속 그 생각을 하고 있었던 것 같
았다. 왜냐하면 그 말을 하자마자 제시 양의 뺨 위로 폭포 같은 눈물이
흘러내렸기 내렸기 때문이었다. 그래서 제시는 처음엔 말을 하지 못했
다. 그러더니 이윽고 두 손을 모으고 위로 올리면서 다음과 같이 말했
다. 하지만 우리에게 하는 말은 아니었다.

"그가 나를 죽일지라도 나는 그를 믿으리니[26]."

잠시 후, 브라운 양은 움직임이 없이 조용해졌다. 더는 슬퍼하는 말
이나 중얼거림이 없었다.

두 번째 장례식을 치른 후, 젠킨스 양은 제시에게 황량한 집에 돌아
가지 말고 자기 집에서 지내야 한다고 우겼다. 제시도 유지비가 없어
서 집을 포기해야 한다고 말했다. 가구를 팔아 생길 돈의 이자를 제외
하면 그녀에겐 1년에 약 20파운드의 수입이 있었다. 하지만 그 돈으로
는 먹고 살기에도 빠듯했다. 그래서 우리는 그녀가 뭘 해서 돈을 벌 수
있을지에 대해 의논했다.

"전 바느질을 깔끔하게 잘 할 수 있어요. 그리고 간병일도 괜찮을
것 같아요. 그리고…… 누가 나를 가정부로 받아들여 주면 집안도 잘
관리할 수 있어요. 아니면 처음에 주인이 조금만 참아주면 가게에서
물건 파는 일도 괜찮을 것 같아요."

---

26) 욥기 13장.

제시가 말했다.

젠킨스 양은 화난 목소리로 제시가 그런 일을 해서는 안 된다고 선언했다. 그리고는 캡틴의 딸이란 것이 어떤 지위인지 모르는 사람에 대해 혼잣말로 중얼거렸다. 그리고 한 시간 쯤 후에 맛있게 끓인 칡죽 한 그릇을 가져와서 제시가 마지막 한 숟가락을 뜰 때까지 근위병처럼 서서 지키더니 곧 어디론가 사라졌다. 제시는 내게 자기 마음속에 떠오른 계획을 몇 가지 더 말하다가, 어느덧 화제가 지나간 날에 대한 회상으로 흘러갔다. 이야기가 어찌나 재미있는지 나는 시간이 얼마나 흘렀는지 깨닫지도 못하고, 알아보려고 하지도 않았다.

젠킨스 양이 다시 불쑥 나타나 우리의 울고 있는 현장을 들키는 바람에 우리는 깜짝 놀랐다. 젠킨스 양은 울면 소화불량이 된다고 늘 말했었고 제시 양이 강해지기를 바라고 있는 것을 내가 잘 알고 있었기 때문에 그녀가 화를 벌컥 낼까 두려웠다. 하지만 그녀는 좀 수상쩍어 보였고 흥분해 있는 것 같았다. 그녀는 말 한마디 없이 안절부절못하고 우리 주위를 왔다 갔다 하더니 마침내 입을 열었다.

"난 소스라치게 놀랐다. 아니, 소스라치게 놀랐던 게 아니라……. 그래, 그건 신경 쓰지 마라, 제시. 난 정말이지 놀랐어. 사실 네게 찾아온 사람이 있단다. 너랑 한때 알고 지낸 사람이라고 하더구나, 제시."

제시 양은 얼굴이 하얗게 질리더니 이내 홍당무처럼 새빨개졌다. 그리고는 젠킨스 양을 뚫어져라 쳐다봤다.

"신사분이 찾아와서는 널 만날 수 있는지 묻는구나."

"누구…… 아니…….”

제시 양은 말을 더듬으며 더는 말을 잇지 못했다.

"이게 그분 명함이다."

젠킨스 양이 손에 들고 있는 것을 제시에게 건네주며 말했다. 그리고는 제시가 그걸 보고 있는 동안 젠킨스 양은 나에게 눈을 찡긋 찡긋

하고 괴상한 표정을 지으며, 입술 모양으로 뭔가를 길게 설명했다. 하지만 물론 나는 한마디도 알아듣지 못했다.

"올라와 보라고 할까?"

마침내 젠킨스 양이 물었다.

"아, 네! 그러세요!"

제시 양은 마치 이 집이 당신 집이니까 원하는 사람은 아무라도 들어오게 하라는 듯이 말했다. 그러더니 매티 양이 두고 간 뜨개질거리를 집더니 바삐 손을 움직였다. 하지만 그녀의 온 몸은 부들부들 떨리고 있었다.

벨을 울린 젠킨스 양은 달려 온 하인에게 고든 소령을 이 층으로 모셔오라고 일렀다. 이윽고 키 크고 체격이 탄탄하며, 정직해 보이는 얼굴의 남자가 들어섰다. 나이는 약 40세 정도, 혹은 좀 더 들어 보였다. 그는 제시 양과 악수를 나누었다. 그러나 제시 양이 눈을 바닥에 고정한 채 고개를 들지 않았으므로 시선을 맞추지는 못했다. 젠킨스 양은 나에게 광에 가서 잼 병 묶는 것을 도와 달라고 부탁했다. 그래서 제시 양이 내 옷을 와락 잡아당기며 애원하는 눈빛으로 쳐다보기까지 했지만, 나는 젠킨스 양의 청을 거절할 수 없었다. 우리는 광에 가서 잼 병을 묶는 대신 식당 방으로 빠져 나가, 거기서 젠킨스 양으로부터 고든 소령이 했다는 말을 전해 들었다.

고든 소령은 한때 브라운 대위와 같은 연대에서 근무했고, 당시 사랑스럽게 생긴 방년 열여덟 살의 제시 양을 알게 되었으며, 그가 그녀에게 사랑을 느꼈고, 그로부터 몇 년이 지나 고백을 했다는 이야기, 삼촌으로부터 스코틀랜드에 있는 상당한 토지를 유산으로 받자마자 그녀에게 청혼했지만 그녀는 많은 고민 끝에 거절을 했으며 그녀의 상심하는 모습을 보고 그녀도 자기에게 무관심하지는 않았다는 느낌을 받았다는 이야기, 나중에 알고 보니 그 이유가 당시에 벌써 증세가 나타나기 시작한 언니의 치명적인 병 때문이었으며, 의사들이 언니가 큰 고통을 겪을 것이라고 했는데 불쌍한 언니를 간호하고 언니의 투병 기간에 아빠를 위로하고 기운을 북돋워 줄 사람은 자신뿐이라고 했다는 이야기, 그들이 오랫동안 의논을 했지만 마침내 그녀가 청혼을 받아들이지 않는 것에 화가 난 그는 그녀가 무정한 사람이라고 결론내리고 그녀와의 모든 인연을 끊고 외국으로 나가 그녀를 잊기로 했다는 이야기 등이었다. 그는 동양으로 여행을 다녔다고 했다. 그리고 귀국하는 길에 로마에서 〈갈리그나니〉[27] 신문에서 캡틴 브라운의 죽음에 관한 기사를 접했다고 했다. 바로 그때 아침 내내 출타해 있다가 막 집에 들어온 매티 양이 절망과 분노가 섞인 표정으로 뛰어 들어오며 외쳤다.

"세상에, 망측해라! 언니, 응접실에 웬 남자가 제시 양의 허리에 팔을 두르고 앉아 있어."

매티 양은 놀란 나머지 눈이 휘둥그레져 있었다. 젠킨스 양은 즉석에서 그녀에게 면박을 주었다.

"세상에서 가장 적절한 장소에 그 사람의 팔이 있구먼, 뭐. 나가 봐, 마틸다. 네 일이나 봐."

지금까지 여성 정숙의 대명사로 여기던 언니에게서 이런 말을 듣자, 가엾은 매티는 큰 충격을 받았다. 그녀는 이중으로 충격을 받은 채 방을 나갔다.

내가 마지막으로 젠킨스 양을 본 것은 그로부터 세월이 꽤 흐른 후였다. 제시 고든은 크랜포드에 사는 모든 주민과 여전히 따뜻하고 애정 어린 관계를 유지하고 있었다. 젠킨스 양과 매티 양, 폴 양은 모두 그녀 집을 방문하고 돌아와서 집과 남편, 그녀의 옷과 얼굴에 대해 입이 마르도록 칭찬했다. 이젠 제시의 얼굴은 행복감으로 화색이 돌고

---

27) 이탈리아 출신의 갈리그나니가 파리에서 세운 출판사로, 주로 영국 책을 출판했으며, 1814년부터 신문도 발간하며, 주로 영국 소식과 영국인의 외국 활동에 관한 기사를 담았다.

있었다. 그녀는 우리가 처음 생각했었던 것보다 나이가 한두 살 더 어렸다. 그녀의 눈은 언제나처럼 사랑스러웠으며 고든 여사가 되어서도 보조개는 사라지지 않았다. 내가 아까 말했던 젠킨스 양을 마지막으로 보았을 때, 그녀는 많이 늙고 허약해져 있었으며 꼬장꼬장하던 성격도 많이 수그러져 있었다. 어린 플로라 고든이 젠킨스 양 자매와 함께 지내고 있었다.

내가 들어갔을 때 플로라는 소파에 누워 있는 젠킨스 양에게 큰소리로 책을 읽어 주고 있었다. 젠킨스 양은 허약하고 많이 변한 모습이었다. 플로라는 들어오는 나를 보고 《램블러》를 내려놓았다.

"아! 내가 많이 변했지? 눈이 예전만큼 보이지 않는구나. 여기 있는 플로라가 책을 읽어 주지 않았다면 내가 하루를 어떻게 보냈을지 모르겠어. 너, 《램블러》를 읽어 봤니? 훌륭한 책이야. 정말 훌륭해! 플로라한테도 아주 유익한 책이야."

내가 감히 말하건대, 플로라가 단어의 반이라도 떠듬거리지 않고 읽고, 삼분의 일이라도 뜻을 알았다면 정말 그랬을 것이다.

"캡틴 브라운이 읽다가 죽은 그 희한한 제목의 이상하고 오래된 책, 찰스 디킨스라는 사람이 쓴 《늙은 포즈》[28]라는 책보다야 훨씬 낫지. 옛날 얘기지만 내가 어렸을 때 《늙은 포즈》를 연극으로 할 때 루시 역을 연기한 적이 있었단다."

젠킨스는 오랫동안 웅얼거리며 말했고 그동안 플로라는 매티 양이 탁자 위에 놓고 간 《크리스마스 캐럴》[29]을 읽으며 쉬었다.

---

28) 젠킨스 양은 지금 마리아 에지워스(1767~1849)가 쓴 책과 혼동하고 있다.
29) 찰스 디킨스의 소설.

제3장
옛 연인

젠킨스 양이 죽고 나서, 나는 이제 크랜포드와의 인연이 끝났다고 생각했다. 편지 왕래는 계속 되었지만, 그건 오솔길이나 푸른 초원에서 핀 꽃을 따서 말려 놓은 책(사람들은 그걸 식물 표본집이라고 부를 것이다)과 비슷한 정감이었다. 그래서 어느 날 폴 양이 자기 집에 놀러와 며칠 자고 가라는 편지를 받고 무척 놀라고도 반가웠다(폴 양은 내가 젠킨스 양의 집에 연례행사로 방문할 때면 늘 자기 집에 일주일 더 머무르고 가라고 초대하곤 했다).

내가 초대에 응한 이삼 일 후, 이번에는 매티 양에게서 편지가 왔다. 그녀는 겸손하고 아주 에두르는 말투로 폴 양의 집에 체류하기 전후에 자기 집에서도 1~2주일 정도 머물러 준다면 정말 기쁘겠다고 했다.

"언니가 죽고 나선 우리 집이 재미가 없겠지만 말이야. 아직도 내가 친구들과 함께 어울릴 수 있는 이유는 그들이 아주 다정한 성품을 지니고 있기 때문이야."

물론, 나는 폴 양의 집 방문이 끝나자마자 매티 양 집으로 가겠다고 약속했다. 그리고 크랜포드에 도착한 다음 날, 그녀를 보러 갔다. 젠킨스 양이 없는 집이 어떤 모양일지 궁금하기도 했지만, 변한 모습에 대한 두려움도 있었다. 그녀는 나를 보자마자 울기 시작했다. 그녀는 내가 오기를 기다리는 동안 긴장해 있었던 게 틀림없었다. 나는 힘이 닿는 대로 그녀를 위로해 주었다. 그리고 가장 큰 위로는 이제는 가고 없는 언니를 마음속 깊이 우러나오는 진정한 말로 칭찬해 주는 것이라는 것도 알게 되었다. 매티 양은 내가 언니의 덕성을 하나씩 얘기하며 칭송할 때마다 고개를 천천히 끄떡였다. 마침내 그녀는 조용히 뺨 위로 흐르던 눈물을 참지 못한 채 얼굴을 손수건에 묻고 소리 내어 울기 시작했다.

"매티!"

나는 그녀의 손을 잡으며 말했다. 정말이지 세상에 혼자 버려진 그녀에게 무슨 말을 해야 위로가 될지 알 수 없었다. 마침내 그녀는 손수건을 내려놓더니 말했다.

"얘야, 나를 매티라고 부르지 말았으면 좋겠어. 언니는 사람들이 그렇게 부르는 걸 싫어했어. 언니가 싫어하는 일을 많이도 했는데, 이제 언니가 가고 없으니! 괜찮으면, 이제부터 나를 마틸다로 불러 주겠니?"

나는 그러겠노라고 굳게 약속했다. 그리고 폴 양과 함께 당장 그날부터 새 이름을 연습하기 시작했다. 마틸다 양의 의중이 사람들에게 점차 알려지기 시작하면서, 우리는 모두 익숙한 이름 대신 새 이름을 입에 붙이려고 노력했다. 하지만 큰 성과는 없어 차츰 우리는 그 노력을 포기해 버렸다.

폴 양 집에서의 체류는 매우 조용했다. 오랜 세월동안 크랜포드에서 지도자 역할을 해오던 젠킨스 양이 없어지자 모두들 어떻게 파티를 여는지조차 몰랐다. 젠킨스 양이 항상 자신의 영광스런 자리를 내 주곤 했던 오너러블 제미슨 여사는 뚱뚱하고 무기력해져 있었으며, 옛날 부터 부리던 하인들이 하자는 대로 했다. 파티를 열어야 한다고 하인들이 생각하면 그녀에게 그 사실을 일깨워 주었다. 하인들이 아무 말도 하지 않으면 그녀도 가만히 있었다. 그래서 시간이 넉넉해 폴 양은 뜨개질을 하고, 나는 아버지 셔츠를 만들면서 그녀에게서 옛날이야기를 많이 들을 수 있었다. 내가 크랜포드에 다니러 갈 때면 늘 쉬운 바느질감을 넉넉하게 가지고 갔다. 우리는 책을 별로 읽지 않고 산보도 많이 하지 않았기 때문에, 내가 밀린 일감을 해치우기엔 적기라고 할 수 있었다. 폴 양이 해 준 이야기 중에는 여러 해 전부터 추측이 난무했던 희미한 옛사랑에 관한 것도 있었다.

이윽고 내가 마틸다 양의 집으로 옮겨야 할 때가 되었다. 그녀는 내가 편안하게 있을 수 있도록 준비하는 동안, 우왕좌왕하며 갈피를 잡지 못했다. 내가 짐을 풀고 있을 동안 몇 번이나 왔다 갔다 하며 난로불을 휘저었고, 자주 할수록 불 상태는 점점 더 나빠졌다.

"서랍은 충분하니, 애야? 언니가 이런 일을 어떻게 처리했는지 모르겠구나. 언닌 모든 일을 척척 잘 해 냈는데. 언니라면 하녀를 일주일만 훈련시키면 이것보다는 불을 잘 지피게 만들 텐데, 파니는 나하고 넉 달이나 함께 지냈는데도……."

하인 문제는 늘 골칫거리였고, 나는 그게 왜 그런지는 오래 생각해 볼 필요도 없었다. 크랜포드의 '상류사회'에서는 신사가 드물기도 했거니와, 사실 이야기도 별반 들어본 적이 없는 존재였지만, 하류사회에는 잘생긴 젊은이가 차고 넘쳤다. 예쁘장한 하녀는 마음에 드는 '애인'을 입맛대로 골라잡을 수 있었다. 그래서 마틸다 양같이 남자와의 결혼에 까닭모를 두려움이 없는 여주인들도, 예쁜 하녀들이 목수나 정육점 주인, 정원사에게 눈길을 줄까 봐 노심초사하는 것은 당연했으며, 또 운이란 게 늘 그렇듯 직업상 어쩔 수 없이 집에 드나드는 사람들은 대체로 다 잘생긴 총각이었다. 나로서는 파니가 얼굴이 예쁘지만 않았다면 누구하나 쳐다보기나 할까, 하고 생각했는데, 마틸다 양은 파니가 바람기가 다분하다면서 파니에게 애인이 한 명이라도 생길까봐 늘 전전긍긍했다. 파니는 '애인'을 둘 수 없도록 계약상 약정이 되어 있었다. 비록 파니가 천진난만하게 앞치마 자락을 접었다 폈다 하며 "하지만, 마님, 전 양다리를 걸치지는 않아요."라고 했지만, 애인은 한 명이라도 금지였다. 그러나 남자의 모습이 늘 부엌에 어른거렸다. 파니는 내가 헛것을 본 것이라고 우겼고, 한 번은 밤에 광에 심부름을 갔다가 남자 옷자락이 식기실로 휙 사라지는 것을 보았을 때 나조차도 헛것을 본 거라고 생각했다.

그리고 내가 시각을 확인하러 시계 가까이로 초를 가지고 갔다가 시계가 고장났다는 걸 알게 된 때의 일도 있었다. 시계와 열린 부엌문 뒤 사이에 괴상한 물체가 착 달라붙어 있었는데, 젊은 남자의 형체 같았다. 파니는 초를 황급히 낚아채 불빛이 시계 쪽에 닿지 않도록 하고 시간을 알려 주었는데, 나중에 교회 시계를 보고 나서야 그녀가 30분이나 시간을 앞당겨 말해 주었다는 사실을 알았다. 하지만 나는 이런 의심을 입 밖으로 꺼내 마틸다 양의 걱정을 더해주지는 않았다. 특히나 다음 날, 파니가, 부엌에 있으면 그림자가 어른거려 기분이 나쁘다면서, 자신도 부엌에 있기가 겁이 난다는 말과 함께 다음처럼 말했기 때문이었다.

"아시다시피, 6시 티 타임부터 10시 기도 시간 벨을 울릴 때까지 이곳엔 사람 코빼기도 보이지 않잖아요."

그러나 결국 파니가 일을 그만두어야 할 일이 생겼고, 새 하녀를 구할 때까지 함께 있어달라는 매티 마틸다 양의 부탁에 나는 그러겠노라고 대답했다. 마침 아버지에게서 내가 집에 없었으면 좋겠다는 내용의 전갈이 온 것도 그 결정에 한몫했다.

새 하녀는 우락부락했지만 정직하게 생겼고, 전에 농부 집에서 한 번 일한 경험밖에 없는 시골 사람이었다. 하지만 하녀 구한다는 소식을 듣고 집에 온 그녀를 보고 나는 마음에 들었다. 나는 매티 양에게 일 처리 방식을 하녀에게 가르쳐 보겠다고 약속했다. 그 일처리 방식이란 언니가 흡족해하리라고 매티 양이 생각한 것으로, 아주 혹독했다. 집안 규칙과 규정은 대부분 데보라 젠킨스 양의 생전에도 하녀들이 나에게 하소연하며 구시렁거리던 것이었는데, 그녀가 없는 지금엔 그녀의 사랑을 받던 나조차도 바꾸자고 말할 엄두가 나지 않았다. 예를 들면, 식사 시간에도 '아버지인 목사님이 계실 때' 준수하던 방법을 그대로 지켰다. 따라서 우리는 언제나 와인과 디저트[30]를 들었다. 하지만 술병은 파티가 있을 경우만 채워졌다.

우리는 매일 식사 후에 항상 한 사람당 와인 잔 두 개씩을 놔두었지만, 남은 와인은 다음 파티 때까지 입에 대는 사람이 없었다. 그리고 다음 파티 때가 다가오면 온 가족이 의논해서 남은 와인의 처리 방법을 결정했다. 와인이 조금 남았을 때는 가난한 사람들에게 나눠주기도 했다. 지난 번 파티에서처럼(5개월쯤 전이었나?) 와인이 너무 많이 남았을 때는 지하 포도주 저장실에서 가져온 새 와인과 섞었다. 가엾은 캡틴 브라운은 와인을 그리 좋아하진 않았던 것 같다. 군인들은 대체로 와인을 여러 잔 마셨지만, 그는 첫 잔도 다 마시지 않은 채 그대로 두었다. 디저트로는 젠킨스 양이 까치밥나무 열매와 구스베리 열매를 직접 모아 둔 것을 썼다. 나는 열매를 막 따서 먹을 때가 더 맛있다는 생각이 들지만, 젠킨스 양의 말처럼, 여름엔 디저트로 먹을 만한 것이 없는 경우가 많았다.

사정이 그러했으므로, 우리는 한 사람당 잔 두 개씩을 놓고 맨 위에

---

30) 식사 후에 테이블보를 치우고 땅콩류와 과일, 사탕 같은 것을 먹었다. 여기서는 말하는 디저트는 이를 뜻한다.

구스베리를 담은 접시를, 양 옆엔 까치밥나무 열매[31]와 비스킷을 담은 접시를 두고 맨 밑에 술병을 놓고는 아주 우아한 식탁이라고 생각했다. 오렌지 철이 되면 이상한 광경이 펼쳐지곤 했다. 젠킨스 양은 오렌지를 칼로 자르는 것을 싫어했다. 과즙이 다 새어나가 버린다고 생각했기 때문이었다. 사실, 빨아 먹는 것이(젠킨스 양은 이런 직설적인 말이 아닌 다른 단어를 사용했다고 생각한다) 오렌지를 가장 맛있게 먹는 방법이었다. 하지만 그 행동이 어린아이 같다는 점이 마음에 걸렸다. 그래서 오렌지 철이 돌아오면 젠킨스 자매는 오렌지를 하나씩 손에 들고 조용히 자기 방으로 들어가 마음껏 오렌지를 빨아 먹곤 했다.

그런 경우 한두 번은 식탁에서 그냥 먹자고 매티 양을 설득했고 젠킨스 양이 살아 있을 때는 성공하기도 했다. 나는 여성들이 난로의 화기나 예상치 못한 일로 얼굴 빨개질 경우를 대비해 들고 다니던 휴대용 가리개를 중간에 치고 서로의 시선을 피한 채 매티 양 말마따나 쪽쪽 빠는 소리가 나지 않도록 조심하면서 먹었다. 그러나 매티 양이 혼자 남은 지금엔, 내가 따뜻한 부엌에서 그녀가 가장 좋아하는 방법대로 둘이 같이 먹자고 제안하자, 무슨 못들을 말이라도 들은 듯이 화들짝 놀랐다. 매사가 다 그런 식이었다.

이제 규칙을 정한 사람이 호소해 볼 수 없는 곳으로 가 버렸기 때문에 규칙은 과거보다 더 엄격하게 지켜졌다. 하지만 그 외의 일에서는 매티 양은 지나칠 정도로 우유부단하고 결단력이 없었다. 나는 아침에 파니가 매티 양을 스무 번이나 돌려 세우고 저녁 식사에 대해 질문해, 결국 그 닳고 닳은 작은 여자가 원하는 대로 결정되는 것을 본 적이 있었다. 때로 나는 하녀가 매티 양의 우유부단함을 이용해 더욱 그녀를 혼란스럽게 만들고 그래서 매티 양으로 하여금 똑똑한 자신의 말에 더

---

31) 건포도와 비슷하다.

욱 기대도록 하는 건 아닌가 하는 의심이 생기기도 했다. 나는 마사가 어떤 사람인지 알 수 있을 때까지는 떠나지 않기로 결심했다. 그리고 일단 그녀가 믿을 만하다는 생각이 들면 소소한 결정은 스스로 내려서, 여주인을 성가시게 하지 말라고 해야겠다고 생각했다.

마사는 말을 지나칠 정도로 퉁명스럽게 내뱉었다. 그 밖의 면에서 본다면 활발하고 좋은 사람이었지만 반면에 지독하게 무식했다. 그녀가 하녀로 고용된 지 채 일주일도 되지 않았던 어느 날 아침, 마틸다 양과 나는 친척으로부터 편지를 받고 깜짝 놀랐다. 그는 인도에서 이삼십 년 살다가 영국으로 귀환할 예정이고(우리는 '육군 장교 명부'에서 이를 확인했다) 영국 친척에게 한 번도 소개된 적 없는 아내와 함께 온다는 내용이었으며 아내는 아프다고 했다. 젠킨스 소령은 자기 부부가 스코틀랜드로 가는 여정 도중에 크랜포드에서 하루 밤 묵을 수 있는지 물었다. 집안 사정이 여의치 않으면 잠은 여관에서 자고 낮 동안만 최대한 그녀와 함께 시간을 보내고 싶다고 했다. 물론 집안 사정은 괜찮았고, 마틸다 양도 그렇게 회신을 보냈다. 젠킨스 양이 사용하던 침실이 비어 있다는 건 크랜포드 전 주민이 알고 있는 사실이었다. 물론, 마틸다 양은 소령이 영국에 사는 친척일랑 깡그리 잊어버리고 그냥 인도에서 살았으면, 하고 바랐을 것이다.

"아! 이 일을 어떻게 하지?"

마틸다 양은 난감한 표정으로 물었다.

"언니가 살아 있었다면 신사 방문객을 어떻게 접대해야 하는지 잘 알았을 텐데. 화장실에 면도칼을 놔두어야 할까? 저런! 저런! 집에 면도칼이 하나도 없네. 언니라면 그런 걸 미리 준비해 두었을 텐데. 그리고 슬리퍼는? 또 코트 터는 솔은?"

나는 그런 건 신사분이 다 가져 올 거라고 넌지시 말했다.

"저녁 식사 후엔, 언제쯤 내가 식당에서 나와 신사분이 와인을 즐기도록 해야 하지?[32] 언니라면 이런 일을 척척 처리했을 텐데. 언니라면 이런 일은 식은 죽 먹기였을 텐데. 그가 커피도 마실까? 어떨 것 같아?"

커피는 내가 담당하기로 하고, 손님 시중이 아주 서툰 마사를 가르치겠다고 말했다. 그러면서 친척 부부가 시골에서 홀로 사는 여성의 조용한 생활을 이해해 줄 것이라는 말도 해주었다. 그러나 매티는 딱할 정도로 우왕좌왕했다. 나는 그녀에게 술병을 비우고 새 와인 두 병을 가져다 놓게 했다. 그리고 마사를 가르칠 동안 곁에 있지 말라는 말도 해주고 싶었다. 왜냐하면 내가 말하는 도중에 말을 자르고 들어와 새로운 지시를 내리는 바람에 우리가 함께 이야기하는 소리를 듣던 불쌍한 하녀는 혼란 속에 입만 멍하니 벌리고 서 있었기 때문이었다.

"채소를 돌리렴."

돌이켜 생각해 보면 어리석었다. 조용하고 단순한 삶을 사는 우리에게 수준이 너무 높은 주문이었기 때문이다.[33] 하녀가 당황한 표정을 지어서 나는 다시 덧붙였다.

"채소 그릇을 돌리면서 사람들이 각자 먹고 싶은 만큼 덜어가게 해."

"숙녀분께 먼저 드리는 걸 명심해."

마틸다 양이 끼어들었다.

"시중들 땐, 언제나 신사분보다 숙녀분이 먼저야."

"마님이 시키는 대로 하겠지만 전 젊은 남자가 제일 좋아요."

마사가 대답했다. 마사의 이 말에 우리는 어안이 벙벙해졌다. 하지만 그녀가 별 뜻이 있어 한 말을 아니라고 지금도 믿는다. 전체적으로

---

32) 당시에는 식사가 끝나면 여성들은 식당 밖으로 나가 남성들끼리 와인을 즐기게 하는 것이 예의였다.

33) 1840년대까지만 해도 보통 음식을 테이블 위에 놔두고 각자 가져다 먹는 것이 관습이었다. 그러다 차츰 하인이 들고 다니게 되었다(하지만 여기에서처럼, 음식을 만드는 사람과 들고 접대하는 사람이 동일하지는 않았다).

보아, 마사는 우리의 지시대로 접대를 아주 잘해냈다. 단 한 번, 감자를 돌리다가 생각보다 소령이 빨리 음식을 덜지 않자, 감자를 보라며 팔꿈치로 소령을 '쿡 찔렀을 때'를 제외하고는.

도착하고 나서 알게 된 사실이었지만, 소령과 그의 아내는 조용하고 허세 없는 사람들이었다. 전형적인 동인도인처럼 활기가 없다는 생각이 들기도 했다. 그들은 하인 두 명을, 즉 소령을 돌보는 힌두인 시종과 부인을 돌보는 차분한 늙은 몸종을 대동하고 나타나, 우리는 상당히 당황했다. 그러나 몸종들은 여관에서 잠을 잤고 주인 부부가 편안히 지낼 수 있도록 정성스럽게 시중을 들었기 때문에 우리가 할 일을 많이 줄여주었다. 마사는 동인도인의 하얀 터번과 갈색 피부에서 시선을 떼지 못했다. 마틸다 양은 저녁 식사 시간에 시종의 시중을 받을 때 약간 몸을 움찔하며 피하기도 했다. 실제로, 그들이 가고 나자 마틸다 양은 나에게 그 사람을 보면 푸른 수염[34]이 생각나지 않았느냐고 묻기도 했다. 전체적으로 볼 때 방문은 아주 만족스럽게 끝났으며, 지금도 매티 양과 나 사이에 이야깃거리로 등장하기도 한다. 당시에 그 사건은 크랜포드 마을 전체를 떠들썩하게 만든 일이었고, 내가 마틸다 양이 알고 싶어 하는 신사 화장실 물건 배열법에 대한 대답을 해준 것에 감사의 뜻을 전하러 오너러블 제미슨 여사를 방문했을 때 모든 일에 무관심한 그녀조차 약간의 관심을 표하기도 했다. 그녀는 내가 마틸다 양의 질문을 전했을 때 말했다.

"내가 쉴 수 있도록 제발 가만히 좀 내버려 두렴[35]."

이것은 스칸디나비아의 여자 예언자처럼 귀찮은 태도로 대했다는 것을 고백해야겠다.

---

34) 프랑스의 시인·평론가·동화 작가(1628~1703)인 찰스 페로가 쓴 동화 속에 나오는 인물로 어느 작은 방에 들어가지 말라고 말하고 문을 열어 본 아내들을 모두 죽였다.
35) 토머스 그레이의 작품에 나오는 글.

이제, 사랑 이야기를 할 차례다.

폴 양의 5촌인지 6촌쯤 되는 친척 남자가 오래 전에 마틸다 양에게 청혼을 한 적이 있었던 것 같다. 그 친척은 이제 크랜포드에서 7~8킬로미터쯤 떨어진 사유지에서 살고 있었다. 그러나 소유한 땅이 그렇게 넓진 않아서 소지주[36] 정도에 머물렀고, '겸손을 가장한 자부심'[37]으로 살고 있었다. 그는 다른 소지주처럼 대지주 지위로 올라가기 위해 애쓰지 않았다. 그는 '토마스 홀브르크 대지주'라는 호칭을 거부했다. 심지어 그는 이런 이름으로 온 편지를 되돌려 보내며 크랜포드에 있는 여성 우체국장에게 자기 이름은 '토마스 홀브르크 소지주'라고 말하기도 했다. 그는 집을 신식으로 개조하는 것도 거부했다. 여름이면 문을 열어 두고 겨울이면 닫아걸었다. 집안의 하인을 부르기 위한 노커[38]나 벨도 설치하지 않았다. 문이 잠겨 있으면, 주먹이나 지팡이 손잡이를 그런 용도로 썼다.

그는 인간성에 깊이 뿌리 박혀있지 않은 세련미는 모조리 무시했다. 주변에 아픈 사람이 있는 경우가 아니면 목소리를 조절할 필요를 느끼지 못했다. 그는 완벽한 시골 사투리를 구사했으며 대화 중에도 사투리가 자주 섞여 나왔다. 폴 양은 이런 상세한 이야기를 전해 주면서, 돌아가신 목사를 제외하고 그이처럼 감정을 실어 글을 아름답게 낭송하는 사람을 본 적이 없다는 말을 덧붙였다.

"그럼, 매티 양은 왜 그 사람과 결혼하지 않았어요?"

내가 물었다.

"아, 그건 나도 모르겠어. 매티로서는 결혼할 마음도 있었을 걸. 하지만 내 친척 토마스 홀브르크가 목사님이나 젠킨스 양의 눈높이에 맞

---

36) 소지주는 자유 토지 보유자로 gentleman은 아니다.
37) 콜리지(Samuel Taylor Coleridge, 1772~1834, 영국의 시인·비평가)와 로버트 사우디(영국의 시인, 1774~1843)기 공저한 《The devil's thought》의 한 대목.
38) 방문자가 잡고 두드리기 위해 현관에 장치한 쇠붙이.

는 신사가 아니었던 게지."

"하지만 그분들이 결혼할 건 아니었잖아요?"

내가 참지 못하고 물었다.

"그건 그래. 하지만 그분들은 매티가 자기보다 신분이 낮은 사람과는 결혼하는 것을 원치 않으셨어. 너도 알다시피 매티 양은 목사님 따님이고, 피터 알리 경과도 친척뻘이야. 젠킨스 양은 그걸 대단하게 생각했지."

"가없은 매티!"

내가 중얼거렸다.

"하지만 내가 확실히 알고 있는 건 그가 프러포즈를 했다가 거절당했다는 것뿐이야. 매티 양이 그를 좋아하지 않았을 수도 있고, 젠킨스 양이 별말 하지 않았을 수도 있어. 이건 전부 내 추측이야."

"그 후에 두 사람은 한 번도 만난 적이 없었나요?"

내가 물었다.

"아마 그럴 걸. 너도 알다시피 토마스의 집 우들리[39]는 크랜포드와 미슬튼 사이에 걸쳐 있잖니. 그가 매티에게 청혼한 직후부터 미슬튼에 자리 잡았다고 알고 있어. 그 이후, 그가 크랜포드로 들어온 적은 기껏해야 한두 번뿐이었을 거야. 한 번은 매티가 나와 함께 시내 중심가를 걸어 가다가 갑자기 몸을 휙 돌려 사이어 호수 쪽으로 달아나 버리더라고. 잠시 후에 나는 토마스를 만나 깜짝 놀랐지."

"그이는 몇 살인데요?"

잠시 아름다운 상상의 나래를 펴며 내가 물었다.

"일흔 살쯤 됐을 걸."

내 환상은 총탄 세례를 받은 것처럼 와장창 깨졌다.

---

39) 집에 이름을 붙여 부르고 있다. Woodley는 '숲속의 빈터' 라는 뜻.

마틸다 양 집에 장기체류 중이었던 나는 곧 그를 직접 만나 볼 수 있었다. 그날은 그와 옛사랑이 삼사십 년 만에 처음 우연히 만난 날이기도 했다. 내가 매티를 도와 가게에 새로 들어온 여러 색깔의 비단 중에 회색과 검은색이 섞인 울 모슬린에 맞을 한 폭 정도의 비단을 고르고 있던 중, 키가 크고 호리호리하며 돈키호테처럼 생긴 노신사가 가게로 들어와 모직 장갑이 있느냐고 물었다. 전에 한 번도 본 적이 없는 사람인지라(눈에 금방 띄는 용모였다) 매티 양이 점원의 설명을 듣고 있는 동안 나는 그를 유심히 지켜보았다. 담황색 단추가 달린 푸른색 코트에 담갈색의 바지를 입고 바대⁴⁰⁾를 댄 반장화를 신고 있던 그 사람은 점원이 응대하기를 기다리고 있는 동안, 손가락으로 카운터를 톡톡 치고 있었다.

"뭘 보여 드릴까요, 손님?"

점원의 말에 그가 대답할 때, 마틸다 양이 흠칫 놀라더니 자리에 털썩 주저앉았다. 나는 곧바로 그가 누군지 눈치챘다. 매티는 다른 점원에게 뭔가를 물었고, 점원은 또 다른 점원에게 그 말을 전했다.

"마틸다 젠킨스 양이 검은 비단 한 폭을 원하십니다."

순간 그 이름을 듣고 홀부르크 씨가 한걸음에 가게를 가로질러 달려왔다.

"매티, 마틸다 젠킨스 양! 이럴 수가! 못 알아 볼 뻔 했어요. 잘 있었어요?"

그는 따스한 우정의 표현으로 매티의 손을 잡고 계속 흔들었다. 하지만 혼잣말처럼 "못 알아 볼 뻔 했어요."를 계속 말하는 태도 때문에, 나로서는 낭만적인 로맨스를 아무리 그려 보려고 해도 도저히 그려지지가 않았다.

---

40) 잘 해어지는 부분에 덧대는 헝겊 조각.

그는 가게에 있을 동안 계속 우리에게 말을 걸었다. 그리고는 한 켠에 있는 점원에게 사지 않은 장갑을 흔들며 "다음에 살게요! 다음에요!" 하고는 우리가 집으로 가는 길에 동행했다. 매티 양도 똑같이 당황해서, 초록색 비단도 빨간색 비단도 사지 않은 채 가게 문을 나섰다. 홀부르크 씨는 큰 소리로 이야기하며 옛사랑을 다시 만난 자신의 충만한 기쁨을 솔직하게 드러냈다. 그는 그 동안의 변화에 대해서도 언급했으며, 언니에 대해서도 말했다.

"불쌍한 당신 언니! 그럼요! 그럼요! 누구나 결점은 있게 마련이죠."

그는 작별을 고하며 매티 양을 다시 만나기 바란다고 했다. 매티 양은 곧바로 자기 방으로 올라가 버렸다. 그 후 이른 저녁 티 타임이 되어서야 내려왔는데 줄곧 울고 있었던 것 같은 얼굴이었다.

제4장
노총각 집의 방문

　며칠 후, 홀부르크 씨에게서 통지가 왔다. 옛날 방식대로 정식으로 우리에게 - 공평하게 우리 둘 다에게 - 마침 지금이 6월이니 자기 집에서 6월의 긴 한나절을 보내는 게 어떠냐며 초청했다. 그는 자기 친척 폴 양도 함께 초대했다면서 자기 집까지 데려다 줄 마차를 보낼 테니 함께 타고 오면 될 것이라고 했다.

　나는 매티 양이 초대장을 받고 좋아서 펄펄 뛸 줄 알았다. 하지만 천만에! 폴 양과 나는 그녀를 설득하는 데 아주 애를 먹었다. 매티는 그 초대가 부적절하다고 생각했다. 그녀는 옛 연인을 만나러 가는데 다른 두 여성과 함께 가는 것이 적절치 않다고 생각했는데, 우리가 그런 것에 전혀 개의치 않자 약간 짜증스러워하기까지 했다. 그리고 우리는 더 심각한 문제에 봉착했다. 매티는 자신이 그곳에 가는 것을 언니가 원치 않을 것이라고 생각했다. 우리는 족히 반나절을 힘들게 설득했고, 그녀가 누그러지는 낌새를 보이자마자 바로 매티의 이름으로 초청 수락장을 보냈다. 날짜와 시간은 나중에 의논해 처리할 예정이었다.

다음 날 아침, 매티는 나에게 가게에 함께 가자고 말했다. 우리는 가게에서 한참을 망설인 끝에 모자 세 개를 골라 집으로 보내달라고 했고, 그중에 가장 잘 어울리는 것을 골라 목요일에 갈 때 쓰고 가기로 했다.

홀부르크 씨가 사는 우들리 집으로 가는 내내 매티는 흥분 상태였지만 말은 한마디도 하지 않았다. 그녀는 그곳에 한 번도 가보지 않은 것이 틀림없었다. 내가 자기의 소녀 시절 로맨스를 알 거라고는 꿈에도 몰랐겠지만, 나는 그녀가 자신의 집일 수도 있었던 곳, 그 장소를 바탕으로 소녀다운 상상력을 무한히 펼쳤던 곳을 직접 보는 것에 대해 떨고 있다는 것을 느낄 수 있었다. 거기까지, 길이 닦인 길을 따라 마차로 덜컹거리며 오랜 시간을 달렸다. 마차가 목적지에 다가가자 매티 마틸다 양은 자세를 똑바로 하고, 생각에 잠긴 듯 창밖을 내다보았다. 시골 정경은 조용했고 목가적이었다. 집은 들판 한가운데 서 있었고, 구식 정원엔 장미와 까치밥나무 덤불이 뒤엉켜 있고 카네이션과 패랭이꽃이 털이 있는 아스파라거스를 배경으로 피어있었다. 마차 길은 집 앞까지 닦여 있지 않았다. 그래서 우리는 작은 대문 앞에서 내려 테두리가 있는 직선 길을 따라 올라갔다.

"내 친척이 집까지 길을 닦아야겠구나."

귀가 아플까 봐 챙이 없는 레이스 모자만 쓰고 온 폴 양이 말했다.

"정말 예쁜 것 같아요."

매티 양이 부드럽고 애상에 젖은 목소리로 말하다가 갑자기 목소리를 낮추었다. 홀부르크 씨가 아주 활기찬 환영의 몸짓으로 손을 비비며 막 문밖으로 나왔기 때문이었다. 그는 어느 때보다 더 내 상상속의 돈키호테 모습과 비슷했다. 하지만 외모만 그랬다. 젊잖게 보이는 하녀가 우리를 환영하기 위해 문 앞에 조심스러운 태도로 서 있었다. 하녀가 두 노부인을 이 층 침실로 인도할 때 나는 정원을 한 바퀴 둘러보겠다고 청했다. 내 부탁은 노신사를 기쁘게 한 것 같았다. 그는 정원을 구경시키면서 자신이 알파벳으로 각각 다르게 이름 붙인 예순두 마리의 소를 내게 보여 주기도 했다. 함께 주변을 돌아보면서, 그는 가끔씩 셰익스피어와 조지 허버트부터 우리 동시대 인물까지 그들이 쓴 시를 적절하고 아름답게 읊어서 나를 깜짝 놀라게 했다. 그는 어찌나 자연스럽게 시를 읊던지 마치 자신의 생각을 내뱉는 것 같았고 그 진실하고 아름다운 인용문은 자신이 생각하고 느낀 것에 딱 맞는 표현이기도 했다. 그는 바이런을 '나의 바이런 경'이라고 불렀고 괴테의 이름을 영국 철자법에 가장 가깝게 발음하면서 "괴테가 말했듯이 '그대, 언제나 신록의 궁전이여.'" 등의 시구를 인용했다. 전체적으로, 한적하고 별 특색 없는 시골에서 그렇게 오랫동안 살아가며 매일의, 그리고 매년의 계절과 풍광 변화의 아름다움에 대해 그렇게 감탄을 거듭해가며 살아가는 사람을 나는 그 전에도 후에도 본 적이 없었다.

그와 내가 집으로 들어갔을 때 부엌에, 아니 내가 부엌이라고 생각한 장소에 식사 준비가 거의 끝나 있었다. 내가 부엌일 거라고 착각한 이유는 작은 터키 카펫이 깔려 있는 중앙만 제외하고 난로 옆 주변으로, 다시 방 전체에 걸쳐 오크로 만든 조리대와 찬장이 흩어져 있었기 때문이었다. 그곳에서, 한 번도 사용된 적 없는 것 같은 오븐과 부엌 비품들만 치워 버리면 짙은 오크 제품으로 꾸며진 근사한 식당 겸 응접실이 될 것 같았다. 진짜 부엌은 약간 떨어진 곳에 있었다. 우리가 거실이라고 생각한 방은 가구가 꽉 들어차 보기 흉했다. 그러나 실제로 우리가 앉아서 휴식을 취한 방은 홀부르크 씨가 소위 회계실이라고 부르는 곳이었는데, 입구에 있는 커다란 사무용 책상에서 자신이 인부들에게 주급을 나누어 준다고 했다. 과수원이 내다보였고 춤추는 나무 그림자가 물건 위로 온통 어려 있던 그 예쁜 방은 커다란 사무용 책상 외엔 책들로 가득했다. 책들은 벽면을 가득 채우고 바닥 여기저기에 놓여 있었으며 테이블 위에도 흩어져 있었다. 그가 이런 사치에 자부심과 부끄러움을 함께 느끼고 있는 것은 분명했다. 별의 별 책들이 다 있었다. 그중에서 가장 많은 것은 시집과, 무시무시한 불가사의를 다룬 책들이었다. 그는 책을 고전이나 정평이 난 인기 저서 중심으로 고른 것이 아니라 오로지 자기 취향에 따라 고른 것이 틀림없었다.

"아, 우리 농부들은 책을 읽을 짬이 별로 나지 않아요. 하지만 어쨌든, 책을 읽고 싶은 건 참을 수가 없죠."

"방이 정말 예뻐요!"

매티가 작은 소리로 말했다.

"정말 쾌적한 곳이에요!"

거의 동시에 나도 큰 소리로 말했다.

"글쎄요! 마음에 드신다니."

그가 대답했다.

"그런데 이쪽에 있는 삼각형 모양의 커다란 검은 가죽 소파에 앉으시겠어요? 난 최고의 응접실보다도 이게 더 좋아요. 하지만 숙녀들은 이걸 더 멋진 장소에 두겠죠."

그곳이 더 멋진 장소였다. 그리고 모든 멋진 것이 다 그렇듯이, 전혀 예쁘지도, 쾌적하지도, 안락하지도 않았다. 그래서 우리가 식사를 할 동안 하녀가 회계실 의자의 먼지를 털고 닦아 두어 우리는 그 이후로 계속 거기서 시간을 보냈다.

우리는 고기 요리에 앞서 푸딩을 먹었다. 나는 흘부르크 씨가 자신이 옛날식[41]을 고수하는 것을 사과하려는 줄 알았다. 이렇게 말을 하기 시작했기 때문이었다.

"당신들이 신식을 좋아하는지 모르겠소."

---

41) 옛날식은 고기 요리 전에 고기를 삶아 만든 수프와 푸딩을 먹었다(손님들의 허기를 덜게 해 고기의 양을 줄일 수 있도록 고안된 것).

"오! 전혀 그렇지 않아요!"

매티 양이 대답했다.

"나도 이젠 싫어요."

그가 말했다.

"우리 하녀는 신식을 좋아해요.[42] 그렇지 않으면 내가 어렸을 때는 '수프를 들지 않으면 푸딩도 없고, 푸딩을 들지 않으면 쇠고기도 없다.' 던 아버지의 규칙에 철저히 따라야만 했다는 말이라도 해볼 텐데 말이오. 당시 저녁 식사는 늘 수프로 시작했죠. 다음엔 수프에 쇠고기를 넣어 끓인 수이트[43] 푸딩을 먹었어요. 그런 후에 쇠고기가 나왔죠. 수프를 먹지 않으면, 수프보다 더 좋아하는 푸딩을 먹을 수 없었고, 그걸 다 끝내야만 쇠고기를 먹을 수 있었어요. 요즘 사람들은 달콤한 것부터 먹고, 그래서 정찬 순서가 뒤죽박죽이 되었어요."

오리 요리와 푸른 완두콩이 들어오자 우리는 암담한 표정으로 서로의 얼굴을 쳐다보았다. 식탁에 놓인 포크는 검은 손잡이에 포크 날이 두 개 밖에 없었다. 포크가 은처럼 반짝이긴 했지만 우리가 그것으로 뭘 할 수 있단 말인가? 매티 양은 포크 날 하나로 완두콩을 하나씩 찍어 먹었다. 마치 마녀 아미네가 인육을 포식하고 후식으로 쌀알을 집어 먹는 것 같았다. 폴 양은 맛있어 보이는 어린 완두콩을 손도 대지 않은 채 한숨을 쉬며 접시 한쪽으로 치워 두었다. 완두콩이 포크 날 사이로 빠져 나갈 게 뻔했기 때문이었다.

나는 홀부르크 씨를 쳐다보았다. 그는 둥글게 마감 처리된 큰 나이프로 콩을 쓸어 담아 커다란 입안에 쏟아 부었다. 그것을 보고 나도 그대로 해 보았더니 성공이었다! 하지만 친구들은 내 성공을 보고도 그런 점잖지 못한 방법을 차마 따라하지 못했다. 홀부르크 씨가 그렇게

---

42) 하녀가 고기를 삶아 만든 수프를 생략했다는 뜻이다.
43) 소·양 따위의 콩팥·허리통 근처의 지방.

배가 고파 허겁지겁 먹는 데만 열중하지 않았다면, 초대 손님들이 맛있는 완두콩을 거의 손도 대지 않은 채 물리는 것을 목격했을 텐데.

저녁 식사 후, 도제 담뱃대가 들여오고 타구통도 들어왔다. 홀부르크 씨는 우리에게 담배 냄새가 싫으면 다른 방으로 가 있으면 곧 따라가겠다고 말하며, 매티 양에게 담뱃대를 내밀고 담배를 채워 달라고 했다. 그가 젊었을 때는 그런 부탁이 숙녀에 대한 경의의 표시였다. 그러나 언니에게 담배라면 질색하게끔 훈육 받은 매티 양으로서는 그런 행동을 경의의 표시로 받아들이기엔 부적당했다. 하지만 품위 있는 취향에는 충격이었지만 그런 식으로 선택받은 것은 기쁨이었다. 그래서 그녀는 우아하게 담뱃대에 독한 담배를 채웠다. 그런 다음 우리는 방에서 물러나왔다.

"미혼남성과 식사하는 건 정말 즐겁구나."

우리가 회계실에 앉으려고 할 때 매티 양이 부드러운 목소리로 입을 열었다.

"부도덕한 일만 아니면 좋겠어. 즐거운 일은 대부분 그렇잖아!"

"책이 정말 많아."

폴 양이 주위를 돌아보며 말했다.

"그리고 정말 먼지투성이구나!"

"위대한 존슨 박사의 방이 이럴 것 같아."

매티 양이 말했다.

"정말 훌륭한 친척을 두셨어요!"

"그래요! 그는 애독가예요. 하지만 혼자 사는 기괴한 버릇도 몸에 익은 것 같네요."

폴 양이 말했다.

"아, 기괴하다는 건 너무 심한 말이에요. 나라면 그냥 괴짜라고 부르겠어요. 아주 똑똑한 사람들은 늘 그렇잖아요!"

매티 양이 대답했다.

홀부르크 씨가 방에 들어오면서 들판으로 산책을 가자고 제안했다. 그러나 두 노부인은 몸이 축축하고 더러워지는 것을 두려워했고, 레이스 모자 위에 쓸 칼래시[44]도 너무 어울리지 않았다. 그래서 그들은 거절했다. 그는 자기 하인들을 돌아보기 위해 꼭 나가봐야 한다고 했지만 이번에도 동행자는 나뿐이었다. 그는 나의 존재를 까맣게 잊었는지, 아니면 파이프 담배를 피우면서 편안하게 침묵에 빠졌는지, 그냥 성큼성큼 걸어갔다. 하지만 정확히 말하자면 침묵은 아니었다. 그는 내 앞에서 양손을 등 뒤로 깍지 끼고 약간 구부정한 걸음으로 걸어갔다. 그리고 나무나 구름, 먼 고지대의 목초지를 보고 감동을 받으면 혼잣말처럼 시를 인용했다. 우렁찬 목소리로 크게, 그리고 진정으로 느낀 감정과 감동으로 강세를 두면서 읊었다. 우리가 집 끝에 서 있는 오래된 히말라야삼나무에 이르렀을 때였다.

"히말라야삼나무는 그의 짙푸른 그림자를 층층이 드리우네."

"딱 맞는 말이오. '층층이'라는 말, 말이오! 정말 멋진 사람이죠!"

나는 그 말을 나에게 하는 건지 아닌지 분간할 수 없었다. 나는 그 시인에 대해 아무것도 몰랐지만 내 존재가 잊힌 채로 있는 데 지치고, 그래서 입을 꾹 다물고 있었던데 지쳐서 그냥 동의하는 뜻으로 말했다.

"멋져요!"

그가 갑자기 휙 몸을 돌렸다.

"네! 멋지다고 할 만한 사람이죠. 난 〈블랙우드〉지에서 그의 시에 대한 평론을 본 후 한 시간도 안 되어 집을 나와 곧바로 미슬튼까지 10

---

44) 칼래시(calash)는 18세기에 유행하던 여성용 모자라는 뜻과 이륜마차라는 뜻을 함께 가지고 있다.

킬로미터 이상을 걸어가 – 중간에 마차를 잡을 수 없어서 – 그의 시집을 주문했소. 그러면, 물푸레나무[45]는 3월에 무슨 색깔이오?'

'이 남자가 미쳤나?'

나는 생각했다. 그는 정말 돈키호테 같았다.

"무슨 색깔이냐고 묻잖소?"

그가 재차 큰 소리로 물었다.

"모르겠습니다."

몰라서 기가 죽어 내가 대답했다.

"몰랐단 걸 알고 있었소. 나도 몰랐소. 내가 참 얼마나 바보인지! 이 젊은이가 '3월엔 검은 물푸레나무'라고 말해 주기 전까지 몰랐으니 말이오. 난 평생을 시골에서 살았다오. 그런 내가 몰랐던 게 더 창피하죠. 검은색이라오. 아주 칠흑 같은 검은색이라오, 부인."

이렇게 말한 후 그는 자기가 부르는 음악 가락에 맞춰 팔을 흔들며 가버렸다.

우리가 집에 돌아왔을 때, 그가 자신이 말하던 시를 낭송해 주고 싶어 한 것은 어쩌면 당연한 일이었다. 그의 제안에 폴 양은 어서 그러라고 그를 부추겼다. 전에 폴 양이 나한테 자랑한 것처럼 그가 훌륭한 낭송가라는 것을 보여 주려고 그런다고 추측했지만, 나중에 그녀는 뜨개질이 마침 어려운 부분에 이르러 대화할 필요 없이 바늘코를 세려고 그랬다고 고백했다. 그가 무슨 제안을 했건 매티 양은 좋다고 했을 것이다. 하지만 그가 긴 서사시 〈록슬리 홀〉을 낭송하기 시작한 지 5분도 채 되지 않아 매티 양은 잠이 들어 시 낭송이 끝날 때까지 그에게 들키지 않고 편안하게 푹 잤다. 낭송이 끝나면서 그의 목소리가 들리지 않자 그녀는 잠에서 깨어났다. 그녀는 뭔가를 말해 주어야 한다는

---

45) 히말라야삼나무와 물푸레나무에 대한 묘사는 모두 알프레드 테니슨의 시 〈The Gardener's Daughter〉에 나온다.

생각에, 그리고 폴 양이 바늘코를 세고 있었기 때문에 자기가 입을 열었다.

"정말 예쁜 시군요!"

"예쁘다고요? 부인! 이건 아름답죠! 예쁘다고요, 나 원!"

"아, 맞아요. 제 말은 아름답다는 뜻이에요."

그녀는 홀부르크 씨의 질책하는 표현에 안절부절못하며 대답했다.

"그건 언니가 읽던 존슨 박사의 아름다운 시와 정말 비슷하군요. 시 제목을 잊었네. 제목이 뭐였지, 얘야?"

그러면서 그녀는 내게로 고개를 돌렸다.

"무슨 시요? 무슨 내용이었는데요?"

"무슨 내용인지는 잊어 버렸어. 그리고 제목도 잊어 버렸어. 하지만 존슨 박사가 쓴 정말 아름다운 시였는데. 방금 홀부르크 씨가 읽어 준 것과 비슷하게 말이야."

"나도 기억이 나지 않는군요."

그가 생각에 잠기며 대답했다.

"하지만 나는 존슨 박사의 시는 잘 몰라요. 나중에 꼭 읽어 봐야겠군요."

집으로 돌아가기 위해 마차를 탔을 때 홀부르크 씨가 숙녀들을 곧 방문하겠다는 말과, 집에 잘 가라는 당부의 말을 하는 소리가 들렸다. 자기를 향한 이 말에 매티는 기뻐하며 안절부절못했다. 하지만 그의 오래 된 집이 나무에 가려 더는 보이지 않게 되자 이 기쁨은 점차 마사가 약속을 어기고 자기가 없는 틈을 타서 애인이나 불러들이지 않았는지 노심초사하는 마음으로 바뀌었다. 우리가 마차에서 내리는 것을 도와주러 온 마사는 좋아 보였고 침착하고 편안한 얼굴이었다. 그녀는 언제나 매티에게 들키지 않으려고 조심했는데 오늘 밤은 말실수의 덕을 봤다.

"에, 마님, 저녁에 이런 얇은 숄만 걸치고 나가시다니요! 모슬린이나 별반 다를 게 없잖아요. 마님 나이엔 조심을 하셔야죠."

"내 나이라고!"

매티 양은 평소의 그녀답지 않게 신경질적으로 말했다.

"내 나이라고! 그래, 나이, 나이 하는데 내가 몇 살이나 됐다고 생각하는 거냐?"

"저, 마님! 예순이 거의 다 되신 것 아니에요? 하지만 얼굴만 봐서는 모르는 법이니까요. 나쁜 뜻으로 한 말은 아니에요."

"마사, 난 아직 쉰둘도 안 됐어."

매티 양이 무거운 목소리로 힘주어 말했다. 오늘, 젊었을 때의 기억이 너무나 선명하게 되살아나고, 자신의 황금기가 아주 오래 전에 지나 버렸다는 사실이 괴로웠기 때문이었을 것이다.

하지만 그녀는 전에 자신이 홀부르크 씨와 연인 사이였다는 사실을 끝내 말하지 않았다. 옛사랑을 만나도 별다른 감정이 없어서 그냥 마음속에 꼭꼭 숨겨 두려는 것도 같았다. 하지만, 슬픔과 침묵 속에 그녀의 가엾은 마음이 얼마나 올곧게 그에게로만 향해 있는지는 면밀한 관찰을 통해서만(폴 양에게서 비밀 이야기를 듣고 난 후 나도 어쩔 수가 없었다) 알 수 있었다.

매티 양은 매일 그럴싸한 이유를 붙여 가장 좋은 레이스 모자를 쓰고, 류머티즘이 있는데도 창가에 앉아 남몰래 길을 내려다보곤 했다.

그가 왔다. 집에 무사히 도착했느냐는 안부 인사에 우리가 대답한 후, 그는 고개를 숙이고 넓게 편 손바닥을 쩍 벌린 무릎 위에 얹은 채 휘파람을 불면서 앉아있었다. 그러다 갑자기 벌떡 일어났다.

"부인! 파리에 뭐 부탁할 일 있어요? 제가 1~2주일 후면 그곳에 갑니다."

"파리요?"

우리는 둘 다 소리를 질렀다.

"네, 부인! 전에 한 번도 가본 적이 없지만, 늘 가보고 싶었던 곳이에요. 지금 못가면 영영 못 가볼 것 같아서요. 그래서 목초 베는 작업이 끝나자마자 바로 가려고요. 추수철이 되기 전에요."

우리는 너무 놀라 아무런 부탁도 하지 못했다.

그는 방을 나가다가, 그 특유의 외침과 함께 다시 들어왔다.

"이럴 수가, 부인! 온 용건을 다 못보고 갈 뻔 했구려. 당신에게 줄 시집을 가지고 왔어요. 며칠 전 저녁에, 우리 집에서 당신이 그렇게나 감탄하던 그 시집이오."

그는 코트 주머니에서 꾸러미 하나를 꺼냈다.

"잘 있어요, 아가씨."

그가 말했다.

"잘 있어요, 매티. 잘 지내요."

그리고 그는 가버렸다. 하지만 그는 그녀에게 책을 한 권 주었고, 30년 전처럼 그녀를 매티라고 불렀다.

"저 사람이 파리에 가지 않았으면 좋겠어."

마틸다 양이 걱정스럽게 말했다.

"개구리[46]가 입에 맞지 않을 텐데. 젊었을 때 저 사람은 어찌나 먹는 것에 조심하든지, 건장한 젊은이가 그러는 게 참 신기했어."

이 일이 있은 직후 나도 작별을 고하고 그곳을 떠났다. 마사에게는 주인님을 잘 보살피라고 신신당부했고, 마님이 편찮아 보이면 나에게 알려 달라고 했다. 그럴 경우 나는 마사가 알려주었다는 말을 하지 않고 옛 친구의 집을 자청해서 방문할 예정이었다.

따라서 나는 마사로부터 이따금씩 연락을 받았다. 그리고 11월경에

---

46) 개구리를 식용으로 먹는 프랑스 사람을 경멸적으로 부르는 말이기도 함.

마님이 "아주 침울하고 음식을 거의 들지 않는다."는 연락을 받았고, 불안해진 나는 마사가 꼭 오라는 말은 하지 않았지만 짐을 싸서 그곳으로 갔다.

하루 전에 연락하고 갑자기 갔기 때문에 약간의 소동은 있었지만 나는 따뜻한 환대를 받았다. 마틸다 양은 몹시 아픈 것 같았다. 그래서 나는 그녀의 기력을 북돋아 주고 응석을 받아 줄 마음의 준비를 했다.

나는 마사와 둘이서만 이야기를 나누기 위해 아래층으로 내려갔다.

"마님이 저러시는 게 언제부터니?"

나는 부엌 화로 곁에 서서 이렇게 물었다.

"그러니까, 보름도 더 되지 않았나 싶어요. 맞아요, 확실해요. 어느 화요일에 폴 양이 다녀가고 나서부터 저렇게 침울해지셨어요. 전 마님께서 피곤해서 그런 거라고 짐작하고 하루만 푹 쉬면 나을 거라고 생각했어요. 하지만 아니었어요! 그때부터 계속 저러셔서, 마침내는 제가 아주머니께 알려야겠다는 생각을 했죠."

"잘 했어, 마사. 매티 양에게 너처럼 충직한 하녀가 있어서 다행이야. 그래, 이 집은 네가 있기에 편안하니?"

"아주머니, 마님은 아주 친절하시고, 집엔 먹고 마실 것도 많아요. 집안일도 수월하고요. 하지만……."

마사는 머뭇거렸다.

"하지만 뭐, 마사?"

"하지만, 마님이 저에게 이성을 사귀지 못하게 하시는 건 너무 심한 것 같아요. 이 동네는 젊은 남자가 정말 많거든요. 저와 사귀고 싶어 하는 사람도 많아요. 이런 기회가 두 번 다시 없을 것 같은데, 지금 전 기회를 놓치고 있는 것 같거든요. 제가 아는 여자들은 주인님 몰래 사귀기도 해요. 그렇지만 전 약속을 했으니, 지키려고요. 아니면 이런 집에서는 남자들이 찾아와도 마님이 전혀 모를 수도 있어요. 부엌도 널

찍해서 어두운 구석도 많아 남자를 숨기려고 들면 얼마든지 그럴 수 있어요. 지난 일요일 밤의 일만 해도 그래요. 젬 헌의 면전에서 문을 닫아 버려야 했기 때문에 제가 울었다는 걸 숨기진 않을게요. 그는 어떤 여자에게도 어울릴만한 착실한 젊은이예요. 하지만 전 마님께 약속을 했으니까요."

마사는 다시 울음을 터트릴 것만 같았고, 나도 달리 위로의 말을 찾을 수가 없었다. 왜냐하면 과거 경험에 비추어 보아 젠킨스 양 자매가 하녀의 애인에 대해 얼마나 기겁을 했는지 알고 있었고, 매티 양의 불안정한 현재 상황에서 그 공포심이 완화되었을 것 같지도 않았기 때문이었다.

다음 날 나는 폴 양을 만나러 갔다. 폴 양은 지난 이틀간 매티 집에 오지 않았기 때문에, 나를 보자 깜짝 놀랐다.

"나도 너와 함께 갈게, 얘야. 토마스 홀부르크의 상태를 매티에게 알려주기로 약속했거든. 오늘 그 사람의 가정부가 전갈을 보내왔는데, 그가 며칠 못 갈 것 같다는구나. 불쌍한 토마스! 파리 여행이 너무 힘들었던 게지. 하녀가 그러는데, 여행을 다녀와서는 들판에 산보도 거의 나가지 못하고, 회계실에서 독서도, 그 어떤 것도 하지 않은 채 무릎에 손을 놓고 앉아 파리가 얼마나 근사했는지만 계속 이야기하더래! 만약 내 친척이 죽으면 그건 파리 여행 때문이야. 멀쩡한 사람도 살 수 없게 만드는 파리는 이 일에 응분의 책임을 져야 해."

"마틸다 양도 그의 병환을 알고 있나요?"

나는 그녀 기분이 언짢은 이유에 한줄기 빛이 비치는 것 같아 이렇게 물었다.

"애, 당연하지! 했어. 너한테 말 안 하든? 보름 전인가 그 소식을 듣자마자 매티에게 전했어. 매티가 너에게 그 이야기를 안 했다니, 이상도 하지!"

'전혀요.'

나는 속으로 생각했다. 하지만 아무 말도 하지 않았다. 나는 어린 그녀 마음속을 너무 꼬치꼬치 염탐한 것에 대해 일종의 죄의식마저 느꼈으며, 그녀가 세상으로부터 꽁꽁 감추어 두었다고 믿는 그 비밀을 나역시 말할 생각이 없었다. 나는 마틸다 양의 작은 응접실로 폴 양을 안내한 후, 둘만 두고 나왔다. 그리고 저녁에 마사가 침실 방문 앞에 와서, 마님이 다시 두통이 심해져서, 나 혼자 아래층에 가서 저녁 식사를 해야 한다고 말했을 때도 놀라지 않았다.

매티 양은 티 타임에 응접실로 왔다. 하지만 그마저 힘든 게 분명했다. 그리곤 죽은 언니 젠킨스 양에 대한 원망하는 마음으로 괴로워했던 걸 오후 내내 후회했고, 그런 마음을 품은 데 대해 마치 스스로에게 보상이라도 하듯 계속 언니가 젊을 때 얼마나 착했고 똑똑했는지, 파티 때마다 언니가 자기와 동생이 입을 드레스를 어떻게 정하곤 했는지 (폴 양과 매티 양이 젊던 저 먼 옛날, 흐릿한 파티에 대한 아련하고 아스라한 기억들!), 언니와 엄마가 어떻게 가난한 사람들을 위해 상조회를 시작해서 소녀들에게 음식 만드는 법과 간단한 바느질을 가르쳤는지, 언니가 어떻게 영주와 한 번 춤을 추게 되었는지, 어떻게 피터 알리 경의 집을 방문하곤 했는지, 30명이나 되는 하인을 거느리고 살던 조용한 목사관을 알리 홀의 설계도에 따라 어떻게 개조를 하려고 했는지, 동생인 자신이 길고 긴 병을 앓을 동안 언니가 어떻게 간호를 했는지에 대해 이야기했다. 매티 양이 그렇게 오랫동안 투병 생활을 했다는 말은 금시초문이었지만, 마음속으로 날짜를 계산해 보니 홀부르크 씨의 청혼을 거절하고 나서부터 시작된 병이었다. 그렇게 우리는 길고긴 11월의 저녁 내내 조용하고 차분하게 옛날이야기를 하며 보냈다.

다음 날, 폴 양이 홀부르크 씨가 사망했다는 소식을 전해주었다. 매티 양은 침묵 속에서 그 소식을 들었다. 사실, 그 전날의 이야기에서 보면 그 외의 딴 소식이 있을 수도 없었다. 폴 양은 그가 죽었다는 소식이 슬프지 않은지 물어 보면서 우리에게서 애도의 말을 들으려고 애썼다. 그리고 이런 말도 했다.

"지난 6월 그 상쾌한 날엔 그가 그렇게도 건강해 보였는데! 항상 혁명이나 해대는 몹쓸 놈의 파리에만 가지 않았다면 그가 수십 년은 더 살았을 텐데."

그녀는 우리가 무슨 감정의 표현을 해주기를 바라며 말을 멈추었다. 나는 매티 양이 너무 부들부들 떨고 있어 말할 상황이 아니라는 것을 눈치챘다. 그래서 내가 진심을 다해 마음속의 느낌을 이야기했다. 폴 양은 긴 방문 시간을 보낸 후(그동안 내내 매티 양이 소식을 너무 조용히 받아들인다고 느꼈을 것이 틀림없었다) 마침내 떠났다.

매티 양은 자신의 감정을 숨기려고 무진장 애를 썼다. 심지어 나에게조차 감정을 숨겼다. 그녀는 다시는 홀부르크 씨에 대한 언급을 하지 않았다. 하지만 그가 준 시집은 성경과 함께 언제나 그녀의 침대 옆 작은 탁자에 놓여 있었다. 그녀는 키 작은 모자 제조자에게 오너러블 제미슨 여사의 모자와 비슷한 것을 맞춰 달라는 소리를 내가 못 들은 줄 알았으며, 제조자의 대답도 내가 무슨 뜻인지 모르는 줄 알았다.

"하지만 제미슨 여사는 미망인 모자를 쓰는데요, 부인?"

"아! 나는 그냥 그런 스타일로 해 달라는 의미예요. 물론, 미망인 모자가 아니라 제미슨 여사의 스타일로 말이에요."

그때부터 그녀의 이런 숨기려는 노력은 손과 머리를 떠는 행동으로 나타났는데, 지금도 그녀에게 남아 있는 버릇이다.

우리가 홀부르크 씨의 사망 소식을 들은 그날 저녁, 매티는 말없이 뭔가를 곰곰이 생각하고 있었다. 기도 시간이 끝난 후, 그녀는 마사를 다시 부른 후, 무슨 말로 시작해야 할지 모른 채 가만히 서 있었다.

마침내 그녀가 입을 열었다.

"마사, 넌 젊어."

그리고는 너무 오랫동안 아무 말 없이 가만히 있자, 마사는 주인님이 끝내지 못한 말을 상기시키기 위해, 고개를 약간 숙이고 절을 하며 말했다.

"네, 마님. 지난 10월 3일로 스물두 살이 되었어요, 마님."

"그래, 마사, 언젠가는 너도 좋아하고 상대도 너를 좋아하는 사람을 만나게 될 거야. 전에 내가 너에게 이성을 사귀면 안 된다고 말했었지. 하지만 만일 네가 사귀고 싶은 젊은이를 만나게 되면 나에게 말하려무나. 내가 보고 괜찮은 사람이다 싶으면 그가 일주일에 한 번씩 널 만나러 오는 데 반대하지 않으마."

그녀는 낮은 소리로 말을 이었다.

"나로 인해 젊은이의 마음이 비통해지지 말았으면!"

그녀는 먼 훗날에 생길 일을 대비하듯 말했는데, 마사가 그 자리에서 바로 대답을 재촉하는 바람에 약간 놀라는 듯했다.

"아무쪼록, 마님. 젬 헌이라는 사람이 있어요. 직업은 목수고 일당으로 3실링 6펜스를 벌어요. 키는 신발 벗고 185센티미터 정도고요. 부디, 마님. 내일 아침에 그에 대해 사람들에게 물어 보면 모두들 착실한 사람이라고 평할 거예요. 그럼 그는 기꺼이 내일 밤에 찾아 올 거고요. 제가 장담해요."

매티 양은 깜짝 놀랐지만, 사랑과 운명 앞에 굴복했다.

제5장

옛날 편지

대부분의 사람들이 개인적으로 작은 절약 습관을 지니고 있는 것을 나는 종종 목격하곤 한다. 좀 특이한 방식으로 몇 푼 되지도 않는 것을 열심히 아끼는 습관 말이다. 그들은 그런 점이 조금이라도 어긋나면 진짜 낭비로 인해 몇 실링이나 파운드가 사라지는 것보다 더 짜증을 내곤 한다. 내 지인 중 한 노신사는 자신도 일부 돈을 투자한 조인트 스톡 은행[47]이 파산했다는 소식을 들었다. 그러나 정작 소식을 들은 여름철의 그날 길고긴 한나절 내내, 자기 식구들을 괴롭히며 보낸 이유는(물론 자제하면서 부드럽게는 했지만) 식구 중 누군가가 이제는 쓸데없어진 그의 통장 속지를 찢어(자르는 것이 아니라) 버려 그 뒤에 있는 깨끗한 종이들도 함께 못쓰게 되었기 때문이었다. 그의 개인적인 절약 대상인 종이를 이렇게 불필요하게 낭비해 버린 것이 자기 돈을 모두 잃은 것보다 더 그를 괴롭혔다. 편지 봉투가 자기 집에 도착하는

---

47) 주주들이 함께 소유한 은행.

첫날이면 그는 끔찍이도 안절부절못했다. 그토록 소중하게 생각하는 물품이 낭비되는 데 대한 유일한 위안은 자기에게 온 편지 봉투를 모두 조심스럽게 뒤집어서 다시 쓰는 것이었다. 나이가 들어가면서 좀 나아지긴 했지만, 지금도 자기 딸들이 초대 수락장을 보내면서 종이 한 장(반 장이 아니라)의 앞면에만 세 줄 달랑 쓴 것을 보면 못마땅한 듯한 시선을 보내곤 한다.

나도 이런 개인적인 약점이 있다는 것을 실토해야 할 것 같다. 나의 약점은 끈이다. 내 주머니에는 끈을 주워 함께 묶어 놓은 작은 꾸러미로 가득하다. 언제나 사용할 수 있게 준비해 뒀지만 그런 기회는 한 번도 오지 않았다. 소포 꾸러미를 묶은 끈을 누가 참을성 있고 성실하게 한 겹씩 풀지 않고 그냥 잘라 버리면 정말 마음이 괴로워진다. 사람들이 어떻게 끈의 완결판인 인도산 고무 밴드를 그렇게 아무것도 아니라는 듯이 써 버릴 수 있는지 이해가 되지 않는다. 나에겐 인도산 고무 밴드는 귀한 보물과도 같았다. 나는 헌 인도산 고무 밴드를 하나 가지고 있다. 마룻바닥에서 거의 6년 전에 주운 것이다. 나는 실제로 그 고무 밴드를 사용해 보려고 했던 적도 있었다. 하지만 도저히 용기를 낼 수 없어, 끝내 그 사치를 부릴 수가 없었다.

조그마한 버터 조각 때문에 안달하는 사람들도 있다. 그들은 항상 필요 이상으로 버터를 담는 사람들의 버릇 때문에 심란해 대화에 집중하지도 못한다. 그런 사람들이 버터에 시선을 고정시킨 채 걱정스러운 표정을 짓고 있는 것을(거의 홀린 듯이) 본 적이 없는지? 그들은 남아 있는 버터를 자기 입에 넣어 삼켜서 눈에 보이지 않게 되면 안도감을 느끼곤 한다. 버터를 접시에 그대로 두었던 사람이 토스트 조각을 떼어, 전혀 먹고 싶지 않은데도 버터를 발라 먹어 치우면 정말 흡족해 한다. 그건 낭비라고 생각하지 않는다.

이제 매티 젠킨스 양 차례다. 그녀는 초를 아낀다. 우리에겐 될 수

있는 한, 초를 아껴 쓸 수 있는 여러 가지 방책이 있다. 겨울날 오후에
도 그녀는 두어 시간씩 뜨개질을 하곤 했다. 그녀는 어두운 데서도, 화
롯불 가에서도 뜨개질을 할 수 있었다. 내가 소맷부리의 뜨개질을 완
성하기 위해 초를 좀 가져 오게 해도 되겠느냐고 물어 보면, '장님의
휴일[48]'을 즐기라고 했다. 보통, 초는 차와 함께 들어왔다. 하지만 우
리는 한 번에 한 개의 초에만 불을 붙일 수 있었다. 저녁에 친구가 찾
아 올 경우를 항시 대비하며 살고 있었기 때문에(하지만 그런 일은 한
번도 없었다) 누가 어느 때에 불쑥 찾아오더라도 늘 초를 두 개 켜고 사
는 것처럼 보이기 위해서는 약간의 묘책이 필요했다. 우리는 초 두 개
를 같은 길이로 태우기 위해 초를 하나씩 교대로 켰다. 우리가 무슨 이
야기나 일을 하고 있을 때도 매티 양의 시선은 습관적으로 초에 가 있
었다. 길이가 너무 달라져 하루 저녁 태워서는 같은 길이로 맞춰지지
않는 경우가 없도록, 그녀는 달려가 촛불을 끄고 다른 쪽 초를 켰다.
　그녀의 초를 아끼는 습관 때문에 유달리 짜증났던 어느 날 밤이 기
억난다. 나는 강제적인 '장님의 휴일'에 아주 진력이 나 있었는데, 그
날은 매티가 잠이 들어 있어 특히 더 그랬다. 그녀가 잠에서 깰까 봐
화롯불을 들쑤셔 불을 키울 수가 없었기 때문이었다. 그래서 나는 바
닥의 깔개 위에 앉아 있지도 못하고 평소 하던 대로 난롯불 곁에 바싹
앉아 뜨개질을 하다가 몸이 거의 익을 지경이 되었다. 당시 매티 양은
어린 시절에 관한 꿈을 꾸고 있었던 것 같다. 불편하게 잠이 든 채 두
어 마디 말을 웅얼거렸는데, 오랜 전에 죽은 사람들을 언급하고 있었
기 때문이었다. 마사가 불을 붙인 초와 차를 가지고 들어오는 소리에
매티 양은 깜짝 놀라며 잠을 깼다. 보게 될 것을 예상했던 인물이 우리
는 아니라는 듯, 그녀는 어리둥절한 시선으로 주위를 두리번거렸다.

---

48) 밤이나 석양을 가리키는 표현.

74

그녀는 나를 알아보자, 살짝 슬픈 표정이 얼굴에 드리워졌다. 그렇지만 금방 평소에 보이던 미소를 나에게 지어 보이려 애썼다.

차 마시는 시간 내내 그녀는 어린 시절과 젊은 시절 이야기를 했다. 그러다가 그녀는 옛날 가족 편지들을 살펴보고, 모르는 사람 손에 들어가지 말아야 할 것들을 태워버려야겠다는 생각을 한 것 같았다. 과거에도 그런 일을 해야 한다고 말하곤 했지만 고통스러울 것이라는 막연한 두려움 때문에 정작 실행에는 옮기지 못했었다. 하지만 오늘 밤엔 차를 마신 후 그녀가 일어나 어두움을 뚫고 편지 꾸러미를 가지러 갔다. 왜냐하면 그녀는 방에 있는 물건들을 전부 깔끔하고 정확하게 정돈해 놓은 데 대해 자부심이 있었고, 내가 다른 방에 있는 뭔가를 찾으러 갈 때 침대 맡에 둔 초에 불을 켜면 불편한 시선을 보내곤 했기 때문이었다.

그녀가 돌아오자, 방에 톤카 콩의 향긋한 냄새가 은은하게 퍼졌다. 이 냄새는 그녀 어머니의 소지품과 관련된 모든 것에 배어 있던 것이며, 편지 중에 상당수가 누렇게 바랜 육칠십 년 된 연애편지로, 어머니에게 온 것이었다.

매티 양은 꾸러미를 풀면서 한숨을 쉬다가, 시간이나 인생의 흐름을 한탄하는 것이 옳지 못한 일이라도 되듯 곧바로 한숨을 억눌렀다. 우리는 따로 편지들을 살펴보기로 하고 같은 꾸러미에서 서로 다른 편지를 꺼내 내용을 상대방에게 말해 주고 난롯불에 던져 넣기로 했다. 나는 그날 밤 전까지는 옛날 편지를 읽는 것이 그렇게 슬픈 일인지 미처 몰랐다. 왜 그랬는지는 설명할 수 없다. 편지는 다른 여느 편지들과 마찬가지로 행복한 내용이었으며, 적어도 초기의 편지는 그랬다. 현재 시점의 생생하고 강렬한 느낌이 살아 있고, 절대로 사라지지 않을 것처럼 너무나 강렬했으며, 편지에 표현된 그대로 따뜻하고 팔팔한 심장이 도저히 멈출 것 같지도, 양지 바른 곳에서 흙으로 돌아갈 수도 없을 것 같았다. 편지들이 더 슬픈 내용이었으면 읽을 때 덜 슬펐을 것이다. 매티 양의 주름진 뺨 위로 눈물이 조용히 흘러내리고 있었고, 그 때문에 안경도 자주 닦아 주어야 했다. 마침내 나는 눈도 침침해지고, 잉크 색이 바래 희미해진 편지를 읽기 위해선 방이 좀 밝아야겠다고 생각해 다른 쪽 초도 켜자고 말했다. 하지만, 천만에! 그녀는 눈물을 흘리면서도 글씨를 알아보았고, 자신의 사소한 절약 방법을 기억했다.

가장 초기의 편지들은 두 꾸러미로 함께 묶여 있었으며, 젠킨스 양의 글씨로 쓴 〈언제나 존경하는 아버지와 항상 사랑하는 어머니가 1774년 7월 결혼 이전에 주고받은 편지〉라는 메모가 붙어 있었다. 편지를 쓰던 당시 목사님은 스물일곱 살 정도 된 것 같았다. 어머니는 결혼 당시 열여덟 살이었다고 매티 양이 말해 주었다. 응접실에 걸려 있는, 길게 머리카락이 뒤로 늘어진 거대한 가발을 쓰고 끈을 두른 성직자 통상복 가운을 입고, 그가 생전에 단 한 권 출간한 설교집 위에 손을 얹고 있는, 뻣뻣하고 근엄한 목사님 초상화에서 받은 인상을 마음에 품은 채로 그 편지들을 읽으려니 좀 이상했다.

편지에는 간절하고 열정적인 마음이 철철 넘쳤다. 가슴에서 바로 나온 짧고도 꾸미지 않은 문장이었다(회기 중에 판사들 앞에서 연설했다던, 존슨 박사 스타일의 웅장한 라틴어 연설문과는 사뭇 달랐다). 그의 편지는 소녀 신부의 편지와 묘한 대조를 이루고 있었다. 예비 신부는 사랑의 표현을 해 달라는 그의 요구에 짜증이 난 것이 틀림없었고, 같은 말을 여러 가지 다른 표현으로 반복해 달라는 그의 부탁을 이해할 수 없어 했다. 그러나 한 가지 분명한 것은 그녀가 하얀 '견직물'을 좋아했다는 사실이었다. 그게 어떤 종류이건 상관없었다. 그리고 편지 예닐곱 장은 연인더러 (딸을 잘 키우고 있는 것이 틀림없는) 자기 부모에게 영향력을 행사해서 이런저런 옷, 특히 하얀 '견직물'로 된 옷을 살 수 있게 해 달라고 부탁하는 내용으로 거의 다 채워져 있었다.

그는 그녀가 옷을 어떻게 입든 상관없었다. 그녀는 언제나 사랑스러웠다. 그래서 그가 답장을 보낼 때 그녀가 자기 부모님께 보여줄 수 있도록, 특정 장신구와 옷을 입었을 때가 특히 예쁘더라는 내용을 넣어 달라고 간청했을 때도, 뭘 입어도 예쁘다는 말로 이를 확인시켜 주려 했다. 그러나 결국, 그녀가 자기 마음에 드는 혼수를 갖기 전에는 결혼하지 않을 거라는 것을 알게 된 것 같았다. 그래서 장신구가 가득 든 상자와 함께 보낸 것이 틀림없는 편지에 그녀 마음에 드는 옷을 전부 다 입어 달라고 청했다. 이것이 연약하고 섬세한 신부의 필체로 쓴 〈나의 사랑하는 존으로부터〉라고 메모가 붙은 첫 번째 편지였다. 그 편지와 다른 편지들 간의 시간 간격으로 미루어 짐작건대, 바로 직후에 그들은 결혼했다.

"이 편지들도 태워야겠지."

매티 양은 그렇지 않겠냐는 듯 나를 쳐다보며 말했다.

"내가 죽고 나면 아무도 관심을 두지 않을 거야."

그리고는 하나씩 불 한가운데로 떨구어 넣고 그것들이 불길에 화르르 타올랐다 사그라지고 하얀 귀신처럼 희미하게 피어올라 굴뚝으로 사라지는 모습을 지켜보다가 또 다른 편지를 불태우곤 했다. 이제 방은 환해졌다. 그러나 그녀와 마찬가지로 나도, 남자다운 정직하고 따뜻한 마음이 분출되어 있던 편지들이 타는 장면에 가슴이 먹먹해졌다.

다음 편지도 마찬가지로 젠킨스 양이 분류해 메모를 붙여 놓았는데, 〈내 출생에 즈음하여 외할아버지가 엄마에게 보낸 경건한 축하 인사와 간곡한 권유 그리고 멋진 외할머니가 보낸, 아기의 수족을 따뜻하게 해주라는 실용적인 충고〉라고 적혀 있었다.

실제로 첫 부분은 엄마가 지녀야 할 책임감에 대한 통렬하고도 힘찬 설교와, 세상에 널려 있고, 태어난 지 이틀밖에 안 된 신생아를 덮치려고 기다리는 무시무시한 악에 대한 경고가 적혀 있었다. 노신사는 이어서 어머니는 발목을 삐어 펜을 잡을 수 없어(그가 그렇게 말했다) 자신이 쓰지 못하도록 금했기 때문에 편지를 쓰지 않을 것이라고 했다. 하지만 편지 말미에 '뒤로 넘길 것'이라는 글씨가 조그맣게 쓰여 있었고 넘겨보니 "나의 사랑하고 사랑하는 몰리야"라는 말로 시작해 아기 엄마가 무엇을 하든 방을 나올 때는 반드시 계단을 올라갔다가 내려가라, 아이 발을 면으로 싸고, 여름이라도 아기를 난로 곁에 두어서 늘 따뜻하게 해야 한다, 아기는 너무나 연약하기 때문이란다, 등의 내용이 적혀 있었다.

젊은 엄마와 외할머니 사이에 자주 주고받은 편지에서 엄마의 소녀다운 허영심이 아가에 대한 사랑 때문에 조금씩 사라져 가는 것을 보니 사랑스러웠다. 다시, 편지에 하얀 '견직물'에 대한 열정이 전과 같은 열렬함으로 등장했다. 아기에게 견직물로 세례복을 만들어 입혔다는 편지도 있었고, 가족이 알리 홀에 가서 하루나 이틀을 지낼 때도 아기가 견직물로 된 옷을 입고 치장했다는 내용이 있었다. '여태까지 본 중에 가장 예쁜 아기'의 모습일 때도 견직물 옷이 아기의 얼굴을 살려 더 예쁘게 보였다.

"사랑하는 엄마, 엄마가 그 애를 볼 수만 있다면! 아무런 편견 없이 하는 말이지만, 내 아기는 커서 진짜 미인이 될 거야."

나는 늙고 주름진 얼굴에 백발이 성성한 젠킨스 양을 생각해 보고, 엄마가 천국의 정원에서 자기 아이를 알아나 볼지 궁금해졌다. 하지만 곧 엄마가 알아봤을 것이고 둘 다 천사의 모습으로 만났을 것이라고 생각했다.

목사님의 편지가 재등장하기까지는 아주 긴 시간 간격이 있었다. 그리고 그때 즈음엔 아내가 남편을 부르는 호칭이 달라져 있었다. 이젠 더는 '나의 사랑하는 존'이 아니라 '존경하는 남편'으로부터 온 편지였다. 편지는 초상화에 있던 설교집의 출간을 즈음하여 쓰인 것이었다. '나의 친애하는 판사님' 앞에서 설교하고, 책이 '열화와 같은 요청으로 출간한' 일은 인생 최고인 순간이었고 인생의 대사건이었음이 분명했다. 그는 책 출간을 감독하기 위해 출판 기간 내내 런던에 머물러 있어야만 했다. 그런 엄중한 임무에 적합한 인쇄업자를 찾기 위해 많은 친구들을 만나 의논했다. 마침내 제이와 제이 리빙톤스가 이 영광스러운 임무를 맡기로 정리가 되었다. 존경하는 목사님은 이번 기회를 통해 상당한 높이의 문학적인 경지로 성큼 뛰어 오른 것 같았다. 아내에게 편지를 쓰면서도 라틴어가 불쑥불쑥 튀어 나왔기 때문이었다. 그의 편지 중에 다음과 같이 끝을 맺은 것이 있었다.

언제나 내 아내 몰리의 선행을 기억하리다

(dum memor ipse mei, dum spiritus hos regit artus)[49]

영어로 쓴 그의 편지가 가끔 문법이 틀리고 철자까지 자주 틀렸다는 점을 감안하면, 그가 자기 아내를 얼마나 '이상화'했는지의 증거로 받아들일 수 있을 것 같았다. 그리고 젠킨스 양이 말한 대로였다.

"요즈음은 사람들이 '이상화'에 대한 말을 자주 해. 그게 무슨 뜻인지는 모르겠지만."

그러나 곧이어 그를 사로잡은 고전 시를 쓰고자 하는 열망에 비하면 이 정도는 약과였다. 거기에선 그의 몰리가 '마리아'로 비유되어 있었다. 카르멘[50]이라는 말이 들어가 있는 편지엔 그의 아내가 다음과 같이 이서해 놓았다.

"존경하는 남편이 내게 보낸 히브리어로 쓴 시. 나는 이 편지가 돼

---

49) '자기 자신을 기억하고, 숨이 붙어 수족을 움직일 수 있는 한'이라는 뜻. 문장에서 hos가 빠져 있으며, 사실 이 말은 라틴어가 아니라 히브리어다.
50) 메리메(Prosper Merimée, 1803~1870)가 쓴 소설. 나중에 이를 바탕으로 죠르쥬 비제(G. Bizet)가 1875년에 오페라 〈까르멘〉을 발표했다.

지를 죽이는 문제로 보낸 내 편지의 답장이라고 생각했는데, 그에 대한 답변은 아직 없다. **메모 : 남편이 바라는 대로 이 시를 피터 알리 경에게 보낼 것.**"

그리고 다시 남편 필체로 다음과 같은 추신이 있었다.

"이 시는 1782년 12월, 〈신사의 잡지〉에 실렸다."

남편이 아내에게 보낸 편지에 비하면, 집을 떠나 있는 남편에게 보내는 아내의 답장은(남편은 이 편지를 키케로[51]의 편지라도 되듯이 소중하게 보관하고 있었다) 훨씬 더 만족스러운 내용이었다. 그녀는 데보라가 매일 정말 깔끔하게 솔기를 바느질한다는 말, 그가 정해준 책을 데보라에게 읽어 준다는 말, 데보라가 정말 착하다는 말, 그렇지만 간혹 엄마가 모르는 것을 묻기도 한다는 말, 하지만 자기가 모른다고 말해서 위신을 떨어뜨리는 대신 아이에게 난로 불길을 살리라거나 심부름을 보낸다는 말 등이 들어 있었다. 이제 엄마의 사랑을 독차지하고 있는 아이는 매티였다. 엄마는 매티가 커서 대단한 미인이 될 것이라고 (언니가 그 나이였을 때 그랬듯이) 장담했다. 내가 이 편지를 큰 소리로 매티에게 읽어 주자 그녀는 미소를 지었고, "우리 매티는 미인이라도, 머리가 빈 미인은 아닐 것이다."라고 사랑스럽게 표현된 소망 부분에 이르자 약간 한숨을 쉬었다.

"난 머릿결이 참 예뻤단다, 애야. 그리고 남의 험담을 하지 않았어."

마틸다 양이 말했다. 그리고 그 뒤에 바로 그녀는 챙이 없는 실내용 모자를 고쳐 쓰고 자세를 바르게 했다.

하지만 다시 젠킨스 자매의 어머니 편지로 돌아가 보자.

그녀는 남편에게 교구 내의 가난한 사람들에 대해 이야기했다. 조악한 민간약을 준다는 말, 환자들에게 이런 저런 영양식을 보낸다는

---

51) 로마의 유명한 웅변가로, 가족에게 보내는 편지를 포함해서 여러 권의 편지 모음집을 남겼다.

말 등이었다. 그녀는 그의 마음을 불편하게 해서 그걸 빈곤한 사람들의 머리 위에 준비해 둔 피뢰침으로 쓰는 것 같았다. 소와 돼지를 어떻게 할지를 묻기도 했다. 하지만 내가 아까 이야기했듯이, 모든 질문에 대한 답을 언제나 얻지는 못했다.

친절한 외할머니는 목사님의 설교집 출간 직후, 사내아이가 태어났을 즈음에 돌아가셨다. 다시 외할아버지에게서 훈계의 편지가 왔는데, 세상의 올가미들로부터 지켜야 할 사내아이가 있기 때문에 그 내용이 어느 때보다 엄격하고 경고 조였다. 편지에는 남자가 저지를 수 있는 여러 가지 죄악이 모두 다 열거되어 있어서, 마침내 나는 세상에서 자연사하는 남자가 남아나 있을까 하는 생각이 들기도 했다. 외할아버지의 친구나 지인은 모두 교수형으로 생을 마감한 것 같았다. 그가 이승을 '눈물의 골짜기'[52]로 묘사했을 때 별로 놀랍지도 않았다.

전에 이 남동생에 대한 이야기를 한 번도 들어 본 적이 없다는 것이 이상했다. 하지만 곧 그가 어릴 때 죽은 것이라고 결론을 내렸다. 그렇지 않았다면 두 누나가 그에 대해 언급을 했었을 것이다.

드디어 젠킨스 양이 쓴 편지 꾸러미 차례가 되었다. 매티 양은 언니의 편지를 태워 버리는 것을 정말 아까워했다. 그녀는 부모님을 비롯한 그 외 사람들의 편지에 대해서는, 편지를 쓴 당사자를 아는 사람들만 관심이 있을 거라고 말했다. 자기의 사랑하는 엄마를 모르고, 언제나 현대식 철자를 쓰진 않았지만 엄마가 얼마나 좋은 사람인지 모르는 이의 수중에 편지들이 들어가도록 두는 것은 매티 양의 자존심에 상처를 주는 것 같았다. 하지만 언니의 편지는 정말 훌륭했다! 누구라도 그걸 읽어보면 도움이 될 것이다. 자기도 오래 전에 사포네 여사[53]의 편

---

52) 《구약성서》 〈시편〉에 나오는 말로 세상에 대한 전통적인 묘사다.
53) (1717~1801) 존슨 박사의 친구이자, 18세기에 인기 있던 《letters on the improvement of mind》의 저자.

지를 읽어 본 적이 있지만 언니도 그렇게 잘 쓸 수 있었다는 것을 알고 있다.

그리고 카터 여사[54]라니! 사람들은 그녀가《에픽텍토스(Epictetus)》를 썼다는 이유만으로 그녀의 편지를 대단하게 생각하지만, 언니라면 "나는 좀 괴로워." 같은 진부한 표현은 쓰지 않을 것이라고 자신 있게 말했다.

매티 양은 이 편지들을 태우는 걸 못내 아쉬워했다. 그녀는 내가 편지들을 조용히 혼자 읽고 덜렁덜렁 다음 편지로 넘어 가지 못하도록 했다. 내게서 편지를 넘겨받아, 적절한 곳에 강세를 두고 어려운 단어에서 더듬거리지 않고 읽기 위해 다른 쪽 초를 켜기까지 했다.

아! 나는 이 편지들을 다 읽어 볼 때까지, 매티 양에게서 반성이 아닌 사실을 들어보기를 얼마나 바랐던가! 그 편지들을 다 읽는 데 꼬박 이틀 밤이 걸렸다.

나는 그동안 여러 가지 다른 생각을 하면서 시간을 유용하게 보냈다는 것을 부인하진 않겠지만, 각 편지의 끝에는 언제나 현실로 돌아와 있곤 했다.

목사님과 그의 부인, 장모의 편지는 그런대로 짧고 명쾌했고 글씨도 정자였으며 줄 간격은 아주 좁았다. 때로는 편지 전체 내용이 종이 자투리에 적혀 있기도 했다. 편지는 누랬고 잉크색은 아주 연한 갈색이었다. 편지 몇 장은 (매티 양이 내게 보여 주었던 것처럼) 구석에 우표가 붙어 있고 우편배달 소년이 필사적으로 말을 몰며 뿔피리를 부는 그림의 편지지 원본[55]에 적혀 있기도 했다.

매티 양의 어머니와 외할머니가 주고받은 편지들은 커다랗고 둥글

---

54) 엘리자베스 카터(1717~1806) 역시 존슨 박사의 친구였으며, 자신의 편지가 아니라 그리스 철학자 에픽텍토스(Epictetus)의 편지를 번역, 출간했다.
55) 우체부의 뿔피리가 비치게 인쇄된 편지지의 일종.

며 효모가 들어 있지 않은 붉은 색의 빵[56]으로 붙어 있었다. 당시는 에지워스 양[57]의 《후원》[58]이 나오기 전이라, 점잖은 사회에서 효모가 들어 있지 않은 얇은 빵이 아직 사라지지 않았기 때문이었다. 편지의 대략적인 내용으로 비추어 볼 때 무료 요금 소인[59]을 찾는 사람이 하도 많아 가난한 의회의 의원들은 빚을 갚는 수단으로 이를 악용하기까지 했다.

목사님은 편지를 거대한 방패 휘장으로 붙였다. 정성스럽게 행한 그 의식으로, 사람들이 편지를 성급하게 혹은 경솔하게 찢지 말고 칼로 잘라 개봉하기를 원한다는 것을 보여 주었다. 다시, 젠킨스 양의 편지로 돌아가서 말하자면, 편지는 형태와 기법이 더 후기의 것이었다. 그녀는, 우리가 구식이라고 알고 있던 정사각형 종이에 편지를 썼다. 글은 감탄할 정도로 빈틈없었고 편지지 가득 음절수가 많은 단어들로 채워 있었고, 그런 다음 자랑스럽고 즐거운 직각 표기[60]가 나왔다. 가엾은 매티 양은 이 부분에 이르면 어쩔 줄 몰라 했다. 모인 단어가 눈덩이만큼 커져 있었으며 젠킨스 양은 편지 말미에 이르면 길이가 긴 단어를 즐겨 사용하는 경향이 있었기 때문이었다. 젠킨스 양이 아버지에게 보내는, 약간은 신학적이고 약간은 논쟁하는 톤으로 쓴 어느 편지에서 에돔의 영주 헤롯[61]에 대한 언급이 있었다. 매티 양은 이를 에

---

56) 성체용 빵과 모양이 비슷한 것으로, 당시에는 풀 대신 이 빵으로 편지의 겉봉을 붙였다.
57) (1767~1849) 마리아 에지워스. 영국의 여류 소설가.
58) 마리아 에지워스가 쓴 소설 중에 등장인물이 효모가 들어 있지 않은 얇은 빵으로 봉인된 편지를 던져 버리며 "어떻게 자기 침을 보내는 이런 무례한 사람이 있지" 하는 대목이 나온다.
59) 영국의 상·하원 의원들은 봉투에 이름만 서명하면 우표 없이 무료로 편지를 주고받을 수 있었다(당시는 우표 값이 아주 비쌌다).
60) 당시, 편지는 무게에 따라 요금이 부과되었다. 그래서 돈을 아끼려는 사람들은 첫 번째 장을 끝까지 쓰고 나면, 편지지를 직각으로 돌려 다시 편지를 썼다. 이런 식으로 쓴 글을 알아보기 위해서는 필체가 유달리 명확해야 하며, 글자 사이의 공간이 일정해야 했다.
61) 헤롯(예수에게 유죄를 판결한 사람)의 할아버지.

트루리아[62]의 페트라르카[63]로 읽고는 자기가 맞기라도 한 양 아주 흡족해 했다.

젠킨스 양이 가장 긴 장문의 편지들을 보낸 시기는, 정확히 날짜가 기억나진 않지만 1805년이었던 것 같다. 뉴캐슬어폰타인[64] 근처에 사는 친구들을 방문하러 집을 떠나 있는 시기였는데, 그들은 주둔군 사령관과 친했다. 사령관으로부터 부오나파르테[65]의 침공을 격퇴할 만반의 준비를 갖추고 있다는 말이 있었고, 타인 강 입구에서 전쟁이 일어날 거라는 추측도 있었다. 젠킨스 양은 경악했던 것이 틀림없었다.

편지 초반에는 제법 쉬운 영어로 그녀가 함께 지내는 친구 가족들이 무서운 전쟁에 대비해 둔 준비물을 자세히 썼다. 알스턴 무어[66]로 대피하기 위해 싸둔 옷가지들, 사람들에게 대피하라고 알리는 신호, 신호가 들리자마자 무기를 들고 뛰어 나올 자원군, 교회 종을 특이하고 불길한 음조로 울리는(내 기억이 맞다면) 신호 등의 이야기가 포함되어 있었다.

어느 날 젠킨스 양과 그녀를 초대했던 친구들이 뉴캐슬에서 정찬파티를 하고 있을 때 이 신호가 실제로 울렸고, (소년과 늑대의 우화에 관련된 교훈이 맞다면 별로 현명한 일은 아니었던 것 같지만, 어쨌든 울렸다) 젠킨스 양은 다음 날, 정신이 채 돌아오기도 전에 신호와 숨 막힐 것 같던 충격, 대소동과 경악 등에 대한 편지를 썼다. 그리고 숨을 돌린 후 다음과 같이 덧붙였다.

"이제, 마음이 차분해지고 무슨 일인지 호기심만 남아 있는 마음으

---

62) 고대 이탈리아의 지명. 지금의 토스카나 지방.
63) (1307~1374) 이탈리아 시인.
64) 석탄 수출로 유명한 잉글랜드 북부의 항구 도시.
65) 프랑스의 황제 보나파르트 나폴레옹의 이탈리아 이름. 영국은 그가 프랑스 황제로 재위 중이던 1803~1814년, 그리고 1815년에 프랑스와 전쟁을 치렀다.
66) 노섬벌랜드와 컴벌랜드 사이에 있는 거친 구릉지대.

로 돌아보면, 어제의 두려움이 얼마나 하찮게 느껴지는지요, 아버지!"

이 장면에서 매티 양이 끼어들었다.

"하지만, 얘, 당시에는 절대로 하찮거나 시시한 일이 아니었어. 우린 한밤중에 잠을 깬 적도 많았고 프랑스군이 크랜포드로 진군해 오는 발자국 소리를 듣기도 했던 것 같아. 소금 광산에 숨어야 한다고 말하는 사람들도 많았어. 육류는 거기에 내려다 놓으면 아주 잘 보관이 됐을 거야. 물론 그걸 먹고 나면 갈증을 느꼈겠지만 말이야. 그때 즈음에 아버지께선 완전히 세트로 구비된 설교를 하셨어. 아침에는 데이비드와 골리앗에 대한 설교로, 사람들을 독려해서 필요할 경우 삽이나 벽돌을 들고 나와 싸우게 하기 위해서였고, 오후에는 나폴레옹이(우리가 '보니'라고 부르곤 했던 사람의 별칭) 히브리어로는 아바돈, 그리스어로는 아볼루온이라고 부르는 파멸의 천사와 같다는 것을 증언하는 설교였어. 아버지께선 사람들이 오후 설교에 대해 출간 요청을 해주기를 바라셨지만, 교구민들은 그 설교에 질릴 대로 질려 있었을 거야."

피터 젠킨스는(매티는 그를 "불쌍한 피터!"라고 부르면서 시작했다) 당시에 슈루즈베리에 있는 학교에 다니고 있었다. 목사님은 아들에게 편지를 쓰기 위해 펜을 잡고, 잊었던 라틴어를 다시 생각해 냈다. 아들의 답장은 소위 말하는 '전시용 편지'였음이 분명했다. 내용은 공부와 여러 지성적인 희망을 고전에서 인용한 어구에 담아 말하는 등 아주 지적인 묘사로 점철되어 있었다. 하지만 종종 동물적 본능이 튀어 나와 다음과 같은 짧은 문장이 포함되어 있기도 했다. 흔들리는 필체로 짐작건대, 검사가 끝난 후 서둘러 쓴 게 분명했고 "사랑하는 엄마, 안에 귤을 듬뿍 넣은 케이크 좀 보내 주세요."라고 적혀 있었다. "사랑하는 엄마"는 케이크나 맛있는 과자의 형태로 답장을 했음이 틀림없었다. 이 편지 꾸러미에는 엄마의 편지가 한 장도 없고 목사님의 편지만 들어 있기 때문이었다.

그가 아들에게 보내는 편지에 들어 있는 라틴어는 늙은 군마에게 들려주는 나팔 소리 같았다. 물론 나는 라틴어는 잘 모르지만 장식적이지, 그리 실용적인 언어는 아닌 것 같았다. 적어도 목사님의 편지에서 기억나는 글에서 유추해 본다면 말이다. 그중 하나를 인용해 보기로 하겠다.

　　네가 가지고 있는 아일랜드 지도에는 그 마을이 나와 있지 않을 거야. 그러나 '훌륭한 버나드도 모든 것을 보진 못해'라는 라틴 속담이 있지.[67]

현재로서는 '불쌍한 피터'는 자주 화를 자초하는 것 같았다. 아버지에게 호들갑스럽게 어떤 잘못에 대해 죄를 뉘우치며 쓴 편지들이 있었다. 그중에서 글씨도 엉망이고, 잘 밀봉되지도 않고, 주소도 희미하며, 잉크가 번져 있는 쪽지가 있었다.

　　사랑하고 사랑하고 사랑하고 제일로 사랑하는 엄마, 이젠 제가 착한 사람이 될게요. 정말로 그럴게요. 그러니 제발, 나 때문에 아프지는 마세요. 전 그럴 가치가 없는 놈이에요. 하지만 앞으로는 착한 사람이 될게요, 사랑하는 엄마.

매티 양은 이 쪽지를 읽고 나서 우느라 말을 잇지 못했다. 그녀는 나에게 말없이 쪽지를 넘겨주었다가, 행여 실수로 편지가 불 속에 던져질까 봐 자리에서 일어나 자기 방 깊은 곳에 편지를 넣어 두었다.

"불쌍한 피터! 그 애는 항상 곤경에 처해 있었어. 그 애는 너무 물러

---

67) "Bonus Bernardus non videt omnia", 일이 언제나 생각과 계획대로 되지는 않는다는 뜻.

터졌어. 사람들은 그 애를 나쁜 데로 유혹해서는 수렁에 빠진 아이를 그대로 내버려 두었어. 하지만 그 아이는 장난을 너무 좋아했어. 장난 치고 싶은 마음을 도저히 억제하지 못했지. 불쌍한 피터!"

불쌍한 피터

피터의 친한 친구들은 그의 앞날이 순조롭게 펼쳐질 것으로 보았다. 하지만 여기서도 "착한 버나드도 모든 것을 보진 않아."라는 속담이 적용되었다. 피터는 슈루즈베리 학교에서 우등상을 많이 받을 것이고 그로 인해 순조롭게 케임브리지 대학으로 진학하고, 그러고 나면 그의 대부인 피터 알리 경의 선물[68]이 주는 삶이 기다리고 있을 것이다. 불쌍한 피터! 그의 운명은 친구들이 소망하고 구상했던 것과는 판이하게 달랐다. 매티 양은 그에 관한 모든 이야기를 나에게 해주었고, 그러면서 위안을 얻었던 것 같다.

어머니는 모든 자식을 아주 사랑했지만, 그중에서도 특히 피터를 애지중지했다. 어머니는 장녀인 데보라 역시 사랑했지만 딸의 뛰어난 학식에는 다소 두려움을 느낀 반면, 아버지는 데보라를 가장 총애했으며, 피터에게 실망하자 큰딸이 그의 자부심이 되었다. 피터가 슈루즈

---

[68] 교구의 목사직을 선물할 예정이었다.

베리 학교에서 얻은 거라고는, 동료들 사이에서 가장 좋은 친구라는 말과 짓궂은 장난의 대가라는 평판뿐이었다. 아버지는 실망했지만, 남자다운 방식으로 이를 수습해 보려고 했다. 피터를 가정교사에게 보낼 만한 형편은 안 됐지만, 아버지인 자신이 직접 가르칠 수 있었다. 피터가 가르침을 받는 첫날, 아버지의 서재에는 영어 사전과 라틴어, 히브리어 사전 등이 즐비하게 준비되어 있었다고 매티 양이 말했다.

"불쌍한 엄마! 엄마는 흘러나오는 아버지의 목소리 톤을 듣기 위해 항상 서재 앞 복도에서 서성이곤 했어. 엄마 얼굴만 보면 모든 일이 순조롭게 진행되는지 아닌지를 금방 알 수 있었어. 공부는 꽤 오랫동안 잘 진행되었어."

매티 양이 말했다.

"나중에 뭐가 잘못되었는데요? 넌더리나는 라틴어 때문이겠죠?"

내가 물었다.

"아니야, 라틴어 때문이 아니었어. 피터는 아버지께서 시키는 공부를 잘 따라갔기 때문에 아버지의 사랑을 듬뿍 받았어. 하지만 그는 크랜포드 주민이 장난치고 놀려주기를 원한다고 생각한 것 같아. 사실, 그들은 전혀 그렇지 않았거든. 아무도 그런 걸 좋아하지 않았어. 하지만 그 애는 언제나 그들을 골탕먹였어. 참, 골탕먹인다는 건 좋은 말이 아니야, 얘야. 내가 그런 말을 쓰더라고 네 아버지께는 말하지 말았으면 해. 내가 데보라 언니 같은 사람과 그렇게 긴 세월을 함께 살고서도 아직도 언어 선택이 적절하지 못하다고 하실 것 같아서 말이야. 그리고 너도 그런 말을 절대로 사용하면 안 돼. 어떻게 그 말이 내 입에서 나왔는지는 모르겠지만, 어쨌든 나는 불쌍한 피터를 생각하고 있었고, 그게 피터가 항상 쓰던 표현이었어.

그 아이는 많은 면에서 참 예의 발랐어. 노인이나 어린 아이들을 항상 도울 준비가 되어 있었다는 점에서는 캡틴 브라운과도 비슷했어.

하지만 그 아이는 농담과 장난을 너무 좋아하기도 했고, 크랜포드의 노부인들이 무엇이든 믿는다고 생각했어. 당시에 이곳에는 노부인들이 많이 살고 있었어. 지금은 원칙적으로 우리가 노부인이긴 해. 그건 나도 알아. 하지만 우리는 내가 어릴 때 뵈었던 부인들만큼은 나이가 많지 않아. 피터의 장난질을 생각하면 웃음부터 나와. 아니야! 네게 말해 주지는 않을래. 그게 실제보다 덜 충격적으로 느껴질 것 같아서 말이야. 정말로 충격적이었어."

매티 양은 계속했다.

"한번은 아버지를 속인 적도 있었어. 숙녀로 분장하고 마을을 지나다가 '그 감동스러운 순회 재판 설교집을 출간한' 크랜포드 목사님을 뵙기를 원한다고 했지. 아버지께서 완전히 속아 넘어가 그의 나폴레옹 부오나파르테 설교를 그녀를 위해, 그러니까 그를 위해, 아니 참 피터가 그때는 여자였으니까 그녀를 위해 전부 복사해 주겠다고까지 해서 피터는 깜짝 놀랐대. 그 아이는 아버지께서 말씀하시는 내내 그 어느 때보다 무서웠다고 했어. 피터는 아버지께서 그렇게 깜박 속아 넘어가실 줄은 몰랐던 거야. 하지만 만일 믿지 않으셨으면 피터로서는 슬픈 일이었을 거야.

하지만 실상, 그로서는 아버지가 믿었다는 것이 그리 달가운 일만은 아니었어. 아버지께서 그 숙녀를 위해 나폴레옹 관련 12개의 설교 내용을 피터에게 모두 베끼도록 시키셨기 때문이었어. 너도 알다시피 그 숙녀가 바로 피터잖아. 그 애가 그 숙녀였어. 그리고 그가 막상 낚시를 가고 싶어지자, '이런 빌어먹을 여편네 같으니라고!' 하며 소리 질렀어. 물론 아주 나쁜 말이야. 하지만 피터는 별로 신중한 편은 아니었어. 아버지가 너무 화를 내셔서, 나는 무서워서 정신이 나갈 지경이었어. 그러나 아버지께서 그 숙녀의 탁월한 취향과 건전한 판별력에 대해 말을 하실 때마다 피터가 무릎을 굽혀 상당히 음험하게 인사하는 모습을 보고 웃음을 참기 힘들었어."

"데보라 언니도 그런 장난을 알고 있었어요?"

내가 물었다.

"오, 몰랐어. 언니는 너무 심한 충격을 받았을 거야. 아니야! 나 외에는 아무도 몰랐어. 나라도 피터의 장난 계획을 모두 알았으면 했지만, 그 앤 때로 내게도 말하지 않았어. 그 애는 마을의 노부인들이 이야깃거리를 원한다고 했지만 내가 알기론 그렇지 않았어. 그들은 요즈음 우리가 그러듯이 〈성 제임스 연대기〉[69] 신문을 일주일에 세 번씩 봤기 때문에 공통 화제가 많았거든. 내 기억으로는 숙녀들이 함께 모여 있을 때면 항상 두런거리는 이야기 소리가 들렸어. 하지만, 물론 학교 남학생들이 숙녀들보다 더 수다스럽긴 해. 마침내 끔찍할 정도로 슬픈 사건이 터지고 말았어."

매티 양은 자리에서 일어나 문으로 가서 방문을 열었다. 밖엔 아무도 없었다. 그녀는 벨을 울려 마사를 불렀다. 마사가 오자 그녀는 마을 끝에 있는 농장으로 가서 계란을 사오라고 시켰다.

"네가 나가면 문을 잠글게, 마사. 무섭진 않겠지?"

"그럼요, 마님. 전혀요. 젬 헌이 얼씨구나 하고 나를 따라가 줄 텐데요, 뭘."

매티 양은 위엄 있게 똑바로 섰고, 우리 둘만 남게 되자 마사가 처녀다운 수줍음이 있었으면 좋겠다고 말했다.

"이 초도 끄자, 애야. 난로 불빛만 있어도 이야기할 수 있잖아. 자! 이젠 됐다! 너도 알다시피 데보라 언니는 약 보름 동안 집을 떠나 있었어. 그날은 전반적으로 아주 조용하고 평온했다고 기억해. 라일락이 만발해 있었으니까, 봄이었던가 봐. 아버지는 교구민 중에 환자를 보

---

69) 당시 상류층, 특히 성직자 사이에 널리 구독된 신문.

러 출타 중이셨어. 아버지께서 가발과 셔블 모자[70]를 쓰시고 지팡이를 들고 나가시던 모습이 지금도 기억나. 우리 불쌍한 피터가 뭐에 씌었는지 나도 모르겠어. 동생은 상냥한 성격이었지만 언제나 데보라 언니를 난처하게 만드는 일을 좋아했던 것 같아. 언니는 동생 장난에 웃어 줘 본 적이 없었고, 늘 그 애가 버릇이 없고 품성을 기르는 일에 신경쓰지 않는다고 생각했어. 아마 그게 그 애를 짜증나게 만들었나 봐.

동생은 언니 방으로 가서 언니의 구식 긴 웃옷을 입고 숄을 두르고 보닛을 썼어. 언니가 크랜포드에서 늘 입고 다니던 옷차림이었고, 사람들은 언니, 하면 그런 옷차림을 연상했어. 그런 다음 동생은 베개로 긴 하얀 옷을 입은 아기 모양을 만들었어. — 아까 문을 잠근 게 확실하지. 듣는 사람이 있으면 안 돼 — 나중에 동생이 그러는데, 그냥 동네 사람들에게 이야깃거리를 만들어 주고 싶어서 그랬대. 데보라 언니에게 무슨 나쁜 영향을 미치리라고는 생각조차 하지 않았어. 그런 다음 마당에 나가 개암나무 산책로를 왔다 갔다 했어. 집 난간을 통해 보였다 말았다 하면서 말이야. 그러면서 베개를 아기인 양 꼭 껴안고 사람들이 그러듯 실없는 말을 해주고 있었어.

오, 하느님! 그때 아버지께서 언제나처럼 당당한 걸음으로 길을 올라오고 계셨어. 아버지가 본 건 까맣게 모인 사람들이 — 아마 스무 명쯤 됐을 거야 — 당신 집 정원 난간 너머를 기웃거리던 모습이었어. 처음에 아버지는 당시 영국에 새로 유입된 철쭉꽃이 만개하자 사람들이 그걸 보는 거라고 생각하고 아주 으쓱해하셨어. 그래서 아버지는 사람들에게 꽃을 감상할 시간을 더 주기 위해서 걸음을 천천히 옮기셨어. 아버지는 이렇게 사람들이 모인 이야기를 설교에 넣을까도 생각하셨고 철쭉과 들판의 백합 사이에 약간 관련이 있다고도 생각하셨어. 불

---

70) 주로 영국 국교회 성직자들이 쓰던 챙이 넓은 모자.

쌍한 아버지! 집으로 점점 다가가면서 사람들이 자기를 전혀 보지 않고 머리를 옹기종기 모은 채 집 안을 이리저리 기웃거리는 게 좀 이상하다는 생각이 들기 시작하셨어. 아버지는 사람들에게, 정원으로 같이 들어가서 아름다운 식물을 감상하자고 말할 참으로 그들 무리에 섞이셨어. 아버지께서 - 아! 생각만 해도 몸이 떨려 - 난간 너머로 고개를 내밀고는 장면을 목격하신 거지. 아버지가 그 장면을 보고 무슨 생각을 하셨는지는 모르겠지만 늙은 하인 클레어는 아버지가 화가 나서 얼굴이 납빛으로 질린 채 찌푸린 검은 눈썹 아래서 눈이 불을 뿜고 있었다고 했어. 아버지는 입을 열어 - 아, 무서워 - 그들에게 그대로, 한 명도 가지 말고, 누구도 한 발자국도 떼지 말고 가만히 있으라고 말씀하시고는 전광석화처럼 빠르게 정원 문으로 들어가 개암나무 산책로로 달려가서 불쌍한 피터를 잡고는 뒤에서 옷을 확 찢으시고 - 보닛과 긴 웃옷, 숄을 전부 - 베개는 난간 너머에 있는 사람들에게 던져 버리셨어. 그리고는 너무너무 화가 나신 아버지는 지팡이를 들어 피터를 후려치셨어!

아! 모든 일이 평온하기만 했던 그 따사롭던 날, 피터의 장난으로 엄마의 가슴이 찢어졌고 아버지는 영원히 변해 버리셨어. 정말 그랬어. 늙은 하인 클레어는 피터도 아버지처럼 얼굴이 새하얗게 질려 있었다고 했어. 그리곤 동상처럼 꼼짝도 않은 채 매를 맞더래. 아버지는 정말 있는 힘껏 때리셨어! 마침내 아버지께서 숨을 돌리려고 매를 멈추셨을 때, 피터는 쉰 목소리로 '이제 할 만큼 하셨습니까, 각하?'라고 여쭈어 보고는 가만히 서 있었어. 아버지께서 무슨 말을 하셨는지 - 무슨 말이라도 했다면 - 모르겠어. 하지만 늙은 하인 클레어 말로는 피터가 난간 밖에 서 있는 사람들 쪽으로 몸을 돌리고 그들을 향해 어느 신사보다 더 당당하고 엄숙하게 허리를 깊이 숙여 인사를 하고는 천천히 집안으로 들어가 버리더래.

나는 그때 광에서 노란구륜앵초 술을 담그던 어머니를 돕고 있었어. 난 이제 그 술도, 그 꽃향기도 견디지 못해. 냄새만 맡으면 그날 그랬던 것처럼 속이 메슥거리면서 정신이 혼미해져. 피터는 어떤 남자보다도 더 거만한 표정으로 들어왔어. 정말이지, 소년이 아니라 남자로 보였어. 그는 '엄마! 이 말 하려고 왔어. 엄마에게 신의 축복이 영원하기를!'이라고 했어. 말할 때 그의 입술이 떨리고 있었어. 자기의 당시 심정에서 그것보다 더 애정 어린 말을 할 수 없었다고 생각해. 엄마는 약간 놀라 그를 쳐다보면서 무슨 일이냐고 물어보셨어. 피터는 웃지도, 말하지도 않고 엄마에게 팔을 두르고 키스를 하며 떨어질 줄 몰랐어. 그리고는 엄마가 미처 무슨 말씀을 하시기도 전에 나가 버렸어. 우리가 어리둥절한 채로 이야기를 하던 중, 엄마가 내게 아버지를 뵙고 무슨 일인지 알아 오라고 심부름을 보내셨어. 아버지는 아주 불쾌한 얼굴로 왔다 갔다 하고 계셨어. '내가 피터를 매질했다고 하고, 그놈은 당해도 싸다고 네 엄마에게 말해라.'

나는 감히 어떤 질문도 할 수 없었어. 내가 그 말을 전하자, 엄마는 잠시 멍하니 앉아 계셨어. 며칠 후에 나는 시든 노란구륜앵초가 풀더미에 던져진 채 썩어가는 것을 봤어. 그 해에 목사관에는 노란구륜앵초 술을 담그지 않았어. 아니, 그 후로는 한 번도 담그지 않았어.

이윽고 엄마는 아버지에게 가셨어. 내가 에스더 왕후[71]와 페르시아 왕 아하수에로를 떠올렸던 게 생각이 나. 엄마는 정말 예쁘고 우아한 얼굴이었고, 아버지는 아하수에로 왕처럼 끔찍하게 보였으니까. 얼마간 시간이 흐른 후, 두 분은 함께 나오셨어. 그때 엄마는 나에게 자초지종을 설명해 주시곤, 피터 방으로 올라가 아들과 그 일을 이야기해 봐야겠다고 하셨어. 아버지께서 그러길 바라서였지만, 물론 엄마는 그

---

71) 자기 종족을 학살로부터 구한 유대 여자.

사실을 피터에게는 비밀로 할 생각이셨지.

피터는 방에 없었어. 우리는 집을 전부 둘러 봤지. 피터는 어디에도 없었어. 처음에는 피터를 찾아보는 일에 관여하고 싶지 않아 하셨던 아버지께서도 마침내 함께 찾으러 나셨어. 교구 목사관은 아주 오래된 집이었어. 우리는 계단을 오르내리며 이 방 저 방을 전부 들여다봤어. 처음에 엄마는 그 애를 안심시키듯 낮고 부드러운 소리로 '피터! 피터! 아가야! 엄마란다.' 하고 부르셨어. 아버지가 피터를 찾으러 하인들을 집 밖 모든 방향으로 보내 봐도 허탕이고, 우리가 정원과 건초를 두는 헛간, 그 밖의 어디를 찾아 봐도 피터가 보이지 않자 엄마의 외침은 점차 크고 거칠어져 갔어.

'피터! 피터! 아가야! 어디 있니?' 그때 즈음해서는 피터의 긴 입맞춤이 일종의 슬픈 작별이라는 것을 느끼고 알았기 때문이었지. 오후 시간이 흘러갔어. 엄마는 쉬지 않고 피터가 있을 만한 장소를 모조리 뒤지고 다니셨어. 벌써 스무 번은 돌아봤던 곳이었지. 엄마는 계속 직접 방방을 샅샅이 뒤지셨어. 아버지는 머리를 손에 묻고 아무 말 없이 앉아 계시다가 심부름을 간 하인들이 아무런 성과 없이 돌아오면 비로소 고개를 들곤 하셨어. 그러면 아버지께서는 강인하고 슬픈 표정으로 그들에게 새로운 방향으로 가라고 시키셨어.

엄마는 계속 이 방 저 방, 집안과 밖을 돌아 다니셨고, 아무 소리도 내지 않았지만 절대로 쉬지는 않으셨어. 엄마도 아버지도 감히 집을 떠나지는 못하셨어. 소식을 가져오는 모든 전령들의 만남의 장소였기 때문이었지. 마침내 어둑어둑해질 무렵 아버지는 자리에서 일어나셨어. 그리곤 허둥지둥 슬픈 발걸음으로 어느 방문을 넘어오는 엄마의 팔을 잡고, 재빨리 다른 팔도 붙잡으셨어. 엄마는 아버지의 손길에 깜짝 놀라셨어. 세상에서 오로지 피터에 대해서만 생각하고 있었기 때문이었지.

'몰리!' 아버지가 입을 여셨어. '이런 일이 생길 줄은 몰랐소.' 아버지는 위안을 얻으려고 엄마의 얼굴을 가만히 들여다보셨어. 혼비백산한 가엾은 엄마의 얼굴을. 엄마도 아버지도 피터가 자살하지 않았을까, 하는 마음속 공포를 인정하지(반응은 차치하고라도) 못하셨어. 아버지는 자기 아내의 뜨겁고도 황량한 눈을 들여다보시며, 그녀가 언제라도 보여줄 준비가 되어 있던 동정을 애타게 갈구하셨어. 아주 강한 남자였던 아버지께서 말이야. 그리곤 아내 얼굴에 나타나 있는 심한 절망을 보시곤 눈에서 눈물이 흐르기 시작했어. 엄마는 그 모습을 보자마자 온화하고 애잔한 표정으로 말씀하셨어. '아, 여보! 울지 말아요. 나와 같이 가요. 우린 그 애를 찾을 거예요.' 엄마는 마치 피터가 어디 있는지 안다는 듯 쾌활하게 말씀하셨어. 그리고는 아버지의 커다란 손을 자기의 부드러운 손으로 잡고, 아버지를 데리고 아까처럼 지친 발걸음으로 쉬지 않고 이 방 저 방, 집 전체와 정원을 다니면서 계속 눈물을 흘리셨어.

아! 나는 데보라 언니가 집에 있었으면, 하고 얼마나 바랐던지! 모든 일이 내게 맡겨져 있었으므로 나는 울 여유도 없었어. 나는 데보라 언니에게 집으로 오라고 편지를 쓰고, 홀부르크 씨 집에도 은밀히 전갈을 보냈어. (불쌍한 홀부르크 씨!) 내가 누굴 말하는지 알겠지. 그에게 전보를 보냈다는 뜻이 아니고, 믿을 수 있는 사람을 보내 혹시 피터가 거기에 있는지 물어봤어. 한때 홀부르크 씨는 목사관에 자주 들르는 사람이었고 (너도 그가 폴 양의 친척이라는 건 알지?) 피터에게 아주 친절했고 낚시하는 법도 가르쳐 주었기 때문이야. 그는 모든 사람에게 친절했어. 그래서 피터가 그리로 도망갔을 수도 있겠다, 했지. 하지만 홀부르크 씨는 피터를 보지 못했다고 연락을 보냈어. 이윽고 밤이 됐어. 그러나 문은 모두 활짝 열린 채 엄마와 아버지는 걷고 또 걷고 계셨어. 아버지가 엄마를 따라 나선 지 1시간이 넘었지만 그동안 두 분은 한마디의 말씀도 나누지 않으셨어. 나는 응접실에 초를 켜고 하인 한 명을 불러 차를 준비하게 했어. 부모님이 뭔가를 드시고 마셔서 몸을 따뜻하게 하기 바랐기 때문이야. 그때 늙은 하인 클레어가 와서 물었어.

'어살의 그물을 빌려왔어요, 매티 양. 오늘 밤에 연못을 훑을까요, 아니면 내일 할까요?' 나는 무슨 말인가 싶어 그의 얼굴을 뚫어지게 쳐다봤던 기억이 나. 그리고 그게 무슨 뜻인지 알았을 때 나는 큰소리로 웃었어. 밝고 사랑스럽던 피터가 차갑고 뻣뻣하게 죽어 있는 모습이 새삼 떠올랐을 때의 공포란! 나는 지금도 내 웃음의 울림이 기억나.

다음 날, 내가 정신이 들었을 때 데보라 언니가 집에 와 있었어. 언니라면 나처럼 넋을 놓아 버리는 일은 없었을 텐데. 그렇지만 내 비명 소리를 듣고(나의 끔찍한 웃음소리는 울부짖는 소리로 끝났어) 다정하고 사랑스런 엄마는 자식 하나가 자기의 보호가 필요하다는 사실을 깨닫자마자 곧바로 정신을 차리셨어. 엄마와 언니는 내 침대 곁에 앉아 있었어. 나는 그들 표정으로 피터에 관한 아무런 소식이 없다는 것을 알 수 있었어. 내가 비몽사몽 정신이 혼미한 상황에서도 듣게 될까 봐 그토록 두려워했던, 끔찍하고 무서운 소식 말이야.

어디를 찾아 봐도 똑같은 대답이 돌아오자 엄마는 안도하셨어. 그 애가 잘 아는 장소 어디에선가 목을 매 죽지 않았을까 하는 공포 때문에 그 전날 그렇게 끝없이 걸어 다니셨던 거야. 그 일 이후로 엄마의 부드러운 눈빛은 더는 찾아 볼 수 없었어. 그때부터 엄마는 찾을 수 없는 어떤 것을 찾으려 하듯 늘 불안정하고 동경하는 눈빛을 띠셨어. 아! 정말이지 끔찍한 시간이었어. 라일락이 흐드러지게 핀 햇살 좋은 날에 마른하늘에 날벼락 같은."

"피터는 어디 있었던 거예요?"

내가 물었다.

"그 애는 리버풀로 갔어. 그때 거기서 전쟁이 벌어졌었거든. 국왕 휘하 배 몇 척이 머지 강 근처에 정박해 있었어. 그들은 피터처럼 훌륭하고 믿음직한 아이가(키가 175센티미터였어) 군 입대를 자원해서 반가울 따름이었지. 대령은 아버지께, 피터는 어머니께 편지를 보냈어. 가만있어 봐! 그 편지들이 여기 어디엔가 있을 거야."

우리는 초를 켜고 뒤져 대령의 편지를 찾았고 피터의 편지도 찾아냈다. 그리고 우리는 피터의 어머니가 피터가 가지 않았을까 짐작한 그의 옛 학교 친구의 집에 수신인을 피터로 해서 보낸, 간청하는 짧은 편지도 찾아냈다. 편지는 개봉되지 않은 채 되돌아왔고, 당시 우연히 다른 편지들에 섞여 여태까지 열어 본 사람 없이 보관되어 있었다. 이것이 그 편지다.

사랑하는 피터야.

우리가 얼마나 미안해하는지 넌 모를 거야. 알았다면 그렇게 가버리지 않았을 테니, 그지? 넌 정말 착한 아이야. 아버지는 앉아서 한숨만 쉬고 계시는구나. 그 소리를 들으면 가슴이 미어진단다. 아버지는 너무 슬퍼 고개를 들지도 못해서. 하지만 아버지는 자기가 옳다고 생각한 일을 하신 거야. 아버지가 너무 심하긴 했어. 나도 네게 다정하지 않았고. 하지만 나의 하나뿐인 사랑하는 아들아, 우리가 널 얼마나 사랑하는지는 하느님은 알고 계신다. 네가 없어서 데보라 누나도 슬퍼한단다. 돌아오렴. 그래서 너를 정말 사랑하는 우리를 기쁘게 해주렴. 네가 돌아올 것을 믿는다.

하지만 피터는 돌아오지 않았다. 그 봄날이 그가 엄마 얼굴을 본 마지막 날이었다. 편지(마지막 편지) 내용을 알고 있는 유일한 사람인 편지를 쓴 당사자는 오래 전에 죽었다. 그리고 그 일이 있었던 당시 아직 태어나지도 않았던 이방인인 내가 이 편지를 처음 개봉한 것이다.

대령의 편지는 아버지와 엄마에게 아들을 보고 싶으면 즉시 리버풀로 오라는 내용이었고, 인생의 빗나간 운명으로 편지는 어디에서인가에서 송달이 지연되었다.

매티 양은 계속했다.

"그땐 경마철이었어. 그래서 크랜포드 우체국의 말들은 전부 경주에 가 버렸어. 하지만 아버지와 어머니는 우리 소유의 이륜마차를 타고 출발하셨어. 아, 얘, 하지만 그분들은 너무 늦었던 거야. 배는 떠나고 없었어! 자, 이제 피터가 엄마에게 보낸 편지를 읽어 보렴."

편지는 사랑과 슬픔, 새 직업에 대한 자부심, 크랜포드 주민들 앞에서 당한 창피함에 대한 내용으로 점철되어 있었고, 마지막엔 엄마에게 자신이 머지 강을 떠나기 전에 빨리 만나러 오라고 간청하고 있었다.

> 엄마! 우리는 참전하게 될지도 몰라. 난 우리가 참전했으면 좋겠어. 프랑스 놈들을 무찔러 버리게 말이야. 하지만 그러기 전에 엄마를 꼭 다시 봐야겠어.

"엄마는 너무 늦게 가신 거야. 너무 늦었어."

매티 양이 말했다. 우리는 말없이 앉아서 이 슬프디슬픈 말이 뜻하는 바를 총체적으로 생각해 보고 있었다. 마침내 나는 매티 양에게 어머니께서 어떻게 참고 견디셨는지를 물었다.

"오! 엄마는 인내심 그 자체였어. 엄마는 원래 건강한 사람이 아니었는데, 이 일로 아주 쇠약해지셨어. 아버지는 엄마보다 훨씬 더 슬퍼하면서, 자리에 앉아 엄마를 바라보시곤 했어. 엄마가 곁에 있을 땐, 딴 건 눈에 들어오지도 않는 것 같았어. 그리고 아버지는 정말 겸손하고 부드러워지셨어. 아버지는 가끔 옛날처럼, 말하자면 법이라도 공표

하듯이 말씀하시기도 하셨어. 하지만 일이 분 뒤에 태도가 바뀌어 우리 어깨에 손을 올리시면서 낮은 목소리로 자기 말에 상처받지 않았는지 물으시곤 하셨어. 아버지께서 데보라 언니에게 그렇게 물으시는 건 이상하지 않았어. 언니는 아주 똑똑했으니까. 하지만 나에게도 그런 식으로 말씀하시는 건 참을 수가 없었어.

하지만 아버지는 우리가 보지 못하던 것을 보고 계셨어. 바로 그 일 때문에 엄마가 죽어 가고 있다는 사실 말이야. 그래, 죽어가고 있었어 (애야, 촛불을 끄자, 나는 주위가 어두우면 말이 더 잘 나와). 엄마는 연약한 여성이었는데 그동안 겪은 놀라움과 충격을 견디지 못하신 거야. 하지만 어머니는 늘 아버지께 미소 짓고, 또 위안을 드렸어. 말로가 아니라, 아버지가 곁에 계실 땐 언제나 쾌활한 표정과 목소리 톤을 유지하면서 말이야. 그리고는 피터가 얼마나 빨리 해군 제독으로 승진할 건지를 말씀하시곤 하셨어. 피터는 그렇게도 용감하고 똑똑했으니까. 그가 해군 제복을 입은 모습을 보면 어떤 생각이 들지, 해군 제독이 어떤 모자를 쓰는지, 그에게 성직자보다는 해군이 얼마나 더 잘 맞는지를 말하곤 했어. 바로 그 불운한 아침에 생긴 일을, 우리가 모두 알다시피 아버지 가슴에 한이 맺힌 그 매질로 생긴 일을 기쁘게 생각한다는 것을 아버지가 느끼실 수 있게 했어.

하지만, 아! 혼자 있을 때 엄마는 얼마나 서럽게 우시던지. 몸이 더 쇠약해짐에 따라, 엄마는 데보라 언니나 내가 곁에 있을 때도 눈물을 감추지 못했어. 그러면서 계속 우리에게 피터에 관한 말을 하셨어. 그의 배가 지중해로 갔다든지, 아니면 그 아래 어디로 갔다든지, 피터가 인도로 배치되어 이젠 육로로 올 수 없게 되었다든지 등등. 하지만 아무도 죽음의 사신이 어디서 기다리고 있는지 모른다는 말과 자신의 죽음이 임박했다고 생각하지 말라는 말도 하셨어. 우리는 그렇게 생각한 것이 아니라, 이미 알고 있었어. 엄마가 조금씩 사그라지는 것을 보고 있었으니까.”

아, 얘, 이제 엄마를 볼 날이 그리 오래 남지 않았는데도 내가 참 바보 같지? 하지만 이 생각만 하면! 얘야. 엄마가 돌아가신 바로 그날, 인도에서 불쌍한 피터가 엄마에게 보낸 소포가 도착했어(엄마는 피터가 떠난 후 채 일 년도 못 버티셨어). 전체에 좁은 테두리가 있는, 커다랗고 부드러운 인도산 하얀 숄이었어. 딱 엄마가 좋아할 만한 거였어.

우리는 그게 엄마 손을 잡고 밤을 지새운 아버지의 기운을 북돋아 줄 수 있을 것이라고 생각했어. 그래서 데보라 언니는 피터가 엄마에게 보낸 숄과 편지, 그 외 전부를 아버지께 가져갔어. 처음엔 아버지는 쳐다보지 않으셨어. 그래서 우리는 그걸 펼쳐들고 감탄하면서 가벼운 잡담을 하려고 애썼어. 그때 갑자기 아버지가 벌떡 일어서시면서 ‘엄마에게 그걸 입혀서 묻어주자. 피터에게 위안이 될 거야. 그리고 엄마도 좋아할 거야.’라고 말씀하셨어. 그래, 별로 이성적인 생각은 아니었지만 우리가 무슨 말이나 행동을 할 수 있었겠니? 비탄에 젖은 사람에게 위안이 되는 어떤 게 있지. 아버지는 그렇게 위안을 받으신 거야. 또 이렇게도 말씀하셨어.

‘이건 엄마가 결혼할 때 가지고 싶어 했던 바로 그런 숄이야. 외할머니가 네 엄마에게 사 주지 않았지. 나는 나중에서야 그 사실을 알았어. 진작 알았다면 사 주었을 텐데. 네 엄마는 그걸 가졌어야만 했어. 하지만 네 엄마가 이제라도 그 숄을 가질 수 있게 되었군.’

엄마의 돌아가신 모습은 정말 아름다웠어! 엄마는 항상 예뻤지만, 이젠 아름답고 밀랍같이 희고 또 젊어 보였어. 엄마 곁에서 부들부들 떨며 서 있던 데보라 언니보다 더 젊어 보였어. 우리는 길고 부드럽게 주름잡은 천 위에 엄마를 눕혔어. 엄마는 만족스러운 듯이 미소를 짓고 있었어. 사람들이, 크랜포드의 모든 주민이 와서 엄마를 뵙기를 청했지. 그들은 엄마를 무척 사랑했으니까 그러는 것도 무리는 아니었어. 시골 여인들은 꽃다발을 들고 왔어. 늙은 하인 클레어의 아내는 하얀 제비꽃을 가지고 와, 엄마 가슴에 놓아 달라고 청하기도 했어.

데보라 언니는 엄마 장례식에서 자기가 백 번의 프러포즈를 받는다고 해도 절대로 결혼하지 않고 아버지 곁에 있겠다고 했어. 언니가 그렇게 청혼을 많이 받을 것 같진 않았어. 한 번이라도 받았는지 몰라. 하지만 그렇다고 해서 그렇게 말한 언니의 명예가 실추되는 건 아니었어. 그전에도 없었고 그 후에도 없을 정도로 언니는 아버지께 그렇게 지극 정성인 딸이었어. 아버지의 눈이 보이지 않기 시작하자 언니는 책들을 계속 읽어드리고 편지를 써 드리고, 글을 베껴드리고, 교구 업무에 아버지 손발이 되어 모든 일을 기꺼이 다 했어. 언니는 가엾은 엄마가 할 수 있는 정도보다 더 많은 일을 할 수 있었어. 한번은 아버지를 위해 주교에게 편지를 보낸 일도 있었어. 하지만 아버지는 엄마를 몹시도 그리워하셨어. 전 교구민이 눈치챌 정도였으니까. 아버지의 활동이 뜸해져서 그런 건 아니었어. 도리어 모든 사람을 돌보는 데 더 인내했고, 더 열심히 활동했다고 생각해. 나는 언니가 아버지에게 얽매이는 시간을 좀 줄여주려고 최선을 다했어. 나는 아무짝에도 쓸모없고, 내가 세상에서 할 수 있는 최선은 허드렛일을 조용히 처리해 다른 사람들에게 시간 여유를 주는 거라는 사실을 알고 있었어. 하지만 아버지는 완전히 사람이 바뀌었어."

"피터가 집에 돌아온 적이 있었나요?"

"응, 한 번. 대위가 되어 집에 왔어. 해군 제독까지는 되지 못했어. 아버지와 피터가 얼마나 사이좋게 지냈는지! 아버지는 교구민의 모든 사람들 집에 피터를 데려 가고, 정말로 자랑스러워했어. 외출할 때면 언제나 피터의 팔에 의지해서 가곤 했어. 데보라 언니는 미소를 지으며(엄마가 돌아가시고 나서 우리가 한 번이라도 웃었는지 몰라) 자기가 뒷방 신세가 되었다고 말했어. 물론 편지를 쓰거나, 읽어야 할 것이 있을 때나, 수습할 일이 있을 땐 아버지는 언제나 언니를 찾았어."

"그리고 나서는요?"

잠시 후에 내가 물었다.

"피터는 다시 바다로 나갔어. 그리고 얼마 안 되어 아버지도 우리 둘을 축복하시고, 데보라 언니에게 그동안 자신에게 해준 모든 일에 고맙다고 말씀하신 뒤 돌아가셨어. 물론 우리 집 형편도 달라졌어. 목사관에서 하녀 세 명과 하인 한 명을 두고 사는 대신 지금 살고 있는 집으로 이사 와서, 모든 일을 다 하는 하녀 한 명과 사는 데 만족해야 했어. 하지만 언니가 늘 말했듯이, 우리는 어쩔 수 없는 상황으로 소박하게 지내야 했어도 항상 품위 있게 살았어. 불쌍한 데보라 언니!"

"그리고 피터는요?"

내가 물었다.

"아! 인도에서 큰 전쟁이 났어. 무슨 전쟁이었는지는 잊어 버렸어. 그때 이후론 피터 소식을 한 번도 듣지 못했어. 아마 죽었을 거야. 때론 그 아이의 장례식을 치러주지 못한 게 마음에 걸리기도 해. 하지만 한편으로는 내가 조용한 집안에 혼자 앉아 있을 때 거리에서 피터의 발걸음 소리가 들리는 것 같아, 심장이 떨리고 쿵쾅거리기 시작해. 하지만 그 소리는 언제나 집을 지나가 버리지. 피터는 결코 오지 않고. 마사가 돌아 온 건가? 아냐, 내가 가 볼게. 나는 어두워도 길을 잘 찾잖아. 그리고 문에서 신선한 바람을 쐬면 머리에도 좋을 거야. 아픈 데 효과가 있으니까."

그러면서 그녀는 토닥토닥 걸어 나가 버렸다. 나는 그녀가 돌아올 때 방이 환해 보이도록 촛불을 켰다.

"마사였어요?"

내가 물었다.

"응, 그런데 내가 막 문을 열려고 할 때 이상한 소리가 들려서 마음이 불편해.”

“언제요?”

그녀의 눈이 놀라 동그래져 있었으므로 내가 물었다.

“길에서…… 바로 밖에서…… 마치 소리가…….”

“이야기 소리요?”

그녀가 약간 머뭇거려 내가 끼어들었다.

“아니, 키스 소리…….”

제7장

방문

어느 날 아침, 우리가 일을 하며 앉아 있을 때였다. 정오가 되기 전이어서 매티 양은 아직 노란 리본이 달린 실내용 모자를 쓰고 있었다. 그 모자는 젠킨스 양이 제일 좋아했던 것으로 매티 양은 만날 사람 없을 때는 그걸 마르고 닳도록 썼고, 사람들을 볼 일이 있을 때는 언제나 제미슨 부인의 스타일을 모방한 모자를 썼다. 그때 마사가 이 층으로 올라와서 베티 바커 양이 마님과 이야기하고 싶어 한다고 전했다. 매티 양은 그러라고 하고, 바커 양이 올라올 동안 노란 리본이 있는 모자를 바꾸어 쓰기 위해 후다닥 방을 나갔다. 하지만 안경을 깜박 잊고 갔고, 일반 방문 시간이 아니라서 좀 서둘렀기 때문에 그녀가 다시 나타났을 때 원래 쓰고 있던 모자 위에 제미슨 부인 모자 스타일을 모방한 모자를 겹쳐 쓰고 있어도 나는 별로 놀라지 않았다. 그 사실을 미처 의식하지 못한 매티 양 본인은 흐뭇한 듯이 우리를 쳐다보았다. 바커 양도 그 사실을 깨닫지 못한 것 같았다. 이젠 그녀가 전처럼 젊지 않다는 사소한 이유는 차치하고라도, 자신의 방문 목적에 너무 집중하고 있었기 때문이었다. 그녀는 방문한 목적을 직접 전하며 끊임없이 사과를 하면서 강박에 가까운 겸손의 표현을 했다.

베티 바커 양은, 과거 젠킨스 씨가 목사로 재임했던 당시 집사이며 교회 사회를 보았던 분의 딸이었다. 그녀와 그녀의 언니는 상당히 좋은 조건으로 숙녀들의 하녀로 일했고, 그 결과 꽤 많은 돈을 모아 숙녀 모자 제조판매점을 열어 인근 숙녀들을 단골로 삼을 수 있었다. 예를 들어 그들 자매는 알리 경의 부인에게서 그녀가 썼던 모자 디자인을 이따금씩 넘겨받아 이를 베껴 크랜포드 최상류층 부인 사이에 유통시켰다. 내가 최상류층이라고 말한 까닭은 바커 양 자매가 이곳의 특징을 간파해 자신들의 '귀족 인맥'을 자랑했기 때문이었다. 그들은 실내용 모자와 리본을 가계 혈통이 없는 사람들에게는 팔려고 하지 않았다. 바커 양의 고급 모자가게에서 거절당한 농부의 아내나 딸들은 발끈하여 만물상으로 갔고, 그 가게 주인은 갈색 비누와 습당[72]을 판 수익으로 곧장 런던으로(처음에는 파리라고 했다가 마을 주민이 상당한 애국자라는 사실과 전형적인 영국인 같은 사람만 프랑스 놈들처럼 입는다는 사실을 알고) 갔는데, 지금 그가 손님들에게 내 놓은 노랑과 푸른색 띠를 두른 실내용 모자를 바로 지난주에 애딜레이드 왕비가 쓰고 나타나 윌리엄 왕으로부터 어울리는 머리 장식을 했다는 칭찬을 들었다고 전했다.

바커 양 자매는 진실만 말하고, 잡다한 고객을 받지 않았음에도 불구하고 사업은 번창했다. 그들은 자기 부정에 능숙한 사람들이었다. 나는 바커 양의 언니(과거에 제미슨 부인의 하녀였다)가 가난한 사람에게 행하는 미묘한 짓을 여러 번 목격했다. 그들은 자기보다 신분이 높은 사람들의 흉내를 내어, 자기 바로 아래 계급의 사람들과는 '상대도

---

72) 정제하기 전의 설탕.

하지 않는 척'했다. 그리고 언니가 죽고 그동안 모인 수익과 수입만으로 먹고 살기가 충분해지자 바커 양은 가게를 닫고 장사를 접었다. 그녀는 (내가 앞에서 말했듯이) 소를 한 마리 키우고 있었고, 어떤 사람들 사이에서 말 한 필이 끄는 이륜마차가 그렇듯[73] 크랜포드에서는 훌륭한 사람의 상징이었다. 그녀는 크랜포드에 거주하는 어느 숙녀보다 근사하게 옷을 입었고, 그건 별로 놀랄 일이 아니었다. 가게에 한때 재고로 남아 있던 보닛과 실내용 모자, 멋진 리본을 전부 차려 입고 다녔으므로 그럴 만도 했던 것이다. 그녀가 가게 문을 닫은 지도 오륙 년이 흘렀다. 그러므로 크랜포드가 아닌 곳이었다면 그녀 옷차림은 한물간 것으로 여겨졌으리라.

그리고 지금, 베티 바커 양은 다음 화요일에 자기 집으로 차 마시러 오라고 매티 양을 초대하기 위해 방문한 것이다. 마침 내가 매티 양 집의 방문객이었으므로, 그녀는 즉석에서 나도 초대했다. 우리 아버지가 드럼블로 이사 가시고 거기서 '끔찍한 목화 장사'에 종사하시기 때문에 식구들을 '귀족 계층' 밑으로 끌어 내리지는 않았을까 하고 그녀가 약간 두려워한다는 것을 눈치 챌 수 있었지만 말이다. 그녀는 초대 이야기를 꺼내기 전에 계속 사과를 해서 내 호기심을 자극했다. 사과의 이유는 '주제넘음'이었다. 그녀는 바로 전에 무슨 일을 하고 온 걸까? 바커 양이 하도 어쩔 줄을 몰라 해서, 나는 그녀가 바로 전에 애딜레이드 왕비에게 레이스 세탁비를 달라고 영수증을 보낸 것으로 생각할 정도였다. 하지만 그녀의 이런 인상적인 태도는 과거 자기 언니가 모시던 제미슨 부인에게 초대장을 들고 갔던 일 때문이었다.

'그녀의 과거 직업을 감안해 보면 매티 양은 이 주제넘은 태도를 용

---

73) 1824년 살인 사건 재판 중에 "그 사람이 얼마나 훌륭한 사람이라고?"라는 질문을 받고 어떤 증인이 "말 한 필이 끄는 이륜마차를 가지고 있을 정도로 훌륭한 사람"이라고 대답했다. 이런 물질적인 가치에 훌륭함의 기준을 둔 것을 재미있다고 생각한 역사가 토머스 칼라일(1795~1881)이 일화를 인용하여 유명해진 말이다.

서할까?'

아, 매티 양이 모자를 두 개 쓰고 있는 것을 알아채고 그녀의 머리쓰개를 고쳐주려고 그러는 것일까? 천만에!˙그녀는 그냥 매티 양과 나에게 초대장을 주려는 것이었다. 매티 양은 인사와 함께 초대를 수락했다. 나는 그녀가 우아한 인사를 하면서 머리쓰개의 비정상적인 무게와 지나친 높이를 의식하지는 않았을까 생각했다. 하지만 그런 것 같지는 않았다. 왜냐하면 자기 모습이 이상하지 않을까, 라고 조금이라도 생각했을 때 보이는 안절부절못하는 행동과는 전혀 다르게, 매티 양은 자세를 바로 잡고 베티 양에게 친절하고 으스대지 않는 태도로 계속 말했기 때문이었다.

"제미슨 부인도 오신다고요?"

매티 양이 물었다.

"네, 제미슨 부인은 아주 친절하고 겸손하게 기꺼이 오시겠다고 말씀하셨어요. 한 가지 사소한 조건만 붙이셨는데, 카를로도 데리고 오겠다는 거였어요. 전, 제가 아주 좋아하는 것이 한 가지 있다면 바로 개라고 말씀드렸죠."

"그리고 폴 양도?"

매티 양은 프레프런스 카드놀이를 할 팀원을 생각하며 이렇게 물었고, 여기서 카를로는 파트너로 쓸모가 없었다.

"폴 양에게도 초대장을 드리러 갈 거예요. 물론, 저는 목사님의 따님이신 매티 양께 먼저 초대 수락 여부를 여쭤보고 갈 생각이었죠. 저희 아버지가 당신 아버지 밑에서 일했던 일을 잊지 않았답니다."

"그럼 물론 포레스터 부인도?"

"포레스터 부인도요. 사실, 전 폴 양에 앞서 포레스터 부인에게 먼저 갈 생각이었어요. 지금은 상황이 바뀌긴 했지만요, 부인, 포레스터 부인이 티렐 가문 출신이고 비질로 홀의 비기 가와 인척 관계인 것을 절대로 잊어서는 안 되죠."

매티 양은 포레스트 부인이 카드를 잘한다는 사실에 더 관심이 많은 것 같았다.

"그럼 아마 피츠 애덤 부인도?"

"아닙니다, 부인. 어느 정도에서 선을 그어야 했어요. 제미슨 부인이 피츠 애덤 부인을 만나고 싶지 않을 거라고 생각했어요. 제가 피츠 애덤 부인에게 최고의 존경심을 품고는 있지만, 제미슨 부인과 마틸다 젠킨스 양 같은 숙녀분이 모인 사교계와는 맞지 않을 것이라고 생각했어요."

베티 바커 양은 매티 양에게 정중하게 인사하고 입술은 오므렸다. 그녀는 곁눈질로 위엄 있게 나를 쳐다보았는데, 마치 자신이 비록 은퇴한 여성 모자 제조자이긴 하지만 만민 평등주의자는 아니며 신분 차이를 잘 알고 있다고 말하는 듯했다.

"가능하시면 6시 30분경에 저희 누추한 집으로 와 주시겠어요, 마틸다 양? 제미슨 부인은 5시에 저녁을 드시지만, 친절하게도 그때까지는 시간을 맞추겠다고 하셨어요. 6시 30분이오."

그리고는 미끄러지듯 인사를 하고 베티 바커 양은 떠났다.

나는 육감적으로 오후에 폴 양이 초대에 대해 이야기하기 위해 방문할 것이라는 것을 알았다. 어떤 사건이 벌어지면, 아니 벌어질 조짐이라도 보이면 그녀가 늘 매티 양을 만나러 왔기 때문이었다.

"베티 양은 정선되고 선택받은 소수가 될 것이라고 말하더군요."

폴 양은 매티 양과 함께 초대장을 비교해 보며 말했다.

"그러게요. 그렇다고 말하더군요. 피츠 애덤 부인도 초대를 안 했대요."

피츠 애덤 부인은 내가 앞서 말한 크랜포드 마을의 외과 의사의 동생이며 과부였다. 그들의 부모는 훌륭한 농부였으며 자신의 신분에 만족하고 있었다. 이 선량한 사람들의 성은 호긴스였다. 호긴스 씨는 지금 크랜포드의 의사이다. 우리는 그 성이 싫었고 천박하다고 생각했다. 그러나 젠킨스 양이 말했듯이 그가 피긴스로 성을 바꾼다고 해도 별반 나아질 건 없을 것 같았다. 우리는 그가 엑스터의 후작 부인인 몰리 호긴스와 연관성이 있었으면 했지만, 자기 이익에는 별로 관심 없는 호긴스 씨는 우리의 바람을 완전히 묵살하며 어떤 관계도 없다고 딱 잘라 말했다. 젠킨스 양이 말했듯이, 그에겐 메리[74]라는 이름의 여동생이 있었고, 친척 중에 그 이름이 흔하기도 쉬웠는데.

호긴스 씨의 동생인 메리 호긴스가 피츠 애덤 씨와 결혼한 직후부터 몇 년간, 그녀는 크랜포드에서 모습을 감췄다. 그녀는 크랜포드 사교계에서 피츠 애덤 씨의 직업에 대해 관심을 가질 만큼 그렇게 높은 신분으로 상승하지 못했다. 피츠 애덤 씨는 우리가 미처 그에 대해 생각해 볼 틈도 없이 죽었고 선조들의 땅에 묻혔다. 그러고 나서 폴 양이 말했듯이, 피츠 애덤 부인은 부유한 과부로 '사자처럼 용감하게' 검은색 실크 옷을 살랑거리며 크랜포드에 다시 모습을 드러냈다. 남편이 죽은 지 불과 며칠이 지나기도 전이라서, 불쌍한 젠킨스 양의 말마따나 "봄 버진 천으로 만든 상복이었으면 더 깊은 그녀의 상실감을 보여 주었을" 것이다.

크랜포드의 늙은 귀족 주민들이 그녀와 왕래를 터도 좋을지를 결정하기 위한, 숙녀들로 구성된 모임이 기억난다. 피츠 애덤 부인은 불규칙하게 뻗어 있는 대저택을 소유하고 있었는데, 일반적으로 그 저택의 소유자는 상류사회의 특권이 부여되는 것으로 여겨졌다. 왜냐하면 옛날, 한 칠팔십 년 전에 백작의 독신 딸이 그 집에 거주하기도 했기 때문이다. 그 집에 살면 지성도 남달라지는 건 아닌지 모르겠다. 백작의

---

74) Mary의 애칭이 Molly.

딸 레이디 제인에게는 미국 독립전쟁 당시 육군 장성이던 사람과 결혼한 레이디 앤이라는 동생이 있었는데, 그 육군 장성이 희극을 한두 편 썼고 그게 런던의 연극 무대에서 아직도 상연되고 있었기 때문이다. 그 연극의 선전 광고를 볼 때마다 우리는 가던 걸음을 멈추고 드루어리레인 극장이 크랜포드를 크게 칭송하는 것으로 느끼곤 했다.

다시 본론으로 돌아가서, 사랑하는 젠킨스 양이 사망했을 당시는 피츠 애덤 부인과 왕래를 터도 좋을지에 대해 아직 결정되지 않은 때였다. 그리고 젠킨스 양과 함께 상류사회의 엄격한 법칙에 대한 명확한 지식도 사라져 버렸다. 폴 양이 소견을 말했다.

"크랜포드의 좋은 가계의 숙녀들은 대부분 나이 많은 독신녀거나 아이 없는 과부라서 우리가 회칙을 약간 완화해서 좀 더 포괄적으로 회원을 받아들이지 않으면 조만간 우리 마을엔 사교계라는 것이 사라져 버릴 거예요."

포레스터 부인도 거들었다.

"피츠 애덤 부인은 피츠라는 이름이 귀족적인 것을 의미한다는 것을 늘 알고 있었어요. 피츠 로이라는 이름도 있잖아요. 지금은 피츠 클래런스[75]라는 이름도 있고요. 모두 저 위대한 윌리엄 4세의 자식들이잖아요. 피츠 애덤! 정말 예쁜 이름이에요. 그리고 내 생각엔 십중팔구 '애덤의 자식들'이라는 뜻일 거예요. 몸속에 귀족의 피가 흐르지 않는 사람에겐 감히 피츠라는 이름을 붙이지 못하죠. 이름에는 의미가 많아요. 내겐 소문자 에프(f) 두 개를 붙여 포크스(ffoulkes)라는 철자를 쓰는 친척이 있어요. 그는 언제나 대문자 이름을 깔보면서, 그런 건 나중에 새로 생긴 가계의 이름이라고 했어요. 난 친척이 하도 까다롭게 따지길래 그냥 총각귀신이 되겠구나, 라고 걱정을 했죠. 하지만 그는 온

---

75) 피츠 로이나 피츠 클래런스는 주로 영국왕의 서자들에게 붙여지던 이름이다.

천지에서 페링던(ffaringdon)이란 이름의 부인을 만나자마자 사랑에 빠졌어요. 아주 예쁘고 가문이 좋은 여자였어요. 돈이 많은 과부였죠. 포크스 씨는 그녀와 결혼했어요. 전부 그녀 이름 앞에 붙은 소문자 에프 두 개 때문이었어요."

피츠 애덤 부인으로서는 크랜포드에서 피츠 뭐라는 이름을 가진 남자를 만날 가능성은 없었으므로, 그게 이 마을에 정착하려는 이유일 리는 없었다. 그녀가 이 지역 사교계의 일원이 되기를 바라기 때문이고, 그렇게 되면 과거의 호긴스 양으로서는 상당한 신분 상승이 될 것이라고 매티 양은 짐작했다. 그리고 그게 그녀의 희망이라면 그걸 꺾는 건 너무 잔혹한 짓이었다.

그래서 모든 사람은 그녀와 왕래했다. 단 한 사람, 제미슨 부인만은 예외였는데 그녀는 크랜포드에서 열리는 파티에서 피츠 애덤 부인을 만날 때마다 절대로 눈을 마주치지 않음으로써 자신이 얼마나 고귀한 신분인지를 알려주곤 했다. 방에는 여덟 명에서 열 명 정도의 사람들만 있었고 그들 중에 피츠 애덤 부인의 몸집이 가장 컸다. 그녀는 제미슨 부인이 들어 올 때마다 언제나 자리에서 벌떡 일어났고 제미슨 부인이 자기 쪽으로 몸을 돌릴 때마다 깊이 머리 숙여 정중히 인사했다. 사실, 너무 깊이 머리 숙여 인사를 해서 나는 제미슨 부인이 그녀 머리 위의 벽을 바라보고 있는 것이 틀림없다는 생각이 들었다. 제미슨 부인이 그녀를 전혀 보지 못한 것처럼 눈썹하나 까딱하지 않았기 때문이었다. 그래도 피츠 애덤 부인은 꾹 참았다.

밝고 긴 봄날의 저녁에 칼래시를 쓴 서너 명의 여성들이 바커 양의 문 앞에서 만났다. 칼래시가 뭔지 아는지? 그것은 실내용 모자 위에 쓰는 일종의 덮개이며 구식 마차에 붙어 있는 포장의 덮개와 별반 다르지 않지만, 대체로 크기는 그렇게 크지 않다. 이런 종류의 모자는 크랜포드에 사는 아이들에게는 언제나 신기한 것이었다. 그래서 지금 조용하고 양지바른 좁은 도로에서 놀던 아이 서너 명이 자리를 떠나 신기하다는 듯 말없이 폴 양과 매티 양, 그리고 내 주위에 모여 들었다. 우리도 역시 침묵을 지키고 있었으므로 바커 양의 집안에서 나온 크고 억눌린 속삭임을 고스란히 들을 수 있었다.

"잠깐만, 페기! 내가 이 층으로 후딱 가서 손을 씻을 때까지 기다려. 내가 기침을 하면 그때 문을 열어. 금방이면 돼."

그리고 정말로 금방, 우리는 재채기와 수탉 울음소리 중간쯤 되는 소리를 들었고, 그 소리와 함께 문이 활짝 열렸다. 문 뒤에는 칼래시를 쓴 고귀한 무리를 보고 놀라 눈이 휘둥그레진 하녀가 서 있었고, 우리는 아무런 말도 없이 당당히 안으로 들어갔다. 하녀는 곧 마음의 평정을 되찾고 우리를 작은 방으로 안내했다. 그 방은 한때 가게였지만 지금은 임시 분장실로 개조되어 있었다. 우리는 거기서 옷핀을 빼고 몸을 털고, 거울을 보며 사랑스럽고 우아한 사교용 표정으로 매무새를 챙겼다. 그리고는 뒤로 고개를 빼고 말을 해 포레스터 부인이 좁은 계단에서 앞장서게 했다.

"먼저 가시죠, 부인."

계단은 바커 양의 응접실과 연결되었고, 거기에 바커 양이 당당하고 침착한 표정으로 앉아 있었다. 아마 그녀는 그때까지 목이 쓰라리고 껄껄할 것 같았지만, 우리에게 괴상한 기침 소리가 결코 들렸을 리가 없다는 듯 시치미를 떼고 있었다. 친절하고 부드러우며 추레하게 옷을 입은 포레스터 부인은 곧바로 두 번째 상석으로 안내되었다. 그 자리는 여왕 곁의 앨버트 공[76]의 자리 같은 곳으로 좋은 자리이긴 했지만 또 그렇게 썩 좋은 자리는 아니었다. 상석은 물론 지금 막 계단을 헐떡이며 올라오는 오너러블 제미슨 부인을 위해 마련되어 있었다. 카

---

76) 빅토리아 여왕의 남편으로 여왕보다는 아래의 자리를 차지했다.

를로는 주인의 발을 걸어 넘어뜨리려는 것처럼 그녀의 진행 방향 주위를 빙빙 돌며 달려왔다.

이제, 베티 바커 양은 자랑스럽고 행복해졌다! 그녀는 난로 불을 지피고 문을 닫고는 될 수 있는 대로 문 쪽으로 가까이, 의자 끝에 앉았다. 하녀 페기가 차 쟁반 무게에 눌려 비틀거리며 들어오자 바커 양은 페기가 자기 가까이로 올새라 두려워하는 모습이 역력했다. 하녀 페기와 베티 바커 마님은 언제나 같이 있어 아주 친했고, 지금 페기는 몇 가지 사소한 속내를 주인마님에게 말하고 싶어 했고, 바커 양은 듣기 불안해하며 저지하는 것이 숙녀로서의 자신의 도리라고 생각했다. 그래서 그녀는 페기의 방백과 손짓 발짓을 못 본 체했다. 그래도 들리는 말에 대해 그녀는 한두 번 엉뚱한 대답을 했고, 마침내 멋진 생각이 떠올랐는지 이렇게 소리쳤다.

"아이고, 우리 불쌍한 카를로! 내가 카를로를 잊고 있었구나. 나와 함께 아래층으로 가자, 우리 가엾은 강아지, 내가 차를 타 주마. 아무렴 그래야지!"

몇 분 후에 그녀는 다시 전처럼 부드럽고 다정한 모습으로 돌아왔다. 하지만 개가 우연히 떨어져 있는 케이크 조각을 게걸스럽게 먹어 치우는 것을 보아 짐작건대 그녀가 '우리 가엾은 강아지'에게 먹을 걸 준 것 같지는 않았다. 차 쟁반에는 먹을 것이 풍성하게 쌓여 있었다. 나는 너무 배가 고팠으므로 그걸 보고 기분이 좋아졌다. 하지만 참석한 숙녀들은 음식을 품위 없이 덕지덕지 쌓아 올렸다고 생각할 수도 있을 것 같았다. 그녀들도 자기 집에서는 그렇게 한다는 것을 나는 알고 있었다. 하지만 어찌 되었든 간에 그 쌓아 올린 음식은 이내 사라졌다. 나는 제미슨 여사가 다른 일을 할 때와 마찬가지로 씨 박힌 과자를 천천히, 그리고 신중하게 먹는 모습을 보았다. 그녀가 지난 번 파티 때 자신은 향수비누 같아서 자기 집에서는 씨 박힌 과자를 절대 먹지 않는다고 말했으므로 나는 그 모습에 약간 놀랐다. 그녀는 언제나 사보이 비스킷[77]만 내놨다. 그러나 제미슨 부인은 친절하게도 바커 양의 상류사회 생활의 관습에 대해 지식이 부족한 것을 너그러이 눈감아 주었고, 바커 양의 감정을 상하지 않게 하기 위해 평온하고 반추하는 표정으로 큼직한 씨 박힌 과자를 세 개나 먹었다. 정말 소와 흡사한 표정으로.

티 타임이 끝난 후 약간의 불평과 갈등이 있었다. 모인 사람은 총 여섯 명이었는데, 네 명이 프레프런스 카드게임을 하고 나머지 두 명은 크리비지 카드게임을 하게 되어 있었다. 하지만 나를 제외한 전부가 프레프런스 팀에 끼고 싶어 했다(나는 크랜포드 숙녀들이 카드를 할 때 약간 무서웠다. 카드게임은 그들이 가장 진지하고 열성적으로 임하는 일과였기 때문이다). 스페이드 에이스와 두 번째로 좋은 으뜸패도 분간하지 못하던 바커 양마저도 참여하고 싶어 안달하는 것이 분명했다. 이내 야릇한 소리가 들리면서 딜레마가 해결되었다. 만일 남작의 며느리가 코를 골 수 있다면, 그때 제미슨 부인이 그렇게 했다고 말할 수 있다. 원래 잘 조는 천성이 있는데다 방의 열기에 취하고 안락한 안락의자의 유혹이 참기엔 너무 강해서 제미슨 부인은 꾸벅꾸벅 졸고 있었다. 한두 번 제미슨 부인이 억지로 눈을 뜨고 우리를 보며 온화하게 그러나 무의식적으로 미소를 지었다. 그러나 이윽고 자비심으로조차 이 힘든 일을 감당할 수 없게 되자 마침내 그녀는 깊은 잠에 빠져 들었다.

"난 아주 기뻐요."

카드게임을 모르면서도 상대를 아주 가차 없이 쳐부수던 바커 양이 둘러앉은 세 명의 카드 상대자에게 말했다.

"제미슨 부인이 누추하고 작은 저희 집에서 저렇게 마음 편히 계신

---

77) 머랭의 초기 것으로, 손가락 모양으로 만든 비스킷.

걸 보니 정말 기뻐요. 저 모습보다 더 큰 칭찬은 없을 거예요."

바커 양은 특별히 나를 위해 작은 책상에 초를 하나 켜 주면서 젊은 사람은 그림 감상을 좋아한다면서 나에게 십 년에서 십이 년 정도 된 서너 권의 예쁘게 재단된 패션 잡지를 읽을거리로 주었다. 카를로도 주인의 발치에 누워 씩씩거리더니 잠이 들었다. 그 역시 아주 마음이 편안한 듯했다.

카드 판이 벌어진 테이블은 활기가 넘쳤다. 네 개의 실내용 모자를 쓴 머리가 테이블 중심에 옹기종기 모여 끄덕이며, 아주 빠르고 큰 소리로 속삭이며 게임을 하는 데 빠져 있었다. 그리곤 이따금씩 바커 양의 "쉬잇, 숙녀분들! 미안합니다만, 쉿! 제미슨 부인이 주무세요."라는 소리가 흘러 나왔다. 포레스터 부인의 귀먹음과 제미슨 부인의 잠 사이를 조종하기는 쉽지 않았다. 그러나 바커 양은 이 힘든 임무를 이럭저럭 잘 수행해 나갔다. 바커 양은 계속 포레스터 부인에게 속삭이고, 입 모양으로 자신이 하는 말을 알리기 위해 얼굴을 비틀었다 폈다 했다. 그러다가 친절하게 우리 모두를 둘러보고 미소 지으며 말했다.

"정말이지, 기뻐. 언니가 살아서 오늘을 볼 수 있었다면……."

이내 문이 활짝 열렸다. 카를로가 깜짝 놀라 일어나 큰소리로 멍멍 짖었고, 제미슨 부인은 잠을 깼다. 아니면, 그녀는 잠을 자고 있는 게 아닌지도 모르겠다. 그녀가 거의 즉시, 방이 너무 밝아 잠시 눈을 감고 있었지만 우리가 하는 재미있고 유쾌한 이야기를 모두 들었노라고 말했기 때문이다. 페기가 우쭐해 얼굴이 벌게진 채로 다시 들어 왔다. 또 음식 접시다!

"오, 상류사회여! 이 마지막 충격을 견딜 수 있으려나?"

나는 생각했다. 왜냐하면 바커 양이 야식을 위해 껍질 달린 굴, 요리한 바닷가재, 젤리, 작은 큐피드라고 부르는 요리(크랜포드 숙녀들이 아주 좋아하는 것이었지만 너무 비싸서 격식 있는 공식 행사를 제외하고는 잘 나오지 않는 것으로, 보다 세련되고 고전적인 이름을 몰랐다면 그냥 브랜디에 담가 적신 마카롱이라고 불렀을 것이다) 등 온갖 진미를 다 마련해 두었기 때문이다(비록 바커 양이 "어유, 페기, 또 뭘 가지고 왔어?"라며 예기치 못한 즐거움에 놀라는 듯한 표정을 지었지만 그녀가 미리 준비해 두지 않았다고는 믿지 않는다). 요컨대 우리는 가장 달콤하고 가장 고급 요리로 대접받은 것이었다. 그래서 우리는 귀족의 체면이 좀 상해도 - 일반적으로 상류사회 사람들은 절대로 야식을 먹지 않으니까, 특별 행사가 있을 때는 유난히 배가 고팠다 - 우아하게 항복하는 편을 택하기로 했다.

바커 양은 과거의 신분일 때 소위 체리브랜디라고 부르는 음료에 익숙해진 것 같았다. 우리는 아무도 그런 것을 본 적이 없었으므로 그녀가 권했을 때 모두 몸을 뒤로 뺐다.

"아주 조그마한 잔이에요, 숙녀분들. 굴과 바닷가재를 먹은 후엔, 아시잖아요? 때로 갑각류는 아주 건강에 좋은 것은 아니라고들 생각하잖아요."

우리는 모두 여자 중국 인형[78]처럼 고개를 흔들었다. 마침내 제미슨 부인이 마지못해 받아 들었고 우리도 모두 그녀의 행동을 따라했다. 그건 완전히 맛이 없다고 할 수는 없었다. 하지만 맛이 너무 자극적이고 강해서 우리는 모두 그런 것에 익숙하지 않다는 것을 증명하기 위해 심하게 기침을 해댔다. 페기가 문을 열어주기 전에 바커 양이 냈던, 거의 그 정도로 이상한 소리로.

"너무 강해요. 독한 술이 들어 있는 게 틀림없어요."

폴 양이 빈 잔을 내려놓으며 말했다.

"딱 한 방울 들었어요. 맛이 변하지 않게 필요한 정도요! 흔히들 맛

---

78) 줄에 매달려 있어 건드리면 머리를 흔들거리는 인형.

이 변하지 말라고 잼 위에 브랜디에 담근 종이를 놓아두잖아요. 난 때로 서양 자두 파이만 먹어도 어질어질하다니까요."

바커 양이 말했다.

서양 자두 파이가 체리브랜디처럼 제미슨 부인의 마음을 열게 할 수 있을지는 의문이다. 어쨌든 제미슨 부인은 그 순간까지 말하지 않았던 다가오는 행사에 대해 우리에게 말했다.

"시댁 손위 형님인 레이디 그렌마이어가 우리 집에 묵으러 오신다네."

우리는 모두 합창하듯 대답했다.

"그래요!"

그런 다음 잠시 침묵했다. 우리는 각자 남작의 미망인 앞에 나타나기에 적절한 옷차림의 단서를 얻기 위해 제미슨 부인의 옷차림을 재빨리 훑었다. 왜냐하면 우리 동네 친구 중 누구의 집에라도 방문객이 오면 일종의 소규모 축제가 열렸기 때문이었다. 우리는 다가오는 행사에 한껏 마음이 들떴다.

얼마 되지 않아 하인들이 초롱을 들고 도착했다. 제미슨 부인은 자기 소유의 의자 가마를 타고 왔는데, 바커 양의 좁은 현관에 간신히 끼어들어와 있어, 말 그대로 통로를 가로막고 있었다. 의자 가마를 밖으로 꺼내기 위해서 가마꾼들은 모서리까지 갔다가 다시 뒤로 빼는 등 기술을 부려 교묘히 조종해야 했다(가마꾼들은 낮에는 구두 수선공으로 일하다가 의자 가마를 들라는 호출을 받으면 의자 가마와 동 시대의, 천이 두꺼운 긴 외투에 작은 망토, 호가스[79] 그림에 나오는 부류와 비슷한, 이상한 옛날 제복을 차려 입고 나타났다). 그들은 다시 한 번 이런 시도를 해서 마침내 가마를 바커 양의 현관에서 빼낼 수 있었다. 그리고 우

---

79) 윌리엄 호가스(1697~1764), 영국의 화가이며 판화가. 인간 본성에 대한 예리한 통찰력과 재치, 살아있는 듯 생생한 표현력으로 18세기 영국 사회를 풍자했다.

리가 칼래시를 쓰고 긴 웃옷에 핀을 채우고 있을 동안, 고요한 좁은 길 위로 빠르게 저벅거리는 그들의 발소리가 들렸다. 바커 양은 도와주겠다며 우리 주변을 맴돌았다. 만약 그녀가 자신의 전직을 기억하지 않고, 또 우리가 잊어 주기를 바라지 않았다면 훨씬 열성적으로 간청했을 것이다.

제8장
사모님

다음 날 아침 일찍, 폴 양이 매티 양의 집에 얼굴을 내밀었다. 방문 목적은 아주 사소한 용건이라고 했다. 하지만 분명히 뭔가 뒤에 더 있었다. 마침내 그 말이 나왔다.

"내가 이상할 정도로 무식하다고 생각하겠지만, 댁은 아세요? 우리가 레이디 그렌마이어를 어떤 호칭으로 불러야 할지 모르겠어요. '사모님(Your Ladyship)'이라고 부르나요? 당신(you)은 평민을 말하는 건데? 난 아침 내내 머리를 쥐어짰어요. 그러면 우리는 '마님' 대신 '사모님'이라고 부르는 건가요? 당신은 옛날에 레이디 알리[80]를 알았잖아요. 귀족에게 붙이는 호칭을 정확하게 알려줄 수 있어요?"

가엾은 매티 양! 그녀는 안경을 벗었다. 그러다 다시 썼다. 하지만 레이디 알리를 어떻게 불렀는지 도무지 생각나지 않았다.

"너무 오래 전 일이에요. 이런! 이런! 난 왜 이렇게 멍청할까! 그분을

---

80) 레이디는 Lord 및 Sir 칭호를 받는 사람의 부인이나, 백작 이상의 귀족의 딸에게 붙이는 호칭이다.

본 게 한두 번밖에 안 될 거예요. 피터 경을 어떻게 불렀는지는 생각나요. '피터 경'이라고 불렀죠. 하지만 그분은 레이디 알리보다는 우리를 더 자주 보러 오셨죠. 데보라 언니라면 금방 알았을 텐데. 사모님, 마님. 정말 이상하게 들려요. 자연스럽지가 않은 것 같아요. 이 문제에 대해 전에 한 번도 생각해 본 적이 없는데, 지금 말씀하셔서 생각해 보니, 저도 전혀 모르겠네요."

호칭의 예법에 대해 시간이 갈수록 점점 더 혼란스러워하고 당황해하는 매티 양에게서 폴 양이 현명한 답을 얻지 못할 것이라는 것은 분명했다.

"그러면 내가 포레스터 부인에게 얼른 가서 이 문제를 말해 보는 게 낫겠어요. 질문을 들으면 당황스러워 할 수도 있겠지만, 그래도 레이디 그렌마이어가 우리를 크랜포드 상류사회의 예법을 모르는 사람으로 생각하게 되는 것보다는 낫잖아요."

"그럼 폴 양, 댁에 돌아가는 길에 우리 집에 잠깐 들러 뭐라고 부르기로 정했는지 알려 줄래요? 당신과 포레스트 부인이 부르기로 정한 명칭이면 맞을 게 틀림없어요."

매티 양은 '레이디 알리'와 '피터 경'이라는 명칭을 혼잣말로 되뇌이며, 옛날에 호칭을 어떻게 했는지 기억해 보려고 애썼다.

"레이디 그렌마이어가 누구예요?"

"아! 그분은 제미슨 가 장남의 미망인이란다. 제미슨 부인의 돌아가신 남편 알지? 그분 첫째 형의 미망인이야. 그 부인은 주지사 워커 씨의 따님으로 결혼 전엔 워커 양이었어. 사모님, 저런, 호칭이 정해지면 너한테 먼저 몇 번 연습을 해 봐야겠다. 곧바로 레이디 그렌마이어께 그렇게 부르려면 너무 어색하고 쑥스러울 것 같아."

제미슨 부인이 아주 무례한 용건으로 찾아 왔을 때 매티 양은 비로소 걱정을 덜 수 있었다. 냉담한 사람은 누구보다 조용히 무례를 범한다. 제미슨 부인은 분명하게 알아들을 수 있도록 크랜포드 숙녀들이 시댁 형님을 방문하러 오지 말았으면 한다는 메시지를 보냈다. 그녀가 어떤 식으로 자기의 뜻을 분명히 전할 수 있었는지는 기억이 없다. 매티 양에게 자신의 의중을 천천히, 신중하게 전하는 말을 들으며, 내가 화가 치밀어 오르고 열이 났기 때문이었다. 진짜 숙녀인 매티 양은, 고상한 자기 형님이 지주 가족 집에 다니러 온 것으로 하고 싶다는 제미슨 부인의 말뜻을 이해하지 못했다. 내가 제미슨 부인의 방문 목적을 알아차린 한참 뒤에까지 매티 양은 당혹해 하고 어리둥절해 있었다.

결국 매티 양이 고귀한 부인의 방문 목적을 알아차렸을 때, 그녀가 이렇게 무례한 통보를 참으로 조용하고 품위 있게 받아들이는 것이 보기 좋았다. 그녀는 전혀 상처받지 않았다. 그러기엔 정말 온화한 성품을 지니고 있었기 때문이었다. 그녀는 제미슨 부인의 행동에 대해 별로 반감을 품는 것 같지도 않았다. 하지만 마음속으로 화제를 바꾸어야겠다는 생각이 든 것이 분명했고 그렇게 할 때도 평소보다 더 침착하고 평온했다. 사실 두 사람 중 더 당황한 사람은 제미슨 부인이었고, 그녀는 자리를 뜰 수 있게 되자 다행으로 생각하는 표정이 역력했다.

잠시 후에 폴 양이 화가 나서 얼굴이 벌게져 돌아왔다.

"어머! 저런! 제미슨 부인이 여기 왔었죠. 마사에게 들었어요. 우리 보고 레이디 그렌마이어를 보러 오지 말라고요? 그래요! 당신 집과 포레스터 부인 집 중간쯤에서 제미슨 부인을 만났는데, 나보고 그러더군요. 난 너무 놀라 아무 말도 못했어요. 뭔가 신랄하고 비꼬는 말을 생각해 냈어야 했는데. 오늘 밤에라도 생각해 봐야겠어요. 그리고 레이디 그렌마이어는 그래 봤자 스코틀랜드 남작[81]의 미망인밖에 더 돼요? 그 부인이 누군지 궁금해서 포레스터 부인 댁에 가서 유리 케이스

---

81) 영국의 귀족은 공작, 후작, 백작, 자작, 남작의 순이며 남작이 가장 낮은 귀족이다(그 아래로 준남작이 있기는 하다).

안에 보관되어 있는 귀족 연감을 봤어요. 한 번도 상원의원이 되어 본 적 없는 스코틀랜드 귀족의 미망인이래요. 욥[82]만큼이나 가난하고요. 그리고 캠벨인지 뭔지 하는 사람의 다섯째 딸이에요. 당신은 어쨌든 목사님의 따님이고, 알리 가와는 친척이잖아요. 모두들 피터 경이 알리 자작일 거라고 해요."

매티 양은 폴 양을 달래보려고 애썼지만 허사였다. 평소에는 그렇게 친절하고 상냥했던 이 숙녀는 지금 화가 나서 펄펄뛰고 있었다.

"그리고 나는 오늘 아침에 벌써 실내용 모자도 하나 주문해 뒀단 말이에요. 방문 준비로요."

마침내 그녀는 제미슨 부인의 통보에 그렇게 화가 났던 이유를 실토했다.

"훌륭한 스코틀랜드 친척도 하나 없는 제미슨 부인의 카드놀이에 내가 끼나 두고 보라지."

레이디 그렌마이어가 크랜포드에 오고 나서 처음 맞이하는 일요일, 우리는 제미슨 부인과 손님에게서 등을 돌리고 우리끼리 계속 이야기했다. 그녀를 방문하지 못하면 쳐다보지도 않을 것이다. 물론 우리는 그녀가 어떤 사람인지 알고 싶어 죽을 지경이었지만, 그날 오후에 마사에게 물어 보는 것으로 위안을 삼았다. 마사는 레이디 그렌마이어를 쳐다보는 것만으로도 감탄의 의미가 되는 사교계의 일원이 아니었으므로 자기의 눈을 충분히 활용했다.

"저런, 마님, 제미슨 부인과 함께 있던 자그마한 숙녀분 말이에요? 그녀보다는 스미스 부인(스미스 부인은 정육점 주인의 아내다)이 얼마나 젊게 옷을 차려 입었는지 알고 싶지 않으세요? 정말 새색시 같았다니까요."

---

82) 《구약성서》〈욥기〉에 나오는 인물.

"아니, 우리가 스미스 부인 같은 사람에게 무슨 관심이 있다고 그래."

폴 양은 말했지만 마사가 말을 잇자 조용해졌다.

"제미슨 부인이 앉은 열에 있던 자그마한 숙녀분은 오래된 검은색 실크에 소매 없는 격자무늬 망토를 걸치고 있었어요, 마님. 반짝반짝 빛나는 검은 눈에 호감 가는 예쁜 얼굴이었어요, 마님. 그리 젊어 보이지는 않았지만 제미슨 부인보다는 젊어 보였어요. 새처럼 교회를 위아래로 쳐다보더군요. 그리고 내가 재빨리 예리하게 쳐다봤는데 교회 밖을 나올 때 페티코트를 집어 올리더군요. 아, 그녀는 '역마차와 말'에 있는 디컨 여사와 흡사했어요."

"쉿, 마사! 무례한 말이야."

매티 양이 말했다.

"그래요, 마님? 정말 죄송해요. 하지만 젬 헌도 그렇게 말한 걸요. 날쎄고 섹시한 몸이라고 하던데요."

"레이디라고 해야지."

폴 양이 말했다.

"레이디요. 디컨 여사처럼요."

또 한 번의 일요일이 지나갔고, 우리는 여전히 제미슨 부인과 손님을 쳐다보지도 않았으며, 우리 생각에도 심하다고, 좀 너무 심하다고 할 만한 말들을 우리끼리 했다. 매티 양은 이런 우리의 신랄한 말투를 듣기 거북해했다.

이때 즈음해서는 레이디 그렌마이어가 제미슨 여사의 집이 세상에서 가장 즐겁고 활기찬 장소가 아니라는 것을 알게 되었을 수도, 제미슨 여사가 지주 가족들은 대부분 런던에 있고 시골에 남아 있는 사람들도 레이디 그렌마이어가 이웃에 있다는 사실에 그리 흥분하지 않는다는 것을 알게 되었을 수도 있다. 큰 사건은 작은 이유들로 인해 일어난다. 그러므로 나는 제미슨 여사가 어떻게 해서 크랜포드 숙녀들을 배척하려던 결심을 바꿔 다음 화요일에 소규모의 파티를 연다는 초대장을 돌리게 되었는지에 대해 설명하는 척하지 않겠다. 초대장은 뮬리너 씨가 직접 들고 돌렸다. 그는 모든 집에 뒷문이 있다는 사실을 항상 모른 척하고, 자기 주인마님인 제미슨 부인보다 더 세게 대문을 쾅쾅 두들겼다. 그는 작은 초대장 세 장을 커다란 바구니에 넣어 들고 다녔다. 조끼 주머니에도 쉽게 들어갈 수 있는 사이즈였지만, 초대장의 중요성을 부각시키려는 자신의 아이디어로 주인마님에게 감동을 주기 위해서였다.

매티 양과 나는 집에서 선약이 있다고 말하기로 조용히 결정했다. 통상적으로 그날은 일주일 동안의 통지문과 편지를 정리하는 때였다. 보통 월요일은 그전 일주일 동안 단 일 페니도 외상이 남지 않도록 셈을 깨끗이 정리하는 날이었다. 자연스러운 수순으로 화요일은 서류를 정리하는 날이었고 제미슨 부인의 초대를 거절할 수 있는 정당한 명분이 되기도 했다. 그러나 우리가 미처 답장을 쓰기 전에 폴 양이 개봉한 초대장을 손에 들고 집에 들이닥쳤다.

"자!"

그녀가 말했다.

"아! 댁도 초대장을 받았군요. 늦더라도 아예 오지 않은 것보다는 낫죠. 레이디 그렌마이어에게 보름이 지나기 전에 우리 사교계를 좋아하게 될 것이라고 말할 수 있게 되어 다행이에요."

"네."

매티 양이 대답했다.

"화요일 저녁에 초대했군요. 그날 저녁에 일거리를 들고 우리 집에 와서 같이 차를 마실래요? 그날은 통상적으로 전 주의 계산서나 통지문, 편지를 살펴보고 정리하는 날이에요. 하지만 그 정도 가지고 집에서 선약이 있다고 말하기가 뭣해요. 선약이 있다고 답장을 보내긴 하겠지만요. 당신이 오면 한결 양심의 가책이 덜할 것 같아요. 다행히 아직 답장을 쓰지 않았어요."

매티 양이 말하는 동안 폴 양의 안색이 변했다.

"그럼 안 간다는 뜻이에요?"

폴 양이 물었다.

"오, 안 가요! 물론 당신도 가지 않을 거죠?"

매티 양이 조용히 말했다.

"모르겠어요. 아뇨, 갈래요."

그녀가 활기차게 대답했다. 그리고 매티 양이 놀라는 모습을 보고 말을 이었다.

"제미슨 부인에게 자기 말이나 행동이 우리 기분을 나쁘게 할 수 있을 정도로 영향력이 있다고 생각하게 하고 싶지 않아요. 그건 우리 명예를 손상시키는 행동이에요. 난 그러고 싶지 않아요. 만일 자기 말에 우리가 일주일, 아니 열흘 동안 상처를 받았다고 생각하면 제미슨 부인은 아주 우쭐해할 걸요."

"물론! 어떤 것에 대해서도 그렇게 오랫동안 상처받고 화가 나 있으면 안 되죠. 그리고 결국 제미슨 부인은 우리를 화나게 하려고 그런 말을 했던 건 아닐 거예요. 하지만 부인이 우리가 방문하지 말았으면 했던 일을 다시 말하고 싶지 않군요. 난 정말로 가고 싶지 않아요."

"오, 그러지 말아요! 매티 양, 당신은 가야 해요. 제미슨 부인이 좀처럼 흥분을 하지 않는 성격인 건 당신도 알잖아요. 그 사람은 당신의 그런 섬세한 성격을 이해하지도 못할 거예요."

"제미슨 부인이 우리에게 자기 집을 방문하지 말았으면 하는 의중을 전하러 우리 집에 온 날엔 당신도 그랬던 것 같은데요?"

매티 양이 순진하게 말했다.

하지만 섬세한 성격의 소유자인 폴 양은, 세상 사람들에게 자랑하고 싶어 안달이 난 예쁜 실내용 모자도 가지고 있었다. 그래서 불과 보름 전에 화가 나서 내뱉은 말을 깡그리 잊고, "용서하고 잊으라."는 소위 그녀가 말한 위대한 기독교의 교리를 실천에 옮길 참인 것 같았다. 그녀는 매티 양에게 이 점에 대해 아주 길게 설교한 후, 목사의 딸로서 새 실내용 모자를 사고 제미슨 부인의 파티에 가는 것이 도리라는 말로 끝을 맺었다. 그래서 답장은 '거절하게 되어 대단히 유감입니다.' 대신 '초청에 응하게 되어 대단히 기쁩니다.' 가 되었다.

크랜포드에서 의상비 지출은 원칙적으로 한 가지만을 말하는 것이었다. 예쁜 새 실내용 모자에 머리를 묻고 있으면 숙녀들은 타조[83]처럼, 그 외의 자기 옷차림이 어떤지는 전혀 몰랐다. 구식의 긴 웃옷, 희고 고색창연한 깃, 위아래 할 것 없이 모든 곳에 달려 있는 여러 개의 브로치(개의 눈이 그려진 것도 있고, 가지가 깨끗이 정돈된 수양버들과 능이 그려진 작은 그림 액자 모양도, 뻣뻣한 모슬린 옷을 입고 매력적인 미소를 짓고 있는 신사숙녀 소형 모형도 있었다), 영구적인 장식품인 구식 브로치와 당대의 패션에 맞춘 새 실내용 모자……. 바커 양이 한때 멋지게 묘사했듯이, 크랜포드의 숙녀들은 정숙한 우아함과 교양이 돋보이는 옷차림을 했다.

그래서 포레스터 부인과 매티 양, 폴 양은 각자 새 실내용 모자를 쓰고, 크랜포드가 마을로 조성된 이후 단 한 번의 행사로는 가장 많은 브로치를 달고 그 잊을 수 없는 화요일 저녁에 모습을 드러냈다. 나는 폴 양의 옷차림에서 일곱 개의 브로치까지 직접 세었다. 두 개는 실내용 모자에 아무렇게나 꼽혀 있었다(하나는 스코틀랜드 마노로 만든 나비였는데 상상력을 최대로 발휘하면 진짜 벌레 같기도 했다). 하나는 망사 목

---

83) 타조는 천적을 보면 모래 속에 머리만 묻고, 상대방이 자기를 보지 못한다고 생각한다.

도리에 달려 있었다. 하나는 깃에, 하나는 긴 웃옷 앞면의 목과 허리 사이에, 다른 하나는 삼각형 가슴장식[84] 끝에 장식되어 있었다. 일곱 번째 것이 어디 있었는지는 잊어 버렸지만 옷 어디엔가 꼽혀 있었다는 것만은 확실하다.

하지만 내가 동행인의 옷차림에 대한 이야기를 너무 빨리 꺼낸 것 같다. 그것보다 제미슨 부인의 집으로 가는 길에서 우리가 만났다는 말을 먼저 해야겠다. 제미슨 부인은 마을 근교의 대저택에서 살고 있었다. 소위 대로라고 불리는 길은 곧바로 그녀의 집까지 뻗어 있었다. 집은 앞에 정원이나 안뜰이 없이 바로 대로로 통해 있었다. 해가 어디에 있든 집의 정문에는 해가 들지 않았다. 거실은 뒤편에 있었고 그 앞으로 아름다운 정원이 펼쳐져 있었다. 정문에서 보이는 창문은 부엌이나 하인들의 방, 식료품실의 것이었다. 그리고 그 방 중 하나에 뮬리너 씨가 앉아 대기하고 있다고 했다.

사실, 우리는 종종 곁눈질로 그의 뒤통수를 보기도 했다. 뒤통수는 머리 분[85]을 뒤집어쓰고 있었는데 때론 분이 코트 깃에서 허리까지 흘러 있기도 했다. 그리고 그는 이 위풍당당한 뒷모습으로 언제나 〈성 제임스 연대기〉를 활짝 펴놓고 읽는 데 몰두하고 있었으며, 그것이 이 신문이 우리에게 배달되는 데 그렇게 시간이 오래 걸리는 이유이기도 했다. 신문은 공동 구독이었는데 제미슨 부인의 귀족 신분 때문에 언제나 그녀가 제일 먼저 읽었다.

파티가 있던 화요일 당일, 최신호의 배달 지연은 유난히 짜증스러웠다. 폴 양과 매티 양이, 그중에서도 특히 폴 양이 저녁에 귀족과 이야깃거리를 준비하기 위하여 궁전 소식을 알고 싶어 했기 때문이었다. 폴 양은 우리에게 자기는 〈성 제임스 연대기〉가 마지막 순간에라도 도

---

84) 15~16세기에 유행하던 것.
85) 제복을 입은 하인들은 이 당시에도 머리 분을 썼다(귀족들은 쓰지 않음).

착하면 기회를 잡기 위해 5시부터 옷을 다 입고 기다리고 있었다고 했다. 오늘 저녁 우리에게 눈에 익은 창문을 지나가면서 보니, 바로 그 〈성 제임스 연대기〉를 머리 분을 뒤집어 쓴 사람이 조용하고 편안하게 읽고 있었다.

"저런 뻔뻔스러운 남자 같으니라고!"

폴 양이 분노에 차서 낮게 속삭였다.

"자기 마님이 따로 4분의 1을 저 사람의 몫으로 내는지 물어보고 싶군."

생각의 대담함에, 우리는 감탄하는 시선으로 그녀를 쳐다봤다. 뮬리너 씨는 모두에게 경외의 대상이었기 때문이었다. 그는 자신이 크랜포드에 와서 살아준다는 듯이 생색내는 태도가 몸에 배어 있었다. 생전에 젠킨스 양이 때때로 불굴의 여성 대표로 나서 남녀평등에 대해 그에게 이야기하기도 했다. 그러나 젠킨스 양마저도 그 정도에서 그쳤다. 그는 가장 기분 좋고 가장 친절할 때도 뚱한 앵무새 같았으며, 언제나 짧고 퉁명스럽게 말했다. 우리가 홀에서 기다리지 말라고 아무리 애원해도 그는 기다렸고, 우리가 함께 나가기 위해 손을 벌벌 떨면서 서둘러 준비했는데도 기다리게 했다고 아주 화난 표정을 지었다.

폴 양은 이 층에 올라가면서 가벼운 농담을 했다. 우리를 보고 말했지만 실상은 뮬리너 씨를 웃기고 싶어서 했던 말이었다. 우리는 편안한 것처럼 보이기 위해 모두들 미소를 지으며 뮬리너 씨의 동조를 기대하며 소심하게 쳐다보았다. 하지만 그의 목석같은 얼굴은 눈썹 하나 까딱하지 않았다. 우리는 곧바로 표정이 굳어졌다.

제미슨 부인의 응접실은 쾌적했다. 저녁 햇살이 흘러 들어오고 있었고 커다란 사각 유리창은 꽃으로 빙 둘러 장식되어 있었다. 가구는 흰색과 황금색이었다. 후기 스타일은 아니었다. 즉, 전부가 조가비와 소용돌이 형태인 소위 '루이 카토즈 양식'은 아니었다. 제미슨 부인의 집을 장식한 의자와 테이블은 나선도 굴곡도 없었다. 의자와 테이블 다리는 바닥에 가까이 갈수록 좁아지는 형태였고 모서리는 전부 굴곡 없이 반듯반듯했다. 의자는 난로를 중심으로 둥글게 놓여 있는 너덧 개를 제외하고는 모두 벽을 따라 일렬로 배치되어 있었다. 의자 뒤로 하얀색의 빗장이 가로질러 있고 황금빛 손잡이 장식이 있었다. 빗장도, 손잡이 장식도, 마음을 편안하게 해주지는 않았다. 성경책, 귀족 연감, 기도서가 놓여 있는 검은 옻칠이 된 독서용 테이블도 있었다. 예술품용으로 현수판식으로 된 사각 테이블이 하나 더 있었고, 위에 만화경, 여러 벌의 대화 카드[86]와 수수께끼 카드(끝없이 긴, 빛바랜 핑크색 공단 리본에 함께 묶여 있었다), 보통 차 상자[87]에 장식된 그림의 예쁜 모방화가 그려진 그림상자[88]가 놓여 있었다.

카를로는 털실로 만든 양탄자에 누워 있다가 우리가 들어가자마자 무례하게 멍멍 짖었다. 제미슨 부인은 일어서면서 우리 모두에게 뜨뜻미지근한 환영의 미소를 지어보였고, 우리 뒤에 있는 뮬리너 씨를 난감한 표정으로 쳐다봤다. 그가 우리를 의자로 인도하기를 바라는 듯했고, 그가 인도하지 않으면 자신은 절대로 할 수 없다는 듯했다. 뮬리너 씨는 우리가 알아서 난로 주변으로 둘러앉으라고 하는 것 같았다. 난로를 보면 스톤헨지[89]가 생각났지만, 왜 그런지는 모르겠다. 안주인을 궁지에서 구하기 위해, 레이디 그렌마이어가 다가왔다. 그래서 우리는 제미슨 부인의 집에서 처음으로, 형식적이 아니라 정말로 편안하게 자리에 앉을 수 있었다. 이제야 얼굴을 쳐다 볼 수 있게 된 레이디 그렌마이어는 밝은 표정의 자그마한 중년 여인이었다. 젊었을 때는 아주 예뻤을 것 같았고 지금도 호감 가는 얼굴이었다. 단 5분 만에 폴 양은 그

---

86) 카드에 나오는 대로 상대방에게 질문해서 답을 듣는 방식의 카드.
87) 차 상자엔 보통 중국풍의 그림이 그려져 있었다.
88) 19세기 초 부인들의 여가 놀이 중의 하나.
89) 영국 잉글랜드 지방의 솔즈베리 평원에 있는 석기 시대의 원형 유적.

녀가 입은 옷의 견적을 마쳤고, 다음 날 그 결과를 우리에게 발표했다.

"아이고! 10파운드면 그녀가 걸친 모든 것, 레이스 등등을 포함해서 몽땅 살 수 있겠더라고요."

귀족도 가난할 수 있다는 생각은 상당히 기분 좋았고, 그녀 남편이 상원의원을 해 본 적이 없다는 사실은 꽤 위로가 되었다. 물론 처음 그 이야기를 들었을 때는 그녀가 사기로 우리의 존경심을 갈취해 간 것 같았다. 일종의 '경이냐, 아니냐'[90]라는 일처럼.

처음엔 전부 아무 말 없이 가만히 있었다. 우리는 무슨 말을 해야 할지, 무슨 말이 사모님 관심을 끌만큼 수준 높을지를 고심하고 있었다. 설탕 값 인상 소식이 있었다. 잼 만들 시기가 가까워지고 있었으므로 그건 집안일을 하는 사람들에게는 하나의 정보였고, 레이디 그렌마이어가 자리에 없었다면 자연스러운 이야깃거리였을 것이다. 하지만 귀족이 잼 만드는 법을 알까 하는 것은 차치하고라도, 그들이 잼을 먹는지조차 확실히 알 수 없었다. 마침내 언제나 용기 있고 임기응변의 재치가 뛰어난 폴 양이, 우리만큼이나 무슨 말로 침묵을 깨야 할지 당혹스러워 하고 있는 것 같던 레이디 그렌마이어에게 말을 걸었다.

"사모님께서는 최근에 궁전에 가본 적이 있으세요?"

이렇게 묻고 폴 양은 소심함과 우쭐함이 뒤섞인 표정으로 우리를 둘러봤다. 마치 '이분에게 걸맞은 주제를 얼마나 신중하게 잘 골랐는지 봤지!' 하는 표정이었다.

"전 평생 동안 한 번도 궁전에 가보지 못했어요."

레이디 그렌마이어가 순 스코틀랜드 사투리로, 그러나 아주 듣기 좋은 목소리로 말했다. 그리고는 자기가 너무 잘라 말했다는 생각이 들었는지 덧붙여 말했다.

---

90) 보몽과 프리츠의 합작 《A King and No king(1611)》이나, 볼링브로크 경의 《A lord and no Lord and Squire Squot》를 언급하는 듯하다.

"우린 런던에 가본 적이 거의 없어요. 저는 결혼 생활을 통틀어 딱 두 번 가봤어요. 그리고 처녀 때는 아버지께서 대가족을 부양해야 했기 때문에 우리 집에서 에든버러까지도 자주 데리고 가지 못하셨어요 (캠벨 씨의 다섯 째 딸이라는 생각이 우리 모두에게 떠올랐다고 확신한다). 모두들 에든버러에 가보셨겠죠?"

그녀는 공통 화제가 생겼다는 기대감으로 얼굴이 환해지면서 물었다. 아무도 가본 사람이 없었다. 단지 폴 양만, 딴 곳에 가는 중간 기착지로 거기서 하루 묵은 적이 있는 삼촌으로부터 아주 좋은 곳이라는 이야기만 전해 들었다고 했다.

한편, 제미슨 부인은 왜 뮬리너 씨가 다과를 내오지 않는지에 대한 생각에 몰두해 있었고, 마침내 그 생각이 입 밖으로 새어 나왔다.

"내가 벨을 울리는 게 나을까요?"

레이디 그렌마이어가 상냥하게 물었다.

"아뇨, 그러지 마세요. 뮬리너는 채근하는 걸 싫어해요."

우리는 다과를 들고 싶었다. 제미슨 부인보다 이른 시간에 저녁을 먹었기 때문이었다. 나는 뮬리너 씨가 〈성 제임스 연대기〉를 다 읽고 나서 차 준비를 시작하려나 보다고 생각했다. 그의 주인마님은 안달하고 또 안달하면서 계속 말했다.

"뮬리너가 왜 다과를 내오지 않는지 모르겠네. 뭐하고 있는지 모르겠어."

마침내 레이디 그렌마이어도 조바심을 내기 시작했지만 흉한 모습은 절대로 아니었다. 그리고는 제미슨 부인이 마지못해 허락하자 벨을 세게 울렸다. 뮬리너 씨는 놀란 표정이지만 기품 있게 나타났다.

"오! 레이디 그렌마이어가 벨을 울렸어. 차 때문인 것 같아."

제미슨 부인이 말했다.

몇 분 후에 차가 들어왔다. 찻잔은 우아했고 접시는 아주 오래되었으며, 버터 바른 빵은 아주 얇았고 설탕 덩어리[91]는 아주 작았다. 설탕이 제미슨 부인이 가장 아끼는 품목임은 분명했다. 나는 가위처럼 생긴 선(線) 세공 장식의 작은 설탕 집게가 일반적이며 큼직한 설탕 덩어리를 집을 정도로 활짝 펴지기나 할지가 의문이었다. 내가 설탕 그릇에 너무 자주 손이 가는 걸 들키지 않으려고 두 개의 아주 작은 덩어리를 한꺼번에 집으려 했을 때 그중 하나가 똑 떨어져 땡그랑하고 소리를 냈다. 악랄하고, 귀에 거슬리는 소리였다.

그러나 이 일이 있기 전에 우리는 작은 실망감부터 맛봐야 했다. 작은 은주전자에는 크림이, 큰 은주전자에는 우유가 들어 있었다. 뮬리너 씨가 들어오자마자 카를로는 뭔가를 달라고 깽깽거렸다. 우리도 마찬가지로 배가 고팠지만 예의상 표현할 수 없었다. 제미슨 부인은 가엾고 말 못하는 카를로에게 차를 먼저 주는 걸 이해해 달라며, 한 접시 가득 크림을 섞어 내려줘 핥아 먹게 했다. 그리고는 이 사랑스러운 작은 녀석이 얼마나 영리하고 분별력이 있는지에 대해 이야기했다. 개가 크림을 아주 잘 알아서 우유에 타서 주면 끝까지 먹기를 거부한다는 것이었다. 그래서 우유는 우리 차지가 되었다. 우리는 속으로, 우리도 카를로만큼 영리하고 맛의 차이를 잘 구별한다는 생각이 들었다. 그리고 개가 크림을 먹고 꼬리를 치며 고마워하는 것을 보라고 했을 때, 아린 상처에 소금이 뿌려지는 것 같은 기분이 들었다. 크림, 우리 것이어야 했던 크림.

차를 마신 후 긴장이 풀린 우리는 생활의 공통 화제를 이야기했다. 감사하게도, 레이디 그렌마이어가 버터 바른 빵을 더 먹자고 제안했다. 폴 양은 왕비를 직접 보면 어떤지를 알고 싶어 하기는 했지만, 우리는 궁전에 대한 이야기보다는 빵 부족이라는 공통된 상황에 공감했

---

91) 당시는 설탕을 덩어리째 사와서 집에서 쪼개 썼다.

을 때, 훨씬 더 그녀에게 친밀감을 느꼈다.

버터 바른 빵으로 싹튼 우정은 카드놀이를 하면서 꽃을 활짝 피웠다. 레이디 그렌마이어는 프레프런스를 감탄스러울 정도로 잘했다. 그리고 옴버[92]와 카드리유 같은 카드게임에는 완전히 권위자였다. 폴 양도 '사모님'이라든지 '영부인'이란 호칭으로 불러야 한다는 걸 잊어버리고 조용히 말했다.

"바스토![93] 마님, 지금 스퍼딜[94] 가지고 계신 거 맞죠?"

마치 우리가 위대한 크랜포드 가정 의회에서 귀족에 대한 적절한 호칭 예법이라는 주제에 대해 전혀 토론하지 않은 것처럼 행동했다.

머리에 실내용 모자 대신 보관을 쓰고 앉아 차를 마실 수도 있는 사람과 함께 있다는 사실을 우리가 얼마나 까맣게 잊고 있었는지에 대한 증거로 포레스터 부인은 레이디 그렌마이어에게 재미있는 일화를 하나 들려주었다. 가까운 친구 사이에서는 잘 알려진 사실이었지만, 제미슨 부인도 듣지 못한 이야기였다. 그것은 좋았던 시절의 하나 남은 유물인 근사한 구식 레이스와 관련된 이야기였고, 레이디 그렌마이어도 마침 포레스터 부인의 깃에 달린 레이스를 보고 아름답다고 감탄한 참이었다.

"맞아요. 이런 레이스는 이젠 아무리 갖고 싶고, 아무리 돈을 많이 준다 해도 살 수 없는 것이에요. 외국 수녀들이 짰다고 하더군요. 이젠 그곳에서도 이런 걸 만들 수가 없대요. 가톨릭교도 해방령[95]이 시행되었으니 다시 만들 수 있을지도 모르죠. 그렇게 되어도 놀라진 않겠어요. 하지만, 어쨌든 전 이 레이스를 애지중지했어요. 내 하녀에게 세탁

---

92) 17~18세기에 유행하던, 세 사람이 하는 카드놀이.
93) 옴버와 카드리유 같은 카드게임에서 클럽(클로버)의 에이스.
94) 스페이드 에이스.
95) 영국에서 1829년에 가톨릭교도에 대한 여러 가지 권리상·자격상의 제한적 규정을 철폐한 법령.

을 맡기지도 못했어요(내가 앞에서 말한 자선학교의 어린 여학생이었는데, '내 하녀'라고 말하니까 근사하게 들렸다). 레이스는 항상 제가 직접 빨았어요. 하지만 한 번 아슬아슬한 순간이 있었답니다. 물론 사모님께서도 이런 레이스는 풀을 먹이거나 다림질을 하면 안 된다는 것을 아시겠죠. 이걸 설탕물에 세탁하는 사람도 있고, 노르스름하게 예쁜 색을 내기 위해 커피 우린 물에 담그는 사람도 있어요. 하지만 전 저만의 세탁 비법이 있는데, 바로 우유에 담그는 거예요. 그러면 빳빳해지기도 하려니와 아주 예쁜 크림색이 된답니다. 전 이걸 시침질을 해서(이런 좋은 레이스의 장점은 젖으면 아주 작은 용기에도 들어간다는 점이죠) 우유에 담가 놓았어요. 하지만 불행히도 제가 잠시 자리를 비운 사이 문제가 생겼어요. 제가 돌아와서 보니 테이블에 야옹이가 올라가 있었어요. 뭔가 도둑질을 한 표정으로 삼키고 싶은 게 잘 삼켜지지 않고 목에 걸린 듯 거북하게 캑캑거리고 있었죠.

세상에나! 전 처음엔 고양이를 측은하게 생각했어요. 그래서 '우리 불쌍한 야옹이! 불쌍한 야옹이!' 하고 얼러 주었죠. 그러다 우연히 우유 잔을 보았는데 텅 비어 있는 거예요. 한 방울도 없이요. 전 '요런 못된 고양이!'라고 고함을 질렀죠. 그리곤 너무 화가 나서 한 대 찰싹 때렸어요. 소용없는 짓이었지만, 레이스가 목을 넘어가는 데는 효과가 있었어요. 목에 뭐가 걸린 애기에게 등을 두드려줄 때처럼 말이에요. 전 너무 화가 나서 울음이 터트릴 뻔 했어요. 하지만 전 노력해 보지도 않고 레이스를 포기하진 않겠다고 결심했죠. 전 레이스가 고양이 몸속에서 안 맞기를 바랐어요. 하지만 내가 본 걸 욥[96]이 봤더라도 도저히 참기 힘들었을 거예요. 고양이는 15분도 채 지나지 않아 들어와서 아주 평온하게 가르랑거리는 소리를 내며, 마치 쓰다듬어 주기를 바라는

---

96) 《성서》에서 욥은 역경에서 어떤 일에도 참는 것으로 유명하다.

것 같았어요. '천만에, 야옹아! 네가 양심이 털끝만큼이라도 있다면 그런 걸 기대할 순 없을 거야!'라고 저는 소리쳤죠.

그러다 갑자기 좋은 생각이 떠올랐어요. 전 벨을 울려 하녀를 불러서 호긴스 의사 선생님께 심부름을 보냈어요. 전, 의례적인 인사말을 전하고 한 시간 동안만 목이 긴 장화를 한 짝만 빌려줄 수 있겠냐고 여쭤 보라고 했죠. 전 그 전언이 뭐가 이상한지 모르겠어요. 하지만 제니가 돌아와서, 제가 목이 긴 장화 한 짝을 빌리고 싶어 한다고 전하니까 진료실의 젊은이들이 모두 숨넘어갈 듯이 웃더래요. 어쨌든 장화가 도착하자, 저와 제니는 야옹이를 넣고 앞발을 꽉 조여 할퀴지 못하게 한 후 건포도 잼에 토주석을 섞어(사모님, 용서해 주셔야 해요) 한 숟가락 가득 먹였어요. 그러고 나서 30분간 제가 얼마나 안절부절못했는지 잊을 수가 없어요. 전 야옹이를 제 방으로 데리고 가서 마루에 깨끗한 수건을 깔아 두었어요. 레이스가 들어갔던 대로 다시 나왔을 때, 전 야옹이에게 키스라도 해주고 싶었어요. 제니가 끓인 물을 미리 준비해 두어서 우리는 그걸 빨고 또 빨았어요. 그리곤 햇볕이 잘 드는 라벤더 숲에 널어놓았어요. 그리곤 다시 우유에 담갔어요. 하지만 영부인께서 지금 봐도 야옹이 뱃속에 들어갔던 거라고는 못 믿으시겠죠?'

그날 저녁 시간을 보내며, 우리는 레이디 그렌마이어가 제미슨 부인의 집에서 장기간 체류하게 될 것이라는 것을 알게 되었다. 에든버러에 있던 집을 포기했고, 서둘러 돌아가야 할 연고도 없기 때문이라고 했다. 그녀에 대한 인상이 좋았기 때문에 우리는 그 소식을 듣고 대체로 반가워했다. 그리고 대화 도중에 나온 이야기로 종합해 보건대 좋은 집안에서 자란 그녀가 다른 장점들이 많았지만, 무엇보다도 부유한 데서 오는 속됨이 없다는 사실을 알게 되어 아주 기분이 좋았다.

"걸어가는 게 불편하신 않아요?"

각자의 하인들이 도착했다는 전갈이 오자 제미슨 부인이 물었다.

자기 소유의 마차가 마차 두는 곳에 있고 아주 가까운 거리도 꼭 의자 가마를 타고 다니는 제미슨 부인으로서는 상당히 통상적인 질문이었다. 대답도 마찬가지로 통상적이었다.

"아, 저런, 아니에요! 밤이 정말 상쾌하고 고요해요!"

"파티로 흥분해 있다가 밖으로 나오면 얼마나 상쾌한지 몰라요."

"별들이 정말 아름다워요!"

마지막은 매티 양이 한 말이었다.

"천문학을 좋아하세요?"

레이디 그렌마이어가 물었다.

"아니, 별로요."

순간적으로 매티 양은 천문학과 점성학을 헷갈려 하다가 이렇게 대답했다. 하지만 어느 쪽이 되었든 그녀의 대답은 사실이었다. 왜냐하면 프란시스 무어[97]가 저술한 점성학의 예언을 읽고 약간 놀란 적이 있는데다, 천문학에 관해서 우리 둘이 사적이고 은밀한 대화를 나누던 중, 지구가 끊임없이 돈다는 사실을 도저히 믿을 수가 없으며, 설사 믿을 수 있다 해도 그것에 대해 생각만 하면 너무 피곤하고 어지러워서 믿지 않겠노라고 말했기 때문이었다.

그날 밤, 우리는 나막신을 신고 특별히 더 조심을 하면서 집으로 향했다. '사모님'과 함께 차를 마신 후 우리의 감성이 유달리 세련되고 섬세해졌기 때문이었다.

---

97) (1657~1715) 의사이며 점성가. 1697년부터 《무어의 연감》을 발표했음.

제9장

시뇨르[98] 브루노니

   지난 장에서 말했던 일이 있었던 직후, 나는 아버지께서 편찮으시다는 전갈을 받고 집으로 돌아왔다. 그리고 당분간 아버지에 대한 걱정 때문에 크랜포드의 사랑하는 친구들이 어떻게 지내는지, 동서인 제미슨 부인의 집에 장기체류 중인 레이디 그렌마이어가 지루한 일상을 어떻게 참고 견디는지 생각해 볼 겨를이 없었다.

   아버지의 건강이 좀 회복되자, 나는 바닷가로 요양가시는 아버지를 따라갔다. 그래서 크랜포드와 연락이 두절되어 그해 대부분의 기간 동안 내가 사랑하던 동네에서 무슨 일이 있었는지 우연히 들리는 소식도 접할 기회가 없었다.

   11월 말경, 우리가 집으로 돌아오고 아버지가 다시 건강을 되찾았을 즈음, 나는 매티 양으로부터 편지를 한 통 받았다. 편지는 아주 이상했다. 매티 양의 편지는 한 문장을 끝맺지 않고 바로 다음 문장으로

---

98) 영어의 Mr.에 해당하는 이탈리아어.

들어간 것이 많아, 혼란스럽기가 마치 압지 위에 글들이 뒤섞여 있는 것 같았다. 그래서 내가 이해할 수 있는 거라곤 아버지가 좀 나아지셨는지(그녀가 그러기를 바란다고 했다), 내 조언대로 9월 29일부터 3월 25일까지는 큼직한 외투를 입겠다, 터번이 유행이면 자기에게 말해 달라, 순회 서커스단 소유주 웜벨 씨의 사자가 아이 팔을 물어 뜯어먹은 사건이 있은 후 처음으로 마을에서 신나는 공연이 열릴 것이다, 옷차림에 신경 쓰기에는 자기 나이가 너무 많지만 새 모자는 꼭 하나 장만해야겠다, 그리고 터번이 유행한다는 말들이 있던데, 유지 몇 분이 마을을 방문할 것 같기도 하고 자신은 깔끔하게 보이고 싶으니 내 단골인 여성 모자 제조자에게서 그걸 하나 구해 줄 수 있는지 모르겠다, 그리고 자기가 무심코 잊어버릴 뻔했는데 다음 화요일에 재미있는 일이 - 무슨 일인지 편지로 자세하게 말하지는 않겠지만 - 있을 테니 자기 집에 방문해 줄 수 있는지, 그리고 자기가 가장 좋아하는 색깔은 해록색이라는 말이었다. 그녀는 이렇게 편지를 끝맺었다. 그러나 다시 추신에 지금 크랜포드의 가장 큰 관심사를 말해 주는 것이 낫겠다, 시뇨르 브루노니가 다음 주 수요일과 금요일 저녁에 크랜포드 연회실에서 마술쇼를 공연한다고 덧붙였다.

마술사와 상관없이, 매티 양으로부터의 초대를 수락하면서 나는 굉장히 기뻤다. 그리고 그녀의 부드럽고 겁 많고 자그마한 얼굴이 커다란 아랍인 모자로 망가지지 않도록 특별히 신경 썼다. 그래서 나는 예쁘고 깔끔하며 중년 여성에 어울리는 모자를 사 갔다. 하지만 내가 도착하자마자 표면상의 이유는 난로 불을 지펴 주기 위해서였지만 실제로는 내가 들고 간 모자 상자 안에 해록색의 터번이 들었는지 궁금해 내 침실로 따라왔던 매티 양에게, 그 모자는 큰 실망을 안겨 주었다. 내가 모자 안에 손을 넣어 빙글빙글 돌리며 뒷모양과 옆모양을 보여주었지만 소용없었다. 그녀의 마음이 온통 터번에 쏠려 있었기 때문에 표정과 목소리에 체념의 빛이 역력한 채 겨우 이 말만 했다.

"네가 최선을 다한 건 알아. 하지만 이건 크랜포드의 숙녀들이 너나 할 것 없이 쓰고 다니는 것과 같잖니. 벌써 일 년 전부터 쓰고 다니는 것 말이야. 난 좀 새로운 모자를 원했어. 베티 바커 양이 애딜레이드 왕비가 쓴다고 말해 준 터번 같은 것 말이야. 하지만 이것도 참 예쁘다, 얘. 해록색보다 옅은 자주색이 쓰기에 낫겠지. 하지만 뭐, 우리가 옷차림에 신경 써서 뭐 하니! 원하는 게 있으면 말하렴. 여기 벨이 있어. 아마 드럼블엔 아직 터번이 들어오지 않았나 보지?"

이렇게 말하면서 사랑하는 노부인은 내가 옷을 갈아입도록 놔두고 혼자 탄식하며 밖으로 나갔다. 그러면서 저녁에 폴 양과 포레스터 부인이 올 거니까 너무 피곤하지 않으면 파티에 참석하라고 했다. 물론 나는 너무 피곤하지 않았다. 나는 서둘러 짐을 풀고 옷을 챙겼다. 하지만 그렇게 속도를 내었는데도 미처 준비가 끝나기 전에 사람들이 도착하는 소리, 옆방에서 두런두런 이야기하는 소리가 들렸다. 그리고 내가 막 문을 열었을 때 이런 소리가 들렸다.

"드럼블 가게에 최신 유행 스타일이 있으리라고 기대했던 내가 어리석었어요. 가엾은 아이! 그 애가 최선을 다했다는 걸 믿어 의심치 않아요."

그런 말에도 불구하고, 그녀가 터번 때문에 모습이 망가지는 것보다는 드럼블과 내가 욕을 먹는 게 나았다.

지금 모인 크랜포드 숙녀 삼인방 중에서는 폴 양이 언제나 모험을 하는 쪽이었다. 그녀는 아침 내내 이 가게 저 가게를 돌아다니는 버릇이 있었다. 뭘 사려고 그러는 것이 아니라(가끔 무명실 한 꾸리나 리본 약간을 제외하곤) 새로 나온 물건과 그에 대한 세평을 듣고, 또 마을에 흘러 다니는 소문을 수집하기 위해서였다. 그녀는 자기 호기심을 채우기 위해 점잔빼는 태도로 모든 장소를 이리저리 기웃거리며 돌아다녔고, 그건 아주 우아하고 숙녀인 척하는 태도가 아니었다면 무례하게 여겨질 수도 있는 행동이었다. 그리고 지금, 그녀는 눈에 띄게 목청을 가다듬으며, 모든 사소한 이야기들이(모자니 터번이니 하는) 끝나 대화가 그치는 시점을 기다리고 있어 특별히 할 말이 있다는 것을 눈치챌수 있었다. 그리고 나로서는 누군가가 대화 도중에 고고하게 침묵을 지키며 주위 사람들이 하는 모든 말을 하찮고 사소한 것으로 여기며, 무슨 일인지 알려달라고 청하면 말해 줄 준비를 하고 있는 모습을 보면서도, 계속 길게 이야기를 하는 사람(일반적인 겸손을 갖추고 있다면)이 싫다. 마침내 대화가 멈추자 그녀가 말문을 열었다.

"오늘, 난 고든의 가게를 나와 우연히 조지 여관으로 들어갔어요(내 하녀 베티에겐 거기서 객실 청소를 하는 육촌이 있는데 그 애 소식을 궁금해 할 것 같았거든요). 주위에 아무도 없어서 내가 계단으로 천천히 올라갔는데 어쩌다 보니 연회실로 통하는 통로에 서 있는 거예요(매티 양! 연회실과 거기서 추던 궁정 미뉴에트 춤이 기억나시죠?). 난 내가 무슨 일을 하고 있는지도 미처 깨닫지 못한 채 계속 걸어갔어요. 그러다보니 문득 내가 내일 밤 공연 준비가 한창인 곳에 있다는 걸 깨닫게 됐죠. 그 방은 커다란 나무 접이로 나뉘어 있고 크로스비 씨네 사람들이 나무 접이 위에 아주 침침하고 이상하게 보이는 빨간 플란넬을 붙이고 있었어요. 당황한 나는 얼떨결에 장막 뒤로 가려고 했어요. 바로 그때 거기서 신사 한 분이(틀림없이 신사였어요) 불쑥 나오더니 자기가 도와줄 일이 있느냐는 거예요. 그 남자가 상당히 엉터리 영어를 구사해서 난 저절로 《바르샤바의 다대오[99]》, 《헝가리 인의 형제들[100]》, 《산토

99) 12사도의 한 사람인 Saint Judas의 별칭이며, 소설은 1803년, 제인 포터(1776~1850)가 저술한 역사 소설임.
100) 《헝가리 인의 형제들》과 《단 세바스찬》은 제인 포터의 여동생인 안나 마리아 포터(1780~1832)가 쓴 소설이며, 여기서 저자는 《단 세바스찬》과 캐서린 카트벗슨의 《산토 세바스찬》을 혼동한 것 같다.

세바스찬》이 생각나더군요. 내가 그 남자의 과거사를 혼자 열심히 상상해 보고 있는 동안 그는 나에게 인사를 하고 방밖으로 나가 버리더군요.

아니, 잠깐만요! 내 이야기를 끝까지 들어 보세요! 아래층으로 내려가던 나는 바로 베티의 육촌 동생과 딱 마주쳤어요. 그래서 물론, 난 베티에게 안부를 전해줄 겸해서 잠시 그 애와 이야기를 나누었죠. 그 아이는 내가 본 사람이 마술사라는 거예요. 엉터리 영어를 구사하던 그 신사분이 바로 시뇨르 브루노니라고 하더군요. 바로 그 순간, 그가 계단을 지나가면서 내가 하는 인사를 받고 우아하게 고개를 숙여 자기도 인사를 하더군요. 외국인은 참 예의가 바르구나, 뭐, 그런 인상을 받았죠. 하지만 그가 아래층으로 내려가 버린 순간, 난 장갑을 연회실에 놓고 왔다는 사실을 깨달았어요. 안전하게 머프[101] 안에 넣어 두긴 하지만 난 언제나 뒤늦게야 그걸 찾곤 했어요. 그래서 나는 다시 돌아갔고, 내가 방을 가로 질러 있는 장막의 한쪽에 있는 출입구 쪽으로 살금살금 가는데 바로 아까 만나 계단을 지나간 그 신사분과 다시 딱 부딪혔어요. 이번엔 방 안에서 밖으로 나왔는데, 그 방은 다른 출입문이 없다는 걸 매티 양도 기억하시죠! 그는 아까처럼 엉터리 영어로 거기에 볼일이 있는지 물었어요. 단도직입적으로 물었다는 뜻은 아니지만, 내가 그 장막 안으로 들어가서는 안 된다는 뜻은 아주 단호했어요. 물론, 그래서 나는 장갑에 대해서 이야기를 했고, 희한하게도 바로 그 순간 장갑을 발견했죠."

그러면 그때 폴 양은 마술사를 본 것이다. 살아 있는 진짜 마술사를! 그래서 우리는 모두 그녀에게 질문을 쏟아냈다.

"수염은 있던가요?"

---

101) 손을 따뜻하게 하는 원통 모양의 모피 토시.

"젊어요, 아님 늙었어요?"

"피부색은 희던가요, 검던가요?"

"생김새가······."

질문을 조심성 있게 할 수 없어서 나는 다른 식으로 물어 봤다.

"어떤 모습이던가요?"

한마디로 폴 양은 그날 아침 마술사와의 만남으로 저녁 파티의 주인공이 되었다. 그녀가 장미는 아니었지만(물론, 장미는 마술사) 장미와 가까이 있었던 사람이었다.[102]

주문과 날랜 손재주, 마술과 마법이 그날 저녁의 주제였다. 폴 양은 약간 회의적이었고 엔돌의 마녀[103] 이야기에도 과학적인 설명이 가능하리라고 생각하는 편이었다.

포레스터 부인은 귀신부터 살짝수염벌레[104]의 예언까지 모두 믿는 사람이었다. 매티 양은 두 사람 사이를 왔다 갔다 했고, 항상 나중에 말한 사람의 말이 맞는다고 생각했다. 내 생각으로는 그녀가 자연스레 포레스트 부인 쪽으로 더 기우는 것 같았지만 자신이 젠킨스 언니의 동생답다는 것을 증명하고 싶어서 둘 사이에 균형을 맞추고 있는 것 같았다.

젠킨스 양은 하녀들이 초 주위로 흘러내린 촛농을 '굽이치는 시트[105]'라고 부르지 못하게 하고 '굽이치는 구릉'이라고 부르게 했다. 그

---

102) 글래드윈이 쓴 소설에서 인용한 글.

103) 《성서》의 시대에는 영혼과 통하는 주술 행위가 많았다. 그러나 이스라엘의 법은 일체의 주술을 용인하지 않았다. 〈사무엘상〉 28:3은 이스라엘의 초대 왕 사울이 모든 무당과 주술사들을 추방했다고 전한다. 그러나 정작 사울 자신은 블레셋인과의 운명적인 전투를 앞두고 엔돌 마을의 무녀에게 자문을 구한다. 무녀가 불러낸 사울의 죽은 스승 사무엘의 영혼은 왕국이 사울의 라이벌인 다윗에게 넘어갈 것이며, "내일 너와 네 아들들이 나와 함께 있으리라."고 말한다. 즉 그들이 죽을 것이라는 이야기다. 사무엘의 예언대로 사울과 그의 아들들은 이튿날 모두 죽는다.

104) 수놈이 암컷을 부르는 소리는 죽음의 전조라는 속설이 있음.

105) 흘러내린 촛농이 굽이치는 시트 모양이면 죽음의 전조라는 말이 있었다.

런 언니의 동생이 미신을 믿다니! 절대로 그럴 수는 없다.

차를 마신 후, 나는 아래층에 가서 C로 시작되는 명사가 있는 오래된 백과사전을 가져다주는 심부름을 했다. 폴 양이 다음 날 저녁에 보러 갈 마술의 속임수를 우리에게 과학적으로 설명하기 위해 준비를 하고 싶어했기 때문이었다. 그녀의 행동은 매티 양과 포레스터 부인이 기대하고 있던 프레프런스 카드게임의 분위기를 망쳐 버렸다. 폴 양이 마술 속임수와 그것이 적혀 있는 책에 지나치게 몰두해 있는 바람에 그것을 방해하는 게 너무 잔인한 짓 같았기 때문이었다. 두 부인이 자신들의 실망감을 잘 참고 있는 것에 감동을 받았기 때문에 대신 내가 이따금씩 타이밍을 잘 맞추어 한두 번 하품을 하기는 했다. 그러나 폴 양은 더욱 열성적으로 다음과 같은 흥미 없는 내용을 큰소리로 읽어 주었다.

"아! 이제 알았다. 이제 완전히 이해했어요. A는 공을 나타내요. A를 B와 D 사이에 끼웁니다. 아니, C와 F 사이네요. 그리고 왼손 가운데 손가락의 두 번째마디를 오른쪽 가운데 손가락 H가 연결되는 손목 위에 놓는 거죠. 아, 분명히 알겠어요! 포레스터 부인, 마술이나 마법은 순전히 알파벳 문제예요. 이 문장을 한번 읽어 볼까요?"

포레스터 부인은 자기는 어릴 때부터 남이 낭송해 주는 글은 이해를 못했었다며 빼달라고 간청했다. 나는 섞고 있던 카드를 소리나게 떨어뜨렸다. 이런 신중한 행동으로 이제 오늘 저녁 순서는 프레프런스를 할 차례라는 것을 폴 양이 깨닫도록 하면서, 내키지 않았지만 폴 양에게 카드놀이를 시작하자고 제안했다. 이 말에 두 부인의 얼굴에서 슬며시 피어오르던 밝은 표정이란! 매티 양은 폴 양이 공부하고 있는데 방해한 것에 대해 한두 번 자책했다. 그래서 자기 카드를 잘 기억하지 못하고 게임에 완전히 집중하지도 못했다. 결국 그녀는 백과사전을 폴 양에게 빌려 주겠다고 제의함으로써 양심을 달랬고, 폴 양은 고마워하며 그 제안을 수락하고 하녀 베티가 등불을 가져올 때 들고 가게 해야겠다고 말했다.

다음 날 저녁, 우리는 모두 앞으로 있을 즐거운 행사에 대한 기대로 약간 들떠 있었다. 매티 양은 일찍 옷을 차려 입고 내가 준비하는 동안에도 계속 재촉했다. 그러다 보니 '정각 7시 개찰'보다 무려 1시간 30분이나 일찍 준비가 끝나 있었다. 집에서 공연장까지는 20미터도 채 안 되는데! 그러나 매티 양은 너무 어떤 일에 몰두해 시간가는 줄 모르면 안 된다면서, 초를 켜지 않고 7시 10분 전까지 가만히 앉아 있는 편이 낫겠다고 말했다. 그래서 매티 양은 졸았고 나는 뜨개질을 했다.

마침내 우리는 출발했다. 그리고 조지 여관 아래에 있는 마차 길에서 포레스터 부인과 폴 양을 만났다. 폴 양은 어제 저녁의 주제를 더욱 열심히 이야기하며 우리에게 A니 B니 하는 말들을 우박처럼 쏟아 부었다. 그녀는 어려운 마술 '비법'(그녀는 그렇게 불렀다) 한두 개를 편지 이면지에 베껴 쓰기까지 해 와서, 여차하면 시뇨르 브루노니의 기술을 간파해서 설명해 줄 준비를 했다.

우리는 연회실 옆에 붙어 있는 휴대품 보관소로 들어갔다. 매티 양은 그곳에 있는 이상하고 고풍스러운 거울 앞에서 자기의 예쁜 새 모자를 바르게 고쳐 쓰면서, 사라진 젊음과 마지막으로 그 장소에 갔던 기억으로 한숨을 한두 번 쉬었다. 연회장과 여관은 각각 다른 지역 유지가 소유하고 있다가 약 백 년 전에 여관으로 합해졌고, 두 가족은 겨울이면 한 달에 한 번씩 그곳에서 만나 춤을 추고 카드놀이를 했다. 지역의 많은 미인들은 바로 이 방에서 처음 미뉴에트를 추고 나중에 샤롯데 왕후[106] 앞에서 춤을 추곤 했다. 유명한 거닝 자매[107] 중 한 명도 그녀의 미모로 이 장소를 빛내주었다고 했다. 부유하고 아름다운 과부

---

106) (1744~1818) 조지 3세의 아내.
107) 18세기의 뛰어난 미인 자매로 각각 백작과 공작과 결혼한 실존인물.

레이디 윌리엄스는 젊은 화가의 고상한 외모에 홀딱 빠졌다고 한다. 화가는 가족 몇 명과 함께 그림을 그리려고 이웃에 체류하고 있다가 후원자를 따라 크랜포드 연회실로 왔다고 했다. 이 모든 이야기가 사실이라면 레이디 윌리엄스로서는 잘생긴 남편을 얻기 위해 대단한 거래를 했던 것이다!

이제는 크랜포드 연회장 복도 양쪽에서 얼굴을 붉히며 보조개를 짓는 미인도, 삼각 모자[108]를 손에 들고 우아하게 인사를 해서 여인의 마음을 훔치는 잘생긴 예술가도 없다. 오래된 이 방은 우중충했다. 연어빛 페인트 색은 칙칙한 회색으로 변했고 하얀 화환과 꽃줄이 걸린 벽에는 커다란 회반죽덩이가 떨어져 나가고 없었다. 하지만 아직도 귀족의 고색창연한 냄새가 서려 있었고 지나간 시절의 먼지투성이 추억이 어려 있었다. 따라서 방 안에 지루함을 잊으려는 듯 태피 사탕[109] 하나를 함께 들고 있는 소년 두 명이 아니라 수많은 귀족 남성들이 지켜보고 있는 듯이 매티 양과 포레스터 부인은 턱을 당기고 머리를 들고 으스대며 들어갔다.

우리는 앞에서 두 번째 열에서 갑자기 멈춰 섰다. 나는 처음엔 영문을 몰랐지만, 폴 양이 지나가는 웨이터에게 지역 유지들이 올 예정이냐고 물었을 때야 비로소 왜 그러는지 이해할 수 있었다. 그가 머리를 가로저으며 그럴 것 같지 않다고 하자 매티 양과 포레스터 부인은 첫째 열로 가서 앉고 폴 양과 나는 바로 뒤에 앉아 우리끼리 대화 그룹을 이루었다. 곧 앞자리는 레이디 그렌마이어와 제미슨 부인이 더 채워 풍성해졌다.

우리 여섯 명이 앞 두 줄을 차지하고 있었는데, 어쩌다 들어오는 상인들은 뒷줄을 차지하고 앉음으로써 우리 귀족의 배타성을 존중해 주

---

108) 궁전에서 쓰는 모자로 18세기 후반에 유행.
109) 설탕이랑 버터 따위를 곤 캔디. 흔히 너트가 들어 있음.

었다. 그들이 내는 소음과 털썩 주저앉는 소리로 보아, 나는 적어도 그렇게 추측했다. 그러나 올라갈 생각을 하지 않는 초록색 커튼만 보고 있기도 지루하고, 옛날 무서운 테피스트리 이야기에서 그랬듯이 커튼 구멍을 통해 나를 보고 있는 두 개의 이상한 눈동자를 보기도 뭣해서, 내가 뒤에서 즐겁게 떠들고 있는 사람들을 돌아보는 척했을 때 폴 양이 내 팔을 움켜잡고 '그게 아니니까' 돌아보지 말라고 했다. '그게' 뭔지는 끝내 알아내지 못했지만, 틀림없이 아주 지루하고 성가신 것이었을 것이다. 그러나 우리가 올라가지 않아 조바심 나는 커튼만 보며 정면으로 앉아 있자니, 공공장소에서 소음을 내는 저속한 행동을 하게 될까 봐 두려워졌다. 가장 운이 좋은 사람은 제미슨 부인이었다. 잠들어 있었기 때문이었다.

마침내 구멍에서 눈이 사라졌다. 그리고 커튼이 흔들리더니 삐딱하게 올라갔다. 커튼 한쪽이 걸려버린 것이다. 커튼은 다시 내려가더니 보이지 않는 손에 의해 힘차게 끌려 올라갔고, 우리 눈앞에, 작은 테이블 옆에서 터키 의상을 입고 조용하고 짐짓 겸손한 태도로 우리를 내려다보고 앉아있는 멋진 신사가 나타났다(커튼 구멍으로 우리를 쳐다보던 눈의 주인이었다고 생각한다). 내 뒤에서 누군가의 감탄 어린 말이 들려왔다.

"딴 세상사람 같아."

"저 사람은 시뇨르 브루노니가 아니야!"

폴 양이 단호하게 말했다. 너무 큰소리로 말해서 무대 위에 있던 사람도 틀림없이 들었다고 나는 생각했다. 왜냐하면 휘날리는 수염 아래로 우리 쪽을 향해 말없이 나무라는 표정으로 내려다 봤으니 말이다.

"시뇨르 브루노니는 수염이 없었어. 하지만 이제 곧 그가 나오겠지."

그러면서 폴 양은 잠잠해졌다. 한편 매티 양은 안경을 끼고 자세히 점검했다. 안경을 닦고 다시 쳐다봤다. 그러더니 몸을 돌리더니 나를 향해 친절하고 부드럽고 슬픔이 감도는 목소리로 말했다.

"저것 봐, 애. 터번을 썼잖니."

그러나 우리는 대화를 계속 나눌 틈이 없었다. 폴 양이 그렇게 부르기로 결정한 '숭고한 터키인'이 자리에서 일어나며 자신이 시뇨르 브루노니라고 소개한 것이다.

"난 안 믿어!"

폴 양이 도전적인 태도로 외쳤다. 그가 조금 전처럼 위엄 있게 꾸짖는 표정으로 다시 그녀를 쳐다보았다.

"난 안 믿어!"

그녀가 더욱 확신에 찬 표정으로 다시 말했다.

"시뇨르 브루노니는 턱에 저런 수염 같은 것이 없고 바싹 면도한 기독교도 신사 같이 생겼어."

폴 양의 열정적으로 소리를 지르는 바람에 제미슨 부인이 잠을 깼다. 부인은 아주 깊은 관심의 표시로 눈을 크게 떴고, 이런 행동으로 폴 양이 조용해지면서 숭고한 터키인은 계속 이야기를 진행할 용기를 얻었다. 그는 심한 엉터리 영어를 구사했고, 어찌나 엉터리였던지 문장의 의미가 통하지 않았다. 마침내 그도 이를 의식했는지 말은 그만두고 행동으로 들어갔다.

우리는 깜짝 놀랐다. 어떻게 저런 속임수를 펼칠 수 있는지 상상이 가지 않았다. 심지어 폴 양이 자기가 베껴온 가장 보편적인 마술이 적힌 종이를 꺼내 들고 큰소리로, 아니 적어도 똑똑히 들릴만한 속삭임으로, 두 개의 다른 '비법'을 읽었어도 그랬다. 어떤 남자가 찡그리고 화난 것처럼 보였다면 바로 그런 모습으로 숭고한 터키인이 폴 양에게 인상을 썼다. 하지만 그녀가 말했듯이, 남성 이슬람교도로부터 기독교인답지 않은 표정 밖에 더 보겠는가? 폴 양이 회의적이고 그의 마술보다는 비법을 적은 쪽지와 도형에 점점 더 열중했다면, 매티 양과 포레스터 부인은 혼란과 당혹스러움의 절정을 보였다.

제미슨 부인은 계속 안경을 빼서 닦았다. 마치 이런 마술이 가능한 게 자기 안경에 문제가 있기 때문이라고 믿는 듯했다. 에든버러에서 신기한 광경을 많이도 봤을 레이디 그렌마이어는 완전히 마술에 빠져서, 폴 양이 누구라도 조금만 연습하면 저 정도의 마술을 할 수 있고, 자기에게 백과사전을 연구하고 세 번째 손가락을 유연하게 만들 시간을 두 시간만 주면 그가 보여준 모든 마술을 자기도 할 수 있다는 말에 넘어가지 않았다.

마침내 매티 양과 포레스터 부인은 두려움으로 전율했다. 그들은 조용히 속삭였다. 그들 바로 뒤에 앉아 있던 나는 그들이 하는 말을 들을 수밖에 없었다.

매티 양이 포레스터 부인에게 말했다.

"이런 걸 보러 와도 된다고 생각해요? 이런 게 뭔가 별로 ~한 것을 부추길까 봐 겁이 나요."

'별로' 다음은 말을 하지 않고 머리를 조금 흔드는 것으로 채워졌다. 포레스터 부인은 자기도 같은 생각이 들었다며, 마음이 불편하다고 말했다. 그렇게 이상할 수 있다니……. 그녀는 지금 빵 덩어리를 싸고 있는 것이 불과 5분 전까지만 해도 자기 손에 쥐고 있던 손수건이 틀림없다고 말했다. 그녀는 누가 저 빵 덩어리를 가져다주었는지 궁금해 했다. 다킨은 교구 위원이니까 그 사람일 리는 없다고 말했다. 갑자기 매티 양이 내 쪽으로 반쯤 몸을 돌리더니 말했다.

"저 있잖니? 넌 이 마을 사람이 아니니까 좋지 않은 소문에 휩싸일 염려는 없을 거야. 네가 주위를 둘러보고 목사님이 와 계신지 한번 봐줄래? 만일 목사님이 와 계시면, 이 멋진 남자가 교회의 허락을 받은 것으로 생각할 수 있어 내 마음이 한결 가벼워질 거야."

나는 돌아보았고, 키 크고 여위고 꾀죄죄하며 감정이 얼굴에 나타나지 않는 목사님이 국립초등학교[110] 남학생들에게 둘러싸여 앉아 있는 모습을 보았다. 그는 남자아이들 무리에 둘러싸여, 크랜포드의 많은 독신 여성이 다가오지 못하게 보호받고 있었다. 그의 친절한 얼굴은 입을 벌려 환하게 미소를 짓고 있었고 그 둘레에 있는 소년들은 계속 자지러지게 웃어대고 있었다. 나는 매티 양에게 교회가 미소를 지으며 허락하고 있다고 말했고 그녀는 마음이 편안해졌다.

나는 헤이터 목사님에 대해 한 번도 언급한 적이 없다. 왜냐하면 유복하고 행복한 젊은 여성인 내가 그를 한 번도 직접 대면해 적이 없기 때문이다. 그는 노총각이었지만 자신과 관련된 이성 스캔들을 열여덟 살 처녀만큼이나 꺼렸다. 그래서 그는 길에서 크랜포드 숙녀를 만나면 곧바로 가게로 들어가 버리거나 출입문으로 뛰어 들어가 버렸다. 그가 프레프런스 카드게임 초청에 응하지 않는 것은 이상하지도 않았다. 사실을 말하자면, 그가 처음 크랜포드에 왔을 때 폴 양이 그를 아주 열심히 따라 다녔던 것으로 알고 있다. 하지만 이제 더는 그렇지 않았다. 지금은 그녀도 목사님만큼이나 자기 이름이 그의 이름과 나란히 언급되는 것을 무척 꺼려하는 것 같았기 때문이다. 그는 가난한 사람과 무력한 사람을 돕는 데 전력을 쏟고 있었다. 바로 오늘 밤에도 국립초등학교 학생들에게 공연을 보여주러 온 것이었다. 그리고 선행은 다시 보답을 받는 법인지라, 지금 학생들은 그가 여왕벌이고 자신들은 일벌인 것처럼 주위에 몰려 좌우에서 그를 비호하고 있었다. 그는 그들에게 둘러싸여 아주 안전하다고 느낀 탓인지 우리 무리가 줄지어 지나갈 때 인사를 건네기까지 했다. 폴 양은 모른 체하며, 우리가 속았고 결국 우리는 시뇨르 브루노니를 보지도 못했다는 것을 설득시키는 데 열중해 있는 척했다.

---

110) 19세기에 성공회에서 운영하던 가난한 어린 아이들을 위한 초등학교.

제10장

공포

나는 일련의 사건이 시뇨르 브루노니가 크랜포드를 방문한 이후부터 생겼다고 생각한다. 당시에 우리는 그 사건들을 그와 연관지어 생각했는데, 그가 정말 관계가 있는지는 지금도 모르겠다.

모든 종류의 듣기 거북한 소문들이 동시에 마을에 떠돌기 시작했다. 한두 건의 강도 사건이 있었다. 말 그대로 진짜 강도 사건 말이다. 몇 명의 남자들이 재판에 회부되어 치안 판사 앞에 섰으며, 그 때문에 우리는 모두 강도를 당할까 봐 겁이 났었던 것 같다. 그래서 매티 양의 집에서 그때부터 오랫동안, 우리는 부엌과 지하실 주변 전체를 매일 밤 규칙적으로 한 바퀴 순찰을 돌곤 했다. 매티 양이 부지깽이를 들고 앞장서고 내가 난로용 솔을 들고 그 뒤를 따르고, 맨 뒤에 마사가 삽과 부젓가락으로 경고음을 내면서 따라왔다. 그러나 마사가 가끔 무심코 두 도구를 부딪쳐 소리를 냈고 그 굉음에 깜짝 놀란 우리는 뒤쪽 부엌이나 광, 하여튼 우리가 어디에 있든지 간에 셋이서 우르르 도망쳤다가 겁에 질린 원인을 알고 나서 마음을 가라앉히고 더욱 용감하게 다시 출발하곤 했다.

낮에 우리는 소매상인이나 농부로부터 이상한 이야기를 듣곤 했다. 한밤중에 말의 말굽을 펠트 천으로 감싼 짐마차가 검은 옷을 입은 남자들이 호위하는 가운데 경비가 허술한 집이나 빗장이 채워지지 않은 집을 찾아 마을을 돌아다닌다는 것이었다.

용감무쌍한 척하는 폴 양은 이런 소문을 수집해 이야기가 가장 무섭게 들리도록 다시 각색하는 주동자였다. 하지만 그녀가 호긴스 선생님에게서 낡은 모자를 빌려와 현관에 걸어 뒀다는 사실을 알고 나서, 우리는 (적어도 나는) 그녀가 정말 자신의 호언장담대로 누가 자기 집을 털러 들어오는 작은 모험을 즐길 건지 의심스러웠다. 매티 양은 자신이 터무니없을 정도로 겁쟁이라는 사실을 숨기지 않았다. 하지만 그녀는 가장으로서의 순찰 의무를 게을리하지 않았다. 단지 그 시간이 점점 빨라져 나중에는 6시 30분이면 순찰을 돌고 '밤이 빨리 지나가게 하기 위해' 7시 직후에 잠자리에 들었다.

오랫동안 크랜포드는 정직하고 도덕적인 마을이라는 자부심이 있었다. 그 생각이 지나쳐 무슨 일이 일어나기엔 너무 가문 좋고 잘 배운 사람들의 마을이라는 생각으로 우쭐해 있었으며, 그래서 이번 사건으로 자신들의 명예가 두 배로 먹칠을 당했다고 느꼈다. 그러나 우리는 크랜포드 주민이 강도짓을 저지른 것이 절대로 아니라고 확신하면서 서로 위로하고는 했다. 마을에 오명을 씌운 사람은 어느 외부 사람 한 명, 혹은 무리가 틀림없다는 것이고, 그래서 마치 우리가 레드 인디언[111]이나 프랑스인들과 섞여 사는 것처럼 많은 경계심을 품고 지내야 했다.

야간의 순찰과 경비 상태에 대한 마지막 비교는 포레스트 부인이 한 것이었다. 그녀의 아버지는 미국 독립전쟁 당시 벌고원 장군의 휘하에

---

111) 아메리카 원주민을 가리키는 대단히 모욕적인 말.

있었고, 남편은 반도전쟁[112] 당시 스페인에서 프랑스군에 맞서 싸웠다. 그녀는 진짜 있었던 좀도둑 사건과 함께 소문으로 들은 도둑 사건과 노상강도 사건에도 프랑스인이 관련되어 있다고 생각했다. 그녀는 과거 언젠가 프랑스인 스파이에 대한 이야기를 듣고 깊은 충격을 받았으며, 그것이 기억에서 완전히 지워지지 않은 채 불쑥불쑥 튀어나왔다. 이번 일에 대한 그녀의 생각은 이랬다. 크랜포드 주민은 자존심이 아주 강하고 마을 주변에서 살아주는 친절한 귀족들에 대해 고마워하는 마음에 많기 때문에 도저히 부정직하거나 부도덕해질 수가 없다. 그러므로 강도짓은 이방인이 저지른 것이다. 이방인이라면 외국인일 수도 있지 않을까? 외국인이라면 프랑스인이기가 쉽지 않을까? 시뇨르 브루노니는 프랑스인들처럼 엉터리 영어로 말했고, 그가 비록 터키인처럼 터번을 두르고 있었지만, 프랑스 여성 마담 드 스탈[113]도 터번을 쓴 초상화가 있었다. 그리고 드농 씨[114]를 그린 초상화를 봐도 마술사가 입고 나온 바로 그런 옷차림을 하고 있었다. 이는 프랑스인도 터키인처럼 터번을 쓴다는 명백한 증거가 된다. 시뇨르 브루노니는 프랑스인, 아니 영국의 국방이 허술하고 약한 곳을 염탐하러 온 프랑스 간첩이다.

물론 공범도 있다. 포레스터 부인은, 폴 양이 조지 여관에 갔을 때 한 명이어야 하는 마술사를 두 명 본 일화에 대한 자신의 의견을 말했다. 프랑스인들은 그렇게 하는 방법을 알고 있고, 천만다행으로 영국인은 그런 것에 대해 전혀 모른다. 그리고 자신은 처음부터 마술사를 보러 가는 게 영 꺼림칙했다. 목사님도 와 있었지만, 금지된 일 같더라는 것이다. 한마디로 포레스터 부인은 어느 때보다 흥분해 있었다. 당

---

112) 1808~1814, 영국·스페인·포르투갈과 나폴레옹의 전쟁.
113) Madame de Stael(1766~1817). 스위스인이지만 프랑스에서 태어나고 프랑스어로 저술한 여류작가.
114) Baron Dominique-Vivant Denon(1747~1825). 이집트 전문가.

연히 우리는 당연히 장교의 딸이며 미망인인 그녀의 말을 존중했다.

당시 산불처럼 퍼지던 이 소문들 중에 얼마만큼이 진짜고 얼마만큼이 허구였는지 모르겠다. 하지만 크랜포드에서 13킬로미터 떨어진 곳에 있는 마든 마을에서는 사람들이 벽에 뚫린 구멍을 통해 집과 가게를 출입하고, 한밤중에 그 구멍을 통해 벽돌이 소리 없이 운반되는데, 이 모든 일이 어찌나 조용히 진행되던지 집안에서도 밖에서도 전혀 소리가 들리지 않는다는 말을 믿지 못할 이유도 없었다.

매티 양은 이 이야기를 듣고 절망하며 두 손을 들었다.

"열쇠나 빗장, 창문에 달아 놓은 벨, 야간 순찰이 도대체 무슨 소용이죠. 마지막에 말한 술책은 마술사나 부릴 수 있는 거잖아요. 이젠 시뇨르 브루노니가 배후에 있다는 말을 믿을 밖에요."

어느 날 오후 5시경, 밖에서 누군가가 황급히 문을 두드리는 소리에 우리는 깜짝 놀랐다. 매티 양은 나에게 빨리 마사에게 달려가, 자기가 창문을 통해 조사해 보기 전엔 절대로 문을 열어주지 말라고 전하라고 했다. 그리곤 휴대용 발판을 들었다. 자기가 창문 밖으로 누구냐고 물었을 때 검은색 크레이프[115]를 입은 사람이 위로 쳐다보며 얼굴을 드러내는 순간 떨어뜨릴 심산이었다. 하지만 찾아 온 사람은 다름 아닌 폴 양과 그녀의 하녀 베티였다. 폴 양은 작은 손바구니를 들고 이 층으로 올라왔다. 그녀는 대단히 흥분해 있었다.

"조심해서 다뤄줘."

내가 그녀의 바구니를 받아 들자 이렇게 말했다.

"내 은제 접시야. 매티 양, 오늘 밤 우리 집을 털려는 사람들이 있어요. 하룻밤 신세 좀 지려고 이리로 왔어요. 베티는 조지 여관에 있는 친척에게 가서 잘 거예요. 난 당신만 괜찮다면 여기서 밤을 새려고요.

---

115) 주로 상복이나 상장에 쓰는 쭈글쭈글한 검은 비단.

우리 집은 너무 외따로 떨어져 있어 우리가 아무리 비명을 질러도 사람들이 못들을 거예요!"

"하지만 왜 이렇게 놀란 거예요? 누가 집 주위를 어슬렁거리고 있던가요?"

매티 양이 물었다.

"오, 그럼요!"

폴 양이 대답했다.

"아주 험악하게 생긴 두 사람이 우리 집을 세 번이나 지나갔어요. 아주 천천히요. 그리고 불과 30분 전에 한 아일랜드 거지 아줌마가 베티를 밀치고 들어오려 하면서 자기 아이들이 굶주리고 있으니 주인마님을 만나야겠다고 하더래요. 알겠죠? 현관에 남자 모자가 걸려 있는데도 '주인마님'이라고 했다니까요. 당연히 '주인아저씨'라고 해야 하잖아요. 하지만 베티는 그 여자 면전에서 문을 닫아 버리고 나에게 올라왔어요. 그래서 우리는 숟가락을 챙겨 응접실 창문으로 밖을 내다보고 있었죠. 마침내 토마스 존스 씨가 퇴근하고 오는 걸 보고 그를 불러 마을까지 함께 좀 가자고 부탁했어요."

우리는 승리의 기쁨을 맛보았다. 폴 양이 이렇게 겁에 질린 모습을 보이기 전까지는, 자신이 용감하다고 그렇게나 호언장담을 했기 때문이었다. 그러나 우리는 그녀가 우리와 같은 약한 면이 있다는 사실이 반가워서 그렇게 대놓고 의기양양해할 수는 없었다. 나는 기꺼이 내 방을 내 주고, 그날 밤 매티 양과 같이 자기로 했다. 하지만 두 사람은 자러 가기 전에 강도와 살인에 대한 온갖 무서운 이야기를 기억 한 귀퉁이에서 끄집어내어 이야기했고 나는 무서워서 벌벌 떨었다. 폴 양은 자기가 직접 끔찍한 일들을 겪었기 때문에 이렇게 갑자기 공포에 사로잡힌 거라는 것을 증명해 보이려고 애를 쓰고 있는 게 분명했다. 그리고 지고 싶지 않은 매티 양도 폴 양이 하는 무서운 이야기보다 더 무서운 이야기를 하곤 했다. 마침내 나는 이상하게도 두 사람이 나이팅게일과 음악가에 관한 이야기에 나오는 이들과 비슷하다는 생각이 들었다. 서로 더 좋은 음악을 연주한다며 경쟁을 하다가 가엾은 나이팅게일이 그 자리에 고꾸라져 죽어버린 이야기 말이다.

그중에서 한참동안 내 머리를 떠나지 않았던 이야기는 어느 소녀에 관한 것이다. 어느 맑은 날, 컴블랜드[116]의 대저택에서 다른 하인들은 그날 열린 축제에 가고 소녀 혼자서 집을 지키게 되었다. 그 집 주인 식구들은 모두 런던에 가고 없었다. 그때 걸인이 하나 지나가다가 저녁에 찾아 가겠다며 커다랗고 무거운 짐 보따리 하나를 부엌에 맡겨 두었다. 사냥터 관리인의 딸이었던 소녀는 오락거리를 찾으러 이리저리 돌아다니다가 벽에 걸려 있는 총을 우연히 발견했고, 그 총을 내려 조금[117] 무늬를 살펴보고 있었다. 그러다 넓은 부엌을 가로질러 총이 발사되었다. 총알은 걸인이 맡겨 두고 간 보따리에 맞았고, 한 줄기 검은 피가 천천히 보따리에서 스며 나왔다(폴 양은 이야기의 마지막 부분을 얼마나 재미있어 했는지, 마치 음미하듯이 각 단어를 천천히 끌며 발음했다). 그리고는 서둘러 소녀가 얼마나 용감했는지에 대한 나머지 이야기를 했는데, 어찌된 셈인지 소녀가 빨갛게 달군 이탈리아제 다리미로 강도를 물리치고, 다시 유지에 담가 식혔다는 이야기 등이 뒤죽박죽 섞인 기억으로 남아 있다.

우리는 다음 날 듣게 될 이야기에 대해 두려움을 품은 채 각자 방으로 헤어졌다. 나는 어두운 곳에서 잠복하던 강도들이 폴 양이 은제 식기류를 챙겨오던 모습을 보고, 우리 집을 덮칠 동기가 두 배로 커졌다고 생각하며 너무 무서워 밤이 빨리 지나가 버리기를 간절히 바랐다.

그러나 다음 날 레이디 그렌마이어가 방문하기 전까지는 우리는 별

---

116) 잉글랜드 북서부의 옛 주.
117) 여러 가지 기구로 금속 표면을 가공하여 문양이나 문자를 조각하는 기법.

다른 이야기를 듣지 못했다. 마사와 내가, 고양이 한 마리라도 바깥쪽 패널을 건드리면 끔찍한 소리를 내며 쓰러지게끔 잭스트로[118]처럼 교묘하게 쌓아둔 부엌의 벽난로용 기구들은 뒷문에 기대둔 대로 그대로 있었다. 나는 이 소리로 잠을 깨면 어떻게 할 것인가를 두고 고민하다가 강도들이 자기 얼굴을 알아보았을까 걱정하지 않도록 이불을 뒤집어쓰고 있자고 매티 양에게 제안했다. 매티 양은 부들부들 떨면서도 우리에겐 그들을 붙잡아 아침까지 다락방에 가둬둬야 할 사회적 책무가 있다면서 내 제안을 거절했다.

레이디 그렌마이어가 찾아왔을 때, 우리는 그녀를 질투할 뻔했다. 제미슨 부인의 집에 진짜 강도가 든 것이다. 적어도 꽃밭 가장자리와 아무도 가지 않는 부엌 창문 밑에 사람들의 발자국이 찍혀 있었고, 밖에 낯선 사람이 있는지 카를로가 밤새 짖었다는 것이다. 레이디 그렌마이어는 제미슨 부인을 깨웠고, 두 사람은 삼 층에 있는 뮬리너 씨와 연결된 벨을 울렸다. 호출에 응해 나이트캡을 쓴 머리가 난간에 나타나자, 두 사람은 놀란 사실과 그 이유를 설명했다.

그 말을 듣자 그는 자기 침실로 부리나케 달려가서 문을 잠근 후(아침에 그는 외풍이 들어올까 봐 그랬다고 했다), 창문을 열고 밖을 향해 '들어오면 싸워 주겠다.'고 용감하게 소리쳤다. 그러나 레이디 그렌마이어의 말마따나, 그건 별로 위로가 되는 말이 아니었다. 강도들이 그에게 가기 위해서는 제미슨 부인의 방과 레이디 그렌마이어 방을 거쳐야 했는데, 아무도 지키는 사람이 없는 아래층에서 강도질할 절호의 찬스를 놔두고 다락방까지 올라가 문을 부수고 그 집안의 투사를 대적할 정도가 되려면 호전적인 기질로 똘똘 뭉친 강도라야 가능했기 때문이었다. 얼마간 응접실에서 기다리며 귀를 기울이던 레이디 그렌마이

---

118) 짚, 나뭇조각, 뼛조각 따위를 뒤섞고 쌓고 다른 것이 움직이지 않게 하나씩 빼내는 놀이.

어는 제미슨 부인에게 자러 가자고 했다. 하지만 제미슨 부인은 자신이 밤새 감시하지 않으면 마음이 편치 않을 것 같다고 말했다. 제미슨 부인은 따뜻하게 이불을 두르고 소파에 앉았고, 다음 날 아침 6시에 방을 들어온 하녀가 잠에 곯아떨어진 부인을 발견했다. 정작 침대로 간 레이디 그렌마이어는 그 밤을 꼴딱 샜다.

폴 양은 이 말을 듣자 대단히 흡족해하며 머리를 끄덕였다. 지난밤에 그녀가 크랜포드에 무슨 일이 생겼다는 말을 곧 들을 것이라고 했는데, 우리가 그 말을 들었기 때문이었다. 강도들이 폴 양의 집을 털자고 먼저 결심했던 것이 분명했다. 그러나 폴 양과 베티가 지키고 있는 것을 보자 작전을 바꿔 제미슨 부인의 집으로 갔던 것이며, 카를로가 그토록 맹렬하게 짖지 않았다면 무슨 일이 생겼을지 아무도 모르는 일이었다!

불쌍한 카를로! 카를로가 짖을 수 있는 날이 끝나가고 있었다. 이웃에 잠입한 강도들이 그를 너무 무서워했든지, 문제의 밤에 자신들의 계획이 좌절된 데 대한 복수였든지, 개를 독살해 버린 것이다. 아니면, 마을의 좀 더 무지한 사람들의 말마따나 너무 많이 먹고 운동을 너무 안 해 졸중으로 죽었는지도 모른다. 어쨌든 이 다사다난한 밤이 지난 이틀 뒤 카를로는 죽어 있었다. 가엾은 짧은 다리는 달리는 자세처럼 앞으로 뻣뻣하게 뻗치고 있었는데, 그에게 다가오는 죽음을 피하려고 평소와 달리 열심히 뛰었던 것처럼 보였다.

우리는 모두 카를로를 가엾게 생각했다. 몇 년 동안 우리만 보면 짖어대던, 친숙한 오랜 친구였다. 그리고 카를로가 이상한 자세로 죽은 모습을 보니 마음이 편치 않았다. 배후에 시뇨르 브루노니가 있는 것일까? 그는 기합소리 한 번으로 카나리아를 죽였다. 그의 뜻은 치명적인 무기 같았다. 그가 동네를 어슬렁거리며 온갖 끔찍한 짓을 하고 다닌대도 누가 알겠는가!

저녁이면 우리는 이런 생각을 주고받으며 보냈다. 그러나 아침이면 햇살과 함께 용기가 되살아났고, 그렇게 일주일이 지나자 우리는 카를로의 죽음에서 받은 충격에서 점차 벗어날 수 있었다. 제미슨 부인만 빼고 말이다. 가엾은 부인은 남편이 죽은 후 처음으로 심한 충격을 받았다. 사실 폴 양이 말했듯이, 오너러블 제미슨 씨는 술고래였고 그래서 그녀는 평소에도 불안해하며 살았으므로 카를로의 죽음이 더 큰 충격일 수도 있었다. 하지만 폴 양의 말에는 언제나 비꼬는 투가 배어 있음을 감안해야 했다. 한 가지만은 분명하고 확실했다. 제미슨 부인에게는 분위기 전환이 필요했다. 뮬리너 씨는 이 점에 있어 매우 인상적으로 대처했다. 우리가 주인마님의 안부를 물을 때마다 고개를 절레절레 흔들며 아주 심각하게, 그녀가 잘 먹지도, 잠을 잘 자지도 못한다고 말했다. 심각할 만도 했다. 평소 그녀의 건강 비결이 두 가지가 있었다면, 바로 잘 자고 잘 먹는 것이었다. 만약 그녀가 잘 먹지도, 잘 자지도 못한다면 상당히 의기소침해진 것이며 건강이 안 좋다는 뜻이었다.

크랜포드가 좋아진 게 분명한 레이디 그렌마이어는 제미슨 부인이 첼트넘[119]에 가겠다는 생각에 찬성하지 않았으며, 뮬리너 씨가 배후에서 그런 식으로 조종했다고 여러 번 상당히 명백한 암시를 했다. 그가 강도 침입 사건으로 꽤 놀랐고, 그날 이후 두어 번 자신이 그렇게 많은 여성들을 지켜야 하는 것에 아주 막중한 책임을 느낀다고 말했기 때문이었다. 어찌되었건 간에, 제미슨 부인은 뮬리너 씨의 호위를 받으며 첼트넘으로 갔다. 집은 레이디 그렌마이어가 맡기로 했는데, 표면상의 임무는 하녀들에게 애인이 생기지 않도록 감시하는 일이었다. 그녀는 아주 호감 가는 여주인이 되었다. 그리고 크랜포드에 남기로 결정되자마자 그녀는 제미슨 부인이 첼트넘으로 간 것이 세상에서 가장 좋은

---

119) 잉글랜드 서부의 도시. 명문 Cheltenham College, 경마장, 광천(鑛泉)으로 유명함.

일이었다는 사실을 깨닫게 되었다. 그녀는 에든버러에 있는 집을 세놓았으므로 당분간 주거지가 없었고, 그래서 동서의 안락한 집의 안주인이 된 것이 편리하기도 했고 마음에도 들었다.

폴 양은 남자 둘과 여자 하나로 구성된, 자신이 이름 붙인 '흉악한 패거리'로부터 도망친 결단력 있는 조치 때문에 자신을 여주인공으로 여기려는 경향이 아주 강했다. 그녀는 그들의 모습을 생생하게 묘사했는데, 이야기를 할 때마다 악당에게 새로운 모습이 추가되곤 했다. 키가 컸던 한 명은 나중에는 키가 거인만큼 커졌다. 물론 머리는 검은색이었고, 이마를 가렸던 헝클어진 머리는 점차 등까지 내려왔다. 한 명은 키가 작고 뚱뚱했는데, 우리가 그의 이야기를 마지막 들을 즈음에는 등에 혹이 삐죽 솟아나 있었다. 그 사람의 머리는 불그스름했는데 나중에는 당근처럼 빨갰다. 눈은 비뚤어져 있는 것 같다고 했는데, 나중에는 확실한 사팔뜨기였다. 여자는 눈이 이글이글 불타고 남자처럼 생겼었는데, 나중에는 완전히 장부가 되었다. 남자인데 여장을 하고 있는 게 거의 확실하다고 말했는데, 나중에는 턱에 수염이 있었고 남자 같은 목소리와 걸음걸이였다는 말이 덧붙여졌다.

그날 오후 폴 양은 사람들이 물을 때마다 기꺼이 사건에 대해 이야기해 준 반면, 강도 사건과 관련이 있는 사람들 중에 이를 별로 자랑스러워하지 않는 이도 있었다. 의사 호긴스 씨는 자기 집 문간에서 깡패 두 명에게 공격당했다. 그들은 현관 어두운 곳에 숨어 있다가 덮쳤는데, 얼마나 신출귀몰했던지 그가 벨을 울리고 하인이 달려오는 사이에 털어 갔다. 폴 양은 이번 강도도 '흉악한 패거리'가 저지른 것이 틀림없다고 확신하고, 소문을 들은 당일 자신의 이 상태를 검진 받고 질문도 할 겸 호긴스 씨를 찾아갔다. 그런 다음 그녀는 우리를 찾아왔다. 그래서 우리는 그녀로부터 사건 당사자의 입에서 나온 이야기를 바로 들을 수 있었다. 우리는 아직 처음 그 이야기를 들었을 때의 흥분과 불안 상태에서 벗어나지 못했다. 사건이 바로 전날 밤에 벌어졌기 때문이다.

"자!"

폴 양은 인생과 세상의 본질에 대해 결정을 내린 결단력 있는 사람의 태도로 자리에 앉았다(그런 사람은 절대로 조용히 걷는 법이 없고, 쿵 소리를 내지 않고 의자에 앉는 법이 없다).

"그러니까, 매티 양! 남자는 역시 남자예요. 모든 어머니들은 자기 아들이 솔로몬과 삼손을 합한 인물이기를 바라잖아요. 아주 힘이 세서 절대로 패하거나 쫓기지 않고, 아주 똑똑해서 절대로 남의 속임수에 넘어가지 않는 사람 말이에요. 가만히 살펴보면, 그들은 언제나 사건이 일어날 조짐을 훤히 다 알고 있어요. 단지 사건이 일어나고 난 다음에서야 그것에 대해 이야기를 하지만요. 우리 아버지도 남자였어요. 그래서 난 남자를 꽤 잘 안답니다."

폴 양은 숨이 턱밑까지 차서 말했다. 우리는 그녀가 숨을 돌릴 수 있도록 기꺼이 사이사이에 추임새를 넣어주어야 했지만 무슨 말을 해야 할지, 어떤 사람이 남성에 대해 이런 나쁜 말을 했는지 몰랐다.

"정말 남자는 이해하기 힘든 존재예요!"

우리는 그냥 고개를 무겁게 끄덕이며 작은 소리로 중얼거릴 수밖에 없었다.

"지금 생각해 보면, 나는 남은 이를 하나 발치할 각오를 하고 갔는데(왜냐하면 이 하나가 외과의사 겸 치과의사들이 자기네들 결정대로 해도 좋을 상태였고, 나로서는 입이 그들 수중에 있을 동안은 그들 말을 고분고분 들었으므로), 결국 호긴스 씨는 너무 남자다워서 자기가 강도당했다고 실토할 수 없었던 거예요."

"강도당하지 않았다고!"

우리는 일제히 소리 질렀다.

"무슨 말씀을!"

폴 양은 우리가 잠시 위압감을 느낄 정도로 화난 목소리로 외쳤다.

"나도 베티가 말한 것처럼 그가 강도에게 당했다고 믿어요. 그런데 실토하기가 창피했던 거죠. 바로 자기 집 문간에서 강도당했으니 정말 어이가 없기도 했겠죠. 그리고 그런 말을 했다간 크랜포드 사교계에서 체면이 깎일 것 같으니까 그저 그 사실을 감추기에 급급했던 거죠. 하지만 좀도둑이 양고기 목살을 훔쳐간 것에 대해 부풀린 이야기를 들었다며 나에게 그렇게 당당하게 굴려고 애쓸 필요는 없었어요. 지난주에 정원의 저장실에서 훔쳤다고 하더군요. 그는 무례하게도 고양이가 그걸 훔쳐갔을 거라는 엉뚱한 말을 덧붙이더군요. 하지만 내가 사건의 내막을 알아본다면, 틀림없이 여장을 한 아일랜드 남자의 짓일 거예요. 애가 굶고 있다면서 우리 집을 염탐하러 온 그 사람 말이에요."

우리는 호긴스 씨가 보인 솔직하지 못한 태도를 충분히 매도하고 그를 남자의 전형이라며 다른 남자들까지 싸잡아 몰아세운 후에, 폴 양이 오기 전에 우리가 하고 있던 이야기로 되돌아갔다. 이곳의 흉흉한 현재 분위기 속에서, 매티 양이 방금 받은 포레스터 부인의 초대를 어떻게 받아들여야 할지를 두고 논의 중이었다.

포레스터 부인은 자기의 결혼기념일에 과거 그날이면 늘 하던 대로 5시에 집에 와서 차를 마시고 조용히 카드놀이를 하자며 초대장을 보냈다. 부인은 도로가 아주 위험하므로 조심스럽게 요청한다고 말했다. 하지만 우리 중에 한 명이 가마를 타고 다른 사람들은 가마꾼의 발걸음에 맞춰 빨리 걸으면 마을 외곽에 있는(아니다. 이렇게 말하면 너무 광범위하다. 크랜포드의 얼마 되지 않은 집들은 어두운 외길을 따라 약 이백 미터 거리로 몇 채씩 떨어져 있었다) 자기 집에 안전하게 건너올 수 있지 않겠느냐고 제안했다. 폴 양의 집에도 비슷한 초대장이 와 있을 것은 자명한 일이었다. 그러므로 함께 의논을 할 수 있어서 그녀의 방문은 아주 다행한 일이었다. 우리는 모두 이번 초대를 거절하고 싶었다. 하지만 포레스터 부인이 행복하지도, 운이 좋지도 않은 삶을 혼자 반추하도록 내버려 두는 것은 너무 못할 짓 같았다. 매티 양과 폴 양은 수년 동안 포레스터 부인의 결혼기념일을 그녀와 함께 보냈다. 그래서 그들은 지금 의지를 끝까지 불태우기로 용감하게 결의하고, 친구에 대한 의리를 저버리느니 '암흑의 길'을 지나 그녀의 집에 가기로 했다.

저녁이 되었을 때, 매티 양은(감기에 걸려, 의자 가마를 타고 가기로 결정된 사람이 그녀였으므로) 가마꾼들에게 무슨 일이 있어도, 자기만 두고 달아나 버려 혼자 꼼짝 없이 강도에게 잡혀 살해당하지 않게 해 달라고 애원하고 나서 도깨비 상자 같은 가마 문을 닫아걸었다. 그들이 그러겠다고 약속을 했음에도 불구하고 그녀는 몸이 뻣뻣하게 굳어진 채 마치 순교자의 강한 결의가 엿보이는 모습으로, 창문을 통해 나에게 애절하고도 불길하게 고개를 끄덕였다. 하지만 우리는 '암흑의 길'을 지나 숨을 헐떡이며 포레스터 부인의 집에 무사히 도착했고, 단지 우리가 너무 열심히 내달리는 바람에 불쌍한 매티 양이 안에서 심하게 흔들리지나 않았을까 걱정되었다.

포레스터 부인은 우리가 그런 위험을 무릅쓰고 와준 데 대한 고마움의 표시로 보통 때보다 더 많은 준비를 해 두었다. 하녀가 뭘 들고 올지 점잖게 모른척하던 보통 때의 행동은 완전히 사라졌다. 그리고 화합과 프레프런스 카드게임이 저녁의 순서인 것 같았다. 하지만 그런 흥미진진한 화제가 어떻게 시작되었는지는 모르겠지만, 어쨌든 크랜포드에 출몰하는 강도와 모두 관계가 있었다.

'암흑의 길'에서의 위험과 용감하게 맞섰고, 그 때문에 용기에 대한 찬사도 얻었으며, 또한 솔직성 면에서 남자보다(바꾸어 말하면 호긴스 씨보다) 더 낫다는 것을 증명하고 싶은 마음에, 우리는 각자 개인적 두려움과 그 퇴치법에 대해 이야기를 하기 시작했다.

나는 내가 가장 무서워하는 것이 두 눈, 우중충하고 납작한 나무 패널에서 반짝이며 나를 쳐다보고 관찰하는 두 눈이라고 실토했다. 그리고 내가 겁에 질려 있을 때 거울 쪽으로 갈 일이 있으면, 어둠 속에서 등 뒤에서 나를 보고 있는 모습이 거울 속에 비칠까 봐 반드시 거울 뒤편이 내 쪽으로 보이도록 돌려놓곤 한다고 말했다.

매티 양이 고백을 하려고 용기 내어 일어났고, 마침내 그 고백이 나왔다. 그녀는 자신이 어릴 때부터 침대에 들어갈 때 두 발 중 나중에 남은 한 발이 침대 밑에 숨어 있던 사람에게 잡힐까 봐 겁이 났었다고 말했다. 자신이 어리고 활기 있을 때는 멀리서 점프해서 침대로 뛰어들어 두 발을 한꺼번에 안전하게 침대 위에 착지할 수 있었다고 말했다. 하지만 그런 행동은 우아하게 잠자리에 드는 것에 대해 자부심이 있던 데보라 언니를 늘 짜증나게 만들어, 나중엔 그만두었다고 했다. 하지만 지금도 가끔씩 과거의 무섬증이 되살아나고, 특히 폴 양의 집에 강도가 들고 난 후에는(우리는 실제로 강도가 들었다고 믿었다) 더 심해졌다고 했다. 하지만 침대 밑을 들여다봐서, 숨어서 자기를 강력하게 쏘아 보고 있는 무서운 사람과 눈을 마주치고 싶지 않아서 꾀를 내었다. 그녀가 마사에게 아이들이 가지고 노는 것 같은 페니 공[120]을 사오라고 하는 것을 본 적이 있는 것 같다. 이제 매티 양은 매일 그 공을 침대 밑으로 굴려 본다고 했다. 만일 침대 저쪽으로 공이 나오면 모든 건 안전했다. 그렇지 않을 경우를 대비해서 그녀는 손에 당김줄을 잡고, 여차하면 존이나 해리를 소리쳐 부르려고 했다. 자기의 벨소리에 남자 하인이 달려올 것처럼.

우리는 모두 그녀의 기발한 아이디어에 박수를 보냈다. 매티 양은 만족스럽게 말을 끝내고 자리에 도로 앉으며 포레스터 부인이 개인적

---

120) 1페니 동전을 붙여 만든 공.

으로 무서워하는 것은 뭔지를 말해 달라는 듯 부인을 쳐다봤다.

포레스터 부인은 폴 양을 곁눈으로 바라보며 화제를 바꿔 보려고 했다. 그녀는 이웃의 오두막집에 부탁해 그 집 소년을 빌려오면서, 매일 밤 자기 집에서 잠을 자는 대가로 그의 부모에게 크리스마스에 석탄 약 50킬로그램을 주고 매일 소년의 저녁 식사를 제공하겠다고 했다. 소년이 처음 오던 날 부인은 그에게 할 일을 알려 주었다. 그가 이해가 빠르다는 것을 알고는 부인은 그 아이에게 소령의 칼을(소령은 그녀의 죽은 남편이었다) 주며 밤에 베개 위쪽으로 칼끝이 향하게 해서 베개 밑에 아주 조심스럽게 두라고 말했다. 부인은 소년이 영리한 게 틀림없다고 생각했다. 왜냐하면 소령의 삼각모를 발견하고는, 자기가 그 모자만 쓰면 어느 때라도 영국인 두 명이나 프랑스인 네 명 정도를 겁먹게 할 수 있을 것이라고 말했기 때문이었다. 그러나 포레스터 부인은 소년에게 모자나 기타 등등을 걸치려고 시간을 낭비해선 안 되며, 무슨 소리가 들리면 바로 칼을 빼들고 그쪽으로 돌진하라고 다시 한 번 주지시켰다.

소년이 그렇게 살인적이고 무차별적으로 돌진하면 제니가 일어나 세수하려는 소리에 달려들어 그녀가 프랑스인이 아니라는 사실을 미처 깨닫기도 전에 그녀를 찔러 버릴지도 모른다는 내 말에 포레스터 부인은 그런 일이 있어날 것 같지는 않다고 말했다. 소년이 어찌나 깊이 잠에 곯아 떨어져 있는지 아침에 깨우려면 엄청나게 많이 흔들거나 찬물을 끼얹어야 하기 때문이라고 했다. 그녀는 때때로 불쌍한 소년이 잠을 그렇게 송장처럼 깊이 자는 이유가 자기 집에서 늘 굶주리다가 우리 집에 와서 저녁 식사를 너무 많이 해 그런 거라고 생각하고 제니에게 그가 밤에 식사를 많이 하는지 감시하라고 이르기도 했다.

하지만 이 이야기는 그녀가 개인적으로 무엇을 가장 두려워하는지에 대한 답은 아니므로 우리는 그녀에게 뭐가 제일 무서운지 이야기하라고 재촉했다. 그녀는 가만히 있다가 난로 불을 쑤석이고 초를 끄며, 큰소리로 속삭였다.

"귀신이오!"

포레스터 부인은 선언이라도 했다는 듯, 그리고 그 말을 고수하겠다는 듯 폴 양을 쳐다봤다. 그런 시선은 그 자체로 하나의 도전이었다. 폴 양은 페리에 박사[121]와 히버트 박사[122]의 말을 많이 인용한 이외에도 지적 소화불량이나 착각, 착시 등으로 인해 귀신 같은 것을 보는 것이라고 역습했다. 매티 양은 내가 전에도 말했듯이 귀신을 믿는 편이어서, 비록 말을 많이 하지는 않았지만, 하는 족족 모두 포레스터 부인을 편드는 말이었다. 포레스터 부인은 매티 양의 동조로 더욱 힘을 얻어 귀신은 자신의 종교의 일부라고 항변했으며, 육군 소령의 미망인으로서 무엇이 무섭고, 무엇이 그렇지 않은지를 분명히 알고 있다고 했다. 한마디로 나는, 대부분의 경우 부드럽고 온순하며 참을성 많은 포레스터 부인이 그렇게 열을 내는 것을 그 전에도 후에도 본 적이 없었다. 아무리 데운 딱총나무 와인을 마셔도 오늘 밤 폴 양과 주빈 사이의 의견 차이를 씻어 낼 수는 없을 것 같았다. 사실 딱총나무 와인이 들어왔을 때 논쟁은 새로 불붙었다. 왜냐하면 쟁반 무게로 휘청거리며 들어온 제니가 며칠 전 밤에 '암흑의 길'에서 자기 눈으로 똑똑히 귀신을 봤노라고 증언을 했기 때문이었다. 바로 우리가 집으로 돌아갈 때 통과해야 하는 길이었다.

집으로 돌아갈 때 통과해야 하는 길이라는 생각으로 마음이 불편하긴 했지만 제니의 처지는 정말 재미있었다. 그녀는 마구 유도 신문하는 두 명의 법정 변호사에게 신문당하고, 또 반대 신문당하는 법정 증인 같았다. 내가 내린 결론은 제니가 지적 소화불량으로 야기된 것 이

---

121) (1761~1815) 《유령 이론에 대한 에세이》의 저자.
122) (1782~1848) 《유령에 대한 철학 개요》의 저자.

상의 뭔가를 틀림없이 봤다는 것이었다. 폴 양이 아주 깔보는 태도로 쳐다보는 가운데, 주인마님의 은밀한 지지를 의식하며 제니가 증언하고 고수한 말은 온통 하얀색으로 차려 입은 목 없는 여자를 봤다는 것이었다. 자기뿐만 아니라 다른 많은 사람들도 이 목 없는 여자가 큰 비탄에 잠겨 손을 뒤틀며 길가에 앉아 있는 것을 봤다는 것이었다. 포레스터 부인은 승리감에 취한 눈빛으로 이따금씩 우리를 쳐다봤다. 하지만 그녀는 따뜻한 이부자리에 몸을 누이기 전에 '암흑의 길'을 통과해야 할 필요가 없는 사람이었다.

　우리는 집에 가려고 옷을 챙겨 입으면서 목 없는 여인에 대한 말은 되도록 삼갔다. 그 무서운 머리와 귀가 얼마나 가까이 있는지 몰랐으며, 어떤 영적인 끈이 그 머리와 '암흑의 길'에 앉아 있는 불행한 몸통 사이에 연결되어 있는지 몰랐기 때문이었다. 그러므로 폴 양조차도 비탄에 잠긴 몸통을 화나게 하거나 모욕감을 주게 될까 봐 그 이야기를 가볍게 하면 안 된다고 느꼈다. 적어도 나는 그렇게 짐작했다. 왜냐하면 나갈 채비를 하면서 보통 때 내는 달그락거리는 소리도 전혀 없이 우리 전부는 장례식에서처럼 비장하게 외투를 저며 입었기 때문이었다. 매티 양은 불쾌한 장면이 보이지 않도록 가마 창문의 커튼을 모두 꼭꼭 닫았다. 그리고 가마꾼들이 (일이 거의 끝나가서 기분이 좋아서 그랬는지, 내리막길이어서 그랬는지) 어찌나 활기차고 신난 발걸음으로 내달리던지 폴 양과 나는 그들과 보조를 맞추느라고 정신이 하나도 없었다. 폴 양은 "나만 두고 가지 마!"라는 말만 겨우 내뱉으며 내 팔을 꼭 붙잡아서 귀신이 있든 없든 그녀를 떼 놓을 수는 없었다. 그러므로 가마꾼이 짐이 너무 무겁고, 또 너무 빨리 달려, '암흑의 길'과 헤딩리 인도가 갈라지는 바로 앞에서 걸음을 멈추었을 때 얼마나 다행이던지! 폴 양은 나를 놓고 가마꾼 한 명을 붙잡았다.

　"매티 양을 헤딩리 인도로 우회해서 데리고 가 줄래요? '암흑의 길'

도로는 너무 울퉁불퉁하고, 매티 양은 튼튼한 편이 아니거든요."

가마 안에서 숨죽인 소리가 들려왔다.

"오! 제발 계속 가요. 무슨 일이에요? 무슨 일이냐고요? 빨리 계속 달리면 6펜스를 더 줄게요. 제발이지 여기 그냥 서 있지 마세요."

"만일 매티 양을 모시고 헤딩리 인도로 우회해 주면 제가 1실링[123] 을 드릴게요."

폴 양이 위엄 속에서도 벌벌 떨며 말했다.

두 가마꾼은 투덜거리며 동의했고 가마를 들고 헤딩리 인도를 따라 달렸다. 그건 매티 양의 뼈를 보호하고 싶다는 폴 양의 친절한 의도에 잘 맞았다. 인도가 무른 진흙으로 덮여 있어서 넘어지더라도 푹신할 것 같았기 때문이었다. 단, 일어나려고 할 때 진창에서 몸을 빼내기가 쉬운 일은 아닐 것 같았지만.

---

123) 1실링은 12펜스.

제11장
사무엘 브라운

다음 날, 나는 우연히 레이디 그렌마이어와 폴 양을 만났다. 그들은, 모직 스타킹을 뜨개질하는 솜씨로 인근에서 정평이 난 어느 할머니를 만나러 먼 길을 가는 중이었다. 폴 양은 친절과 거만함이 뒤섞인 표정을 띤 채 나에게 말했다.

"방금 레이디 그렌마이어에게 불쌍한 포레스터 부인과 그녀의 귀신에 대한 공포를 이야기하던 중이었어. 그건 그녀가 너무 오래 혼자 살면서 하녀 제니에게서 귀신 이야기를 너무 많이 들어서 그래."

그녀가 어찌나 침착하고 미신에 대한 두려움 따위는 전혀 없다는 듯이 행동하던지, 나는 전날 밤 헤딩리 인도로 우회해 달라고 그녀가 제의해 줘서 얼마나 감사한지 모른다고 말한 것이 창피할 정도였다. 그래서 나는 얼른 화제를 딴 데로 돌렸다.

오후에 폴 양은 아침의 모험을 매티 양에게 말하기 위해서 왔다. 아침에 길을 걷다가 우연히 마주친 진짜 모험이었다. 그들은 뜨개질 잘하는 할머니에게 가려면 어느 쪽 들판을 가로 질러 가야 바른 길이 나오는지 몰라서 길을 물어 보려고 크랜포드에서 약 5킬로미터쯤 떨어진, 런던으로 가는 고속도로 길 옆에 있는 작은 여인숙으로 들어갔다. 그곳에 있던 착한 여자는 그들에게 자기보다 길을 잘 알려줄 수 있는 남편을 데려올 동안 잠깐 앉아 쉬라고 당부했다.

그들이 모래투성이의 휴게실에 앉아 있을 동안 어린 소녀가 들어 왔다. 그들은 그 아이가 여주인의 딸이라고 생각하고 아이와 잡담을 나누었다. 그러나 로버츠 부인이 돌아와서는 어린아이가 자기 집에 묵고 있는 부부의 무남독녀라고 말했다. 그리곤 로버츠 부인은 긴 이야기를 시작했다. 폴 양은 그중에서 레이디 그렌마이어와 자신이 기억하는 한두 가지 핵심적인 이야기만 말해 주었다. 그러니까, 한 6주 전에 용수철 달린 가벼운 짐수레가 바로 자기 집 문 앞에서 고장이 났는데, 그 안에는 남자 두 명과 여자 한 명 그리고 이 아이가 타고 있었다. 남자 중 한 명은 중상이었는데 뼈가 부러지거나 한 것은 아니고 안주인의 말을 빌리자면 '세게 흔들렸다' 였다. 하지만 그는 심각한 체내 손상을 입은 것 같았다. 왜냐하면 남자는 아이의 엄마인 아내가 옆에서 간호해 주는 가운데 계속 시름시름 앓고 있으니까 말이다.

폴 양은 그가 뭐하는 사람이며 어떻게 생겼는지를 물었다. 로버츠 부인은 그가 신사 같지는 않고, 그렇다고 평민 같지도 않다고 대답했다. 부부가 그렇게 점잖고 조용한 사람들이 아니었다면 그가 손님을 끌어 모으는 광대나 뭐, 그 비슷한 일을 하는 사람이라는 생각이 들었을 정도였다. 그들이 타고 온 마차 안에, 내용물은 모르지만 뭔가가 가득 든 커다란 상자가 실려 있었기 때문이었다. 여주인은 짐을 내리는 일을 도와주었다. 그리고 속옷과 옷가지를 내렸을 때 마차에 타고 있는 또 한 명의 남자(그녀 생각에는 아픈 남자의 쌍둥이 동생 같았다)가 마차와 함께 사라져버렸다.

폴 양은 이 장면에서 의심을 품기 시작했고 상자와 말, 마차와 모든 것이 한꺼번에 사라져 버리는 것은 정말 이상한 일이라고 자신의 생각을 말했다. 하지만 착한 로버츠 부인은 폴 양의 암시적 표현에 상당히 분개한 것처럼 보였다. 사실, 여주인은 마치 폴 양이 바로 자기를 사기꾼이라고 말한 것처럼 화를 냈다고 폴 양이 말했다. 두 숙녀에게 확인을 시켜줄 가장 좋은 방법으로 여주인은 자기가 말한 아내를 만나보라고 청했다. 그리고 정직하고 수척하고 피부가 갈색으로 탄 여자의 얼굴을 보고는 의심의 여지가 없었다. 그 여자는 레이디 그렌마이어가 건넨 따뜻한 말에 왈칵 눈물을 쏟았고, 너무 심신이 허약해져 있어 울음을 억제하지도 못했다. 마침내 여주인이 몇 마디 건네자, 그녀는 겨우 눈물을 삼키고, 로버츠 부부가 그들 가족에게 보여준 자비로운 선행을 증언해 주었다.

폴 양은 직전에 회의적이었던 만큼이나 태도를 180도로 바꿔 그녀의 슬픈 이야기를 액면 그대로 다 믿었다. 그리고 이에 대한 증거로 그녀의 남편이 다른 사람도 아닌 바로 시뇨르 브루노니인 것을 알게 되었을 때도 조금도 놀라지 않고 슬픔에 잠긴 여인을 위로해 주었다. 크랜포드 전체 주민이 지금까지 6주 동안 모든 악의 배후라고 생각했던 바로 그 남자 말이다! 그랬다! 그의 아내는 그의 본명이 사무엘 브라운이라고 말했다. 아내를 그를 '샘'이라고 불렀지만 우리는 끝까지, 훨씬 듣기 좋은 시뇨르로 부르기로 했다.

시뇨라[124] 브루노니와의 대화는, 그녀 남편이 의사의 진료를 받아야 한다는 것과, 이로 인해 발생하는 모든 의료비를 레이디 그렌마이어가 부담하겠다는 데 동의하면서 끝났다. 따라서 그들은 바로 그날 오후에 호긴스 씨에게 가서, 말을 타고 〈일출〉 여인숙으로 왕진을 가서 남자의 진짜 건강 상태를 진찰해 달라고 부탁했다. 그리고 호긴스 씨의 진

---

124) 영어의 Madam, Mrs.에 해당하는 이탈리아어.

찰을 바로 받을 수 있도록 그를 크랜포드로 옮겨와야 한다면, 폴 양은 자신이 숙소를 알아보고 임대를 주선하겠다고 말했다.

로버츠 부인은 모든 일이 진행되는 동안 한결같이 친절했다. 하지만 그들의 장기체류로 그녀가 약간의 불편함을 겪었던 것은 명백해 보였다.

매티 양과 나는 폴 양이 떠나기도 전에, 모험했던 당사자만큼이나 어제 아침의 모험 이야기에 푹 빠져 있었다. 우리는 저녁 내내 가능한 모든 관점에서 이야기를 분석해 보았으며, 빨리 아침이 오기를 바라며 잠자리에 들었다. 아침이면 환자 상태에 대한 호긴스 씨의 진단과 처방을 누군가에게서 들을 수 있었기 때문이었다.

매티 양이 말했듯이 비록 호긴스 씨가 '잭이 나왔소', '다음이 그게 뭐야'[125]라고 말하고 프레프런스를 '프렙'이라고 부르긴 하지만, 그는 아주 존경할 만한 사람이고 매우 똑똑한 외과 의사였다. 사실 우리는 모두 크랜포드에 있는 우리 의사가 대단한 실력을 갖춘 분이라는 데 공감하고 있었다.

우리는 때로 애딜레이드 왕비나 웰링턴 공이 아프다는 소식이 들리면 그를 불러 갔으면 하고 바라기도 했다. 하지만 만일 그가 왕실 주치의가 되어 버리면 우리가 아플 때는 어쩌나, 하고 생각해 보고 그들이 그를 부르지 않은 것을 다행으로 여겼다. 우리는 의사로서 그를 존경했다. 하지만 남자로서는, 아니 신사로서는? 우리는 그의 이름과 사람 자체에 대해 머리를 가로저으며 아직 예의에 개선의 여지가 있을 때 그가 《체스터필드 경의 편지》[126]를 읽어보기 바랐다. 그럼에도 불구하고 우리는 모두 그의 시뇨르에 대한 진단이 틀릴 리가 없다고 여겼다.

---

125) 호긴스 씨가 여기서 한 말은 모두 카드를 할 때 쓰는 상스러운 용어다.
126) 체스터필드 4대 백작인 필립 스탠호프(1694~1773)가 쓴 책으로 신사의 행동에 관한 조언이 담긴 것으로 유명하다.

그리고 시뇨르가 간호와 시중을 잘 받으면 회복될 거라고 그가 말했을 때 우리는 환자에 대해 더는 염려하지 않았다.

안심은 했지만, 여전히 모든 사람들은 그에 대해 걱정할 큰 이유라도 있는 듯 행동했다. 물론 호긴스 씨가 담당하기 전까지 그렇기는 했다. 폴 양은 세련되지는 않았지만 깔끔하고 안락한 숙소를 찾아냈다. 매티 양은 그를 위해 의자 가마를 보냈다. 마사와 나는 의자 가마가 크랜포드를 떠나기 전에 그 안을 새빨간 석탄이 가득 든 난방용 냄비를 들고 충분히 흔든 후 온기가 빠져 나가지 않게 연기와 함께 문을 닫아 걸어 시뇨르가 〈일출〉 여인숙에서 탈 때 따뜻하도록 했다. 레이디 그렌마이어는 호긴스 씨의 지도 아래 간이병원을 차렸다. 그녀는 제미슨 부인의 의료용 안경과 숟가락, 침대 곁에 두는 작은 탁자를 마음대로 챙겨 나와서, 매티 양은 제미슨 부인과 뮬리너 씨가 알면 뭐라고 할까, 하며 약간 걱정을 하기도 했다.

포레스터 부인은 그가 숙소에 도착했을 때 원기 회복차 먹을 수 있도록 자신의 정평 난 음식인 브레드 젤리를 만들었다. 브레드 젤리는 포레스터 부인이 보여줄 수 있는 최상의 애정 표현이었다. 언젠가 폴 양은 그녀에게 요리법을 물었다가 단칼에 거절당했다. 부인은 폴 양에게 자기는 죽을 때까지 요리법을 남에게 알려 주지 않을 것이며, 죽고 나면 매티 양에게 주라고 유언 집행자에게 말할 것이라고 했다. 매티 양이, 아니 포레스터 부인이 말한 것처럼 (자기 유언의 항목을 상기하고, 그 위엄성을 위해서) 마틸다 젠킨스 양이 요리법을 일단 자기 수중에 쥐면 만인에게 공개하든지 가보로 대대로 전하든지, 자기는 알 수도 없거니와 그 내용을 유언에 포함시키지도 않을 것이라고 말했다. 바로 그 맛있고 소화 잘 되며 유일무이한 음식을 포레스터 부인이 마술사에게 보낸 것이다.

귀족이 거만하다고 누가 말했는가? 여기, 티렐 가 태생이고 루퍼스

왕[127]을 활로 쏘아 죽인 위대한 월터 경의 후손이며, 런던탑에 유폐된 어린 왕자들을 살해한 사람[128]의 피가 흐르는 부인이 매일 맛있는 음식을 들고 광대인 사무엘 브라운을 보러 간다![129] 하지만 사실, 불쌍한 남자의 등장으로 사람들의 마음속에서 친절함이 저절로 우러나오는 모습은 보기가 참 좋았다. 그리고 그가 터키 풍의 옷을 입고 첫 번째 등장했을 때를 같이 해서 생겼던 공포가, 그의 두 번째 등장과 함께 흔적도 없이 사라지는 것도 보기에 근사했다. 다시 나타났을 때 그는 창백하고 무기력한 모습이었으며, 무겁고 흐릿한 그의 두 눈은 자기의 충실한 아내와 창백하고 슬픈 표정의 어린 딸을 봤을 때에만 잠시 반짝였다.

아무튼 우리 모두는 무서움을 잊어버렸다. 처음에는 희한한 마술로 우리들 사이에 불가사의에 대한 열정을 피어나게 했던 사람이, 겁이 많은 말도 제대로 다룰 줄 모를 만큼 일상사를 꾸리는 재주는 없다는 사실을 발견하고 우리가 다시 냉정함을 되찾을 수 있었다고 나는 감히 생각한다.

폴 양은 저녁 아무 때나 작은 바구니를 들고 우리를 찾아 왔다. 마치 그녀의 외딴 집과, 자기 집으로 난 인적 드문 길에 '흉악한 패거리'들이 출몰한 적이 없었던 것 같이 행동했다. 포레스터 부인은 자기나 제니가 '암흑의 길'에서 울부짖는 목 없는 여자를 신경 쓸 필요가 없다고 말했다. 왜냐하면 조금이나마 선행을 베풀려고 다니는 사람에게 해를 끼칠 수 있는 마력까지는 그녀에게 없을 것이기 때문이었다. 제니는 벌벌 떨면서 포레스터 부인의 말에 동의했다. 하지만 주인마님의 이론

---

127) 윌리엄 2세.
128) 소년 왕 에드워드 5세와 그의 동생 요크공 리처드를 런던탑에 유폐한 뒤 죽인 배후 인물은 그들의 삼촌인 리처드 3세라는 소문이 있었지만 정확히 누가 죽였는지는 소문에 불과하다.
129) 여기서 엘리자베스 게스켈은 살인자의 피가 흐르는 가계이면서 귀족으로 칭송받는 것을 냉소적으로 표현하고 있다.

은 제니가 빨간 무명천 두 조각을 기워 십자가 형태를 만들어 옷 안에 넣어 다니기 시작하고 나서야 효력을 발휘했다.

나는 매티 양이 자기 침대 밑으로 굴리던 페니 공에 무지개 선을 그어 화려하게 칠해 놓은 것을 보았다.

"애야, 저 초췌한 아이를 보니 마음이 아프다. 아이의 아버지가 마술사이긴 하지만 그 애는 여태껏 제대로 된 장난감 하나도 없었던 것 같아. 어렸을 때 난 이런 식으로 예쁜 공을 만들곤 했어. 그래서 이 공을 예쁘게 만들어 오늘 오후에 피비에게 가져다주면 좋지 않을까 생각했어. 난 '흉악한 패거리'가 우리 마을을 떠났다고 생각해. 그들이 저지른 폭력 사건이나 강도짓에 대한 소문이 이젠 더는 들리지 않잖아."

우리는 모두 시뇨르의 위태로운 상태에 너무 골몰해 있어 강도나 귀신 이야기를 할 시간이 없었다. 사실 레이디 그렌마이어가 말했듯이, 어린 소년 둘이 농부 벤슨의 과수원에서 사과 몇 알을 훔쳐 가고 장날에 과부 헤이워드의 노점에서 달걀 몇 개가 사라진 것을 제외하고는 실제로 있었던 강도 사건을 들어 본 적은 없었다. 하지만 그렇게 생각하라는 것은 우리에게 너무 많은 것을 바라는 일이었다. 우리가 그렇게 아무것도 아닌 일로 야단법석을 떨며 공황 상태에 빠진 것이라고 인정할 수 없었다. 폴 양은 레이디 그렌마이어의 말에 결연히 일어나며 말했다.

"나도 우리 공포가 그런 사소한 이유로 생겼다는 당신의 말에 동의하고 싶어요. 하지만 밖에 공범이 기다리고 있는 가운데 여장한 남자가 우리 집을 강제로 들어오려 했던 일이라든지, 당신이 직접 자기 입으로 말한 제미슨 부인의 꽃밭에 난 발자국이라든지, 호긴스 씨가 자기 집 문간에서 대담한 강도에게 털린 일을 기억해 보면……."

그러나 레이디 그렌마이어가 마지막 이야기는 고양이가 훔쳐간 것을 두고 만든 완전한 날조가 아니냐며 강한 의구심을 제기하면서 끼어

들었다. 레이디 그렌마이어가 이 말을 하면서 어찌나 얼굴이 빨개지던 지 나는 폴 양의 발끈하는 태도에 놀라지 않았고, 만일 그녀가 '사모 님'이 아니었다면 우리는 그녀 면전에서 "저런, 놀랍네요!"라는 말이 나 그와 비슷한 단편적인 외침에 그치지 않고, 좀 더 강한 어조로 반박 했을 것이다. 그러나 레이디 그렌마이어가 떠나고 나자 폴 양은 그들 이 지금까지 결혼을 피할 수 있었던 것에 대해 매티 양에게 장황한 축 하의 말을 늘어놓기 시작했다. 자기는 결혼한 여자들이 남의 말에 너 무 잘 속아 넘어간다고 항상 느껴왔다는 것이었다.

정말이지, 여성들이 결혼을 경계하지 않으면 그들에게 천성적으로 내재되어 있는 잘 속는 천성이 결혼으로 표출된다고 폴 양은 생각했 다. 그리고 호긴스 씨의 강도 사건에 대해 레이디 그렌마이어가 하는 말은 사람들이 그런 약점에 굴복하면 어떻게 되는지를 보여주는 좋은 본보기라고 했다. 레이디 그렌마이어가 양고기 목덜미 살과 야옹이 같 이 날조된 이야기를 믿을 정도면 무슨 이야기를 해도 다 믿을 것이 분 명하다고 말했다. 호긴스 씨는 폴 양에게도 그런 설명을 강요하려 했 지만 자기는 남자 말을 너무 믿지 않으려고 항상 조심하고 있었다는 것이다.

우리는 폴 양이 바랐던 대로 결혼하지 않은 사실에 감사했다. 하지 만 그보다는 강도들이 크랜포드를 떠난 것에 대해 더 감사했다. 적어 도 그게 그날 저녁에 난로 곁에 앉아 매티 양이 해준 이야기에서 내가 내린 결론이었다. 매티 양은 남편을 도둑과 강도, 귀신으로부터 자신 을 지켜주는 사람이라고 확고히 믿었다. 자신은 폴 양이 계속 그러는 것과는 달리, 젊은 여성에게 결혼하지 말라고 충고할 것 같지 않다고 말했다. 인생 경험을 좀 쌓은 지금 생각해 보면 결혼은 확실히 모험이 었다. 하지만 그녀도 다른 여성들과 마찬가지로 결혼을 꿈꾸던 시절이 있었다.

"특정인과의 결혼을 말하는 게 아니야."

그녀는 자신이 너무 많은 것을 고백하게 되지는 않을까 두려워하듯 얼른 자신의 입을 단속하며 말했다.

"여자들은 늘 '내가 결혼할 때'라고 말하고 신사들은 언제나 '만일 내가 결혼을 하게 되면'이라고 말한다는 옛이야기가 있잖니?"

매티 양이 약간 구슬픈 목소리로 한 농담이었다. 하지만 우리 중에 누가 웃기나 했는지는 모르겠다. 나는 가물거리는 불빛에서 매티 양의 얼굴을 볼 수 없었다. 잠시 후에 그녀는 말을 이었다.

"결국 나는 너에게 모든 진실을 털어 놓지는 않았단다. 아주 오래 전 이야기야. 내가 결혼에 대해서 얼마나 많이 생각했는지는, 엄마가 짐작을 했으면 모를까, 아무도 몰랐어. 하지만 내가 평생을 매티 젠킨스 양으로 살다 죽게 되리라고 생각하지 않았던 때가 있었어. 왜냐하면 설사 지금 누군가가 내게 청혼을 해 오더라도 (폴 양이 말한 것처럼, 아무도 완벽히 안전한 사람은 없으니까) 그를 받아들일 것 같지가 않으니까 말이야. 그 사람이 너무 슬퍼하지 말았으면 좋겠지만, 내가 한때 결혼 상대자라고 생각했던 사람을 제외하고는 딴 사람을 받아들일 수가 없어. 그는 죽어서 이제 내 곁에 없어. 그는 내가 생각을 거듭한 끝에 '싫어요.'라고 했을 때 어떻게 그런 결심을 하게 되었는지 몰랐지. 사실, 내 생각은 상관없었어. 신이 모든 일을 정하신 거야. 그리고 얘야, 난 지금 아주 행복하단다. 나처럼 다정한 친구들이 많은 사람은 없을 거야."

이렇게 말하며 그녀는 내 손을 잡아 자기 손으로 감싸 쥐었다. 내가 홀부르크 씨를 몰랐다면 이런 대화의 공백에 무슨 말을 할 수 있었을 것이다. 하지만 나는 그를 알고 있었으므로 자연스럽게 할 수 있는 말이 떠오르지 않았고, 그래서 우리는 잠시 함께 침묵을 지켰다.

"언젠가 아버지는 우리에게 공책을 두 칸으로 나누어 일기를 쓰라고 말씀하셨어. 한쪽은 아침에 일어나 그날 하루 일정과 계획한 일을 기입하고, 다른 한쪽엔 저녁에 실제로 있었던 일을 적는 거였어. 어떤 사람에겐 그게 자기들의 인생을 표현하는 슬픈 방식이 될 수도 있을 것 같아(그 말을 하는 도중에 눈물 한 방울이 내 손등에 떨어졌다).

내 인생이 슬펐다는 이야기는 아니야. 단지, 내 예상과는 너무나 달랐다는 뜻이지. 어느 겨울 저녁, 데보라 언니와 침실 난로 가에 함께 앉아 우리의 미래를 그려 보던 일이 기억나(정말, 어제 일인 것처럼 생생하게 기억이 나). 우리 둘 다 미래를 구상했지만, 말을 한 사람은 언니뿐이었어. 언니는 부감독[130]과 결혼해서 그의 지침서를 써 주고 싶다고 했어. 그렇지만 얘야, 너도 알다시피 언니는 결혼한 적이 없고, 내가 아는 한 언니는 평생 동안 총각 부감독과 대화 한 번 나눠본 적도 없어. 난 야심도 없었고 지침서를 쓸 줄도 몰랐지만, 그냥 한 가정을 잘 꾸려 나갈 수 있을 거라고 생각했고(엄마는 늘 나를 자기의 오른팔이라고 했어), 항상 어린 아이들을 무척 좋아했어. 가장 수줍음이 많은 아이도 나에게 오려고 조그만 팔을 뻗치곤 했단다.

어렸을 때, 난 여가 시간의 반 이상을 이웃에 있는 오두막으로 가서 아이들을 돌봐 주며 지낸 적이 있었어. 하지만 왜 그랬는지 모르겠지만 일이 년 정도가 지난 후, 내가 아주 슬픔에 잠기고 울적해진 적이 있었는데 그땐 그 어린 것들이 내게서 뒷걸음질을 치더라고. 그래서 내가 아이들을 여전히 좋아하긴 하지만, 지금은 아이 다루는 기술이 없어졌을 거라고 생각해. 하지만 아기를 품에 안은 엄마를 볼 때마다 난 이상한 동경이 생겨. 글쎄, 너 그거 아니(휘저어지지 않은 석탄이 불 속에 떨어져 갑자기 불꽃이 확 타올랐고, 매티 양이 눈에 눈물을 가득 담은 채 허공을 향해 뭔가를 뚫어지게 바라보고 있는 모습이 보였다)? 난

---

130) 영국 성공회에서 부감독은 주교가 지명하는 관직으로 하는 일은 자기 구역의 성직자를 감독하고 그들에게 지침을 써서 보내는 일이다.

때로 어린 여자 애가 등장하는 꿈을 꾸곤 해. 아이가 꿈에 나타난 지는 벌써 여러 해가 되었는데 언제나 똑같이 두 살 정도의 모습이야. 꿈에서 아이가 무슨 소리를 내거나 말을 하는 모습을 본 적은 없는 것 같아. 아무런 소리도 내지 않고 아주 조용히 있어. 하지만 아이는 아주 슬프거나 기쁠 땐 내게로 오고, 그 애가 두 팔을 내 목에 감고 껴안는 순간 난 잠을 깨. 바로 어제 저녁에도 꿈에 내 예쁜 아가가 나타나서 (아마 피비에게 줄 공을 생각하며 잠이 들어서 그랬나 봐) 뽀뽀해 달라고 입술을 내밀었어. 마치 진짜 아기가 진짜 엄마에게 자러 가기 전에 그러듯이 말이야. 하지만 이런 건 다 실없는 소리야, 애! 단, 폴 양이 결혼하지 말라는 말에 겁을 먹지는 마. 난 결혼이 아주 행복한 거라고 생각해. 그리고 약간 쉽게 속는 성격이 삶을 순탄하게 사는 데는 도움이 된단다. 의심하고 또 의심하며 모든 일에 불평거리와 마음에 들지 않는 걸 찾아내는 것보다는 그게 나아."

내가 결혼에 대해 겁을 먹었다면, 그건 폴 양이 무슨 말을 해서가 아니라 불쌍한 시뇨르 브루노니 부부의 운명을 봤기 때문일 것이다. 하지만 다른 한편으로는 그들이 걱정과 슬픔 속에서도 자신이 아니라 서로를 생각하는 모습에서, 또 배우자와 딸이 스쳐 지나가기만 해도 얼마나 행복해 하는지를 보고 결혼을 하고 싶다는 생각이 들기도 했다.

어느 날, 시뇨라는 자기들이 지금까지 살아온 삶에 대해 이야기를 해 주었다. 그 이야기는 내가 그녀의 남편이, 폴 양의 말대로 쌍둥이가 맞는지 물어보면서 시작되었다. 너무 닮은 모습인 것 같아, 폴 양이 결혼한 여자였다면, 내가 그런 의구심을 품었을 것 같았다. 그러나 시뇨라 혹은 그녀가 그렇게 불러 주기를 바라는 대로, 브라운 여사는 그 말이 맞다고 했다. 자기 시동생을 남편으로 착각하는 사람들이 많았고, 그래서 자기들 직업에 크게 도움이 되었다는 것이다. 그녀는 이어 말했다.

"하지만 시동생 토마스를 진짜 시뇨르 브루노니와 어떻게 착각할 수 있는지 모르겠어요. 사람들이 그렇게 본다고 시동생이 그러더군요. 그러니 그렇다고 믿을 밖에요. 그가 아주 착한 사람이라는 건 맞아요. 시동생이 보내 주는 돈이 없었다면 우리가 어떻게 〈일출〉 여인숙 숙박비를 낼 수 있었을지도 모르겠어요. 하지만 사람들이 시동생과 남편을 헷갈린다면 그건 예술을 모르는 거예요. 공을 사용하는 마술에서요, 아가씨, 남편은 손가락을 활짝 펴고 자신만만하고 우아하게 손가락을 내보이지만, 시동생은 주먹을 쥐듯 손을 안으로 움켜쥐죠. 그러면 손 안에 공을 몇 개라도 숨길 수 있잖아요. 그 외에도, 시동생은 한 번도 인도에 가 본 적이 없어서 터번을 제대로 쓰는 법조차 모른답니다."

"그럼 당신들은 인도에 가 본 적이 있어요?"

나는 약간 놀라 말했다.

"오, 그럼요! 몇 년이나 그곳에서 지냈어요, 아가씨. 샘은 31연대 하사관이었어요. 그리고 그가 속한 연대가 인도로 배치 명령을 받았을 때 나도 제비뽑기를 통해 함께 가게 되었어요. 저는 말할 수 없이 감사했어요. 남편과 헤어져 있는 건 서서히 죽는 것과 같은 느낌이었으니까요. 하지만 아가씨, 제가 그 뒤에 일어날 모든 것을 알았더라면 그때부터 경험할 모든 일을 겪으니 차라리 그때 그 자리에서 죽기를 택하지나 않았을까 모르겠어요. 물론 저는 샘을 육체적으로 편하게 해줄 수 있었고 또 함께 있을 수도 있었죠. 하지만 아가씨, 전 아이를 여섯이나 잃었답니다."

이렇게 말하며 그녀는 이상한 눈빛으로 나를 쳐다봤는데, 그건 아이를 먼저 보낸 엄마에게만 볼 수 있는 눈빛이었다. 이제 더는 찾을 수 없는 것을 찾는 듯한 황량한 눈빛이었다.

"그래요! 그 끔찍한 인도에서 때 이르게 떨어진 꽃봉오리처럼 여섯 명이나 죽었어요. 한 명이 죽을 때마다 전 다시는 아이를 사랑할 수도,

사랑하지도 않을 거라고 생각했죠. 하지만 아이가 막상 태어나면 저는 그 아이에 대한 사랑뿐만이 아니라 앞서 간 아이들에 대한 생각으로 더 깊은 사랑을 느꼈죠. 그리고 피비가 태어났을 때, 저는 남편에게 말했어요.

'샘, 아기가 태어나고 내가 몸을 추스르면, 당신을 떠나겠어요. 이 아이마저 죽어 버리면 내 가슴은 갈기갈기 찢어져 미쳐 버릴 거예요. 내 몸속엔 벌써 광기가 스며 있어요. 하지만 내가 아기를 데리고 한 걸음 한 걸음 캘커타로 갈 수 있도록 허락해 준다면 저절로 광기는 사라질 거예요. 그리고 아기의 생명을 지킬 수 있는 영국으로 가는 뱃삯을 위해 돈을 모으고 저축하고 구걸할 거예요!'

그랬더니 오, 신이여, 그를 축복해 주소서! 남편이 가라고 허락을 하더군요. 그는 봉급을 한 푼도 쓰지 않고 저축했고, 전 세탁 등 닥치는 대로 일을 하면서 1파이스[131]도 살뜰하게 모았어요. 그리고 전 피비를 낳고 몸을 추스르고 나서 그곳을 떠났죠. 아주 고독한 여정이었어요. 나무가 우거져 컴컴한 숲길을 지나고 강가를 따라 걷고(전 워릭셔 주의 에이번 강변에서[132] 자라서 흐르는 물소리가 고향처럼 정겨웠어요) 정류장에서 정류장으로, 인도의 한 마을에서 다른 마을로, 아기를 안고 계속 걸었어요. 저는 장교 아내 중 한 명이 작은 그림을 가지고 있는 걸 봤어요. 외국인 가톨릭교도가 그렸다는, 성모 마리아와 어린 구세주 그림이었습니다, 아가씨. 성모 마리아는 어린 구세주를 팔에 안고 그에게 온화하게 몸을 구부린 자세로, 그와 뺨을 맞대고 있었어요. 제가 그 집 빨래를 해주고 작별 인사를 하니 부인이 서럽게 울더군요. 그 부인도 여러 명의 자식을 잃었는데, 저처럼 한 명이라도 남은 게 아니라 모두 잃었대요. 그래서 제가 용기를 내어 그림을 저한테 줄 수 없

---

131) 인도의 옛 통화로 1루피는 64파이스임.
132) 영국 중부의 강. Shakespeare의 출생지 Stratford는 이 강가에 있음.

느냐고 물었어요. 그랬더니 그녀는 더욱 서럽게 울면서, 자기 아이들은 어린 구세주와 함께 있다고 말하면서 그림을 저에게 주더군요. 그러면서 그림이 포도주를 저장하는 통 밑바닥에 그려진 것이라는 얘기를 들었다며, 그래서 그림이 둥그스름한 형태라고 말해 주더군요. 저는 심신이 미약해질 때마다(왜냐하면 제가 집에 도착할 수나 있을지 염려가 될 때도 몇 번 있었고, 남편 생각이 난 적도 많았고, 우리 아기가 죽어 간다고 생각한 적도 한 번 있었기 때문에) 그림을 꺼내 들고 쳐다봤어요. 그러면 성모 마리아가 제게 말을 걸어 위로해 주는 것 같았어요.

그리고 인도인들은 정말 친절했어요. 우리는 서로 말이 통하지 않았어요. 하지만 그들은 저와 품에 안긴 아기를 보고는 밖으로 나와서 쌀과 우유 그리고 때론 꽃을 가져다 줬어요. 제가 꽃을 좀 말려 놓기도 했어요. 그리고 다음 날, 전 너무 지쳤어요! 그들은 자기 집에 머물라고 했어요. 그러면서 이상하고 컴컴해 보이는 깊은 숲길에 대해 겁을 주기도 했어요. 몸짓을 봐서 그건 알 수 있었어요. 하지만 사신이 따라와 우리 아기를 데리고 가버릴 것 같아, 전 계속 길을 가야 할 것 같았어요. 전 천지창조 이후에 신이 엄마들을 얼마나 잘 돌보아 주었는지 생각했고, 그러면 저도 돌봐 줄 것이라고 생각했죠. 그래서 그들에게 작별 인사를 하고 다시 새롭게 출발했어요. 한번은 아기가 아파서, 딸애와 내가 휴식이 필요할 때 신은 저를 인도 원주민 마을 한가운데 살고 있는 친절한 영국인이 사는 곳으로 인도해 주셨어요."

"그래서 마침내 캘커타엔 무사히 도착했나요?"

"네! 무사히요. 오! 제가 이틀만 더 가면 된다는 사실을 깨달았을 때, 아가씨, 전 아기와 함께 가까이에 있는 인도인의 사원에 들어가 (우상 숭배인지도 모르겠지만) 자비를 베풀어준 데 대해 신께 감사를 드렸어요. 인도인들이 기쁘거나 슬플 때 자기들 신에게 기도를 하는 곳인지 모르겠지만, 저에겐 그곳 자체가 신성한 장소 같았거든요. 그리고 전

배에서 병약한 부인의 하녀로 고용되었고, 부인은 아이를 좋아했어요. 그렇게 이 년이 지나고 나서 남편은 제대를 했고 저와 아기 곁으로 돌아 왔어요. 그리고는 일자리를 알아봐야 했는데 할 줄 아는 게 하나도 없었어요. 그래서 옛날에, 아주 옛날에 어느 인도인 마술사에게 마술 몇 가지를 배운 적이 있었는데 그걸로 마술을 하게 됐죠. 근데 사업이 굉장히 잘 되어 그는 도와 달라고 시동생 토마스를 불렀어요. 지금은 시동생이 혼자 마술을 하고 있지만, 당시는 동료 마술사로서가 아니라 자기 조수로 부른 거죠. 그런데 둘이 쌍둥이라서 장사에 아주 도움이 되었고, 둘이 함께 훌륭한 마술을 썩 잘해 냈죠. 그리고 토마스는 착한 동생이에요. 하지만 시동생은 남편의 멋진 동작은 할 줄 몰랐기 때문에, 비록 그가 그렇게 말하고는 있지만, 어떻게 시뇨르 브루노니로 통할 수 있을지 모르겠어요."

"불쌍한 피비!"

나는 그녀와 함께 몇백 킬로미터를 함께 여행했을 아기를 생각하고 이렇게 말했다.

"아! 맞아요! 제 딸애가 천드라바다드에서 무척 아팠을 때는 아이를 살려 기를 수 있을 것이라고는 생각지도 못했어요. 하지만 착하고 친절한 아가[133] 젠킨스가 우리를 거두어 주어서 그 애를 살릴 수 있었던 거라고 믿어요."

"젠킨스요!"

내가 외쳤다.

"네! 젠킨스요. 그 성을 가진 사람은 전부 친절한 것 같아요. 여기선 매일 피비와 산책하러 오는 착한 노부인이 그 성이거든요!"

하지만 내 머리 속에서 한 가지 생각이 퍼뜩 떠올랐다.

---

133) 아가는 터키의 경칭으로, 인도에 거주하는 유럽인을 높여 부르기 위해 붙인 경칭이다.

'아가 젠킨스가 소식이 끊긴 피터일 수 있을까?'

그가 죽었다는 소문이 있는 것은 사실이었다. 하지만 그가 티베트의 위대한 라마[134]의 신분으로 영국에 왔다는 소문이 있는 것도 사실이었다. 매티 양은 그가 살아 있다고 믿었다. 내가 좀 더 조사해 봐야겠다.

---

134) 승려.

제12장

결혼 약속!

크랜포드의 '불쌍한 피터'가 천드라바다드의 아가 젠킨스일까, 아닐까? 누가 말했듯이, 그것이 문제였다.

우리 집 사람들은 별로 할 일 없어 입이 심심하면, 늘 나보고 신중하지 못하다고 야단쳤다. 경솔한 것은 나의 걱정거리 단점이었다. 사람은 누구나 걱정거리 단점이 있다. 그건 일종의 성격적 특징이다. 그건 친구들이 공격할 수 있는 특징이고, 친구들은 시도 때도 없이 이를 공격한다. 나는 경솔하고 부주의하다는 비난에 진력이 났다. 그래서 이번만은 내가 신중과 현명함의 본보기라는 것을 증명하고 싶었다. 나는 아가에 대한 의혹을 다른 사람들에게 암시조차 하지 않았다. 그냥 증거를 모으고, 집으로 가져가 젠킨스 양 자매와 가족친구인 아버지께 드렸다.

사실을 추적하는 중에 나는 아버지께서 한때 주재한 적이 있는 '숙녀 자선위원회'에 대한 이야기가 종종 떠올랐다. 아버지는 찰스 디킨스의 소설에 나오는 한 대목, 즉 모든 단원들이 자기가 가장 잘 아는 노래를 목청껏 부르는 합창단에 대한 묘사가 자꾸만 생각이 났다[135]고 말씀하셨다. 그러니까, 자선위원회에 모인 숙녀들은 전부 자기 마음속에서 가장 중요시하고 있는 주제를 꺼내 그에 대한 스스로 만족스러울 때까지 이야기를 했지만, 정작 회합 목적인 토의 주제에 대한 진전은 별로 없었다. 하지만 그 위원회조차, 내가 불쌍한 피터의 키와 외모, 그리고 언제 어디서 그를 마지막으로 보았거나 그에 대한 말을 들었는지에 대한 확실하고 정확한 정보를 얻으려고 했을 때 본 크랜포드 숙녀들에 비하면 아무것도 아니었다. 예를 들어 폴 양에게 했던 질문이 생각난다(나는 그 질문을 했던 시기가 아주 좋았다고 생각했다. 왜냐하면 포레스터 부인을 방문했다가 우연히 폴 양을 만났을 때 질문을 했고, 두 숙녀가 모두 피터를 알았으므로 서로의 기억을 보완해 주는 효과가 있을 것이라고 생각했기 때문이었다).

나는 폴 양에게 그에 대해 마지막으로 들은 말이 뭐냐고 물었다. 그랬더니 그녀는 내가 아까 언급한, 티베트의 위대한 라마로 선출되었다는 말도 안 되는 소문을 이야기했다. 이것을 시작으로 둘은 각자 다른 이야기를 하기 시작했다. 포레스터 부인은 《랄라 루크》[136]에 나오는 베일을 쓴 예언자에 대한 이야기로 시작했다. 피터가 위대한 라마라는 뜻인 것 같았지만, 그는 그렇게 못생기지 않았고, 사실 주근깨만 없다면 꽤 잘생긴 얼굴이었다. 나는 그녀가 피터를 위대한 라마로 봤다는 사실에 감사했다. 하지만 곧이어 이 믿을 수 없는 부인은 로렌스 칼리도[137] 화장품 브랜드에 대한 이야기로 넘어갔고 화장품과 머릿기름의 장점을 전반적으로 이야기했다. 하도 거침없이 열변을 늘어놓아서 나는 이번엔 폴 양의 말에 귀를 기울여 보았다. 그녀는 (짐 운반용 동물

---

135)《피크윅 클럽의 유문록(遺文錄)》 32장에 나오는 내용.
136) 토마스 무어가 1803년에 낸 시집.
137) 얼굴 크림을 비롯한 화장품 이름.

인 야마 이야기를 거쳐) 페루 국채와 주식시장, 공동자본 은행에 대해, 특히 매티 양의 돈도 투자되어 있는 공동자본 투자은행에 대한 변변찮은 지식을 토로하고 있었다.

"피터가 위대한 라마라는 이야기를 언제, 그러니까 몇 년도에 들었어요?"

내가 끼어들었지만 허사였다. 그들이 유일하게 한 주제를 놓고 토론을 벌인 것은 야마가 육식성인지 아닌지에 대해 이야기를 할 때뿐이었다. 그것도 포레스터 부인이 (둘이 붉으락푸르락한 후에) 자기는 수평과 수직이란 단어가 헷갈리듯이 초식성과 육식성이란 단어도 늘 헷갈린다고 인정했기 때문에 두 사람이 정당한 근거를 두고 논쟁한 것도 아니었다. 그러다가 포레스터 부인은 자기가 젊었을 때는 사람들이 네음절 단어를 사용하는 경우는 그 단어의 철자를 가르칠 때뿐이었다고 말하면서 자신의 철자 헷갈림을 아주 정중하게 사과했다.

내가 이번 대화에서 얻은 수확은 피터가 인도나 '그 인근 지역'에 있다는 소식을 마지막으로 들었다는 것이 확실하다는 사실이었다. 그의 행방에 대한 이 얼마 안 되는 정보는 폴 양이 인도산 모슬린 웃옷을 샀던 해에 들려온 것이었다. 하도 오래 전 일이라서 옷은 이제 다 해졌다(우리는 그걸 씻는 법과 수선하는 법에 대한 이야기며, 그게 어디 갔는지를 추적해 창문 차양으로 쓰고 있다는 사실까지 이야기하고 나서야 다른 화제로 옮겨갔다).

그리고 매티 양이 피터의 코끼리 탄 모습을 상상해 보는 데 도움이 되도록 코끼리를 보고 싶어 했기 때문에 순회 서커스단 윔벨 씨가 크랜포드에 들렀던 바로 그 해이기도 했다. 그때 그녀는 보아 뱀도 보았으며, 그건 피터가 사는 곳을 상상해 보고 싶어 했던 매티 양이 바라던 이상의 수확이었다. 또한 젠킨스 양이 시를 몇 개 외워, 크랜포드에서 파티가 있을 때마다 피터가 어떻게 '중국에서 페루까지 인류의 흔적을 찾아다니는지' [138]를 읊곤 했던 바로 그 해였다. 사람들은 모두 그 시가 아주 웅장하다고 생각했고, 또 시의 인용이 적절하다고도 생각했다. 왜냐하면 지구본을 오른쪽이 아니라 왼쪽으로 조심스럽게 돌려보면 인도가 중국과 페루 사이에 있었기 때문이었다.

나는 이런 조사를 하고 다녔고, 또 그에 따라 내 친구들도 호기심을 느끼며 거기에 몰두하는 바람에 우리는 주변에서 무슨 일이 일어나고 있는지 듣지도 보지도 못했다. 해는 떠서 빛나고 비는 크랜포드에 언제나처럼 내리는 것 같았으므로, 나는 어떤 특별한 사건이 벌어질 조짐을 전혀 눈치채지 못했다. 그리고 내가 아는 한, 매티 양과 포레스터 부인뿐만 아니라, 일이 일어날 조짐을 예감하는 재주 때문에(비록 친구들이 심란해할까 봐 자신이 예지 능력으로 얻은 지식을 미리 말해주는 적은 없었지만) 우리가 여자 예언자로 떠받들던 폴 양조차도 그랬다. 폴 양은 놀라 숨을 헐떡이며 달려와 우리에게 놀라운 소식을 전해 주었다. 하지만 나는 정신을 차려야 한다. 이렇게 시간이 오래 흘렀어도 그 일만 생각하면 나는 숨이 거칠어지고, 내 문장도 거칠어지며, 내가 감정을 억제하지 못하면 철자도 그렇게 된다.

우리는, 그러니까 매티 양과 나는 언제나처럼 자리에 앉아 있었다. 매티 양은 푸른 사라사 무명 천 의자에서 빛을 등지고 앉아 손에 뜨개질거리를 들고 있었고 나는 큰소리로 〈성 제임스 연대기〉 신문을 읽고 있었다. 우리는 조금만 더 있다가 크랜포드의 12시 방문 시각에 맞춰 옷을 갈아입을 생각이었다.

나는 그날과 그 장면을 생생히 기억한다. 우리가 날이 따뜻해지면서 시뇨르가 빠르게 회복하고 있다고 이야기하고 호긴스 씨의 의술을 칭찬하는 한편, 그의 세련미와 예의 부족을 한탄하고 있을 때(그가 화

---

138) 존슨 박사의 시의 한 구절.

젯거리로 등장한 것은 희한한 우연의 일치였지만 사실이 그랬다) 현관에서 노크 소리가 들렸다. 강하게 세 번 두드리는 것이 방문자의 노크가 틀림없었고 우리는 각자 방으로 날아가서(말하자면 그렇다는 소리다. 매티 양은 가벼운 류머티즘이 있어 그렇게 빨리 달리지는 못한다) 모자와 목깃을 바꾸려고 했다. 하지만 폴 양은 계단을 올라오면서 소리를 질렀다.

"가지 말아요. 난 기다릴 수 없어요. 12시가 안 된 건 나도 알아요. 옷차림에 신경 쓰지 마세요. 지금 빨리 이야기를 해야 한다니까요."

우리는 최선을 다해 그녀가 들은 황급히 서두르는 소리를 낸 사람이 우리가 아닌 척했다. 물론 젠킨스 양이 언젠가 잼을 묶으면서 뒷방을 점잖게 그렇게 불렀듯이 소위 '가정이라는 성역'에서 해진 옛날 옷을 입고 있다는 인상을 주고 싶지 않아서였다. 그래서 우리는 최대한 점잖게 예의를 차리고 폴 양이 숨을 고를 2분 동안 아주 고상하게 기다리고 있었다. 폴 양은 두 손을 들어 올렸다가 다시 아무 말 못하고 내리면서 자기가 전할 소식이 너무 심한 내용이라 차마 말로는 못하고 팬터마임으로밖에 표현할 수 없다는 듯한 태도를 취했으므로 우리는 강렬한 호기심을 느꼈다.

"무슨 소식일 것 같아요, 매티 양? 무슨 소식? 레이디 그렌마이어가 결혼될, 아니, 결혼 할, 내 말은 레이디 그렌마이어가, 아니 호긴스 씨가, 그러니까 호긴스 씨가 레이디 그렌마이어와 결혼한대요!"

"결혼요!"

우리가 소리 질렀다.

"결혼이라고! 미쳤군!"

"그래요, 결혼요!"

폴 양이 자신의 성격답게 결단력 있는 태도로 말했다.

"나도 당신처럼 '결혼요!'라고 말했어요. 그리고 나는 '사모님이 무슨 바보짓을 하려는 거지!'라고도 말했어요. 나도 '미쳤군!'이라고 말하고 싶었지만 그 소식을 들은 곳이 동네 가게였기 때문에 자제를 했어요. 여성의 섬세함은 어디로 가 버렸는지 모르겠어요! 매티 양, 당신과 나라면, 우리 결혼 소식이 점원도 듣고 있는 잡화상에서 회자되는 걸 알았다면 창피해 죽고 싶었을 거예요!"

"하지만……."

매티 양이 충격에서 회복되자 한숨을 쉬면서 말했다.

"사실이 아닐 거예요. 우리가 잘못 알고 있는 걸 거예요."

"아뇨!"

폴 양이 말했다.

"내가 확인 절차까지 거쳤어요. 곧바로 피츠 애덤 부인 댁으로 가서 요리책을 빌려 달라고 했거든요. 나는 신사가 집안일을 하기 어려울 것이라는 말을 하며, 슬며시 축하의 말을 꺼냈죠. 피츠 애덤 부인은 새치름한 표정으로 고개를 치켜들고, 내가 어디서 어떻게 그 소문을 들었는지 모르겠지만 자기는 그 말이 사실일 것으로 믿는다고 말했어요. 그녀는 자기 오빠와 레이디 그렌마이어가 마침내 암묵적 합의에 도달했다고 말했어요. '암묵적 합의라고!' 얼마나 상스러운 말이에요! 하지만 사모님은 수준 떨어지게도 남자의 세련미 부족을 경험하게 될 거예요. 나는 호긴스 씨가 매일 저녁 식사로 치즈 곁들인 빵과 맥주를 먹는다는 것을 믿는 이유가 있어요."

"결혼이라고!"

매티 양이 다시 한 번 말했다.

"저런! 그런 생각은 한 번도 못해봤어요. 내가 아는 두 사람이 결혼을 한다니. 그것도 아주 가까운 시일 내에!"

"너무 가까운 시일이라서 그 소식을 처음 들었을 때 숫자를 12까지 셀 정도 동안 숨이 멎어 있었다니까요."

폴 양이 말했다.

"다음이 누구 차례일지 모르겠군요. 불쌍한 레이디 그렌마이어는 이곳 크랜포드에서는 안전할 것으로 생각했을 텐데."

매티 양은 연민의 정을 담은 목소리로 부드럽게 말했다.

"흥!"

폴 양은 갑자기 고개를 젖히며 말했다.

"불쌍한 캡틴 브라운이 부르던 '새 사냥꾼 티비'[139]라는 노래와 가사가 기억나지 않아요?"

그녀를 틴토 탭[140]에 데려다 놓으세요.
남자가 바람에 실려 그녀에게 올 테니.

"그건 '새 사냥꾼 티비'가 부자라서 그럴 거예요."

"그래요! 레이디 그렌마이어에겐, 나에게 있었다면 창피스러웠을 그런 매력이 있나 봐요."

나는 이상하게 생각한 점을 이야기했다.

"하지만 레이디 그렌마이어는 호긴스 씨의 어디를 보고 좋아하게 되었을까요? 호긴스 씨가 그녀를 좋아했다는 건 놀랍지도 않아요."

"오! 모르겠어. 호긴스 씨는 부자고 얼굴도 호감형이잖아. 성격도 온화하고, 친절하기도 하고."

"그녀는 정착을 위해 결혼하는 거예요, 바로 그거예요. 이제 그녀는 정착에 의술까지 챙기는 거죠."

폴 양이 스스로의 농담에 마른 웃음을 지었다. 그러나 통렬하고 풍자적이지만 나름 재치 있는 말을 했다고 생각하는 사람들이 흔히 그러

---

139) 스코틀랜드 민요.
140) 틴토는 스코틀랜드의 언덕 이름이며, 이 언덕의 꼭대기를 틴토 탭이라고 부른다.

듯이, 그녀는 의술에 빗댄 말을 한 순간부터 퉁명스러운 표정이 풀리기 시작했다. 그리고 우리는 제미슨 부인이 이 소식을 어떻게 받아들일까를 추측하는 이야기로 화제를 바꿨다. 하녀들이 애인을 두지 못하게 감시하라고 집을 맡긴, 바로 그 사람이 애인을 두다니! 그리고 그 애인이 제미슨 부인이 품위 없다고 따돌리며, 그의 이름 때문뿐만이 아니고 목소리, 외모, 장화, 마구간의 냄새, 그리고 몸에서 나는 소독약 냄새 때문에 크랜포드 사교계에 발을 붙이지 못하게 하던 사람이라니. 그는 레이디 그렌마이어를 만나러 제미슨 부인의 집으로 갔던 걸까? 만약 그랬다면, 소독약이 그 집 주인의 호긴스 의사에 대한 평가를 깨끗하게 정화시켜 준 것일까? 그렇지 않으면 그들은 불쌍한 환자 시뇨르의 숙소에서 이따금씩 만난 것뿐이었을까? 두 사람의 신분 맞지 않는 결합에도 불구하고 시뇨르에 관해서라면, 그들 둘 다 무한한 친절을 베풀었다고 말할 수밖에 없는 사람 아닌가? 나중에 알고 보니, 제미슨 부인의 하녀가 아팠고, 호긴스 씨가 하녀를 몇 주간 치료해 주었다는 것이다. 그러니까 늑대가 양 우리에 들어가 양을 지키던 여자를 물고 나온 것이다. 제미슨 부인은 뭐라고 말할까?

우리는 마치 어린아이가 구름을 뚫고 하늘로 올라간 로켓 폭죽이 펑 소리와 함께 터져 불꽃과 빛의 찬란한 소나기가 내리기를 고대하며 경이로운 시선으로 하늘을 쳐다보듯 깜깜한 밤하늘을 쳐다보았다. 그러다가 우리는 다시 정신을 차리고 현재로 돌아와, 언제 결혼식이 거행될지를 (모두 다 전혀 모르고, 어떤 결론이라도 내릴 만한 근거가 있는 사람이 하나도 없으면서도) 서로 물어봤다. 장소는 어디서? 호긴스 씨의 연간 소득은 얼마일까? 그녀는 자신의 칭호를 포기할까? 마사를 비롯한 품행이 방정한 다른 하녀들에게 어떻게 레이디 그렌마이어와 호긴스 씨의 결혼을 발표할까? 사람들이 그들과 왕래를 할까? 제미슨 부인이 그렇게 하라고 허락할까? 그렇지 않으면, 우리가 오너러블 제미슨 부인과 실추된 레이디 그렌마이어 사이에서 한 명을 선택해야 할까? 우리는 모두 레이디 그렌마이어를 더 좋아했다. 그녀는 밝고 친절하고 사교적이며, 호감이 갔다. 제미슨 부인은 굼뜨고 활발하지 않고 거만하고 지루했다. 그러나 우리는 오랜 세월 동안 제미슨 부인이 지니고 있던 영향력을 인정하지 않을 수 없었고, 그녀가 그럴 거라고 예상하는 레이디 그렌마이어에 대한 방문 금지를 우리가 지키지 않겠다고 생각하는 것조차 배신행위 같았다.

포레스터 부인이 불시에 들이닥치는 바람에 우리의 추레한 모자와 꿰맨 목깃을 또다시 들키고 말았다. 하지만 우리는 그녀가 소식을 어떻게 받아들일지를 알고 싶은 열망에 그런 것에 대해서는 깡그리 잊어버렸다. 우리는 소식을 전할 임무를 폴 양에게 맡겼다. 하지만 그녀는 포레스터 부인이 들어왔을 때, 때에 맞지 않게 기침을 5분 동안이나 했기 때문에 우리는 그 틈을 타 서둘러 말해 버리고 싶은 충동을 느꼈다. 손수건 너머로 우리를 바라볼 때 포레스터 부인의 애원하는 듯한 눈빛을 나는 잊지 못한다. 그 눈빛은 분명 '비록 내가 얼마 동안 쓰지 않았지만, 본래 내 것이었던 보물을 빼앗아 가지 말아 줘.'라고 말을 하는 것 같았다. 하지만 우리가 빼앗은 것은 아니었다.

포레스터 부인도 우리만큼 놀랐다. 하지만 그녀의 상처는 우리보다 더 깊었다. 그녀는 자신의 사회적 지위도 생각해야 했으므로 레이디 그렌마이어의 행동이 귀족 계급에 어떤 오점을 남길지 더 잘 알고 있었기 때문이었다.

그녀와 폴 양이 떠나고 나서 우리는 마음을 가라앉히려고 애썼다. 하지만 매티 양은 그 소식에 너무 흥분해 있었다. 그녀는 계산을 해보더니 제시 브라운 양을 제외하면 자기가 아는 사람이 결혼한다는 소식을 15년 만에 처음 듣는 것이라고 했다. 그래서 너무 충격적이라 다음에 무슨 일이 일어날지 정신이 멍하다고 했다.

그게 내 상상인지 아니면 진짜 그랬는지 모르겠다. 하지만 어느 상황에서 결혼 약속 소식이 전해지면 거기에 있던 미혼 여성들은 유달리 흥분하고 새 옷에 신경 썼다. 마치 무의식적이고 은밀하게 '우리도 미혼이에요.'라고 말하는 것 같았다.

매티 양과 폴 양은 위의 방문이 있은 이후 보름 동안 내가 수년간 들은 것보다 더 많이 보닛과 긴 웃옷, 모자와 숄에 대해 생각하고 말했다. 그러나 당시는 따뜻하고 상쾌한 3월이었기 때문에 봄 날씨였다. 그래서 메리노 양모와 비버 모피, 모든 종류의 모직물은 햇볕이 따뜻하게 내리쬐는 날엔 우아한 옷이 아니었다. 호긴스 씨는 레이디 그렌마이어의 옷을 보고 반한 것은 아니었다. 그녀가 친절에서 비롯된 볼일을 보러 다닐 때 보면, 평소보다 더 옷차림이 추레했기 때문이었다. 교회나 그 외의 장소에서 얼핏 본 그녀는 친구들의 시선을 피하는 것 같았지만, 얼굴엔 젊음의 화색이 돌고 있었다. 옛날 자신을 억제하며 지낼 때보다 입술은 더 붉어진 듯했고 더 도톰해진 것 같았다. 그녀의 눈길도 모든 것에 좀 더 은은하고 오래 머물렀다. 마치 크랜포드와 그 안의 모든 것들을 사랑하고 싶은 듯했다.

호긴스 씨는 활발했고 행복이 충만한 모습이었으며, 교회 중간 열쯤에서 새로 산 긴 장화로 삐걱거리는 소리를 내면서, 그의 심경 변화를 눈으로 보여주고 귀로 들려주었다. 지금까지 그가 신고 다니던 장화는 25년 전 처음 크랜포드 이웃에 왕진 다닐 때 신었던 것이었다. 단지 아래위, 밑창, 검은 가죽과 밤색 가죽[141]을 할 것 없이 모든 곳을 어느 누구보다 자주 새것으로 교체했을 뿐이었다.

크랜포드의 숙녀들은 결혼 당사자 중 한 사람에게 축하의 말을 전함으로써 그들의 결혼을 인정하는 일이 없도록 했다. 우리는 마을의 왕

---

141) 호긴스 씨가 신고 다니던 긴 장화는 목 끝부분만 다른 색으로 덧댄 것이었다.

후 마님인 제미슨 부인이 돌아올 때까지 모든 사실을 모른 체하고 싶었다. 그녀가 어떻게 하라는 신호를 줄 때까지는 그들의 결혼 약속을 스페인 왕비의 다리 보듯[142] 하고 싶었다. 즉, 실제로 존재하긴 했지만, 적게 말하면 말할수록 더 좋은 것이었다. 이렇게 입에 재갈을 물고 있으려니 우리는 지루해지기 시작했고 (그들 당사자중 한 사람에게 결혼에 대해 물어보지 않으면, 우리가 알고 싶어 몸살을 하는 질문에 대한 답을 누구에게 듣는단 말인가?) 침묵으로 위엄을 지키자는 약속이 호기심 앞에 빛이 바래갈 무렵 식료품부터 치즈, 숙녀용 모자제조·판매에 이르기까지 여러 가지를 파는, 크랜포드의 가장 큰 가게 주인이 봄 의상이 도착했고 다음 화요일에 고속도로 곁에 있는 자기 집에서 전시를 하겠다고 발표를 하여 우리의 관심을 돌릴 수 있었다.

이제 매티 양은 그날을 기다리며 새 실크 옷 구입을 미루었다. 내가 드럼블에 연락해 옷 디자인을 보내 달라고 하자고 제안을 해본 것은 사실이다. 하지만 그녀는 해록색 터번에 대한 실망감을 잊지 않았다는 것을 부드럽게 암시하며 내 제안을 거절했다. 나는 노란색이나 심홍색 실크 같은 현란한 색을 사지 못하게 말릴 수 있게 이곳에 있는 것에 감사했다.

이 시점에서 나는 자신에 관해 한두 가지 말해야겠다.

내가 앞에서 아버지께서 젠킨스 가와 오랜 친구 사이라고 말한 적이 있다. 사실, 먼 친척뻘일지도 모르겠다. 우리가 강도 사건으로 패닉 상태에 빠져 있을 때 매티 양이 아버지께 편지를 보냈는데, 그 안에 나의 집지키는 능력과 용기에 대해 과장이 아닐까 싶은 정도의 내용이 들어 있었고, 그래서 아버지는 내가 크랜포드에서 겨울 내내 지내도록 쾌히

---

142) Madame d'Aulnoy 가 쓴 《에스파니아 왕정의 추억(1690)》의 1장에 나오는 일화로, 어린 오스트리아 공주가 왕비가 되기 위해 스페인에 도착했을 때 실크 스타킹을 선물받자 그녀의 보모장이 격노하여 스타킹을 돌려주며 "스페인의 왕비들은 다리가 없어요." 라고 했다.

허락을 해주셨다. 하지만 낮이 더 길어지고 상쾌해지면서 아버지는 내게 돌아오라고 재촉하셨다. 나는 좀 더 확실한 정보를 얻을 수만 있다면, 시뇨라가 해준 아가 젠킨스에 대한 이야기와 폴 양과 포레스터 부인의 대화에서 추려낸 '불쌍한 피터'의 외모와 실종에 대한 이야기를 함께 맞춰 볼 수 있지나 않을까 하는 실낱같은 기대 때문에 출발을 계속 미루고 있었다.

제13장
지불 정지

　존슨 씨가 최신 유행복을 전시하기로 한 바로 그 화요일, 우편배달부가 편지 두 통을 배달해 주었다. 내가 우편배달부라고 말했지만, 정확히 말하면 우편배달부의 아내라고 해야 할 것이다. 우편배달부는 절름발이 구두 수선공으로 아주 깔끔하고 정직했으며, 마을 사람들로부터 존경받는 사람이었다. 그러나 그는 크리스마스나 성(聖) 금요일[143] 같이 특별한 날에만 배달을 했고, 그런 날에는 아침 8시에 배달되어야 할 편지가 오후 2~3시가 되도록 도착하지 않았다. 왜냐하면 마을 사람들이 모두 토마스를 좋아해서, 그런 축일을 맞아 그에게 선물을 주었기 때문이었다. 그리고 아무것도 줄 것이 없는 서너 집은 그에게 자기들과 함께 아침 식사를 하자고 청했기 때문에 그는 다음과 같이 말하곤 했다.

　"배달이 거의 중단되다시피 했죠."

---

143) 부활절 전의 금요일. 예수가 십자가에 못 박힌 날을 기억하기 위한 날.

그가 마지막 아침 식사를 끝내고 배달 간 집은 저녁 식사를 막 시작하고 있었다. 그러나 어떤 유혹이 있어도 토마스는 술을 한 방울도 먹지 않았고, 항상 정중했고 늘 미소 짓고 있었다. 젠킨스 양이 늘 말했듯이, 그건 인내력에 있어서 하나의 교훈이었다. 젠킨스 양은 토마스를 보지 않았다면 마음속에 깊이 잠들어 드러나지 않았을 사람들의 이 고귀한 성품이 그를 보며 발현되는 경우도 많다고 말하곤 했다.

확실히 젠킨스 양의 마음에서는 인내력이 깊이 잠자고 있었다. 그녀는 언제나 편지를 기다리고 있었고, 우편배달부의 아내가 들르거나 지나갈 때까지 늘 테이블을 손가락으로 두드리고 있었다. 크리스마스나 성(聖) 금요일이면 그녀는 아침 식사 때부터 예배를 드리러 갈 때까지, 예배를 드리고 나서부터 오후 2시까지 계속 손가락으로 테이블을 두드렸다. 불길을 저어줄 때만 잠시 그쳤는데, 그럴 때면 언제나 부젓가락을 건드려 넘어뜨리고, 되려 매티 양에게 그랬다고 야단을 쳤다. 그러나 토마스를 따뜻하게 반기고 훌륭한 식사를 대접하는 것 또한 확실했다. 그녀는 용맹한 여전사처럼 그를 내려다보고 서서 아이들이 뭐 하는지, 어느 학교에 다니는지를 물었고, 아이가 또 하나 태어날 것 같을 땐 그를 나무랐다. 하지만 그녀는 가장 어린 아기에게까지 1실링과 다진 고기가 든 파이, 그리고 엄마 아빠에게는 거기에 반 크라운[144]씩을 더 얹어 선물로 주었다.

매티 양에게 편지는 언니의 반만큼도 중요하지 않았다. 하지만 토마스를 환영하고 베푸는 데 있어서는 언니에게 조금도 뒤지지 않았다. 젠킨스 양은 이런 때를 동료 인간에게 충고를 하고 은혜를 베푸는 영예로운 기회로 생각한 반면, 매티 양은 이런 의식을 수줍게 생각했다. 그녀는 마치 창피한 듯이 돈을 뭉쳐 그의 손안에 슬쩍 쥐어주었다.

---

144) (뒷면에 왕관이 새겨진) 크라운 화폐는 영국의 옛 5실링 은화다.

"자! 이건 당신 거예요. 이건 제니 것……."

젠킨스 양은 이렇듯 동전을 한 사람씩 따로 정해 나누어 주었지만 매티 양은 그가 식사를 할 동안 마사를 부엌 밖으로 손짓으로 불러내기까지 했다. 그리고는 음식이 푸른 손수건 안으로 재빨리 사라지는 것을 보고도 못 본 체해 주는 광경을 나도 한 번 목격한 적이 있다. 젠킨스 양은 음식을 아무리 풍성하게 올렸어도 토마스가 그릇을 깨끗이 비우지 않으면 야단치다시피 닦달했으며, 토마스가 한 입 먹을 때마다 충고를 했다.

그날 아침 우리를 기다리고 있던 식탁 위의 편지 두 통에서 이야기가 많이 벗어났다. 내 편지는 아버지께서 보내신 것이었다. 매티 양의 것은 인쇄물이었다. 아버지의 편지는 전형적인 남자의 편지였다. 즉, 아주 지루했다는 뜻이고, 자기는 잘 있다, 그곳엔 비가 많이 왔다, 장사가 영 안 된다, 여러 가지 좋지 않은 소문이 돌고 있다는 사소한 내용이었다. 그러면서 타운앤카운티 은행에 대해 아주 나쁜 소문이 돌고 있는데 매티 양이 아직 그 은행 주식을 가지고 있는지 물었다. 그러나 몇 년 전에 젠킨스 양이 얼마 안 되는 재산을 그 은행에 투자했을 때 아버지께서 예감했듯이 (아버지께서는 똑똑한 여성이 단 한 번 잘못된 결정을 내렸다고 하셨으며, 그녀가 아버지의 충고를 듣지 않았던 것은 그때가 유일했다) 언제나처럼 그냥 예감에 지나지 않았다. 그러나 나는 뭔가가 잘못된다면 내가 도움이 될지 등을 알기 전까지는 매티 양을 떠나지 않을 생각이었다.

"얘야, 그 편지는 누가 보낸 거니? 내 것은 에드윈 윌슨 씨 이름으로 보낸 정중한 초대장이야. 타운앤카운티 은행에서 중요한 주주 모임이 21일 화요일에 드럼블에서 개최될 예정이니 참석하라는구나. 나까지 기억해 주다니, 정말 친절한 사람들이야."

나는 이 '중요한 모임' 소식이 왠지 께름칙했다. 비즈니스에 대해서는 아는 것이 별로 없었지만, 그게 아버지의 예감이 현실로 확인되는 것은 아닐까 걱정이 되었기 때문이었다. 하지만 나쁜 소식은 언제나 빨리 전해지는 법이니까, 나의 걱정에 대해서 입을 열지 않기로 했다. 그래서 나는 아버지는 잘 계시며, 안부 전하더라는 말만 했다. 그녀는 자기 편지를 이리저리 돌려보며 신기해하더니 마침내 이렇게 말했다.

"데보라 언니한테도 이런 편지가 온 적이 있었어. 하지만 언니는 모두가 알다시피 두뇌가 명석하니까 놀라울 것도 없었어. 하지만 나는 그들에게 별로 도움이 되지 못할 것 같아. 그들이 회계 업무를 보려는 것이라면 난 도리어 방해만 될 거야. 난 암산은 도저히 할 수가 없으니까 말이야. 데보라 언니는 참석하고 싶어 했어. 거기에 가려고 새 보닛도 주문해 뒀는걸. 하지만 마침 그날 독감에 걸려서 못 갔어. 그래서 그들은 자기들이 한 회계 결산 자료를 아주 정중하게 언니에게 보내 주었어. 중역을 선출하려고 그러는 거겠지? 중역 선출을 도와 달라고 날 부르는 걸까? 그럼 난 틀림없이, 네 아버지를 곧바로 뽑을 텐데."

"아버지는 그곳 주식을 사지 않으셨어요."

내가 말했다.

"아참, 그렇지! 기억나! 데보라 언니가 사려고 했을 때도 굉장히 반대하셨어. 하지만 언니는 사업 기질이 있는 여성이었으니까 언제나 스스로 판단했지. 그리고 너도 알다시피 그때부터 지금까지 죽 은행은 원금의 8퍼센트를 이자로 보내오고 있잖니."

나는 상황에 대해 어렴풋이 알고 있었으므로 이 주제가 굉장히 불편했다. 그래서 화제를 바꾸어야겠다고 생각하고, 몇 시에 최신 유행복을 보러 가는 것이 좋겠냐고 물었다.

"그게 말이지 얘야, 12시 이후에 가는 건 예의에 어긋나. 하지만 너도 알다시피, 크랜포드 주민이 죄다 거기 모일 텐데, 사람들이 다 쳐다보는 데서 옷과 장신구와 모자에 너무 많은 호기심을 보이는 것도 좀 그래. 그런 것에 너무 신기한 듯 호기심을 보이는 것은 절대로 점잖은 태도가 아니야. 데보라 언니는 최신 패션이 자기에게 전혀 새롭지 않다는 듯이 쳐다보는 재주가 있었어. 실제로 런던에서 최신 유행을 모두 섭렵한 레이디 알리에게 배운 거였지. 그러니까 우린 아침 식사 후에 그냥 잠깐 들렀다 오자. 마침 차를 200그램 정도 사야 하니까, 주문해 놓고 기다리는 동안 이 층에 가서 물건들을 살펴보고 내 새 실크 옷을 어떻게 맞추어야 할지 살펴보자꾸나. 그리고 정오가 지나 다시 가서 맞출 옷에 신경 쓰지 않고 느긋하게 보자."

우리는 매티의 새 옷에 대해 이야기를 하기 시작했다. 그리고 나는 그게 매티 양이 중요한 뭔가를 고르는 생애 최초의 경험이라는 것을 알게 되었다. 자매 중에 더 단호한 성격의 소유자였던 젠킨스 양이 항상 자기 취향에 맞은 걸로 골랐기 때문이었다. 사람들이 의지력 하나로 자기 앞의 세상을 마음대로 주무르는 것이 놀랍기만 했다. 매티 양은 옷 구매로 따로 챙겨 가는 5파운드 금화로 가게의 비단을 전부 살 수 있는 듯이 광택 나는 피륙을 볼 기대감으로 들떠 있었다. 그리고 나는 (내가 3펜스 은화로 뭘 살까 고민하며 장난감 가게에서 2시간을 보냈던 일이 기억나서) 매티 양이 고민하며 고르는 즐거움을 느긋하게 누릴 수 있도록, 일찍 가게에 갈 수 있어 좋았다.

매티 양이 좋아하는 해록색이 얼굴에 어울리면 겉옷은 해록색이 될 것이다. 만일 그렇지 않다면 매티 양은 노르스름한 색에, 나는 은회색에 마음이 끌렸다. 우리는 가게에 도착할 때까지 피륙 몇 폭을 사야 적당할지를 의논했다. 우리는 차를 사고, 비단을 고르고, 한때는 다락방이었지만 지금은 패션룸으로 개조된 이 층으로 이어진 철제 나선형 계단을 오를 것이다.

존슨 씨 가게의 젊은 점원들은 최고로 멋진 옷과 넥타이로 빼 입고 카운터를 중심으로 놀랄 정도로 활발하게 일하고 있었다. 그들은 우리를 곧장 이 층으로 안내하려고 했다. 그러나 '일을 먼저, 노는 건 나중'이라는 원칙에 따라 우리는 차를 사기 위해 일 층에 머물렀다. 여기서 매티 양의 방심이 그대로 드러났다. 그녀는 하루 중 언제라도 녹차를 마시면, 밤을 거의 새우다시피 하는 게 자신의 임무라고 생각했다(나는 그녀가 아무 생각 없이 녹차를 마시고 잘 자는 것도 여러 번 목격했다). 그러므로 녹차는 집안의 금기 품목이었다. 하지만 오늘 그녀는 비단을 생각하면서 자기도 모르게 녹차를 주문해 버렸지만 실수는 금방 정정되었다. 그리고 비단이 실제로 우리 눈앞에 펼쳐졌다.

이때쯤에는 가게가 꽤 북적거렸다. 그날이 크랜포드 장날이라서 농부들과 인근 마을에 사는 시골 사람들이 머리를 매만지고 가게로 들어와서 집에 있는 아내나 딸아이에게 예상치 못했던 즐거움을 주기 위해 자잘한 소품을 사고 싶지만, 또 한편으로는 멋진 점원들과 화려한 숄, 화려한 옷감들 색에 어쩐지 자신들이 있을 장소가 아닌 것 같아 주눅이 들어 눈을 아래로 깔고 소심하게 구경하고 있었다. 그러나 정직하게 생긴 한 남자가 대담하게 우리가 서 있던 카운터까지 걸어 와서 숄을 한두 개 보여 달라고 요청했다. 다른 시골 사람들은 식료품 매대 근처에만 서성이고 있었다. 그러나 우리 옆에 선 남자는 애인이나 아내, 혹은 딸에게 선물을 하고 싶은 마음에 들떠 부끄러움도 잊었다. 곧 매티 양과 그 남자는 누가 더 오래 점원을 잡고 있는지 내기를 하는 것 같았다. 남자는 계속, 새로 보여 주는 숄이 그전 것보다 아름답다고 생각했다. 매티 양은 새 옷감을 보여 줄 때마다 미소를 짓고는 한숨을 쉬었다. 한 색을 보면 다른 색이 죽어 보이고, 그녀가 말했듯이 옷감 무더기 속에서는 무지개 빛깔도 죽어 보였다.

그녀는 망설이며 말했다.

"내가 어떤 걸 택하더라도 다른 걸 택했으면 하는 아쉬움이 남겠어. 이 예쁜 진홍색을 좀 봐! 겨울에는 정말 따뜻한 색이겠지. 하지만 봄이다가 오잖아. 계절마다 옷을 한 벌씩 샀으면 좋겠다."

그녀는 갑자기 목소리를 낮추었다. 크랜포드에서, 원하기는 하지만 가질 여유가 없는 것을 말할 때마다 우리가 모두 그러듯이. '하지만' 그녀는 좀 더 소리를 높여 쾌활하게 말을 이었다.

"하지만 그랬다가는 관리하는 데 애를 먹겠지. 그러니까 한 벌만 사야지. 하지만, 애야, 어떤 걸 사야 할까?"

그녀는 이제 노란 점이 있는 옅은 자주색 비단을 만지작거리고 있었다. 한편 나는 잔잔한 회록색 비단을 꺼냈다. 화려한 다른 색에 눌려 눈에 잘 띄진 않았지만 은은하고 좋은 비단이었다. 우리에게 시중을 들던 사람은 옆 사람에게 갔다. 그는 약 30실링짜리 숄을 하나 골랐다. 그의 얼굴은 집에 있을 몰리나 제니에게 선물할 때 기뻐할 그들 모습을 생각하며 활짝 펴져 있었다. 그는 바지 주머니에서 가죽 지갑을 꺼냈다. 그는 숄 값과 식료품 매장에서 가져와 옆에 둔 꾸러미 값으로 5파운드 어음을 냈다. 그가 우리 관심을 끈 것은 바로 이 순간이었다. 점원은 당황하고 애매모호한 표정으로 어음을 들여다보며 말했다.

"타운앤카운티 은행! 확실하지는 않지만요, 오늘 아침에 이 은행이 발행한 어음을 받지 말라는 지시를 들은 것 같아요. 잠깐 가서 존슨 씨에게 여쭤보고 올게요. 하지만 아무래도 현금이나 다른 은행 어음으로 내셔야 할 것 같습니다."

나는 남자 안색이 그렇게 단숨에 실망과 당혹감으로 변하는 모습은 처음 보았다. 너무 급격히 변해서 보기 안쓰러울 정도였다.

"빌어먹을!"

그는 테이블을 주먹으로 내려쳤다. 마치 둘 중에 어떤 것이 더 센지 알아보고 싶기나 한 듯했다.

"그 자식이 어음과 금값은 오르기만 할 것처럼 말했는데……."

매티 양은 그 남자에 대한 관심 때문에 자기 비단 옷에 대해 잠시 망각했다. 그녀가 당시 은행 이름을 들었는지는 모르겠다. 나는 불안하고 겁이 나서 그녀가 듣지 않기를 바랐다. 그래서 불과 1분 전까지만 해도 그건 아니라고 심하게 반대하던 노란색 점무늬가 있는 옅은 자주색 비단에 감탄하기 시작했다. 하지만 소용없었다.

"무슨 은행이라고요? 그러니까, 어음이 어느 은행에서 발행된 거냐고요?"

"카운앤카운티 은행이오."

"한번 봐요."

이렇게 말하며 그녀는 점원이 농부에게 돌려주고 있던 어음을 부드럽게 잡아챘다.

존슨 씨는 아주 유감으로 생각했다. 하지만 그가 받은 정보로는 이제 그 은행의 어음은 쓰고 버린 휴지 조각에 불과했다.

"이해가 안 되는구나."

매티 양은 낮은 목소리로 나에게 말했다.

"저건 우리 은행 아니니? 타운앤카운티 은행 말이야."

"그래요."

내가 말했다.

"이 옅은 자주색의 비단은 당신 새 모자의 띠와 아주 잘 어울리겠어요."

나는 빛에 옷감이 비치도록 들어올리며, 그 남자가 빨리 일을 끝내고 나가기를 바랐다. 하지만 얼핏 떠오른 새로운 생각으로, 어음이 거부될 정도로 은행 재정이 나쁘다면 매티 양에게 이 비싼 옷감을 사게 하는 게 과연 얼마나 현명한 일인지 알 수 없게 돼 버렸다.

하지만 매티 양은 평소에는 좀처럼 보이지 않지만 아주 잘 어울리는, 자기 특유의 부드럽지만 위엄 있는 태도로 자기 손을 내 손 위에 얹으면서 말했다.

"잠깐 동안은 비단에 신경 쓰지 마라, 얘야."

그러면서 이번에는 농부의 시중을 들고 있는 점원을 향해 이렇게 물었다.

"이해가 안 되는군요. 혹시 위조 어음인가요?"

"오, 아닙니다, 부인. 진짜 어음이 맞습니다. 하지만 당신도 보시다시피, 조인트 스톡 은행[145] 거고, 그 은행이 곧 파산할 거라는 소문이 있어요. 존슨 씨는 자신의 책무를 다하고 있을 뿐이에요. 돕슨 씨도 아실 거라고 확신하지만요."

그러나 돕슨 씨는 읍소하듯 절을 하는 점원에게 괜찮다는 미소를 지어 보이지 못했다. 그는 넋을 놓고 손가락으로 어음을 뒤집어보았고 방금 고른 솔이 든 꾸러미를 침울하게 쳐다보았다.

"이건 이마에 흘리는 땀방울로 1파딩[146]씩 버는 가난한 사람에게는 큰 타격이에요."

그가 말했다.

"하지만 어쩔 수 없죠. 솔을 도로 가져가요, 젊은이. 리지는 당분간 망토로 견뎌야지. 그리고 아이들에게 줄 저기 무화과 열매는요, 내가 아이들에게 사 준다고 약속했으니 가져갈게요. 하지만 담배와 다른 것은……."

"당신 어음과 제가 가진 5파운드를 바꿔 드릴게요."

매티 양이 말했다.

"뭔가 큰 실수가 있는 것 같아요. 나도 그 은행 주주인데, 뭔가 잘못되었다면 그들이 나에게 연락을 해주었을 거예요."

점원은 테이블 너머로 매티 양에게 한두 마디 속삭였다. 매티 양은 미심쩍다는 표정으로 그를 바라보았다.

---

145) 주주들이 함께 소유한 은행.
146) 영국 청동화. 4분의 1페니(1961년에 폐지).

"그럴지도 모르죠. 하지만 난 비즈니스에 대해 아는 척을 하진 않겠어요. 내가 아는 것이라곤, 은행이 파산을 한다면, 그리고 정직한 사람들이 우리 어음을 받아서 손해를 보게 된다면 - 제 입장을 설명할 수는 없지만……."

그렇게 말하다가 그녀는 갑자기 자신이 네 명의 청중에게 길게 이야기하고 있다는 사실을 깨달았다.

"저는 그냥 제 금화를 어음과 바꿔 드리고 싶어요."

그런 다음 농부를 향해 몸을 돌리며 말했다.

"아내에게 숄을 가져다주세요. 저는 며칠 더 있다가 새 옷을 입으면 돼요."

그러면서 나를 보며 말을 이었다.

"그때쯤이면 모든 일이 정리되어 있겠지."

"하지만 좋지 않은 식으로 정리가 되면요?"

내가 말했다.

"그야 물론! 그때는 이 선량한 사람에게 돈을 줄 수 있을 만큼 내가 은행 주주로서 일반적인 정직성은 있는 것이 되지. 내 마음은 분명히 결정됐단다. 하지만 너도 알다시피 난 다른 사람들처럼 말을 명쾌하게 하지 못하잖아. 그러니까 돕슨 씨, 그냥 당신 어음을 제게 주세요. 그리고 이 금화로 당신이 구입한 물품을 사세요."

그 남자는 고마워하는 표정으로 말없이 그녀를 쳐다보았다. 고마워하는 마음을 말로 표현하는 것이 난처한 것 같았다. 그는 어음을 만지작거리며 1, 2분간 망설였다.

"만약 돈을 잃는 거라면, 다른 사람이 나 대신 돈을 잃는 것은 싫습니다. 하지만 한 집안의 가장으로서 5파운드라면 굉장히 큰 돈이에요. 그리고 당신이 말한 대로 십중팔구 하루 이틀이면 이 어음이 다시 금처럼 가치 있게 될 거예요."

"그럴 가능성은 없습니다, 아저씨."

점원이 말했다.

"그렇다면 제가 어음을 가져야 할 이유가 더 확실해지네요."

매티 양은 조용히 말했다. 그녀는 1파운드 금화 다섯 개를 그에게 밀어놓았고 남자는 교환을 위해 어음을 조용히 내려놓았다.

"고마워요. 비단은 하루나 이틀 있다가 사죠. 얘야! 이 층에 가 보자꾸나."

우리는 옷을 맞출 비단을 산 것처럼, 최신 패션을 세심하고 꼼꼼하게 살펴보았다. 매티 양은 가게 아래층에서 있었던 작은 사건으로 인해, 소매 모양이라든지 치마의 어울림을 찬찬히 살펴보는 호기심이 전혀 줄어든 것 같지 않았다. 그녀는 우리끼리 이렇게 한가롭게 보닛과 숄을 볼 수 있는 데 대해 기쁘다는 말을 한두 번 했다. 하지만 나는 그러는 내내 정말 이 방에서 최신 패션을 둘러보고 있는 사람이 우리 둘뿐인지 찜찜했다. 왜냐하면 망토와 소매 없는 외투들 사이로 누군가가 몸을 숙여 숨는 것을 얼핏 봤기 때문이었다. 그리고 나는 기민하게 움직여, 우리와 같은 볼일로 와 있는, 정복 차림의 폴 양과 정면으로 마주섰다(이가 없는 그녀가 그 결함을 감추기 위해 베일을 쓰고 있는 것이 그녀 복장의 가장 중요한 특징이었다). 그러나 그녀는 두통이 심해 이야기를 할 기분이 아니라면서 재빨리 나갔다.

우리가 가게로 내려오자 존슨 씨가 공손하게 우리를 기다리고 있었다. 그는 매티 양이 어음과 금화를 바꾸었다는 말을 이미 전해 듣고 진정한 선의로, 그러나 요령은 별로 없이 매티 양을 위로하고 사실 그대로의 상황을 알려주고 싶어 했다. 나는 그가 들은 것이 부풀려진 소문이었으면 했다. 매티 양의 주식이 휴지조각이 됐으며 은행이 1파운드 당 1실링도 줄 수 없게 되었다고 말했기 때문이었다. 매티 양이 아직도 약간 믿기지 않는다는 표정을 지었기 때문에 나는 다행이다 싶었다. 하지만 그녀의 이 표정이 진짜인지 꾸민 것인지 알 수가 없었다. 왜냐하면 크랜포드에서 매티 양 정도의 사회적 지위를 갖춘 숙녀들은 몸에 밴 자제력으로, 역이나 가게 등의 공공장소에서 놀라거나 낙담한 표정을 조금이라도 드러내면 품위가 떨어진다고 생각해서 이를 참았기 때문이었다.

우리는 아주 조용히 집으로 돌아왔다. 말하기 창피하지만, 나는 매티 양이 그처럼 단호하게 어음을 받아 온 것에 화가 나고 짜증이 났다. 나는 그녀가 그렇게도 바라던 새 옷을 꼭 사기를 원했다. 보통 때 그녀는 누구라도 마음만 먹으면 그녀의 결심을 바꾸게 할 수 있을 정도로 우유부단했다. 하지만 이번 경우에는 내가 그녀 생각을 바꿔보려고 해도 아무 소용없었다는 기분이 들었다. 하지만 결과에는 여전히 속이 쓰렸다.

아무튼 12시가 넘어서, 우리는 패션에 대한 호기심이 어느 정도 해소되었고 몸이 피곤해서(사실은 마음이 우울해서) 다시 가게로 나가기 싫다는 데 의견 일치를 보았다. 우리는 어음에 관해서는 아무 말도 하지 않았지만, 갑자기 내가 무슨 생각이 들었는지 매티 양에게 사람들이 가지고 있는 타운앤카운티 어음만 보면 전부 금화로 교환해 줄 거냐고 물었다.

그 말을 뱉은 순간 나는 혀를 깨물고 싶었다. 그녀는 약간 슬픈 표정으로 나를 쳐다보았다. 이미 심란한 그녀 마음을 내가 더 심란하게 만든 것 같았다. 잠시 동안 그녀는 아무 말도 하지 않았다. 그리고는 그녀는, 내 사랑하는 매티 양은, 나무라는 말투가 전혀 담겨 있지 않은 목소리로 이렇게 말했다.

"애야! 난 내가 마음이 강하다고 느낀 적이 한 번도 없었단다. 당장 내 눈 앞에 있는 일을 결정하는 일도 버거울 때가 많았어. 하지만 오늘 아침에 내 옆 사람에게 내가 할 도리를 알게 되어 무척 기뻤단다. 그래도 만약 이런저런 일이 일어나면 어떻게 해야 할지를 고민하는 것은 너무 힘들구나. 그래서 정말로 일이 닥칠 때까지 그냥 두고 보는 것이 낫겠어. 안달하며 너무 미리 걱정하지 않고 있는 편이 그때 도움이 될 것이라고 생각해. 너도 알다시피, 얘야, 난 데보라 언니가 아니잖니? 만일 언니가 살아 있었다면 이런 상황이 되기 전에 미리 조치를 취했을 거야."

우리는 즐겁게 다른 이야기를 해보려고 애썼지만, 저녁에는 둘 다 식욕이 없었다. 우리가 다시 응접실로 돌아 왔을 때 매티 양은 책상 자물쇠를 열더니 회계 장부를 검토해 보기 시작했다. 나는 아침에 했던 말이 너무 후회가 되어, 그녀를 도울 수 있을 듯이 주제넘게 나서지 않고 혼자 두기로 결심했다. 그녀는 당황한 표정으로 선이 그어진 공책 위아래를 펜을 따라 눈으로 왔다 갔다 했다. 이윽고 그녀는 장부책을 닫고 책상을 열쇠로 잠그고, 불 앞에 침울하게 앉아 있는 내 곁에 와서 의자 하나를 당겨 앉았다. 나는 내 손을 살그머니 그녀의 손 안으로 밀어 넣었다. 그녀는 손을 꼭 잡아 주었지만 아무 말도 하지 않았다. 마침내 매티 양이 아무렇지도 않은 듯한 목소리로 이렇게 말했다.

"만일 은행이 잘못되면, 나는 연간 149파운드 13실링 4펜스를 잃게 되는구나. 그러면 1년에 13파운드밖에 남지 않아."

나는 그녀의 손을 꽉 쥐었지만 무슨 말을 해야 좋을지 몰랐다. 지금, 쥐고 있는 그녀의 손가락이 부들부들 떨리는 게 느껴졌다(너무 어두워 얼굴을 볼 수는 없었다). 나는 그녀가 다시 말하려 한다는 걸 알 수 있었다. 그녀가 말을 시작할 때 목소리에 흐느낌이 배어 있었다.

"은행이 잘못되지 않았으면, 파산하지 말았으면 좋겠어. 하지만, 오! 데보라 언니가 이 일을 겪지 않아 정말 다행이야. 언니는 태생적으로 몰락할 수가 없는 사람이야, 언니는 고귀하고 고결한 성품을 지녔어."

불운한 은행에 그들의 작은 재산을 투자한 언니에 대해 한 얘기라고는 이 말뿐이었다. 우리는 그날 밤 보통 때보다 더 늦게 촛불을 켰다. 그 빛에 부끄러움을 느껴 입을 열기까지 우리는 오랫동안 아주 조용하고 슬프게 앉아 있었다.

그러나 우리는 차를 마시고 나서 억지로 즐겁게(하지만 나중에는 어느 정도까지는 진짜로 즐거워져서) 일거리를 들고, 끝없는 경이로움인 레이디 그렌마이어의 결혼 약속에 대해 이야기했다. 그녀는 거의 180도로 마음을 바꿔 그들이 결혼하기로 결정한 것이 좋은 일이라고 생각했다.

"우리 아버지는 깔끔 그 자체였고 집에 돌아오자마자 어느 여성보다도 더 꼼꼼하게 구두를 닦아두는 분이셨기 때문에 내 경험으로는 모르겠지만, 남자가 집안에서 귀찮은 존재라는 사실을 부정하려는 것은 아니야. 하지만 남자는 어려운 일이 생겼을 때 그걸 처리하는 법을 알고 있고, 또 곁에 기댈 수 있는 사람이 있다는 것은 참 좋은 일이야. 이제, 레이디 그렌마이어는 왔다 갔다 하는 대신에, 그리고 어디에 정착할지 고민하는 대신에 착한 폴 양과 포레스터 부인처럼 유쾌하고 친절한 사람들과 이웃한 곳에서 가정을 이루게 될 거야. 그리고 호긴스 씨도 정말 아주 매력적인 남자야. 예의에 대해 말하자면 그가 그렇게 세련된 사람이 아니라는 것은 사실이야. 하지만 나는 소위 말하는 '세련미'는 없어도, 진실하고 부드러우며 마음씨 착하고 똑똑한 사람을 본 적이 있어."

그녀는 홀부르크 씨에 대한 달콤한 추억 속으로 빠져 들었다. 나는 그녀를 방해하지 않았다. 대신, 며칠 동안 마음속으로 생각해 왔지만 은행 파산 소문 때문에 예정에서 빗나간 계획을 서둘러 마무리짓기 시작했다. 그날 밤, 매티 양이 잠자리에 들고 난 후 나는 몰래 초를 다시 켜고 응접실에 앉아 아가 젠킨스에게 보내는 편지 내용을 구상했다.

만일 그가 피터라면 감동을 받을, 그러나 다른 사람이라면 무미건조한 사실들만의 나열에 불과할 편지를 쓰기 시작해, 새벽 2시를 알리는 교회 종소리가 울릴 즈음에야 완성했다.

다음 날 아침, 타운앤카운티 은행이 지불을 정지했다는 소식이 공식·비공식 루트를 통해 날아들었다. 매티 양은 파산했다.

그녀는 나에게 침착하게 이야기하려고 애썼다. 하지만 이제 일주일에 약 5실링의 돈으로 살아야 한다는 현실에 직면하자 약간의 눈물은 어쩌지 못했다.

"나 때문에 우는 것은 아니야, 얘."

그녀는 눈물을 훔치면서 말했다.

"엄마가 아셨으면 얼마나 슬퍼하실까 하는 바보 같은 생각이 들어서 우는 거야. 엄마는 언제나 자신보다 우리를 더 걱정하셨어. 하지만 나보다 가난한 사람들도 많아. 나는 돈을 많이 쓰는 사람은 아니고, 그리고 감사하게도 양고기 목덜미 살과 마사의 월급과 집세를 내면 나는 1파딩의 빚도 없어. 불쌍한 마사! 내 곁을 떠나게 되어 섭섭하겠지."

매티 양은 눈물을 흘리면서 나에게 미소를 지었다. 하지만 곧 나에게 미소만 보이고 더는 눈물을 보이지 않았다.

제14장

어려울 때 친구들

매티 양이 자신의 변한 상황에 맞춰 얼마나 신속히 절약을 해 나가 는지는 나에게 하나의 본보기였고, 다른 많은 사람들에게도 그럴 것이 라고 생각한다.

매티 양이 마사에게 소식을 전하러 아래층으로 내려간 사이에, 나는 아가 젠킨스에게 보내는 편지를 들고 집을 살짝 빠져나와 정확한 주소 를 묻기 위해 시뇨르의 숙소로 갔다.

나는 시뇨라에게 비밀을 지켜줄 것을 당부했다. 사실 그녀는 짧게 말하고 자신을 자제하는 군대식 예법이 몸에 배어 있었다. 그래서 아 주 흥분한 경우가 아니면 말이 별로 없었다. 더구나 (내 비밀이 훨씬 더 안전해질 수 있도록) 시뇨르의 건강이 많이 회복되어 수일 내로 다시 마 술을 하기 위해 길을 떠날 예정이었으며, 그들 부부와 피비가 함께 크 랜포드를 떠날 참이었다.

내가 도착했을 때 그는 자신의, 다시 말하면 시뇨르 브루노니의 기 예(技藝)가 적혀 있고, 마술을 선보일 동네 이름만 빠져 있는, 검고 붉은 글씨로 쓴 커다란 포스터를 검토하고 있었다. 그와 아내는 붉은 글씨(공식 기도문에 예배법을 적은 붉은 글씨 같았다)를 어느 곳에 배치해야 가장 효과가 클지를 결정하는 데 어찌나 몰두해 있던지 내가 개인적으로 주소를 물은 건 한참이 지나서였으며, 내가 붉은 글씨 위치에 대한 의견을 몇 가지 말하고, 시뇨르가 그 중요한 문제에 대해 의구심과 이유를 대자마자 나도 똑같이 진지한 태도로 그에게 질문을 던지고 나서였다.

마침내 나는 그가 철자를 불러 주는 대로, 정말 희한해 보이는 주소를 받아 적었다. 그리고 집으로 오는 길에 편지를 우체통에 넣었다. 그리고 잠시 동안 편지와 나를 갈라놓은, 입 벌리고 있는 나무창을 잠시 서서 바라보았다.

편지는 내 인생처럼, 다시는 도로 잡을 수 없게 사라져 버렸다. 이제 편지는 바닷물에 이리저리 흔들리고, 바닷물이 튀어 얼룩이 묻을지도 모른다. 야자수 사이로 운반되면서 온통 열대 지방의 향기가 배일 것이다. 불과 한 시간 전에만 해도 늘 보던 익숙한 것이 갠지스 강 너머의 낯설고 거친 나라로 달려갈 것이다!

하지만 나는 이런 생각을 오래 하고 있을 여유가 없었다. 매티 양이 내가 없는 것을 눈치 채지 못하도록 서둘러 집으로 향했다. 마사가 울어서 퉁퉁 부은 얼굴로 문을 열어 주었다. 마사는 나를 보자마자 다시 왈칵 눈물을 쏟으며 내 팔을 당겨 안으로 들어오게 한 후, 문을 쾅하고 닫았다. 매티 양이 한 이야기가 전부 사실인지 묻기 위해서였다.

"전 절대로 마님 곁을 떠나지 않을 거예요. 그래요, 절대로요! 마님께도 그렇게 말씀드렸고, 또 어떻게 저에게 해고 통지를 할 마음이 생길 수 있는지 이해가 안 된다고도 말씀드렸어요. 제가 마님이라면, 그러지 못했을 거예요. 전 그저, 피츠 애덤 부인 댁의 로지처럼 아무짝에도 쓸데없는 사람이었던 건가 봐요. 7년 6개월을 함께 살아 놓고도 월급 올려달라고 파업을 했던 그 아이 말이에요. 전 어쨌든, 마몬 신[147]을 모시러 갈 사람은 아니라고 말씀드렸어요. 마님은 자기가 얼마나 착한 하인을 뒀는지 몰라도, 저는 착한 마님을 알아본다고요."

"하지만……."

그녀가 눈물을 닦을 동안 내가 입을 열었다.

"'하지만'이라는 말은 하지 마세요."

그녀는 내 변명투의 말에 대답했다.

"이유를 들어 봐."

"이유는 듣지 않겠어요."

마사는 그동안 우느라고 잠겨 있던 목소리를 되찾으며 말했다.

"그건 언제나 다른 사람이 말하는 이유예요. 하지만 전 제 말도 충분히 이유가 된다고 생각해요. 하지만 이유로든 아니든, 난 그 말을 할 거고 그 말을 지킬 거예요. 전 저축은행에 예금이 있어요. 그리고 옷도 충분하니까 마님을 떠나지 않겠어요. 그래요! 마님이 매일 1시간마다 해고통지를 해도 떠나지 않겠어요!"

마사는 나에게 저항하겠다는 듯이 팔꿈치를 옆으로 뻗친 자세로 손을 허리에 얹고 말했다. 그리고 나는 점점 몸이 허약해지는 매터 양에게 이렇게 친절하고 충직한 하녀의 보살핌이 필요하다는 사실을 알고 있었기 때문에 마사에게 어떻게 말을 시작해야 할지 몰랐다.

"그러니까!"

마침내 내가 입을 열었다.

"'그러니까'로 시작해 줘서 고마워요. 당신이 아까처럼 '하지만'으로 시작했으면 당신 말을 듣지도 않았을 거예요. 이젠 계속해도 좋아요."

---

147) 〈마태복음〉 6장 24절에 나오는 말. 두 명의 주인을 섬기는 사람은 없도다. 이 분이 싫고 저 분이 좋다고 해도, 이 분을 존경하고 저 분을 경멸한다고 해서 그럴 수는 없도다. 너희는 하느님과 마몬 신을 함께 섬길 수는 없다. 마몬 신은 부(탐욕)의 신.

"네가 없어지면 매티 양에게 큰 타격일 거야, 마사."

"저도 마님께 그렇게 말씀드렸어요. 너무 큰 타격이라 계속 후회하게 될 테죠."

마사가 의기양양하게 끼어들었다.

"하지만, 매티 양에게 남은 돈이 너무 적단다. 생활이 버거울 정도야. 이제 그녀가 네 식비도 못 댈 정도야. 매티 양 자신의 식비도 빠듯할 거야. 네가 매티 양에게 친구 같은 존재니까 이 말을 하는 거야, 마사. 하지만 매티 양은 이런 말까진 하고 싶지 않았을 거야."

내 말은 매티 양이 마사에게 했던 말보다 더 암울한 것이었음에 틀림없다. 왜냐하면 마사가 손에 닿은 첫 번째 의자에 앉더니 엉엉 소리를 내며 울기 시작했기 때문이었다(우리는 그때까지 부엌에 서 있었다).

마침내 앞치마를 벗은 마사는 내 얼굴을 진지하게 쳐다보며 물었다.

"그래서 오늘 마님이 푸딩을 들지 않겠다고 하신 거예요? 마님은 단 것이 싫다면서, 당신과 함께 양고기만 드셨잖아요. 하지만 전 제대로 대접해 드릴 거예요. 아무 말 하지 마세요. 전 마님께 푸딩을 만들어 드릴래요. 마님이 좋아하실 푸딩을요. 그리고 그 재료비는 제가 낼 거예요. 그러니 당신은 마님이 드시는지 봐 주세요. 사람들은 슬플 때 식탁에 나오는 맛있는 음식을 보면서 종종 위로를 받잖아요."

나는 마사가 즉각적으로 실용적인 푸딩을 만드는 것에 의욕을 느끼는 것을 보고 반가웠다. 왜냐하면 그녀가 마님 곁에 있을 것인가 말 것인가 같은 격해지기 쉬운 논쟁을 피할 수 있었기 때문이었다. 마사는 깨끗한 앞치마를 입고, 다른 때 같으면 곧장 버터나 계란 등 필요한 것을 사기 위해 갔겠지만, 오늘은 집안에 있는 재료는 아무것도 이용하려고 하지 않는 채 자기 돈을 넣어 두는 차 주전자가 있는 곳으로 가서 필요한 만큼 돈을 꺼냈다.

매티 양은 아주 조용히, 그리고 아주 슬픈 표정으로 앉아 있었다. 그러나 곧 나를 위해 미소를 지어 보이려고 애썼다. 우리는 아버지께 편지를 써서 이리로 와서 조언을 해달라고 부탁하기로 했다. 그리고 편지를 부치자마자 우리는 미래의 계획에 대해 이야기하기 시작했다. 매티 양의 생각은 방 하나를 구해 그 방 꾸밀 만큼의 가구만 두고 나머지는 팔고, 집세를 내고 남은 돈으로 그곳에서 조용히 살자는 것이었다. 내 생각은 더 야심찼지만 더 피상적이기도 했다. 나는 50년 전에 일반적인 여성 교육을 받은 중년이 넘은 여성이 실질적으로 사회적인 지위를 잃지 않으면서도 생활비를 벌거나 생활비에 보탬이 될 만한 일을 전부 생각해 보았다. 하지만 마침내는 사회적 지위 하락 여부는 일단 제쳐 두고, 이 세상에서 매티 양이 할 수 있는 일을 생각해 보았다.

물론 가장 먼저 떠오른 생각은 교사였다. 매티 양이 아이들에게 뭐라도 가르칠 수 있다면, 자기에게 가장 큰 즐거움을 주는 아이들과 함께 지낼 수 있을 것이다. 나는 그녀가 할 줄 아는 일을 생각해 보았다. 옛날에 한 번 그녀가 〈아! 어머니께 말씀드릴게요!〉[148]를 피아노로 칠 수 있다는 말을 들은 적이 있었다. 하지만 그것은 한참 오래전 일이었다. 당시에도 보잘 것 없던 악기 연주 실력은 이미 오래전에 녹슬어 버렸다. 또 그녀가 모슬린 자수 도안을 베낄 수 있다고 말한 적도 있었다. 베낄 도안 위에 은박지를 얹고 그대로 옮겨 유리창에 대고 가리비 무늬와 장식 구멍을 베낄 수 있다고 했다. 하지만 그게 그림 그리기에 가장 근접한 경험이었기 때문에 그리 큰 도움이 될 것 같지는 않았다.

그리고 알찬 영국 교육 프로그램도 있었다. 예를 들어 크랜포드의 모든 상인이 자기 자녀를 맡기는 '숙녀들의 학회'의 여교사처럼 천체구와 지구본 사용법과 자수를 가르치는 일 말이다. 하지만 매티 양의 눈이 잘 안 보이기 시작했기 때문에 수예 도안에 쓰일 실의 종류를 제

---

148) 프란시스 샌즈의 노래로, 우리나라에는 〈반짝 반짝 작은 별〉로 알려져 있다.

대로 알거나, 지금 크랜포드에서 유행인 왕가 털실 세공에서 애딜레이드 왕비의 얼굴을 털실로 놓는데 필요한, 달라지는 음영을 제대로 구별할 수 있을지도 의문이었다. 천체구와 지구본[149] 사용에 대해서 말하자면 나도 별이나 땅의 위치를 제대로 찾지 못했기 때문에 매티 양이 이 프로그램을 가르칠 수 있는지에 대해 제대로 판단하기는 역부족이었다. 하지만 천체 적도와 회귀선이나 그와 비슷한 이상한 원형의 선은 그녀에게 사실상 상상 속의 선이며, 그녀가 황도십이궁[150]을 요술의 잔재라고 생각했던 일이 불현듯 생각났다.

예술로서 그녀가 자부심을 느끼고 또 잘하는 것은 색종이를 깃털 비슷한 모양으로 칼로 잘라 만드는 촛불 점화기, 혹은 그녀가 더 좋아하는 이름인 '불쏘시개'를 만드는 일과 뜨개질로 우아하고 다양한 수를 넣어 만든 양말대님 짜기였다. 한번은 내가 그런 정교한 양말대님을 매티 양에게서 선물로 받고, 일부러 길에 흘려 두어서 사람들이 감탄하게끔 하고 싶다는 말을 한 적도 있었다. 하지만 그런 사소한 농담이 (정말 아주 사소한 농담이었다) 그녀의 예의범절을 중시하는 마음에 어찌나 큰 걱정을 안겨 주었던지, 내가 그런 유혹을 참지 못해 나중에 후회할 일을 정말로 저지를까 봐 매티 양은 늘 노심초사하기도 했다.

섬세하게 짠 양말대님과 예쁜 '불쏘시개' 뭉치, 비단을 바느질로 오묘하게 붙인 카드들은 매티 양의 가장 유명한 선물이었다. 하지만 이런 기술을 자기 자녀에게 가르쳐 달라고 돈을 내는 사람이 있을까? 아니면 매티 양이 더러운 돈을 벌겠다고 자기를 사랑하는 사람들에게 주려고 금전적 가치는 별로 없던 선물을 만들던 그 솜씨와 기술을 팔려고 할까?

다음에는 읽기와 쓰기, 산수를 생각해 봤다. 매티 양은 매일 아침 성

---

149) 천체구와 지구본은 각각 천문과 지리를 가르치는 데 쓰인다.
150) 황도대를 12도씩 구분하여 배치한 별자리. 천문학과 점성학에 모두 쓰인다.

경을 한 장(章)씩 읽었는데, 긴 단어만 나오면 언제나 기침을 했다. 족보가 나오는 장[151]은 기침하느라고 모두 읽을 수나 있을지 의심스럽기도 했다. 글은 품위 있게 잘 썼다. 하지만 철자는! 매티 양은 철자가 엉뚱할수록, 그리고 어려울수록 편지를 받는 사람에 대한 존경의 표시라고 생각하는 듯했다. 나에게 쓸 때는 그럭저럭 맞게 쓰던 단어들이 아버지께 쓸 땐 완전히 수수께끼 같았으니 말이다.

없었다! 그녀가 크랜포드의 자라나는 신세대에게 가르칠 수 있는 것은 아무것도 없었다. 빨리 배우는 아이들이, 그녀의 인내력과 겸손, 상냥함, 조용히 만족하며 받아들이는 행동을 따라 모방할 준비가 되어 있으면 모를까. 하지만 그런 것은 그녀가 공부로 가르친다고 되는 일은 아니었다. 나 혼자 생각에 생각을 거듭하고 있을 때 마사가 울어서 통통 부은 얼굴로 저녁 식사 시간을 알렸다.

매티 양에게는 사소하지만 특이한 몇 가지 버릇이 있었다. 마사는 이를 변덕이라고 생각하며 별로 신경 쓰지 않았고, 쉰여덟 살이나 되는 노부인이라면 고치려고 노력해야 하는 유치한 환상이라고 여겼다. 하지만 오늘은 이 모든 것이 아주 정성스럽게 준비되어 있었다. 빵은 매티 양이 엄마가 좋아하던 방식이라고 마음속에 소중하게 간직하고 있는, 멋지고 환상적인 모양으로 잘라져 있었다. 커튼은 이웃집 마구간의 케케묵은 담이 보이지 않게, 그러나 봄을 맞아 아름답게 움트는 포플러 나무의 새잎은 하나하나 다 보이게 쳐져 있었다. 마사가 지금 매티 양에게 쓰는 말투는, 착하지만 말투가 거칠던 하녀가 어린아이에게만 쓰던 것이었고, 어른에게 쓰는 모습은 한 번도 본 적이 없었다.

나는 매티 양에게 푸딩에 대해서 말하는 것을 깜박 잊어 버렸다. 그래서 오늘 통 식욕이 없어 하는 그녀가 푸딩을 먹지 않을까 봐 겁이 났

---

151) 구약에는 발음하기 어려운 이름의 족보가 죽 나열되는 장이 있다. 예를 들면, 창세기 10장과 36장, 역대기 1~9장이다.

다. 그래서 물린 고기를 마사가 들고 나간 틈을 타서 살짝 비밀을 알려 주었다. 매티 양은 눈에 눈물이 그렁그렁해졌다. 그래서 마사가 여태 까지 중에 가장 아름답게 만든 웅크린 사자 모습의 푸딩을 높이 쳐들고 나타났을 때 놀랐다거나 기뻤다거나 하는 말을 한마디도 못했다. 마사는 푸딩을 매티 양 앞에 의기양양하게 내려놓으면서 얼굴은 승리 감으로 들떠 말했다.

"여기요!"

매티 양은 고맙다는 말을 하고 싶어 했지만 그럴 수가 없었다. 그래서 그녀는 마사의 손을 잡고 온화하게 흔들었고, 이에 마사는 왈칵 울음을 터뜨렸다. 나라도 평정을 유지해야 했지만 그럴 수가 없었고, 마사는 방을 뛰쳐나가 버렸다. 이윽고 매티 양은 한두 번 헛기침을 하더니 말문을 열었다.

"얘, 푸딩을 유리 진열장에 넣어 두고 싶구나!"

그 말에 나는 눈을 건포도로 박은 웅크린 사자가 벽난로 위의 영광스러운 자리를 차지하고 있는 모습을 상상했고, 그게 너무 웃겨서 소리 내어 웃기 시작했다. 매티 양은 깜짝 놀랐다.

"이전에 더 흉한 걸 올려놓은 집도 많이 보았는걸, 뭐."

그녀가 말했다.

하기는 나도 많이, 또 자주 봤다. 따라서 나는 표정을 가다듬고(이번에는 울음이 터져 나오는 걸 막을 수가 없었다), 우리는 함께 푸딩을 먹기 시작했다. 푸딩은 정말이지 맛이 좋았다. 하지만 우리는 한 입 먹을 때마다 목이 메었고, 가슴이 감동으로 벅차올랐다.

그날 오후에 우리는 생각할 것이 너무 많아 대화를 별로 나누지 않았다. 오후 시간은 아주 조용하게 지나갔다. 그러나 차 주전자가 들어올 때 나는 번쩍하고 한 가지 아이디어가 떠올랐다. 매티 양이 차를 팔면 어떨까? 당시에 있던 '동인도 차 회사'의 대리점이라면? 나는 이 계획에 장점은 많은 반면, 안 될 이유는 찾을 수 없었다. 매티 양은 상인으로의 지위 강등을 견딜 능력이 충분히 있을 것 같았다. 차는 기름지지도 끈적이지도 않았다(매티 양이 못 참는 두 가지 촉감은 기름짐과 끈적임이었다). 차라면 진열장도 필요 없었다. 사실, 그녀가 차 판매 면허증이 있다는 것을 조그맣고 우아하게 붙여두기만 하면 되었다. 하지만 나는 그것을 아무도 보지 못하는 곳에 붙여 두고 싶었다. 차는 무겁지도 않아 매티 양이 허약한 몸으로 무리를 할 필요도 없었다. 유일하게 께름칙한 일은 그것이 장사라는 점이었다.

내가 매티 양의 질문에 건성으로 (거의 건성으로) 대답하고 있을 때, 계단에서 시끄러운 발걸음 소리가 들리더니 다시 문 밖에서 속삭이는 소리가 들렸다. 그리고는 마치 유령의 짓인 양, 문이 한 번 열렸다가 닫혔다. 잠시 후, 마사가 건장한 젊은이를 질질 끌며 들어왔다. 젊은이는 부끄러워 얼굴이 홍당무가 되어 있었고, 그냥 계속 머리를 쓰다듬어 정돈하는 것으로 마음의 위안을 삼고 있었다.

"마님, 이 사람은 젬 헌이에요."

마사가 소개 삼아 이렇게 말했다. 하지만 아주 숨이 찬 목소리였기 때문에 그녀가 마틸다 젠킨스 양의 응접실처럼 예의를 지켜야 하는 장소로 남자를 억지로 끌고 오기까지 둘이 꽤나 몸싸움을 한 듯했다.

"그러니까, 마님, 이 남자가 저와 당장 결혼하고 싶어 해요. 마님, 우리는 수입에 맞게 조용한 방 한 칸만 있으면 됩니다. 아무 곳이라도 괜찮아요. 오, 매티 마님, 너무 무례한 소리 같지만 저희와 함께 사시면 안 될까요? 젬 헌도 저만큼이나 그러기를 원해요. 이 멍청아! 너도 그렇다고 왜 말을 안 해? 이 남자도 저와 마찬가지로 무척 원해요. 안 그래 젬? 단지 보시다시피, 지금 이 사람이 상류사회 어른 앞에 불려 나와 있으니 정신이 멍해서 그래요."

"그래서 그런 게 아니에요."

젬이 끼어들었다.

"당신이 이렇게 무턱대고 여기로 끌고 와서 그렇단 말이야. 그리고 난 그렇게 빨리 결혼하고 싶지도 않아. 그렇게 서두르면 남자는 기겁을 한단 말이야."

그는 다시 매티 양을 보며 말을 이었다.

"제가 결혼을 반대한다는 뜻은 아닙니다, 마님. 마사는 무슨 생각이 나면 그렇게 서둘러요. 그리고 결혼은요, 마님. 누가 그랬듯이 남자에 겐 족쇄예요. 일단 결혼을 하고 나면 또 뭐, 신경 쓰지 않겠지만요."

"마님."

그가 이야기하고 있는 중에도 계속 끼어들려고 하고 그의 소매를 잡아당기고 팔꿈치로 찌르던 마사가 입을 열었다.

"이 사람 말에 신경 쓰지 마세요. 이제 곧 제정신이 들 거예요. 바로 어제 밤에만 해도 결혼하자고, 그렇게도 결혼하자고 졸라댔거든요. 제 가 앞으로 몇 년간 결혼할 생각이 없다니까 더 심하게 그러더라고요. 그리고 지금은 너무 갑작스럽게 찾아온 즐거움에 놀라서 이러는 것뿐이에요. 하지만 젬⋯⋯."

그녀는 다시 한 번 팔꿈치로 젬을 세게 찌르며 말을 이었다.

"당신도 나만큼 간절히 살 곳을 원하지?"

"네! 마님께서 저희들과 함께 살아주신다면야, 뭐, 전 좋습니다. 사실, 전 마님이 아니라면, 낯선 사람과 한 집에서 부대끼며 살 마음은 전혀 없습니다만."

젬이 말했다. 그의 요령부득의 말을 듣고 마사가 격분하는 모습이 보였다. 마사는 그들이 가장 얻고 싶은 것이 숙소라고 말하려고 애썼고, 매티 양이 그들과 함께 살아주기만 하면 그들의 소원을 들어주고 은혜를 베푸는 일인 듯했다.

정작 매티 양은 두 사람 때문에 당황하고 있었다. 그들의, 아니 마사의 갑작스러운 결혼 결정은 매티 양에게 충격을 주었고, 그래서 자신의 처지와 마사의 계획 사이에서 갈팡질팡했다.

이내 매티 양이 말문을 열었다.

"결혼은 아주 중대한 거란다, 마사."

"정말 그래요, 마님."

젬이 말했다.

"제가 마사가 싫어서 그런 게 아닙니다."

"당신은 결혼할 날짜를 정하자고 애걸하며 나에게 한 번도 딴소리 못하게 하더니, 이제 와서 마님과 다 있는 자리에서 이렇게 창피를 주다니……."

마사는 화가 나서 얼굴이 새빨개져 금방이라도 울음이 터질듯이 말했다.

"아냐, 마사. 그러지 마. 그러지 말라고. 남자는 너무 몰아붙이면 싫어해."

젬은 그녀의 손을 잡으려고 했지만 허사였다. 그리고는 마사가 자신이 생각했던 것보다 더 심하게 상처를 입은 것을 보고 산란해져 있던 정신을 좀 차려보려고 하는 것 같았고, 10분 전에 내가 가능할 것이라고 생각했던 정도보다 더 위엄 있는 자세를 취해, 매티 양을 보며 말했다.

"그래 주시기 바랍니다, 마님. 전 마사에게 친절을 베풀어 준 사람은 누구나 존경합니다. 전 마사와 결혼할 생각을 하고 있었어요. 미래에 말이에요. 그리고 그녀는 당신을 세상에서 가장 친절한 숙녀분이라고 정말이지 자주 말했어요. 저야 공동 숙박인과 함께 거주하는 불편을 피하고 싶은 것이 솔직한 심정이기는 하지만 마님께서 저희와 함께 살아주신다면 저희로선 영광이고, 마사는 마님을 편안하게 모시려고 최선을 다 할 거예요. 그리고 전 되도록 마님과 마주치지 않으려고 노력

할 거고, 그게 저같이 숫기가 없는 놈이 해 드릴 수 있는 최대한의 배려인 것 같습니다."

매티 양은 안경을 뺐다가 닦았다 다시 꼈다가 하느라 아주 바빴다. 하지만 그녀가 할 수 있는 말이라곤 이것밖에는 없었다.

"나 때문에 결혼을 서두르지는 마라. 제발, 그러지 마! 결혼은 아주 중대한 거란다!"

"하지만 마틸다 양은 네 계획을 고려해 보실 거야, 마사."

나는 그 계획이 주는 이익과 그것을 고려 대상에 넣을 수 있는 기회를 놓치고 싶지 않아서 말했다.

"그리고, 매티 양도 나도 너의 친절을 잊지 못할 거야. 당신 친절도요, 젬."

"네, 그럼요, 아가씨! 마사가 이렇게 갑자기 결혼을 밀어 붙이니까 약간 당황해서 제대로 표현을 못해서 그렇지, 저도 좋은 뜻이에요. 결혼할 마음이 충분히 있지만 내게 그 생각에 익숙해질 수 있는 시간을 좀 주세요. 그리고 마사, 이 처자야. 왜 그렇게 울고, 내가 가까이만 가면 때리고 난리지?"

마지막 말은 방백이었다. 마사는 그 말에 방을 뛰쳐나가 버렸고 연인은 그녀를 달래기 위해 따라 나갔다. 우리 둘만 남게 되자 매티 양은 그 자리에 앉아 펑펑 울었고, 마사가 그렇게 빨리 결혼한다는 말에 충격을 받았으며, 자기 때문에 불쌍한 아이가 서두르게 됐다면 결코 자신을 용서할 수 없을 것이라는 말을 이유로 설명했다. 나는 두 사람 중에 젬이 더 불쌍했다. 하지만 매티 양과 나는 정직한 연인의 친절에 마음 깊이 감사했다. 비록 우리가 이 사실에 대해선 거의 이야기하지 않고 결혼의 전망과 위험에 대해서 주로 이야기했지만.

다음 날 아침 아주 일찍, 나는 폴 양으로부터 쪽지를 하나 받았다. 이상할 정도로 꼭꼭 접혀 있고 비밀 유지를 위해 하도 겹겹이 싸여 있어 종이를 찢고 나서야 편지를 펼칠 수 있었다. 편지 내용은 하도 애매모호해서, 나는 읽고 나서도 무슨 말을 하는 건지 도통 이해할 수가 없었다. 하지만 나는 폴 양의 집에 오전 11시에 오라는 말은 이해할 수 있었다. 열한 시라고 커다랗게 적은 글씨에 11이라는 숫자도 함께 적혀 있었고 오전이란 글자에 밑줄이 두 개나 쫙 그어져 있었다. 마치 내가, 크랜포드의 주민들이 모두 보통 밤 10시면 잠자리에 드는데, 밤 11시에 찾아올 거라고 생각하는 듯했다. 편지에는 폴 양의 이름은 없고 이니셜만 거꾸로 P.E.라고 적혀 있었지만, 마사가 쪽지를 나에게 주면서 "폴 양이 주셨어요."라고 말했기 때문에 마술사가 아니라도 누가 보냈는지 알 수 있었다. 그리고 편지를 쓴 사람의 이름을 비밀로 해야 했다면, 마사가 쪽지를 전달해 준 게 마침 내가 혼자 있을 때라서 안성맞춤이었다.

나는 요청받은 대로 폴 양의 집에 갔다. 어린 하녀인 리지가 이런 평일에 무슨 큰 행사라도 있는 것처럼 말끔하게 옷을 차려 입고 문을 열어 주었다. 이 층으로 올라가는 계단도 뭔가 행사가 있는 듯이 잘 꾸며져 있었다. 가장 좋은 초록색 침포를 덮은 테이블도 차려져 있었고, 그 위에 필기도구가 놓여 있었다. 작고 낮은 찬장 위에는 새로 옮겨 따른 노란구룬앵초 와인 병과 콩 과자가 놓인 쟁반이 있었다.

폴 양 자신도 오전 11시밖에 되지 않았는데도 마치 방문객을 맞듯이 격식을 차려 옷을 입고 있었다. 포레스터 부인도 조용히 흐느끼며 같이 있었는데, 나를 보자 감정이 복받치는지 또다시 눈물을 왈칵 쏟았다. 우리는 슬픈 분위기로 인사를 나누었는데, 그 인사가 미처 끝나기도 전에 문을 쾅쾅 두드리는 소리가 들리더니 피츠 애덤 부인이 모습을 드러냈다. 그녀는 걸어서 왔고, 또 흥분해 있었기 때문에 얼굴이 빨갛게 상기되어 있었다.

이제 올 사람은 다 모인 것 같았다. 왜냐하면 폴 양이 불을 휘젓고,

문을 열었다가 다시 닫고, 기침을 하고 코를 푸는 등 여러 가지 방식으로 회의를 개최하겠다는 의사 표현을 했기 때문이었다. 그러더니 그녀는 난로가로 우리를 모이게 한 후, 특별히 나를 그녀 맞은편에 앉도록 했다. 그리고 마지막으로 나에게 자신이 우려한 대로 매티 양이 전 재산을 다 잃었다는 소문이 사실이냐고 물었다.

물론 다른 대답이 있을 수는 없었다. 그리고 그 말에 내 앞에 앉은 세 사람의 얼굴에 드러난 것보다 더 순수한 슬픔의 표정을 나는 본 적이 없었다.

"제미슨 부인이 여기 있었으면 좋겠어!"

마침내 포레스터 부인이 입을 열었다. 하지만 피츠 애덤 부인의 얼굴 표정으로 판단하건대, 그녀는 그 소망에 동조하는 것 같지 않았다.

"하지만 제미슨 부인이 없어도……."

폴 양이 불쾌함이 섞인 목소리로 말했다.

"여기 저의 응접실에 모인 크랜포드 숙녀들은 문제를 해결할 수 있어요. 우리 중에 누구도 소위 부자라고 불릴 만한 사람은 없어요. 물론 우아하고 세련된 취미를 위해선 충분할 만큼 그리고 웬만큼 살아갈 수 있을 만큼 재산은 있고, 설사 부자라고 하더라도 품위 없게 과시하지는 않겠지만요."

여기서 나는 폴 양이 글을 적어 놓은 것 같은 작은 카드를 손에 숨겨 참조하는 것을 목격했다.

"스미스 양……."

그녀는 나를 보며 계속 말을 이었다(모인 사람 모두에게 '메리'라는 이름으로 더 잘 알려져 있었지만, 지금은 공식 행사니까).

"나는 내 친구에게 일어난 불행한 사건에 대해 여기 모인 숙녀분들과 사적으로 이야기를 나누었단다(내가 해야 할 직분이라고 생각하고 어제 오후에 그랬어). 그리고 우리 모두는 우리가 여유가 있을 때 그렇게 하는 것이 의무일 뿐만 아니라 기쁨이라고 - 진정한 기쁨이야, 메리! - 생각했어."

바로 여기서 그녀는 목이 메었고, 안경을 닦고 나서야 말을 계속할 수 있었다.

"우리는 그녀, 마틸다 젠킨스 양을 도울 수 있는 대로 도와주기로 했단다. 단지, 품위 있는 여성이라면 모두 지니고 있는 섬세한 독립성을 감안해서(나는 폴 양이 다시 카드를 쳐다보았다고 확신한다), 우리는 비밀리에 소액의 정성어린 기부금을 내고 싶단다. 아까 말한 감정을 다치지 않게 하기 위해서 말이야. 그리고 우리가 오늘 아침에 너를 보자고 한 까닭은, 너의 아버지께서 사실상 마틸다 양의 모든 재정 문제의 사적 조언자니까, 네가 딸로서 그분과 의논해서 우리가 낸 기부금을 마틸다 젠킨스 양이 어느 기관으로부터 공식적으로 받는 돈으로 만들 수 있지나 않을까 해서야. 네 아버지라면 그녀의 투자를 다 아시니까, 그 기관을 가공으로 만들어낼 수 있지 않을까."

폴 양은 연설을 끝내고 찬성과 동의를 구하며 주위를 둘러보았다.

"제가 여러분의 뜻을 잘 전달했죠? 그럼, 스미스 양이 답사를 생각할 동안 음료를 좀 드시지요."

나는 대단한 답사를 하지 못했다. 할 말을 생각하는 것보다는 그들의 친절한 생각에 감사하는 마음이 더 컸기 때문이었다. 그래서 나는 이런 취지의 말을 중얼거릴 수 있었을 뿐이었다.

"폴 양의 말씀을 아버지께 전해 드릴게요. 만약 매티 양을 위해서 뭔가가 마련되면……."

여기서 나는 말문이 탁 막혔다. 그래서 노란구륜앵초 와인을 마시고 나서야 지난 이삼일 동안 억눌러 왔다 터진 울음을 그칠 수 있었다. 하지만 최악은 거기 모인 모든 숙녀가 한꺼번에 울음을 터트린 일이었다. 그 전에 다른 사람 앞에서 감정을 드러내는 것은 약하다는 표시이고 자제력이 부족하다는 뜻이라고 백 번도 넘게 말했던 폴 양조차 울었다. 그녀는 그들 모두를 울렸다고 나를 가볍게 질책하면서 자신의 감정을 추슬렀다. 그 외에도 내가 자기 연설의 답사를 하지 못한 것에 대해서도 감정이 상한 것 같았다. 만일 내가 무슨 말이 나올지 미리 알았더라면, 또 그럴 경우 내 마음에서 일어날 감정을 쪽지에 적어 왔더라면 그녀 마음을 흡족하게 할 수 있도록 노력해 볼 수도 있었을 것이다. 상황이 그렇지 못했으므로, 우리 모두가 평정을 되찾은 뒤 말문을 연 사람은 포레스터 부인이었다.

"우리는 친구 사이니까 내가 이런 말을 해도 괜찮을 거라고 생각해요. 그래요! 난 꼭 가난하다고 할 수는 없어요. 하지만 어쨌든, 난 소위 말하는 부자도 아니에요. 사랑하는 매티 양을 위해서라도 부자였으면 좋겠군요. 하지만 나는 비밀 종이에 내가 낼 금액을 적을게요. 더 액수가 컸으면 좋으련만. 메리, 정말 그렇구나."

나는 이제야 왜 종이와 펜과 잉크가 나와 있는지 알 수 있었다. 숙녀들은 모두 매년 자신들이 기부할 수 있는 금액을 쓰고, 종이에 사인을 한 뒤 비밀리에 봉인을 했다. 만일 그들의 제안이 받아들여지면 아버지가 비밀 엄수를 맹세한 뒤 봉인을 열 것이다. 거부되면 종이는 쪽지를 쓴 사람에게 다시 돌아갈 것이다.

이 행사가 끝나고, 나는 집으로 가려고 자리에서 일어났다. 하지만 모든 사람들이 나와 개인 면담을 하고 싶어 했다. 폴 양은 나를 응접실에 그냥 있도록 하고, 왜 자신이 제미슨 부인이 없는 가운데 자신이 이름 붙인 이 '운동'을 주도했는지를 설명하고, 또한 정확한 소식통으로부터 제미슨 부인이 동서에 대해 심한 불쾌감을 지닌 채 곧바로 크랜포드로 돌아온다는 말을 들었다는 것과, 레이디 그렌마이어는 때를 놓치지 않고 그녀 집을 떠나 바로 그날 오후에 에든버러에 도착할 것이라는 말을 했다. 물론 이 소식은 피츠 애덤 부인이 있는 곳에서는 알릴 수 없는 것이었다. 특히나 폴 양이, 레이디 그렌마이어와 호킨스 씨의 결혼 약속이 제미슨 부인의 열화 같은 분노 앞에 깨질 수도 있다고 생각하던 터라 더욱 그랬다. 폴 양과 나의 대화는 그녀가 매티 양의 건강에 대해 따뜻한 안부의 말을 전하면서 끝났다.

아래층으로 내려오니 포레스터 부인이 식당 문 입구에서 나를 기다리고 있었다. 그녀는 식당 안으로 나를 끌어들였다. 문이 닫히자 그녀는 두세 번 뭔가를 말하려고 시도했다. 하지만 무슨 말인지 도통 알 수가 없었기 때문에 나는 명확한 뜻을 이해하는 것을 포기할 지경에 이르렀다. 마침내 그 말이 나왔다. 가엾은 노부인은 벌건 대낮에 얘기하는 것이 무슨 대죄라도 되듯 온몸을 부들부들 떨며, 자신이 얼마나 적은 돈으로 먹고 사는지를 고백했다. 그녀는 자신의 이름으로 기록한 소액의 기부금이 매티 양에 대한 사랑과 관심과 비례한다고 생각할까봐 두려워서 이렇게 밝히고 있는 것이었다.

사실, 그녀가 기꺼이 기부하기로 한 돈은 먹고 살고 집을 유지하고 어린 하녀를 데리고 있는, 다시 말하면 티럴 가의 명성에 걸맞게 사는데 소요되는 전체 생활비의 20분의 1 이상에 해당하는 액수였다. 그리고 전 수입이 백 파운드가 안 되는 상황에서 20분의 1을 내놓으려면 아주 꼼꼼하게 절약을 하고 많은 부분에서 절제해야 했다. 세상 사람의 셈으로 보면 적고 미미한 액수지만 내가 지금 말을 듣고 있는 사람의 재정 상황으로는 다른 가치를 지닌 돈이었다. 그녀는 자기가 부자였으면, 하고 정말로 바란다고 했다. 그녀는 무심결에 이 바람을 계속 이야기했고, 이렇게 간절하게 바라는 단 하나의 이유는 매티 양을 조금이라도 더 편안하게 해주고 싶어서였다.

그녀를 위로하고 떠날 수 있게 되기까지 꽤 많은 시간이 흘렀다. 그러나 집을 나오자마자 이번엔 피츠 애덤 부인이 나를 붙잡았다. 그녀도 은밀히 할 말이 있었는데, 내용은 포레스터 부인과 정반대였다. 그녀는 자신이 더 많이 낼 여유가 있었지만 내고 싶은 액수를 다 적을 수가 없었다고 했다. 만약 그녀가 내고 싶은 만큼의 액수를 다 적으면 다시는 매티 양의 얼굴을 정면으로 볼 수 없을 것 같았다고 했다. 그녀는 이어 말했다.

"매티 양! 내가 계란이나 버터 등을 팔러 장에 가는 시골 계집아이였을 때 그녀를 얼마나 좋은 언니라고 생각했는지……. 우리 아버지는 꽤 잘 살았음에도 불구하고 어머니가 전에 했던 일을 받아 나에게 하라고 늘 시키곤 했단다. 그래서 나는 매주 일요일마다 크랜포드로 들어 와서 물건 판매와 가격 등을 알아보곤 했지. 어느 날엔가, 콤퍼스트로 가는 길에서 매티 양을 만났던 기억이 나. 그녀는 차도보다 한참 위에 위치한 인도를 따라 걷고 있었는데 신사 한 분이 말을 타고 옆에 오더니 그녀에게 말을 했고 그녀는 자기가 꺾은 앵초 꽃을 내려다보다가 꽃을 갈기갈기 찢어버렸어. 그녀는 울고 있는 것 같았어. 그렇게 내 곁을 지나가던 그녀는 갑자기 몸을 돌려 내게로 달려오더니 불쌍한 엄마 안부를, ─ 오, 정말이지 친절하게도 ─ 당시 사경을 헤매시던 엄마 안부를 물었어. 그리고 내가 울음을 터트리자 내 손을 잡고 위로해 주었어. 그러는 동안 신사분은 계속 그녀를 기다리더구나. 가엾은 그녀의 마음은 뭔가로 충만해 있는 것 같았어. 난 목사 따님이자 알리 홀을 방문하는 여성과 그렇게 다정한 이야기를 나눈 것이 큰 영광이라고 생각했지. 그때부터 나는 그럴 자격은 없었지만, 그녀를 아주 사랑했단다. 네가 다른 사람 몰래 내가 좀 더 기부할 수 있는 방법을 생각해 낼 수 있으면 정말 고맙겠어. 그리고 오빠도 약값과 치료비를 비롯한 일체를 무료로 그녀를 진료해 주실 거야. 오빠와 사모님도(이런! 내가 사모님의 시누이가 될 거라는 말을 네게 하지 않은 것 같구나!) 그녀를 위해 할 수 있는 모든 일을 하실 거야. 우리 모두 다 그럴 거야."

나는 그녀에게 그럴 거라고 확신한다고 말하고 그녀가 부탁한 모든 것을 약속한 후, 무슨 일이 있었는지 물어도 설명해 줄 수도 없는 2시간 동안을 궁금해 할 매티 양이 걱정되어 집으로 향했다. 그러나 그녀는 그동안 시간에 대해 신경 쓸 틈이 없었다. 자신의 집을 포기한다는 큰 일에 대한 준비로, 수많은 소소한 일들을 하느라고 정신이 없었기 때문이었다. 절약하는 쪽으로 뭔가를 한다는 생각이 그녀에게 위안이 된 것은 분명했다. 왜냐하면 그녀가 잠깐 쉬며 생각을 하다가, 부도난 5파운드 어음을 가지고 있던 가엾은 사람에 대한 기억이 날 때마다 자신이 사기를 쳤다는 기분이 든다고 했다. 자기도 그 생각으로 이렇게 마음이 불편한데, 은행 파산으로 가난해진 훨씬 많은 사람들을 알고 있는 은행 경영진들은 오죽하겠느냐는 것이었다. 매티 양이 (다른 사람의 재산을 잘못 운영한 데 대한 자책으로 정신을 못 차릴 거라고 생각하며) 경영진과 자기처럼 고통을 당할 사람들에게 똑같이 동정을 느끼는 것을 보며, 나는 화까지 날 지경이었다. 사실, 그녀는 두 그룹의 사람들 중에 자책하는 경영진이 가난해진 사람들보다 마음의 짐이 더 무거울 것이라고 생각했다. 하지만 나는 혼자서 과연 경영진이 그녀의 말에 공감할지 의심스러웠다.

우리는 옛날의 비장품을 꺼내 와 금전적 가치를 평가해 보았고, 다행히 가치가 별로 없었다. 매티 양이 엄마의 결혼반지라든지 와이셔츠 주름장식에 꽂아 더 외관을 망치던 이상하고 보기 흉한 아버지의 장식핀 같은 것을 어떻게 팔 수 있을지 생각조차 해볼 수 없었기 때문이었다. 그러나 우리는 물건들을 금전적 가치에 따라 차례대로 정렬해 두고, 다음 날 나의 아버지가 왔을 때를 위해 만반의 준비를 해놓았다.

이야기가 지루해지지 않도록 우리가 정리한 비즈니스에 대한 모든 세부 사항을 말하진 않겠다. 그런 일에 대해 이야기하지 않는 이유 중 하나는 당시 우리가 하던 일을 잘 이해하지 못해서, 지금 기억이 잘 나지 않기 때문이다. 매티 양과 나는 둘 다 이해하지도 못하면서 금전상의 계산과 계획, 보고서와 서류들에 대한 아버지의 설명에 무조건 고개를 끄덕이며 앉아 있었다. 왜냐하면 나의 아버지는 두뇌가 명석하고 성격이 단호했으며 사업에서 최고인 분이셔서 우리가 조금이라도 묻거나 이해가 되지 않는다는 말을 하면 날카롭게 다음과 같이 말씀하시곤 했기 때문이다.

"뭐? 뭐라고? 이건 명명백백한 일이야. 네가 반대하는 게 뭔데?"

그러므로 우리는 아버지의 제안을 하나도 이해하지 못했지만 반대의 목소리를 내는 것은 사실상 불가능했다. 사실, 우리가 반대할 것이나 있었는지도 의문이다. 그래서 지금 매티 양은 자신 없이 동의하는 모습을 보이면서 아버지께서 물으시든 않으시든 아버지의 말씀이 잠시 끊어질 때마다 다음처럼 대답했다.

"네, "물론이죠."

그러나 한번은 매티 양이 떨면서 미심쩍어하는 목소리로 말했다.

"제가 결정하자면……."

그때 나도 거들어 한 목소리를 낸 적이 있었는데, 아버지는 화살을 내게 돌리시며 고함을 지르셨다.

"거기서 결정할 게 뭐가 있어?"

그래서 오늘날까지 나는 그것이 무엇인지 모른다. 그러나 그를 공정하게 평가하기 위해 말하자면, 드럼블에서 시간 내기도 어렵고 자신의 사업도 아주 걱정스러운 상황에서 매티 양을 도우러 오셨던 것이다.

매티 양이 점심 식사 준비를 시키려고 밖으로 나갔을 때, 그리고 아버지께 맛있는 진미를 대접하고 싶다는 바람과 이제 자기 마음대로 쓸 수 있는 돈이 없다는 현실 사이에서 갈팡질팡하는 사이에 나는 아버지께 전날 폴 양의 집에서 있었던 숙녀들의 모임에 대해서 이야기했다.

그는 내가 이야기를 할 동안 계속 눈을 손으로 부비고 있었다. 그리고 내가 이틀 전에 마사가 했던, 매티 양을 동거인으로 들이고 싶다는 이야기를 하자 아버지는 내 곁을 떠나 창으로 가시더니 손가락으로 유리창을 두드리기 시작했다. 그러더니 갑자기 내게로 몸을 돌리면서 말했다.

"알겠지, 메리. 순진하게 살면 얼마나 사람들이 주위에 모이는지 봐라. 제기랄! 내가 목사라면 거기서 좋은 교훈이 되는 설교를 얻을 수도 있을 텐데. 하지만 현실이 그렇지 않다 보니, 내가 하는 말의 끝도 못 맺겠구나. 내가 하고 싶은 말을 네가 이해했으리라 믿는다. 점심을 먹고 나서 나와 산책을 가자꾸나. 그리고 그 문제에 관해 이야기해 보도록 하자."

이제 점심이 — 뜨겁고 맛있어 보이는 양고기 토막들과 잘게 잘라 튀긴 후 차갑게 식힌 라이언 약간이 — 들어왔다. 우리가 요리의 마지막 한 조각까지 다 먹자 마사는 크게 만족했다. 점심 식사 후 아버지께서는 불쑥 매티 양에게 나만 데리고 산보를 나가 옛날 장소들을 돌아보고, 그리고 나서 부녀가 바람직하다고 생각하는 계획을 나를 통해 그녀에게 알릴 것이라고 말했다.

우리가 밖으로 나가기 직전에 매티 양이 다시 나를 불러들이더니 말했다.

"이걸 기억해, 아가. 이제 가족 중에 남은 사람은 나밖에 없어. 내가 하는 일 때문에 피해 볼 사람이 없다는 뜻이야. 나는 바르고 정직한 일이라면 무슨 일이나 할 거야. 그리고 데보라 언니가 하늘에서 볼 때 내가 바르게 행동하지 않으면 걱정을 많이 할 거야. 너도 알다시피, 언니는 모든 것을 다 안단다. 나는 팔 수 있는 것을 다 팔아서 할 수 있는 데까지 은행 파산으로 가난해진 사람들의 돈을 갚아 주고 싶어."

나는 그녀에게 따뜻하게 키스를 해주고 아버지를 뒤쫓아 갔다. 우리 부녀가 대화를 나눈 끝에 나온 결론은 다음과 같다.

마사와 젬은, 둘 다 동의한다면, 지체 없이 결혼하고, 매티 양의 현재 거주지에서 함께 살도록 한다. 크랜포드 숙녀들이 매년 기부하기로 한 금액으로 집세는 거의 충당되므로 매티 양이 내는 집세를 마사가 관리하며 그 외 추가적으로 필요한 데 쓸 수 있도록 한다.

매각에 대해서, 처음에 아버지는 미심쩍은 표정으로 옛날 목사관 가구는 아무리 애지중지하며 조심스럽게 사용했더라도 값이 얼마 나가지 않을 것이라고 하셨다. 그리고 그 얼마 안 되는 돈은 타운앤카운티 은행의 바다만한 빚에 비하면 물 한 방울에 지나지 않을 것이라고 하셨다. 하지만 매티 양이 자기가 할 수 있는 일을 다 했다는 생각으로 그녀의 여린 마음이 위로를 받을 것이라고 말하자, 아버지는 물러서셨다. 특히 내가 5파운드 어음 건에 대해서 이야기하고, 아버지는 그녀가 그렇게 하도록 가만히 있었다고 나를 많이 야단치고 나서는, 깨끗하게 물러나셨다. 그러고 나서 내가 아버지께 매티 양이 차를 팔아서 그녀의 적은 수입에 보탬이 되도록 하면 어떻겠냐고 넌지시 비추자, 놀랍게도(왜냐하면 나는 그 생각을 거의 포기하고 있었으므로) 아버지는 상인으로서의 열정으로 그 생각을 받아들이셨다.

나는 아버지께서 시작하지도 않은 일에 미리 너무 기대를 한다는 생각이 들었다. 매티 양이 크랜포드에서 벌 수 있는 수익을 바로 계산해 보더니, 일 년에 20파운드 이상 되겠다고 했기 때문이었다. 작은 식당방의 품위를 그대로 유지시키면서 가게로 개조한다. 테이블을 카운터로 쓴다. 한쪽 창문은 지금 그대로 두고, 다른 한쪽 창문은 유리 출입문으로 개조한다. 이런 기발한 제안 덕분에 아버지의 나에 대한 평가가 높아졌다. 나는 매티 양의 우리 부녀에 대한 평가가 낮아지지 않기만을 바랐다.

그러나 그녀는 우리가 마련한 수습책 모두를 받아들이고 만족해 했다. 그녀는 우리가 그녀를 위해 최선을 다했다는 것을 안다고 말했다. 그녀는 크랜포드에서 많은 존경을 받았던 자신의 아버지를 위해서 빚진 돈은 단 1파딩이라도 모두 갚겠다고 했다. 아버지와 나는 은행에 대해서는 일체 거론하지 말자고 약속했었다. 그녀는 일부 계획에 약간 당황하는 것 같았다. 하지만 아침에 내가 아버지께 이해력 부족이라고 그렇게 타박당하는 것을 봤던지라 너무 많은 질문을 하지는 못했다. 그리고 모든 것은 잘 지나갔고, 단지 그녀의 유일한 바람이라면 자기 때문에 누군가가 서둘러 결혼하는 일은 없었으면 하는 것이었다.

차를 팔아 보면 어떻겠냐는 제안에 이르자 그녀는 충격을 받은 듯했다. 자기의 상류 계급 상실 때문이 아니라 새로운 생활 전선에서 자신이 일을 해낼 수 있을까 의심스러웠기 때문이었고, 자기에게 맞지 않는 일을 하기보다는 약간 더 가난해지는 쪽을 원하는 것 같았다. 그러나 아버지께서 열성적으로 설득하자 마침내 그녀는 한숨을 쉬더니 해보겠다고 말했고 자신이 잘하지 못한다면, 물론 그만 둘 것이라고 했다. 차를 파는 일의 한 가지 좋은 점은 남자들이 차를 사러 오지 않을 것이라는 사실이었다. 그녀는 특히 남자들을 무서워했다. 그들은 천성적으로 소리가 크고 시끄러웠다. 그들은 외상을 잘하고, 거스름돈을 너무 빨리 계산했다! 그녀가 아이들에게 당과를 팔수만 있다면, 아이들을 기쁘게 할 수 있다고 확신했다!

제15장
행복한 귀향

내가 크랜포드를 떠나기 전, 모든 일은 매티 양에게 맞게 잘 정리가 되었다. 제미슨 부인에게서 그녀가 차를 팔아도 좋다는 허락까지 받았다. 그리고 매티 양이 차를 판매하게 됨에 따라 크랜포드의 사교계에 매티 양이 참여할 수 있는 특권을 박탈할 것인가를 두고 제미슨 부인은 며칠 동안 심사숙고했다. 그리고 마침내 내린 결정을 보면 제미슨 부인은 이 일을 핑계로 레이디 그렌마이어에게 굴욕을 안겨줄 생각을 한 것 같았다. 결정한 내용은 다음과 같다.

기혼 여성은 엄격한 관습법에 따라 남편의 지위를 따른다. 미혼 여성은 아버지의 지위를 계승한다. 그러므로 크랜포드 사교계는 매티 양과 왕래를 해도 좋다. 그러나 허락이 있든 없든, 크랜포드 사교계는 레이디 그렌마이어와 왕래를 할 것이다.

그러나 다음 화요일에 호긴스 씨와 호긴스 부인이 크랜포드로 돌아온다는 소식이 들려와 우리는 얼마나 놀라고, 또 실망했던지. 호긴스 부인이라니! 그녀가 자신의 작위를 완전히 포기하고 분별없이 일개 호긴스가 되다니! 죽을 때까지 레이디 그렌마이어로 불릴 수 있었던 그녀가![152] 제미슨 부인은 흡족해 했다. 그녀는 자신이 처음부터 알고 있었던, 그 작자의 취향이 저속하다는 사실을 확인시켜 줄 뿐이라고 말했다. 하지만 일요일에 교회에서 봤을 때 '그 작자'는 아주 행복해 보였다. 우리는 제미슨 부인처럼, 호긴스 부부가 앉아 있는 쪽의 보닛 베일을 내리고 있을 필요가 없었기 때문에 호긴스 씨의 얼굴에 환하게 빛나는 미소와 부인의 얼굴에 예쁘게 피어난 홍조를 놓치지 않았다. 그날 오후에 처음 함께 모습을 보인 마사와 젬 헌, 그리고 호긴스 부부 중에 누가 더 빛이 나 보였는지 모르겠다. 호긴스 부부가 방문객을 맞는 날, 제미슨 부인은 심란해진 자기 심사를 달래려고 장례식 날처럼 창문의 블라인드를 모두 내려놓았다. 〈성 제임스 연대기〉를 계속 구독하자고 설득하는 데도 꽤 힘이 들었다. 신문에 호긴스 부부의 결혼식 소식이 간지로 삽입되어 있었기 때문이었다.

　매티 양의 장사는 멋지게 출발했다. 거실과 침실에 있던 가구는 그대로 그녀가 소유했다. 거실은 세를 들고 싶어 하는 숙박인을 마사가 찾을 때까지 매티 양이 쓰기로 했다. 그리고 매티 양은 이 거실과 침실에 가구들을 전부 쑤셔 넣어 두었다. 경매에 나왔을 때 이름을 밝히지 않은 친구가 그녀 이름으로 다시 사서 준 가구들이었다(경매인이 이를 확인해 주었다). 나는 늘 그 친구가 피츠 애덤일거라고 생각했다. 하지만 그녀에겐 공범이 있음이 틀림없었다. 매티 양의 어린 시절과 관련되어 그녀에게 특별히 의미 있는 가구들을 알고 있는 사람 말이다. 다른 방들은 확실히 휑했다. 자그마한 침실 하나는 예외적으로 아버지께서 매티 양이 아픈 경우에 내가 가끔 사용하도록 가구를 두도록 했다.

---

152) 작위가 있는 남자와 결혼했다가 미망인이 된 여성은 재혼을 해도 첫 남편의 작위를 계속 유지할 수 있었다. 그래서 그녀는 호긴스 씨와 결혼을 했더라도 레이디 그렌마이어로 불릴 수 있었으며, 그럴 경우에 제미슨 부인이나 포레스터 부인보다 신분이 높았다.

나는 모든 종류의 당과와 마름모꼴 캔디를 사는 데 소액의 내 저금을 썼다. 매티 양이 그렇게나 사랑하는 아이들을 그녀 곁에 모여 들도록 하기 위해서였다. 매티 양과 나는 가게 개점 전날 밤에 차가 담긴 밝은 초록색 통과 텀블러에 담긴 당과류가 정렬된 가게를 둘러보며 상당히 뿌듯했다. 마사는 널빤지 바닥을 하얘지도록 깔끔하게 닦아 놓았고, 테이블 겸 카운터의 앞에 서는 손님 발밑에는 눈부신 유포를 깔아 장식해 놓았다. 회반죽과 백색 도료의 신선한 냄새가 방에 가득 차 있었다. 〈마틸다 젠킨스, 차 판매 인가증〉이라고 쓴 아주 작은 표시판은 새로 낸 문의 상인방[153] 아래 숨겨놓고, 불가해한 글자가 겉봉지 가득 적혀 있는 두 개의 차 박스는 언제라도 내용물을 초록색 통에 쏟아 부을 수 있게 준비되어 있었다.

내가 전에도 말했듯이 매티 양은, 수많은 판매용품 중 하나이긴 하지만 마을에서 차를 이미 팔고 있는 존슨 씨가 있는데, 자신이 또 차를 판매하는 데 대해 상당히 양심의 가책을 느끼고 있었다. 그래서 자신이 새로운 사업을 하기로 마음먹기 전에 나 몰래 그의 가게로 가서 자신이 생각하고 있는 사업 구상을 말하고 그의 장사에 피해가 가지 않겠는지 물었다. 아버지는 이런 행동이 '엄청난 바보짓'이라며 말씀하셨다.

"상인들이 계속 다른 상인의 이익을 서로 신경써 주면 경쟁이 전혀 없어질 텐데 어떻게 성공하느냐."

그러나 드럼블에서는 통하지 않을 이 방법이 크랜포드에서는 아주 잘 먹혔다. 왜냐하면 존슨 씨는 매티 양의 양심의 가책과 그의 장사에 피해를 줄까 하는 걱정을 모두 잠재워 주었을 뿐 아니라, 손님들에게 자기가 파는 것은 일반 차이지만 마틸다 젠킨스 양이 파는 것은 고급

---

153) 창, 입구 따위의 위쪽 가로대.

차라고 말하면서 손님들을 계속 그녀에게 보내 주었기 때문이다(그렇게 내가 믿는 이유가 있다). 비싼 차는 잘사는 상인들과 부자 농부의 아내들이 가장 선호하는 사치품이었다. 그들은 상류사회의 테이블에 흔히 있는 공푸차[154]와 소종차[155]는 콧방귀를 뀌며 쳐다보지도 않고 건파우더나 페코차[156] 같은 것만 마시려고 했다.

그러나 매티 양의 이야기로 되돌아 가보자. 그녀의 이타심과 정의감에 영향을 받아 다른 사람도 같은 마음을 품는 과정을 지켜보는 것은 정말 흐뭇했다. 그녀는 누군가가 자기를 속일 수 있다는 생각을 절대로 하지 않았다. 자신이 남에게 어쩌다 그랬다면 아주 고통스러워했을 것이기 때문이었다. 그녀는 석탄을 배달해 온 사람에게 이렇게 조용히 말해 그가 찍소리 못하게 만든 적도 있었다.

"무게를 잘못 재서 가져와 정말 속상하시겠어요."

그때 그들이 석탄 무게를 적게 재어 가져 왔다면, 두 번 다시는 그런 짓을 하지 않을 것이라고 믿는다. 사람들은 그녀의 신임을 이용하는 것을 어린아이에게 그런 짓을 하듯 부끄러워했다. 하지만 아버지께서는 이렇게 말씀하셨다.

"그런 순진함은 크랜포드에서는 먹힐지 모르지만 세상에서는 어림없다."

세상은 정말 악질인 것 같다. 아버지께서 거래하는 모든 사람에게 의심의 눈길을 놓지 않고, 엄청나게 경계를 하셨음에도 불구하고 작년한 해에만 천 파운드 이상을 사기를 당하신 것을 보면.

나는 매티 양이 새로운 생활 방식에 정착하고, 목사님이 구매한 책을 싸는 동안만 그녀 곁에 머물렀다. 목사님은 아주 친절한 편지를 매

---

154) 중국산 홍차의 일종.
155) 어린 싹으로 만드는 고급 홍차.
156) 줄기 끝의 어린잎에 나 있는 흰털이며, 비슷한 크기의 잎을 모아 만든 차를 의미하며, 스리랑카·인도산 따위의 고급 홍차를 말한다.

티 양에게 보냈다.

　돌아가신 젠킨스 목사님이 잘 선정해 놓으신 책으로 서재를 꾸밀 수 있으면 정말 좋겠습니다. 비용은 얼마가 들어도 좋습니다.

　그리고 책들이 다시 목사관을 돌아가 익숙한 벽에 정돈이 될 것이란 생각에 희비가 엇갈린 감정으로 매티 양이 이에 동의했을 때, 목사님은 다시 말을 전해 와서 책을 모두 다 가져오기에는 서재 공간이 부족할 것 같으니 몇 권은 매티 양의 서재에 놔둘 수 있겠냐고 물어왔다. 매티 양은 자신은 성경과 존슨 박사의 사전[157]이 있고, 책을 읽을 시간도 별로 없을 것 같다고 말했지만, 나는 목사님의 친절함을 고려해서 몇 권을 챙겨 두었다.
　목사님이 책값으로 지불한 돈과 차 판매로 생긴 돈은, 일부는 다시 차 재고를 더 늘이는 데 들어가고, 일부는 앞으로 곤란한 일, 즉 노후나 병환을 대비해서 따로 챙겨놓았다. 적은 금액에 불과한 것은 사실이다. 그러나 그 여분의 돈을 챙겨놓는 데도 약간의 진실 회피와 선의의 거짓말이(이론적으로 아주 나쁘다고 생각하고 실제로도 안 하고 싶었지만) 필요했다. 왜냐하면 은행이 아직 빚을 해결하지 못한 상태에서, 자신을 위한 약간의 비자금이 숨겨져 있다는 사실을 알면 매티 양이 도의상 못 견뎌할 것이기 때문이었다. 더구나 그녀는 친구들이 자신의 집세를 대신 내주고 있다는 사실도 몰랐다.
　나는 이 말을 그녀에게 해주고 싶었지만, 친구들이 남몰래 선행을 베푼다는 생각으로 짜릿한 기쁨을 느꼈고, 그래서 이 기분을 포기하고 싶어 하지 않았다. 처음에 마사는 생계비 조달에 대해 쏟아지는 그

---

[157] 사무엘 존슨은 혼자 힘으로 8년을 소요하여 영국에서 처음으로《영어 사전(Dictionary of English Language)(1755)》을 완성, 출간하여 영문학의 발전에 크게 기여했다.

녀의 곤란한 질문을 에둘러 피해야만 했다. 하지만 마침내 매티 양의 신중함 속에 들던 불안감은 수습된 방식을 말없이 따르는 쪽으로 가라앉았다.

나는 아주 가벼운 마음으로 매티 양 곁을 떠났다. 처음 이틀 동안의 차 판매액은 나의 가장 낙관적인 전망치도 뛰어 넘었다. 마을 전체에 차가 한꺼번에 떨어진 것 같았다. 매티 양의 장사하는 방법에서 단 하나 바꾸었으면 싶었던 건 일부 고객들에게 녹차를 사지 말라고 그렇게 간곡하게 간청하지 말았으면 하는 일이었다. 그녀는 녹차가 신경을 파괴하고 모든 해악을 미치는, 천천히 몸을 좀먹는 독약이라고 설명했다.[158] 그녀의 경고에도 불구하고 손님이 기어코 녹차를 사겠다고 하면 아주 괴로워했으므로, 그녀가 녹차 판매를 중지해서 고객의 반을 잃지 않을까 진짜 걱정이 되었다. 그래서 나는 온전히 녹차만을 계속 마셔서 장수한 사례를 정신없이 찾았다.

이 문제에 대한 우리의 갈등은, 에스키모 인들이 좋아하기도 하지만 소화 촉진에도 도움이 되는 고래 기름과 수지 양초를 내가 언급하면서 끝이 났다. 그녀는 '어떤 사람에게 이로운 것이 다른 사람에게는 해로운 것이 될 수 있다.'는 것을 인정하고, 그때부터는 손님이 너무 어리거나 순진해서 어떤 체질의 사람에게는 녹차가 아주 해로울 수도 있다는 사실을 모를 때는 가끔 충고를, 나이가 들어 더 현명한 선택을 할 수 있는 사람이 녹차를 원할 때는 습관적으로 한숨을 쉬는 것으로 만족했다.

나는 드럼블에서 최소한 석 달에 한 번은 돌아가 셈을 정산하고 필요한 사업상의 편지를 관리해 주었다. 그리고 편지 이야기를 하다 보니, 내가 아가 젠킨스에게 보낸 편지가 생각나 너무 창피해지기 시작

---

158) 당시 녹차는 발효되지 않은 것이었으며, 신경에 나쁘다고 여겨졌다.

했고, 누구에게도 그 이야기를 하지 않은 것을 아주 다행으로 여기게 되었다. 나는 편지가 중간에서 없어졌기만을 바랐다. 답장은 오지 않았다. 아무런 조짐도 없었다.

매티 양이 가게를 차린 지 일 년 정도 되었을 때 나는 마사로부터 크랜포드로 빨리 와 달라는 내용의 상형문자 같은 편지를 받았다. 나는 매티 양이 아픈 것이라 생각하고 그날 오후에 바로 크랜포드로 가서 문을 열어 주는 마사를 깜짝 놀라게 했다. 우리는 언제나처럼 부엌으로 가서 비밀 회담을 했다. 마사는 일이 주일 후면 자기 출산일인데, 매티 양이 모르는 것 같다고 말했다. 마사는 내가 매티 양에게 그 소식을 전해 주기를 바랐다.

"정말이지, 아가씨!"

마사는 발작적으로 울며 말을 이었다.

"마님이 찬성하시지 않을 것 같아요. 그리고 제가 누워 있게 되면 누가 마님을 지금처럼 돌봐 줄 수 있을지 모르겠어요."

나는 그녀가 다시 몸을 추스를 때까지 내가 곁에 있겠다고 말하며 그녀를 달랬다. 그리고 '이렇게 갑자기 소환한 이유를 설명해 주었으면 필요한 옷가지라도 챙겨 올 수 있었을 텐데'라는 생각을 했다. 그러나 마사가 너무 많이 울고 평소의 그녀답지 않게 아주 예민해져 있었으므로 나는 되도록 내 이야기를 삼가고 밀려드는 온갖 불행한 상상으로 괴로워하는 마사를 달래려고 애썼다.

그런 후 나는 살그머니 대문을 열고 나가 손님인 척하며 가게로 들어가 매티 양을 깜짝 놀라게 하고, 새로운 상황에서 그녀가 어떻게 지내는지 살펴보기로 했다. 따뜻한 5월의 날씨였기 때문에 반쪽 문[159]만 닫혀 있었다. 매티 양은 카운터 뒤에 앉아 정교한 양말대님을 뜨고 있

---

159) 외부 문으로 수평으로 나누어져 있어, 각각 따로 문을 여닫을 수 있다.

었다. '정교한'이라고는 말했지만, 그녀가 어려운 뜨개질에 집중하는 것 같지는 않았다. 왜냐하면 뜨개바늘을 빠르게 안팎으로 움직이면서 낮은 소리로 혼자 노래를 부르고 있었기 때문이었다. 내가 노래라고 부르지만, 낮고 지친 목소리로 부르는, 달콤하지만 가락이 맞지 않는 음조를 음악가는 그렇게 부르려고 하지 않을 것이다. 나는 곡조로는 도저히 알 수 없었지만 조용히 계속 들려오는 가사를 듣고, 그녀가 흥얼거리는 노래가 바로 〈구 찬송가 100번〉[160]이라는 것을 알 수 있었다. 바로 문밖의 길에 서 있던 나는 부드러운 5월의 아침과 조화를 이루는 노래 소리에 기분이 좋아졌다.

나는 안으로 들어갔다. 처음에 그녀는 내가 누군지 알아채지 못하고 손님을 맞으려는 듯 자리에서 일어나려고 했다. 하지만 다음 순간 나를 보며 펄쩍 뛰며 반가워하는 바람에 바닥에 떨어진 뜨개질거리를, 경계를 늦추지 않고 기다리던 고양이가 낚아채갔다. 나는 매티 양과 잠깐 이야기를 나눠 보고, 마사가 이야기한 대로 그녀가 다가오는 집안 거사를 전혀 눈치채지 못하고 있다는 사실을 알 수 있었다. 그래서 나는 자연의 과정이 자연스럽게 흘러가도록 놔둔 뒤, 아기를 안고 그녀에게 가서 마사에 대한 용서를 빌어야겠다고 생각했다. 마사는 태어나는 아기가 엄마의 관심을 필요로 할 텐데, 그러면 매티 양에 대한 배신이 될 거라고 생각하며, 매티 양이 용서하지 않을 거라고 쓸데없이 겁을 먹고 있었다.

하지만 내가 옳았다. 나는 그런 촉수가 우리 가계의 유전전인 특징이라고 생각한다. 왜냐하면 아버지도 자신의 촉수가 틀린 적이 별로 없다고 말씀하셨기 때문이었다. 내가 도착한 지 일주일 정도 된 어느

---

160) 1551년 처음 만들어졌을 때는 시편 134편을 가사로 하였지만 그 후 시편 100편으로 바뀌었고 그것이 이 찬송의 제목 〈Old Hundred〉가 되었다. 한글 찬송가에는 〈만복의 근원 하나님〉으로 가사와 제목이 바뀌어 1장으로 수록되어 있다.

날 아침, 나는 작은 무명 꾸러미를 품에 안고 매티 양에게 갔다. 내가 그게 뭔지를 보여주자 매티 양은 경이로움에 어쩔 줄 몰라 하며 화장대에 놔둔 안경을 가져다 달라고 했다. 그리고는 신기한 듯이 아기를 들여다보고 완벽한 모습을 갖춘 앙증스러운 각 부분을 보고 부드러운 목소리로 감탄했다. 그녀는 하루 종일 놀라움을 억제하지 못하며 발끝으로 살그머니 걷고 아주 조용히 행동했다. 그러나 살그머니 마사를 만나러 가서 둘이 함께 기쁨의 눈물을 흘리기도 했다. 그러면서 젬에게 축하의 말을 시작했는데 어떻게 말을 끝낼지 몰라 당황하다가, 때마침 가게 벨 소리를 듣고 겨우 곤경에서 벗어날 수 있었다. 벨 소리는 수줍어하면서도 자랑스러워하던 정직한 젬 역시 한숨을 돌리게 해주었다. 내가 그에게 축하 인사를 하자 내 손을 잡고 어찌나 힘차게 흔들던지 아직도 손이 아프다.

마사가 몸조리를 할 동안 나는 바쁘게 지냈다. 매티 양의 시중을 들고 식사를 준비했으며 돈을 계산해 주고 차와 당과류를 담은 통을 점검했다. 그리고 간혹 그녀를 도와 가게에서 일하기도 했는데, 꽤나 재미가 있었다. 하지만 그녀가 장사하는 모습을 지켜보며 약간 불안해진 것도 사실이다. 만약 어린 아이가 가게에 와서 아몬드 당과를 28그램 정도 달라고 하면(4개 정도면 그 정도 무게가 나간다) 그녀는 언제나 하나 더 얹어주면서 말했다.

"무게를 맞추기 위해서……."

무게는 그 전에 이미 한참을 넘었는데도 말이다. 내가 그런 행동에 뭐라고 하면 그녀는 다음과 같이 대답하곤 했다.

"어린 애들이 이걸 좀 좋아해야지!"

그녀에게 당과 하나가 7그램 이상 나가니까 한 번씩 팔 때마다 그만큼씩 손해라고 아무리 이야기를 해도 소용없었다. 그래서 나는 녹차가 떠올라 그녀의 방법을 내 경우에 써 보기로 했다. 나는 아몬드 당과가 얼마나 건강에 해로운지 아느냐고 말하면서, 많이 먹으면 어린아이들에게 아주 해롭다고 말했다. 이 이야기는 약간 효과가 있었다. 왜냐하면 그 다음부터는 당과를 하나 더 주는 대신 그녀는 아이들에게 작은 손을 펼치라 하고 이전에 팔았던 당과의 위험 예방용으로 박하나 인삼 드롭스를 후두두 부어주고는 했기 때문이다. 이런 방식으로 판매되는 당과의 수익이 좋을 리 없었다.

그러나 작년의 차 판매 수익이 20파운드가 넘는 것을 보고 나는 기분이 좋아졌다. 더구나 매티 양이 이제 장사에 익숙해지다 보니 조금씩 재미를 붙이기 시작했고 주위 사람들과 친절하게 대화도 나누게 되었다. 그녀가 그들에게 무게를 넉넉히 달아서 주면 다음에는 그들이 '옛날 목사님의 따님'에게 크림치즈, 방금 닭이 낳은 달걀 몇 알, 신선한 채소, 꽃 한 다발 등 시골에서 나는 선물을 가져다주곤 했다. 그녀는 때로 그런 선물로 카운터가 가득해지기도 한다고 말했다.

크랜포드 전체로서는 평범한 일상이 지나가고 있었다. 제미슨 부인과 호긴스 씨 부부의 불화는, 한쪽만 난리를 치는 것도 그렇게 부른다면, 여전히 계속되고 있었다. 호긴스 씨 부부는 아주 행복하게 살고 있었고, 행복한 사람들이 흔히 그러하듯이 사람들과 친하게 지내고 싶어 했다. 사실, 호긴스 부인은 제미슨 부인과 옛날에 친했던 관계를 다시 회복하고 싶어 했다. 하지만 제미슨 부인은 이들 부부의 행복을 그렌마이어 가의 치욕이라고 생각했다. 제미슨 부인은 영광스럽게도 아직 그렌마이어 가와 친척지간이었다. 그래서 그녀는 완강하게 호긴스 부인의 접근을 거부했다. 그녀의 시종 뮬리너 씨도 충직한 한 가족으로 주인마님의 편을 열성적으로 들었다. 그가 길에서 호긴스 부부 중 누구라도 우연히 만나면 길을 건너가 버리거나, 그들이 지나쳐 갈 때까지 전반적인 삶에 대한, 특히 자신이 걷는 길에 대한 명상에 잠겨 있는 척하며 땅만 보며 걸어갔다. 폴 양은 만일 제미슨 부인이나 뮬리너 씨,

아니면 시종 중에 누가 아프기라도 하면 어떻게 할 것인가를 생각하며 즐거워하기도 했다. 제미슨 부인이 호긴스 부부에게 그렇게 행동해 놓고, 호긴스 씨에게 왕진을 와 달라고 할 염치가 없을 것 같았기 때문이었다. 폴 양은 난처한 상황에서 제미슨 부인이 어떻게 행동하는지 모든 크랜포드 주민이 볼 수 있도록 제미슨 부인이나 부양가족 중에 누가 가벼운 병이나 사고가 나기를 간절히 바라기도 했다.

마사가 다시 돌아다닐 수 있게 되어, 내가 조만간 그곳을 떠나야겠다고 시한을 정해 놓고 있던 어느 날 오후였다. 나는 매티 양과 가게 겸 응접실에 앉아 있었다. 그날 날씨가 3주 전 5월보다는 추워서 우리는 난로를 켜 놓고 문은 꼭 닫아 놓았다. 밖에서 신사 한 분이 창문 밖으로 천천히 지나가다가, 우리가 애써 숨겨 놓은 이름표를 찾으려는 듯 문 맞은편에 서는 모습이 보였다. 그는 쌍알 안경을 꺼내 한참을 찾다가 마침내 이름표를 발견했다. 그러더니 그가 가게 안으로 들어왔다. 갑자기 나는 그가 아가 젠킨스라는 생각이 확 들었다! 그의 옷이 인근에선 별로 보지 못한 이국적인 분위기였고, 얼굴은 햇볕에 타고 또 탔는지 짙은 갈색이었기 때문이었다. 그의 피부색은 풍성한 백발과 묘한 대조를 이루고 있었으며, 뭔가를 열심히 볼 때 그의 뺨에 수많은 주름이 잡혔다.

그는 처음 가게에 들어와서 매티 양 얼굴을 그런 표정으로 열심히 쳐다봤다. 그의 시선이 처음으로 나에게 향하더니 잠깐 그대로 머물러 있었다. 그러더니 다시 시선을 돌려 내가 아까 설명한 것처럼 살피는 표정으로 매티 양을 주시했다. 그녀는 약간 안절부절못하며 불안해했지만 남자가 가게에 들어왔을 때 보인 반응 이상은 아니었다. 그녀는 그가 어음이 있거나 적어도 1파운드 금화가 있어 잔돈을 내주어야 할 것으로 생각했다. 그런 계산은 그녀가 끔찍이도 싫어하는 일이었다. 그러나 손님은 아무것도 달라고 하지 않고 젠킨스 양이 그랬듯이 손가락으로 테이블을 두드리면서 시선을 그녀에게 고정시킨 채 마주보고 서 있기만 했다. 매티 양은 '뭐 드릴까요' 하고 말할 찰나에(나중에 그렇게 말했다) 그가 갑자기 내게로 몸을 휙 돌리며 물었다.

"네 이름이 메리 스미스니?"

"네."

내가 대답했다.

이것으로 그가 누군지에 대한 궁금증은 다 풀렸다. 단지 그가 무슨 말을 하고 어떤 행동을 취할지 궁금하고, 그가 누군지 밝혔을 때 매티 양이 그 충격을 어떻게 견딜지 걱정될 뿐이었다. 그도 자신을 어떻게 밝혀야 할지 난감해하고 있는 것 같았다. 왜냐하면 시간을 벌기 위해서 그가 뭔가 살 것을 찾는 듯이 주위를 둘러보았기 때문이었다. 때마침 그의 시선이 아몬드 당과에 머물렀고, 무모하게 그것을 약 500그램 달라고 했다. 매티 양이 그 정도의 재고를 가지고 있는지도 의문이었다. 그렇게 엄청난 양의 주문도 문제였지만 그걸 다 먹으면 소화불량에 걸릴 것이라고 걱정된 그녀가 충고를 하기 위해 고개를 들었다. 그의 부드러운 얼굴 표정 때문이었든지 매티 양은 뭔가를 불현듯 깨달은 듯했다.

"아, 혹시 피터?"

그녀는 말을 내뱉고 머리끝부터 발끝까지 부들부들 떨기 시작했다. 그는 바로 테이블을 돌아가 그녀를 품에 안고 눈물이 흐르지 않는 노년의 울음을 터트렸다. 나는 그녀에게 와인 한 잔을 가져다주었다. 그녀의 안색이 걱정될 정도로 변했고, 그건 피터도 마찬가지였다.

"내가 너무 갑자기 찾아왔지. 매티 누나, 내가 그랬어."

그는 이러한 말만 반복했다.

나는 그녀에게 당장 이 층 응접실로 올라가서 소파에 좀 누우라고 권했다. 그녀는 거의 기절할 지경이었는데도 동생 손을 꼭 잡고 동경하듯이 바라보았다. 그가 떠나지 않겠다고 약속하자 그제야 함께 이층으로 올라갔다.

내가 할 수 있는 최선의 행동은 달려가서 주전자에 물을 올려놓고, 차를 마시기에는 이른 시간이었지만 차를 내주고 수많은 이야기를 함께 나눌 수 있도록 오누이를 남겨 두고 내려와 가게를 보는 것이라고 생각했다. 나는 마사에게도 소식을 전해야 했다. 마사는 소식을 듣고 눈물을 터트렸으며, 그 모습에 나도 울컥할 뻔했다.

마사는 감정을 가라앉히고 그분이 정말 매티 양의 동생이 맞는지 물었다. 왜냐하면 매티 양으로부터 동생이 아주 잘생긴 젊은이라고 들었는데 내가 백발이 성성한 사람이라고 했기 때문이었다. 차를 마시면서 매티 양도 그 비슷한 생각으로 혼란스러웠던 것 같다. 그녀는 동생의 맞은편에 있는 커다란 안락의자에 앉아 그를 하염없이 바라보았다. 그녀는 그를 쳐다보느라고 차를 거의 마시지도 못했고, 먹을 것은 말할 필요도 없었다.

"햇볕이 뜨거운 데 살면 사람이 빨리 늙는 것 같구나."

그녀는 거의 혼잣말처럼 말했다.

"네가 크랜포드를 떠날 때는 흰머리가 하나도 없었는데."

"하지만 그게 도대체 언제 적 이야기야?"

피터 씨가 미소를 지으며 말했다.

"아! 맞아! 그래! 나이를 먹고 있다는 생각은 늘 했어. 하지만 우리가 이렇게 나이가 들었을 줄은 몰랐어! 하지만 흰머리도 아주 잘 어울려, 피터."

그의 외모에 깊은 충격을 받았다는 사실을 그가 알고 상처를 받았을까 봐 그녀가 얼른 말을 덧붙였다.

"나도 세월 가는 걸 잊었던 가봐, 누나. 내가 인도에서 누나 선물로 뭘 사왔는지 알아? 포츠머스에 있는 내 궤 어디엔가에 인도산 모슬린

겉옷과 진주 목걸이가 들어 있을 걸."

그는 자기 선물이 누나에게 얼마나 어울리지 않는지를 생각하는 게 재미있다는 듯 미소를 지었다. 그러나 이 말은 그녀에게 전혀 충격을 주지 않았다. 하지만 우아한 선물은 그랬다. 그녀는 그것을 다 차려 입은 자기 모습을 흐뭇하게 상상하고 있었다. 그러면서 본능적으로 목에 손을 가져갔다. 한때는 그 작고 섬세한 목(폴 양이 그렇게 말해 주었다)은 그녀의 매력이기도 했다. 하지만 턱에 그녀가 항상 두르고 있는 부드러운 모슬린의 겹친 부분이 손에 잡히자, 자기 나이에 이제 진주 목걸이가 어울리지 않는다는 생각이 불현듯 들었던 것 같다.

"이젠 너무 나이가 많아. 하지만 그런 걸 생각하다니 정말 친절하기도 하지. 모슬린 옷과 진주 목걸이는 오래 전에 내가 아주 갖고 싶었던 거였어. 젊었을 때 말이야!"

"나도 그렇게 생각했어, 매티 누나. 난 누나가 뭘 좋아했는지를 기억하고 있었어. 사랑하는 엄마가 좋아하던 거랑 똑 같았잖아."

엄마라는 말에 오누이는 더욱 다정하게 손을 쥐었다. 그들은 말을 한마디도 하지 않았지만, 주위에 신경 쓰이는 사람이 없으면 할 말이 있을 것이라고 생각하고 나는 피터 씨가 잘 방을 정리하기 위해 자리에서 일어났다. 그날 밤 내 방에서 피터 씨를 자게하고 나는 매티 양과 같이 잘 생각이었다. 그러나 내가 움직이는 서슬에 그가 깜짝 놀라 일어났다.

"이제 조지 여관에 가서 방을 정돈해야겠어. 여행 가방도 그 여관에 있거든."

"안 돼!"

매티 양이 크게 절망하며 외쳤다.

"가면 안 돼. 제발, 피터. 제발, 메리. 오! 가면 안 돼!"

그녀가 너무 흥분해 있었으므로 우리는 그녀가 원하는 대로 하기로 했다. 피터 씨는 다시 자리에 앉아 손을 매티 양에게 맡겼고, 그녀는 더욱 안전하게 하기 위해 양손으로 그의 손을 잡았다. 그러고 나서 나는 내 방을 정리하러 조용히 나왔다.

길고 긴 밤 동안, 그리고 다시 밝은 아침이 올 때까지 매티 양과 나는 이야기를 했다. 그녀는 둘만 남았을 때 피터가 이야기해 준, 그의 삶과 모험에 대해서 나에게 들려주었다.

매티 양은 이제 모든 것이 분명해졌다고 말했다. 하지만 나로서는 전체 이야기를 잘 이해할 수 없었다. 그래서 며칠 후에 그에 대한 두려움이 사라졌을 때, 나는 그에게 직접 물어보았다. 그는 내 호기심에 미소를 지으며 이야기를 해주었는데, 바론 맨차우전[161]의 이야기처럼 너무 환상적이고 과장되어서 그가 나를 놀리려고 하는 말인 줄 알았다. 매티 양에게 들은 바로는 그는 제1차 버마전[162] 때 자원병으로 참전해 버마인들에게 포로로 잡혔다고 한다. 그러다가 그 사람들과 친해져, 어떤 위험한 병에 걸린 소규모 부족의 장에게 피를 빼는 법을 가르쳐 주면서[163] 결국 자유의 몸이 되었다.

수년간 포로로 있다가 석방되자마자 그는 영국에서 온 편지에 모두 '사망'이라는 글자를 써서 돌려보냈다. 동료 중에 자신이 마지막으로 남은 사람이라고 생각하고 그는 인도 열대 관목 조경가가 되어, 생활 양식과 사람들이 익숙해진 그곳에서 여생을 보내기로 마음먹었다. 그때 내 편지가 도착한 것이었다. 그리고 젊었을 때와 마찬가지로 나이가 들어서도 바뀌지 않은 개성인 불쑥 튀어나온 격정으로 그는 자기 땅과 모든 소지품을 첫 번째로 보러온 사람에게 모두 팔고 가난하고

---

161) (1720~1797) 군인이자 사냥꾼이었던 독일의 재담가. 그의 이름은 주로 과장되고 재미있는 이야기꾼에 대해 비유할 때 나온다.
162) (1824~1826) 지금의 미얀마와 영국의 전쟁으로 인도 북동부의 통제권 때문에 벌어짐. 버마의 참패로 종전.
163) 열이 나는 환자의 피를 뽑는 것은 전형적인 의료 행위다.

늙은 누나가 있는 고향으로 돌아왔고, 그녀는 그를 만나자 어떤 공주보다 더 행복하고 부자처럼 보였다.

그녀는 마침내 나에게 잠을 자라고 말했다. 잠을 자던 나는 문에서 무슨 작은 소리가 들려 깼는데, 매티 양이 미안하다며 살금살금 침대로 들어왔다. 장기간 행방불명되었던 사람이 마침내 여기, 같은 지붕 아래 있다는 사실을 내가 잠이 드는 바람에 확인해 주지 않자, 그녀는 자신이 눈을 뜨고 꿈을 꾼 건 아닐까 싶은 생각이 들었고, 이 축복받은 저녁 내내 자기 곁에 있었던 사람은 피터가 아니고, 진짜 피터는 멀리 거친 파도 밑이나 동양의 이상한 나무 아래에 죽어 누워 있는 거라는 생각이 들기 시작한 것이다. 불안이 너무 심해지자 그녀는 일어나 피터가 자는 방문 앞에서 그의 고른 숨소리를 듣고 피터가 정말로 그 방에 있다는 것을 확인해 보지 않을 수가 없었다. 나는 코고는 소리라고는 말하고 싶지 않다. 비록 소리가 닫힌 방 두 개 너머까지 들리긴 했지만. 하지만 이윽고 매티 양은 그 소리를 자장가 삼아 잠이 들었다.

피터 씨가 인도에서 대부호가 되어 고향에 돌아왔다고는 생각하지 않는다. 그는 심지어 자신이 가난하다고까지 생각했다. 하지만 피터 씨도 매티 양도 그런 일에 별로 신경 쓰지 않았다. 어쨌든 그는 크랜포드에서 매티 양과 둘이서 '아주 우아하게' 먹고 살 수 있을 정도의 돈은 있었다.

그가 돌아온 지 하루나 이틀 정도 지나 가게는 폐업했고 개구쟁이들은 매티 양의 응접실 창문을 올려다보고 서서 이따금씩 당과와 마름모꼴 사탕이 얼굴 위로 쏟아져 내리는 순간을 고대하며 기다리고 있었다. 때때로 매티 양은 그들에게(커튼 뒤로 반쯤은 몸을 감춘 채) 말했다.

"얘들아, 아프면 안 돼."

그리고 강한 팔이 그녀를 안으로 끌어당기며, 곧 더 많은 사탕과 당과가 비처럼 후두두 떨어지곤 했다. 차의 일부는 크랜포드 숙녀들에게 선물로 주었고 일부는 옛날 장난꾸러기 시절의 피터를 기억하고 있는 사람들에게 나누어주었다. 인도산 모슬린 옷은 예쁜 플로라(제시 브라운의 딸)에게 주기 위해 따로 치워 두었다.

고든 씨 부부는 몇 년 동안 유럽 대륙에서 살았지만 이제 곧 돌아올 예정이었고, 매티 양은 누나로서의 자부심으로 그들에게 남동생을 보여줄 기쁜 순간을 기다리고 있었다.

진주 목걸이는 어디로 갔는지 모르겠다. 그때 즈음해서 예쁘고 쓸모 있는 선물들이 폴 양과 포레스터 부인의 집에 등장했고, 귀하고 우아한 인도 장식품이 제미슨 부인과 피츠 애덤 부인의 응접실을 장식하고 있었다. 나에게도 선물이 돌아왔다. 다른 것 중에서도 나는 존슨 박사의 최고 걸작의 최고 호화 장정본을 선물로 받았다. 매티 양은 눈물을 글썽이며 그것을 자기뿐 아니라 언니가 함께 주는 선물로 생각해 달라고 부탁했다.

한마디로, 잊은 사람 없이 모든 사람에게 선물이 돌아갔다. 거기에다, 매티 양에게 한 번이라도 친절하게 대한 이들은, 아무리 존재감 없는 사람이라도 피터 씨의 진심어린 감사를 받았다.

제16장

크랜포드에 평화가

피터 씨가 크랜포드에서 그렇게 인기 있는 사람이 된 것은 그리 놀랄 일이 아니었다. 숙녀들은 서로 자기가 더 피터 씨를 좋아한다며 야단이었고, 사실 그것도 무리는 아니었다. 왜냐하면 인도에서 그가 도착하고 나서부터 그들의 조용한 삶이 놀라울 정도로 활발해졌고, 특히 그가 뱃사람 신드바드[164]보다 더 재미있는 이야기를 해주고, 폴 양이 말했듯이 어느 하루 저녁 이야기도 아라비안나이트의 하룻밤에 뒤지지 않을 만큼 신났기 때문이었다.

평생을 드럼블과 크랜포드 사이를 오가며 살았던 나로서는 피터 씨의 모든 이야기가 놀랄 정도로 이상하긴 했지만 사실일 수도 있다고 생각했다. 그러나 우리가 어느 주에 그럴 수도 있겠다 싶은 이야기를 하나 듣고 고개를 끄덕일라치면, 다음 주에는 더 강도가 센 이야기가 나왔기 때문에 슬슬 의심이 들기 시작했다. 특히나 누나가 함께 있을

---

164)《아라비안나이트》에 나오는 바그다드의 부상(富商).

때 하는 이야기는 비교적 평범해서 더욱 그랬다. 그녀가 우리보다 더 많이 알아서가 아니고, 아마 더 적게 알았기 십상인데도…….

또한 목사님이 다니러 오시면 피터 씨가 자기가 있었던 나라들에 대해 다르게 이야기한다는 것도 눈치챘다. 그러나 목사님에게 조용히 하는 얘기만 크랜포드 숙녀들이 들었다면 그를 지금처럼 굉장한 여행가라고 치켜세우지는 않았을 것이다. 그녀들은 그가 '그렇게나 동양적'이었기 때문에 그를 더욱 좋아했다.

어느 날 폴 양이 그를 위해 상류 계급의 파티를 열었을 때였다. 제미슨 부인은 몸소 참석해 파티 자리를 빛내 주었을 뿐 아니라, 뮬리너 씨에게 손님 접대까지 하게 했다. 당연히 호긴스 씨 부부와 피츠 애덤 부인은 제외되었다. 그날 폴 양의 집에서 피터 씨는, 등이 딱딱한 불편한 의자에 똑바로 앉아 있으니까 너무 피곤하다면서 바닥에 양반다리를 하고 앉아도 되겠냐고 물었다. 폴 양은 그렇게 하라고 선선히 허락했고 그는 아주 엄숙한 태도로 바닥에 앉았다.

"그를 보면 신자들의 아버지[165]가 생각나지 않아?"

그러나 폴 양이 다른 사람에게도 다 들릴 정도로 큰 소리로 속삭였을 때 나는 다리를 저는 재봉사인 사이먼 존스가 생각나지 않을 수 없었다. 그리고 제미슨 부인이 태도의 우아함과 편의에 대해 천천히 이야기를 할 동안, 호긴스 씨가 다리만 좀 꼬고 의자에 앉아 있다고 품위 없다고 비난하던 그녀를 따라 우리도 모두 함께 욕을 했었다는 데 생각이 미쳤다. 폴 양과 매티 양, 제미슨 부인과 함께 음식을 먹을 때도 피터 씨는 약간 방식이 이상했고, 나는 홀부르크 씨와 함께 저녁 식사를 할 때 먹어보지도 못하고 물린 푸른 완두콩과 날이 두 개밖에 없던 포크가 생각나며 특히 그런 생각이 들었다.

---

165) 《성서》 Abraham을 일컬음.

홀부르크 씨를 말하다 보니, 피터 씨가 크랜포드로 오고 나서 맞은 어느 여름 날 저녁 그와 매티 양이 했던 대화가 생각난다. 그날은 아주 더웠고, 열기에 매티 양은 숨이 막혀 했고 피터 씨는 한껏 좋아했다. 매티 양은 마사의 아기 돌보기도 힘들어했다. 최근까지만 해도 아기 돌보기는 매티 양이 가장 좋아하던 일과였고, 아기도 매티 양의 품에서 자기 엄마한테처럼 편안하게 있었다. 매티 양처럼 몸이 약한 사람이 안기에 아기가 아직 가벼웠을 때 그랬다는 이야기다.

내가 아까 말한 그날, 매티 양은 평소보다 더 무기력하고 기운이 없었으며, 해가 지고 난 다음에야 겨우 기운을 되찾았다. 우리는 그녀의 소파를 열린 창문 쪽으로 굴려다 놓았다. 창문은 크랜포드의 주 도로를 향해 있었지만, 여름 해질녘의 후덥지근한 공기를 휘젓고 사라지곤 하는 산들바람을 타고 이웃 목초지의 향기로운 냄새가 풍겨 들어왔다. 숨 막힐 듯한 더위 속의 정적은 여기저기 열려 있는 문과 창을 통해 희미하게 들리는 두런거리는 소리로 깨졌다. 밤 10시에서 11시 사이였는데도 아이들이 낮의 더위 때문에 엄두도 내지 못하던 놀이를 하며 아직 밖에 있었다. 사람들이 있다는 가장 큰 표시인 두런거리는 소리에도 불구하고, 동네 사람들의 방에 초가 켜진 곳이 거의 없다는 점이 매티 양에게는 큰 만족이었다. 피터 씨와 매티 양, 그리고 나는 잠깐 동안 각자 공상에 잠겨 침묵을 지키고 있었다.

그러다가 피터 씨가 입을 열었다.

"매티 누나! 내가 마지막으로 영국을 떠날 때 누나는 곧 결혼할 거라고 확실히 믿었는데! 당시 누가 나에게 누나가 독신으로 살다 죽을 거라고 이야기했다면 대놓고 비웃었을 거야."

매티 양은 아무런 대답도 하지 않았다. 나는 화제를 바꾸어 보려고 했지만 워낙 멍청해 아무런 생각도 나지 않았다. 내가 입을 떼기 전에 그가 말했다.

"결혼 상대는 홀부르크 씨야. 우들리에서 살던 멋지고 남자다운 친구 말이야. 난 그 친구가 매티 누나를 채 갈 것이라고 생각했는데. 메리야! 넌 지금은 그렇게 생각하지 않겠지만, 누나는 어릴 때 아주 예뻤어. 적어도 난 그렇게 생각했고, 홀부르크 씨도 그렇게 이야기했어. 내가 고향에 돌아와, 어렸을 때 아무짝에도 쓸모없던 풋내기에게 베풀어 준 친절에 감사를 하기도 전에, 그 사람은 왜 그렇게 죽고 말았는지……. 그가 나에게 그렇게 친절했던 게, 누나를 좋아해서 그랬다고 생각했었어. 왜냐하면 우리가 낚시를 갔을 때마다 이야기는 항상 매티, 매티뿐이었으니까. 불쌍한 데보라 누나! 어느 날 점심에 그를 초대했다고 얼마나 야단을 치던지……. 큰 누나는 알리 씨의 마차가 마을에 세워져 있는 걸 보고 레이디 알리가 우리 집을 방문할 거라고 생각했던 거야. 정말 오래 전 이야기야. 반평생도 더 지난 이야기야! 그런데도 마치 어제 일 같아! 매부로 그분보다 더 좋은 사람은 없었는데. 누나도 어지간히 서투르게 일을 처리했나 봐, 누나. 나를 중매쟁이로 삼았으면 좋았을 텐데, 안 그래?"

이렇게 말하면서 그는 손을 뻗어 소파 위에 누워 있는 매티 양의 손을 잡으려고 했다.

"왜 이래, 누나? 왜 이렇게 몸을 떨고 있어, 누나? 저런! 창문을 열어놔서 그렇구나. 문을 닫아, 메리, 당장!"

나는 문을 닫고, 매티 양에게로 몸을 굽혀 키스를 하면서 정말 추운지 살펴보았다. 그녀는 내 손을 잡더니 잠깐 동안 꽉 쥐고 있었다(무심결에 그랬다고 생각한다). 그러더니 그녀는 다시 평소 목소리로 이야기하며 미소를 지어 우리의 불안을 잠재워 주었다. 그래도 그녀는 우리가 시키는 대로 따뜻한 침대로 가서 약한 니거스 주[166]를 마셨다. 나는

---

166) 포도주·더운 물·향료·레몬 따위를 섞은 음료.

다음 날 크랜포드를 떠날 예정이었고, 떠나기 전에 창문을 열어두는 바람에 생긴 영향이 거의 다 사라진 것을 확인했다. 나는 크랜포드에 머물던 후반기 몇 주 동안 집과 살림에 필요한 개조 작업을 총감독했다. 가게는 다시 응접실이 되었다. 텅 비어 소리가 울리던 방에는 다락방까지 가구가 다시 들어왔다.

마사와 젬을 다른 집에서 살게 하자는 말도 나왔다. 하지만 매티 양은 그 말을 들으려고 하지 않았다. 사실, 폴 양이 그렇게 하는 것이 가장 좋은 해결책이라는 말을 했을 때 매티 양이 그렇게 화를 내는 모습은 처음 보았다. 마사가 매티 양 곁에 있겠다고 하는 한, 그녀 곁에 마사가 있는 것이 감사할 뿐이었다. 물론 젬도 마찬가지였다. 그는 집에 함께 살기에 아주 좋은 사람이었다. 주중에는 얼굴을 전혀 비치지 않았기 때문이었다. 아이들에 관해서 말하자면, 아기가 대녀 마틸다처럼 예쁘다면, 몇 명이 더 있어도 마사만 괜찮으면 자기는 상관없다고 했다. 더구나 두 번째 아이는 '데보라'라고 이름 지을 생각이었다. 마사가 첫째 아이 이름은 꼭 '마틸다'로 지을 거라고 고집을 부려서 매티 양도 어쩔 수 없이 양보했었다. 그래서 폴 양도 항복하고 마사와 젬 헌이 계속 매티 양과 살게 하자고 조용히 말했고, 우리는 마사의 조카를 조수로 고용하는 아주 현명한 조치를 취해 놓았다.

나는 매티 양과 피터 씨가 아주 편안하고 만족하게 있는 모습을 보고 크랜포드를 떠났다. 마음이 여린 사람에게는 유감이고, 그렇지 않은 사람에게는 사교상의 재미있는 이야깃거리인 단 한 가지 일은 제미슨 부인과 평민 호긴스 씨 부부, 그들 수하 사람들 간의 불화였다. 나는 어느 날 농담으로 제미슨 부인이나 뮬리너 씨가 아프면 모든 문제는 해결된다고 말했다. 그럴 경우, 그들이 호긴스 씨와 사이좋게 지내고 싶을 것이 뻔했기 때문이었다. 하지만 매티 양은 병 같은 것을 가볍게 취급하며 그들의 발병을 기대하는 것을 마뜩찮아 했다. 그리고 그

해가 끝나기 전에 모든 일은 훨씬 더 만족스럽게 해결되었다.

어느 맑은 10월 아침, 나는 크랜포드에서 온 편지를 두 통 받았다. 폴 양과 매티 양이 보낸 편지였는데, 고든 씨 부부가 이제 거의 성인이 된 두 자녀와 함께 영국에 무사히 돌아왔으니 만나러 오라는 내용이었다. 제시 양은 성과 지위는 바뀌었지만 친절한 성품은 옛날 그대로였다. 그녀는 편지에서 자신과 남편이 14일에 크랜포드에 올 예정이라면서, 제미슨 부인(서열상 가장 먼저 이름이 나왔다), 폴 양, 매티 양(불쌍한 자기 아버지와 언니에게 베푼 친절을 잊을 수가 있을까?), 포레스터 부인, 호긴스 씨(여기서도 돌아가신 자기 아버지와 언니에게 보여준 오래 전의 친절에 대한 암시가 나왔다)를 만나고 싶으며, 호긴스 씨의 새 신부와도 친분을 쌓고 싶고 특히 자기 남편의 스코틀랜드 옛 친구여서 더 그렇다고 했다. 한마디로, 그녀는 목사님부터(그는 캡틴 브라운의 사망과 제시 양의 결혼 사이에 크랜포드로 임명되어 왔으며, 지금은 그녀의 결혼과 연관하여 이름이 거명되었다) 베티 바커에 이르기까지 모든 사람을 점심 식사에 초대했다.

제시 브라운이 처녀일 때부터 크랜포드에 살았던 피츠 애덤 부인만 제외되었는데, 부인은 그 소식을 듣고 입을 삐죽거렸다. 사람들은 베티 바커 양의 이름이 어떻게 이런 명예로운 명단에 올랐는지 의아하게 생각했다. 하지만 폴 양이 이야기했듯이, 캡틴 브라운이 자기 딸들에게 상류사회의 특권을 무시하도록 교육시켰다는 것을 기억해야 한다. 캡틴 브라운을 기리며 우리는 자존심 상하는 것을 억지로 참았다. 사실, 제미슨 부인은 (전에 자기 집 하녀였던)[167] 베티 양과 '호긴스 씨 부부'를 같은 수준에 놓은 것을 기분 좋게 생각했다.

그러나 내가 크랜포드로 돌아왔을 때, 제미슨 부인의 의도에 대해

---

167) 베티 양의 언니가 제미슨 부인의 하녀라고 했던 앞의 내용과 일치되지 않는 부분이다.

서 확실히 알려진 건 아무것도 없었다. 이 귀부인이 파티에 참석할 것인가, 말 것인가? 피터 씨는 그녀가 와야 하고, 또 올 것이라고 말했다. 매티 양은 오지 않을 것이라고 고개를 흔들며 낙담했다. 하지만 피터 씨는 수완가였다. 우선 그는 매티 양에게, 고든 부인에게 편지를 보내 피츠 애덤 부인의 존재를 알리고, 친절하고 다정하고 관대하게 초대 손님 명단에 그녀의 이름을 올려 달라고 부탁하라고 했다.

답장은 우편으로 왔고, 그 안에 피츠 애덤 부인에게 보내는 예쁘고 작은 초대장이 들어 있었으며, 매티 양에게 초대장을 대신 좀 가져다 주고, 전에 실수로 빠졌다고 말을 해 달라고 부탁했다. 피츠 애덤 부인은 아주 기뻐했고 매티 양에게 거듭하여 고맙다고 인사했다. 제미슨 부인은 자기에게 맡겨 달라고 피터 씨가 말했고, 우리는 그가 시키는 대로 했다. 특히, 그녀가 일단 결심을 하면 우리로선 바꿀 수 있는 방법이 없었으므로 더 그랬다.

매티 양과 나는 일이 어떻게 진전되고 있는지 전혀 몰랐는데, 고든 부인이 오기 전 날, 폴 양이 피터 씨와 제미슨 부인 사이에 결혼 이야기가 있냐고 물었을 때야 비로소 제미슨 부인이 조지 여관에서 열리는 점심 파티에 온다는 사실을 알았다. 제미슨 부인은 뮬리너 씨를 보내 방안의 가장 따뜻한 곳에 놓을 발판이 있느냐고 물었다. 그녀가 참석한다는 의미였고, 의자가 아주 높은 것을 안다는 뜻이었다. 폴 양은 이 소식을 주워듣고 그로부터 온갖 상상을 하며 끝없이 한탄했다.

"피터가 결혼을 하면, 불쌍한 매티는 어쩌지! 그리고 그 많고 많은 사람 중에 하필이면 제미슨 부인일 건 뭐야!"

폴 양은 마을에 피터의 선택을 받을 자격이 있는 다른 숙녀들이 있다는 듯이 말했고, "과부가 그런 생각을 하는 건 너무 뻔뻔해."라고 계속 말하는 것으로 보아 분명히 미혼여성을 염두에 두고 있었다.

매티 양의 집으로 다시 왔을 때, 나마저도 피터 씨가 제미슨 부인을 신부감으로 생각하고 있다고 생각하기에 이르렀다. 나도 폴 양만큼이나 그 예상에 기분이 우울해졌다. 피터 씨는 손에 커다란 플래카드의 시험 인쇄본을 들고 있었다. 플래카드에는 〈시뇨르 브루노니, 델리의 왕, 아우드[168]의 왕, 티베트의 위대한 라마 등등 소속의 마술사가 내일 크랜포드에서 단 하룻밤 공연을 펼칠 예정〉이라고 적혀 있었다.

매티 양은 아주 기쁜 표정으로 고든 씨 부부가 자기들도 남아서 공연을 보겠다고 한 내용의 편지를 보여주었다. 매티 양은 자기 동생 혼자서 이 공연을 유치했다고 말했다. 그는 시뇨르에게 편지를 보내 공연해 달라고 부탁하면서, 비용은 전액 자신이 지불하겠다고 했다. 입장권은 전 좌석 무료로 배부되었다. 한마디로 매티 양은 그 계획에 매료되어 있었고, 내일 크랜포드에서 벌어질 광경으로 자기가 어릴 때의 프레스턴 조합[169]을 상기하게 될 거라고 말했다. 점심때는 고든 씨 부부와 파티를 하고, 저녁땐 연회실에서 시뇨르의 공연이 있을 예정이었다. 하지만 나는 플래카드의 치명적인 글자에서 눈을 떼지 못했다.

〈오너러블 제미슨 부인, 후원〉

그렇다면 그녀가 피터 씨가 주관한 이 연회의 주최자로 선정된 것이다. 이제 피터 씨의 마음에 매티 양 대신 그녀가 들어앉고, 매티 양의 삶은 다시 고독해질 것이다! 그리고 아무것도 모르고 마냥 기뻐하며 내일을 기다리는 매티 양을 보며 나의 심사는 더 뒤틀려졌다.

그래서 나는 그렇게 짜증나고 화가 난 채로 있었고 짜증나는 모든 사소한 일에 심하게 투덜대고 있었으며, 그 상태는 조지 여관의 연회장에 사람들이 모두 모일 때까지 계속 되었다.

---

168) 북인도의 역사적인 지역.
169) 14세기부터 5년에 한 번씩 축제를 벌이던 상인조합.

고든 소령 부부와 예쁜 플로라와 멋진 루도빅은 언제나처럼 밝고 친절하고 잘생기고 예뻤다. 하지만 나는 피터 씨를 쳐다보기 바빠서 그들에게 제대로 마음을 쓸 수가 없었고, 그건 폴 양도 마찬가지였다. 나는 제미슨 부인이 그렇게 활기차고 흥분해 있는 모습을 본 적이 없었다. 그녀는 피터 씨가 하는 말에 푹 빠져 있는 표정이었다. 나는 가까이 다가가서 그가 하는 이야기를 들어보고 나서야 비로소 안도의 한숨을 내쉴 수 있었다. 그가 하는 말은 사랑이 담긴 것이 아니라, 표정은 아주 진지했지만, 어린 시절 장난꾸러기의 면모를 그대로 보여주는 내용이었다.

그는 인도에서의 여행 이야기와, 히말라야 산맥이 얼마나 높은지를 설명해 주고 있었는데, 한 번씩 설명할 때마다 높이가 점점 더 올라갔고 갈수록 더 황당한 이야기가 되어가고 있었다. 하지만 제미슨 부인은 이야기를 전적으로 믿으며 정말로 재미있어 했다. 그녀는 무기력을 벗어나기 위해서 뭔가 강력한 자극제가 필요한 것 같았다. 피터 씨는 그 정도 높이에서는 저지대에서 사는 동물이 전혀 살 수가 없다고 말했다. 사냥감은 완전히 달랐다. 어느 날, 자기가 날아오르는 동물을 총으로 쏘았는데 나중에 떨어지고 나서 보니 체리바임[170]이더라는 것이다! 이 순간 피터는 나를 흘낏 보더니 아주 재미있게 눈을 찡긋했고, 그제서야 나는 그가 제미슨 부인을 신부감으로 보지 않는다는 것을 눈치챌 수 있었다. 그녀는 보기에 딱할 정도로 놀란 모습이었다.

"하지만 피터 씨! 체리바임을 쏘는 건, 대역죄일 것 같은데요."

그 말에 피터 씨는 금방 얼굴을 정색하고 정말 놀란 것 같은 표정을 지었다! 그리고 진심인 듯이 그런 말은 처음 들어 봤노라고 했다. 그러더니 바로, 자신이 야만인들(전부 이교도이고 일부는 영국 국교회 반대

---

170) 영국 육군 연대에 붙이는 별명 중의 하나이며, 11경기병을 이렇게 불렀다. 꽉 조인 분홍색 바지를 입어서 생긴 별명이다.

자)하고 그렇게 오래 살았다는 것을 기억해 달라고 말했다. 그는 저기서 매티 양이 다가오는 것을 보자 황급히 화제를 바꾸었다.

잠시 후 그는 내게로 몸을 돌리더니 입을 열었다.

"내가 하는 이상한 이야기에 그렇게 쇼크를 먹은 것 같은 표정 짓지 마, 새침데기 메리 아가씨. 나는 제미슨 부인을 좋은 사냥감이라고 생각해. 그것 말고도, 난 호긴스 부인과 그녀를 화해시킬 참인데 그 첫 번째 조치가 그녀를 계속 깨어 있게 하는 거야. 오늘 밤도 가엾은 마술사의 후원자로 그녀 이름을 쓰게 해 달라고 부탁해서 매수해 놨지. 그리고 저기 들어오고 있는 호긴스 씨 부부에게 적의를 드러낼 틈을 주지 않으려고 해. 나는 모든 사람들이 잘 지냈으면 좋겠어. 그렇지 않으면 그런 싸움 이야기를 듣고 매티 누나가 아주 괴로워하니까. 나는 계속 이야기를 할 테니까 너는 너무 충격받은 표정을 짓지 마. 오늘 밤, 나는 한 팔엔 제미슨 부인을, 다른 한 팔엔 호긴스 부인을 끼고 연회실로 들어갈 거야. 내가 그러는지 못 그러는지 두고 보라고."

이럭저럭 그는 이 일을 해냈고, 그들 둘이서 대화를 나누게까지 만들었다. 고든 소령 부부가 크랜포드 주민 사이에 감돌고 있는 냉랭한 분위기를 전혀 감지하지 못한 것도 도움이 되었다.

그날 이후로 크래포드 지역에는 과거의 친밀한 분위기가 되살아났다. 나는 그런 변화에 감사한다. 매티 양이 평화와 온정을 그렇게도 사랑하기 때문이다. 우리는 모두 매티 양을 사랑하고, 그녀가 곁에 있어 우리 모두가 더 좋은 사람이 되었다고 믿는다.

"단순한 것을 복잡하게 만드는 것에는 별다른 재능이 필요치 않다. 진정으로 재능이 필요한 순간은 복잡한 것을 단순한 것으로 만들 때이다."라는 글을 본 적이 있다. 《크랜포드》를 한국에 소개하면서 문득, 이 작품이야말로 복잡한 것을 단순하게 만들 수 있는 비법 중의 하나라는 생각이 든다.

《크랜포드》는 영국 시골 마을인 크랜포드를 배경으로 펼쳐지는 일상 속의 사람들과 사건 등을 에피소드 별로 엮은 글이며 19세기 영국 빅토리아시대의 여류소설가인 엘리자베스 개스켈의 가장 유명한 작품이다. 각 장은 한 사람, 혹은 한 사건을 주제로 이루어지며 전체로 보면 조각조각의 모자이크가 모여 하나의 작품을 이루는 것과 비슷한 형식을 취하고 있다.

제목이자 작품의 배경인 크랜포드는 작가가 성장한 체셔(Cheshire)의 너츠퍼드(Knutsford)라는 작은 마을을 배경으로 만들어졌다. 관습과 예절을 중시하는 이 마을에는 젠킨스 양을 중심으로 소설의 사실상 주인공인 마틸다(애칭은 매티) 양, 동네 소문 담당인 폴 양, 군인의 미망인 포레스터 부인, 마을의 재력가이자 지체 높은 귀족인 제미슨 부인과 그녀의 손윗동서인 레이디 그렌마이어, 브라운 씨 가족, 하녀들 등이 함께 거주하고 있다. 그리고 그들의 사랑, 갈등, 사건, 사고 등의 이야기가 이 소설의 전체 화자인 메리 스미스의 입을 통해 독자에게 전달된다('~양'이라고 불리는 여성들은 젊은 숙녀가 아니라 한 번도 결혼한 적이 없는 여성을 지칭하며, '부인'이라고 불리는 여성들도 이젠 모두 남편과 사별한 미망인들이다).

크랜포드 마을의 사실상의 지도자였던 젠킨스 양(화자는 거리감을 느꼈거나, 친분 관계가 두텁지 않은 사람들 – 예를 들면 매티 양의 언니 젠킨스 양과 캡틴 브라운의 큰 딸 브라운 양 – 을 지칭할 때는 이름 없이 그냥 성에다 '양'만 붙여 호칭하고 있다)과 캡틴 브라운의 죽음 등으로 인해 흔들리는 마을 사람들, 브라운 가족 중에 홀로 남은 제시 양과 젠킨스 가에 홀로 남은 매티 양의 좌충우돌하는 삶을 통해 보여지는 이웃 간의 사랑, 동네 사람들이 친밀하게 엮어져 함께 기쁨과 슬픔을 나누는 광경은 오늘날에는 보기 드문 모습이며, 그래서 옛날에 대한 향수가 더 진하게 느껴진다.

엘리자베스 개스켈은, 옥스퍼드 대학에서 선정한 '읽어야 할 세계 고전 목록'에 그녀 작품이 5권이나 이름이 올라 있지만 아직 우리나라에는 제대로 소개되어 있지 않은 작가이다. 엘리자베스 개스켈이 한국에서 주목받기 시작한 것은 2007년 BBC에서 《크랜포드》란 이름으로 5부작이 절찬리에 방영되고, 그것이 다시 우리나라에서 2009년 EBS에 방영되면서부터인 것 같다. 하지만 은밀한 의미에서 그 5부작은 동명소설 《크랜포드》를 포함하여 《러드로우 부인(My Lady Ludlow)》, 《해리슨 씨의 고백(Mr. Harrison's confession)》 등을 결합하여 만든 작품이고 BBC는 이 5부작을 포함하여 《크랜포드》를 3번 TV시리즈로 제작했으며, 엘리자베스 개스켈의 다른 대표작인 《남과 북》과 《아내와 딸들》도 극화하여 방영된 적이 있다.

엘리자베스 개스켈의 소설에는 자신의 삶이 상당 부분 녹아 있다. 《크랜포드》도 예외는 아니어서 주민들의 삶 여기저기에 그녀의 실제 경험이 배어 있다. 어머니가 일찍 죽고 아버지가 재혼하여 자신이 이모 집에 맡겨져 컸다든지, 아버지가 목사였다든지, 8명의 남매 중에 유일한 살아남은 혈육인 오빠가 인도에서 실종되었다든지 하는 그녀의 삶이 《크랜포드》에서도 조금씩 다른 모습으로 그려져 있다. 현실의 아픈 이야기는 소설 속에서 해피엔딩으로 마무리되어 작가의 바람과 소망이 실현되기도 한다.

아무쪼록 이 책이 현대인의 고단한 일상에 한 점의 쉼표가 되었으면 한다. 타인에 대한 무관심과 이기심, 물질의 추구 속에 변질된 인간성이 이 소설에는 본질 그대로 오롯이 살아 있기 때문이다. 사람 사이의 갈등이 없는 것은 아니지만, 적어도 그 안에는 배신이 없다. 현대의 개인주의로 인해 많이 오염된 의리와 신의, 변하지 않는 사랑 등도 때 묻지 않은 모습으로 읽는 이를 반길 것이다. 현대의 급속한 삶의 흐름에 지치면 초도 꼭 필요한 경우가 아니면 아끼고 웬만한 곳은 걸어 다니는 크랜포드에 가서 느림의 미학을 느꼈으면 하는 바람이다.

언젠가 "음악이 아름다운 이유는 음표와 음표 사이의 거리감, 쉼표 때문이고 말이 아름다운 이유는 말과 말 사이에 적당한 쉼이 있기 때문이다."라는 글을 읽은 적이 있다. 바쁜 일상에서 잠깐 발걸음을 멈추고 19세기 빅토리아 시절의 영국의 작은 마을을 방문해서, 강직하지만 다정하고, 다정하지만 어딘지 모르게 허술한 매티 양 곁에서 잠시 쉬어 보자. 곁에 있으면 누구나 착하고 유순해진다는 매티 양에게서 사람의 향기를 느껴보고, 그렇게 여유로워진 마음으로 주위를 돌아보면 사랑은 시대와 장소를 불문하고 어디에나 있다는 긍정적인 생각이 들지도 모른다.

◉ 엘리자베스 개스켈Elizabeth Gaskell
연보

- 1810년　9월 29일, 영국 런던의 첼시에서 유니테리언교파 목사 William Stevenson의 8명의 자녀 중 막내로 탄생(이름 Elizabeth Cleghorn Stevenson).
- 탄생 13개월 후　어머니가 사망함. 아기를 키울 수 없었던 아버지는 체셔 카운티 너츠퍼드에 살고 있던 이모에게 그녀를 보냄.
- 1814년　아버지가 재혼함(재혼한 부인과의 사이에 딸과 아들, 두 명의 자녀를 둠).
- 1827년　그녀의 유일하게 살아남은 혈육이던 오빠가 인도 원정 도중 실종.
- 1829년　아버지 William Stevenson 사망함.
- 1832년　유니테리언교파 목사인 William Gaskell과 결혼, 맨체스터에 정착함.
- 1833년　여아를 사산함.
- 1834년　둘째 딸 메리언 탄생함.
- 1837년　셋째 딸 Margaret Emily(애칭, 메타) 탄생함.
- 1842년　넷째 딸 Florence Elizabeth 탄생함.
- 1844년　외아들 탄생함
- 1845년　외아들 사망함(본명을 쓴 그녀의 첫 소설 《메리 바턴》을 쓰는 동기가 됨),

- 1846년 다섯째 딸 Julia Bradford 탄생함.
- 1848년 《메리 바턴(Mary Barton : A Tale of Manchester Life)》을 출간함. 빈민의 비참한 생활과 노동자의 참상을 동정의 눈으로 그린 그녀의 소설에 깊은 인상을 받은 찰스 디킨스와 알게 되는 계기가 됨.
- 1850년 플리머스로 이사함(나머지 책들을 전부 이곳의 빌라에서 썼으며 이 집은 2011년 Gaskell House로 개조되어 관광객에게 공개되고 있음).
- 1853년 1851~1853년에 걸쳐 찰스 디킨스가 발행한 잡지 〈Household Words〉에 연재된 것을 모아 《크랜포드》를 출간함. 《루스(Ruth)》를 출간함.
- 1854년 《남과 북(North and South)》을 출간함.
- 1857년 샤롯 브론테 아버지의 부탁으로 쓴 《샤롯 브론테의 일생(The life of Charlotte Bronte)》을 출간함.
- 1863년 《실비아의 연인들(Sylvia's Lovers)》을 출간함.
- 1864년 《아내와 딸들(Wives and Daughters)》을 쓰기 시작함.
- 1865년 심장마비로 사망함.
- 1866년 초 프레드릭 그린우드가 마무리하여 《아내와 딸들》을 출간함.

● 엘리자베스 개스켈의 다른 소설들 목록

Novellas and collections

- The Moorland Cottage (1850)
- The Old Nurse's Story (1852)
- Lizzie Leigh (1855)
- Round the Sofa (1859)
- Lois the Witch (1861)
- A Dark Night's Work (1863)
- Cousin Phillis (1864)

Short stories

- Libbie Marsh's Three Eras (1847)
- The Sexton's Hero (1847)
- Christmas Storms and Sunshine (1848)
- Hand and Heart (1849)
- The Well of Pen-Morfa (1850)
- The Heart of John Middleton (1850)
- Disappearances (1851)
- Bessy's Troubles at Home (1852)
- The Old Nurse's Story (1852)
- Cumberland Sheep-Shearers (1853)
- Morton Hall (1853)
- Traits and Stories of the Huguenots (1853)
- My French Master (1853)

- The Squire's Story (1853)
- Half a Life-time Ago (1855)
- Company Manners (1854)
- The Poor Clare (1856)
- The Doom of the Griffiths (1858)
- Right at Last (1858)
- "The Manchester Marriage" (1858)
- The Haunted House (1859)
- The Crooked Branch (1859)
- The Half-brothers (1859)
- Curious If True (1860)
- The Grey Woman (1861)
- The Cage at Cranford (1863)
- Crowley Castle (1863)

Non-fiction

- Sketches Among the Poor (poems 1837)
- An Accursed Race (1855)
- French Life (1864)

크랜포드

초판 1쇄 인쇄일 | 2013년 4월 22일
초판 1쇄 발행일 | 2013년 5월 2일

지은이 | 엘리자베스 개스켈
옮긴이 | 심은경
발행처 | 현대문화센타
발행인 | 양장목
출판등록 | 1992년 11월 19일
등록번호 | 제3-448호
주소 | 경기도 고양시 일산동구 백석동 1449-5
대표전화 | 031-907-9690~1   팩시밀리 | 031-813-0695
이메일 | hdpub@hanmail.net
ISBN 978-89-7428-388-9 (03840)

브론테 자매 컬렉션

현대문화센타에서만 만나실 수 있습니다

빌레트(전 2권)
샬럿 브론테 지음/ 안진이 옮김

19세기의 사회적 제약 속에서 '여자가 한 남자의 아내로 살아가며 자유로운 삶을 추구하는 것이 가능한가?'
라는 시대를 앞선 문제의식을 던지는 〈빌레트〉는, 샬럿 브론테의 자전적 소설인 동시에
탄탄한 줄거리와 탁월한 심리묘사로 독자들을 매료시키는 최후의 걸작이다.

폭풍의 언덕
에밀리 브론테 지음/ 안진이 옮김

여성 특유의 섬세함과 돋보이는 서정성으로 셰익스피어의 리어 왕과 비교되는 폭풍의 언덕
음산하고 황량한 요크셔의 황야를 배경으로 악마적이라고 할 정도로 난폭한 인간의 애증을,
3대에 걸친 특이한 성격의 일가족이 펼치는 사랑과 증오와 복수를 강렬한 필치로 묘사하고 있다.
고전(古典) 중의 3대 비극으로도 일컬어진다.

제인 에어(전 2권)
샬럿 브론테 지음/ 서유진 옮김

태어나자마자 부모를 잃게 된 제인 에어, 반항적인 기질을 타고난 그녀는 온갖 구박을 당하는 어린 시절을 보낸 뒤,
불우한 소녀들을 교육하는 로우드 기숙학교에 보내진다.
열여덟 살의 숙녀로 성장한 제인은 가정교사로 첫 걸음을 내딛게 되고,
그곳에서 저택의 주인이며 추남이지만 폭풍 같은 열정의 소유자인 로체스터를 만나게 된다.

아그네스 그레이
앤 브론테 지음/ 문희경 옮김

일인칭 화자의 목소리를 통해 위선적인 인간군상을 명쾌하면서도 익살스럽게 기록함으로써
빅토리아 시대의 여성과 계층문제를 사실적으로 다루고 있다.
특히 교육수준이 높아 자존심이 강하지만 하녀와 다를 바 없는 처우를 받아야 했던
가정교사의 고뇌가 이 작품 속에 고스란히 담겨 있다.

생텍쥐페리 컬렉션

현대문화센타에서만 만나실 수 있습니다

남방 우편기

한 비행사의 내면을 친구의 이야기를 통해서 묘사하고 있다. 가공적 상상력이 가장 많이 구사되어 있고,
특히 놀라울 만큼 정확한 설명으로 표현된 비행사의 회상 부분에 감성적 줄거리가 더해져 독자와 주인공을 한층 가깝게 만들어준다.

야간 비행

'행동주의 문학의 꽃'으로 불리는 대표적인 작품으로, 비행 중에 폭풍우를 만난 조종사가 자신의 임무에 충실하기 위해 최후의 순간까지 사투를 벌이는 모습이 생생하게
그려진다. 항공 개척자들 가운데 한 사람의 비극적 모험을 묘사함으로써 서사적 분위기를 담아낸다.

전시 조종사

영문판 〈아라스 지구 비행〉이라는 제목으로 출간되자마자 최고의 격찬을 받으며 베스트셀러가 되었으나, 조국 프랑스에서는 점령군 나치에 의해 판금 조치를 당했다.
정찰 비행 중 묵묵히 자기 몫의 임무를 수행하다 '의미 없이' 죽어 가는 조종사들의 한계와 그 한계를 극복하는 과정.
무익한 사명감, 인간의 본질 등에 대한 묵상, 총탄이 오가는 전쟁터와 대조되는 일상 속 풍경이 너무나도 아름답고 그윽하게 묘사된다.

인간의 대지

고독한 인간과 인간 세상, 대자연과의 관계를 심도 깊게 탐색하는 작가의 진솔한 삶과 고귀한 정신 세계가 문장 속에 그대로 녹아 있다.
미국에서는 〈바람과 모래와 별들〉이라는 제목으로 출판되어 '이달의 양서'로 선정되고, 프랑스에서는 2백만 부 이상이 팔리면서 작가에게 세계적인 명성을 안겨준 대표작.
조난당했다가 기적적으로 살아 돌아온 작가 자신의 체험을 통한 증언이어서 더욱 극적이고 흥미롭다.

어린 왕자

아름다운 서정미의 극치를 이루면서 이채로운 빛을 발하는 〈어린 왕자〉는 상징적 의미와 깊은 알레고리가 숨겨져 있어 '어른을 위한 동화'로 불리며, 전세계 독자로부터
가장 사랑받는 작품 중의 하나이다. 특히 어린이의 심안으로 세상을 보려 한 점에서 공감을 얻고 있다. '중요한 건 눈에 보이지 않아.' 라는 여우의 가르침이
큰 울림을 만들어내며, 작가가 지혜를 짜낸 삽화와 함께 환상적인 시적 세계를 형성하고 있는 생텍쥐페리적 추구의 결정체이다.

성채

참된 자유를 얻어 '신'의 경지에 이르고자 하는 베르베르 왕을 통해 그가 희구하는 이상사회를 부각시켰다.
모든 작품이 〈성채〉를 쓰기 위한 연습에 불과하다고 할 정도로 작가로서의 완성을 이룬 작품으로 평가받는다. 생에 대한 정신적인 탐구를 한층 더 심화시켰다.